btb

Håkan Nesser

Barbarotti und der schwermütige Busfahrer

Roman

Aus dem Schwedischen
von Paul Berf

btb

Die schwedische Originalausgabe erschien 2020
unter dem Titel »Den sorgsne busschaufTören från Alster«
bei Albert Bonniers Förlag, Stockholm.

FSC www.fsc.org MIX Papier aus verantwortungsvollen Quellen FSC® C014496

Penguin Random House Verlagsgruppe FSC® N001967

2. Auflage
Genehmigte Taschenbuchausgabe November 2021

Neumarkter Str. 28, 81673 München
Covergestaltung: Semper Smile
Covermotiv: © plainpicture/Hammerbacher; Jan Håkan Dahlström;
© Shutterstock/Sabphoto
Satz: Uhl + Massopust, Aalen
Druck und Bindung: GGP Media GmbH, Pößneck
SL · Herstellung: sc
Printed in Germany
ISBN 978-3-442-77142-4

www.btb-verlag.de
www.facebook.com/btbverlag

Einleitende Bemerkung

Sowohl Kommetjie als auch Alster und Fårö existieren in der sogenannten Wirklichkeit. Für Kymlinge oder ein gewisses Haus in Valleviken, Kirchspiel Rute, auf der Insel Gotland gilt dies jedoch nicht. Auch ansonsten ist die vorliegende Erzählung eine Mischung aus Fakten und Fiktion, und ob am 22. März 2013 tatsächlich ein Schiff der Viking Line von Stockholm ins finnische Turku fuhr, bleibt umstritten.

lernte des Schwermuts öde Höhle
des Lebenstumults brodelnden Kessel
zu wollen und leben, zu bezwingen und erdulden,
mich stark und klug zu stählen.

Gustaf Fröding
Torborg aus *Kleckse und Späne*

Prolog

Kommetjie, Kapprovinz, Südafrika, Juni 2010

»Für den Holländer ist es also an der Zeit, in den Norden zurückzukehren?«

Sie hielt seine beiden Hände fest in ihren und sah ihn mit einem unsicheren Lächeln und feuchten Augen an. Ihre Trauer über seine Abreise war unübersehbar. Es war so viel Zeit vergangen. Fast fünf Jahre hatte er in ihrem von Bougainvilleen umwachsenen Haus gewohnt, mehr als fünfzehnhundert Tage mit seinem Frühstückskaffee auf ihrer großzügigen Terrasse gesessen und aufs Meer geblickt. Das immer Gleiche und doch niemals Gleiche.

Auch die frühen Abendstunden hatte er auf der Terrasse verbracht. Mit seinen Leinwänden und Farben. Oder schreibend an seinem Computer. Kein Wunder, dass es einem seltsam vorkam. Nicht nur ihr.

»Ich möchte dir etwas sagen. Ich bin eigentlich gar kein Holländer, ich bin Schwede.«

»Du kommst aus Schweden?«

»Ja.«

»Du hast fünf Jahre bei mir gewohnt und mir das nie erzählt?«

»Ich finde, Nationalitäten spielen eigentlich keine Rolle.«

Sie lachte. »Da hast du recht, so sollte es jedenfalls sein.

Aber es ist ein Traum, dass wir alle Weltbürger sind. Ein sehr optimistischer Traum. Außerdem hast du einen niederländischen Pass.«

»Dafür gibt es Gründe. Aber morgen lande ich in Stockholm, nicht auf Schiphol.«

»Du fliegst über Addis?«

»Ja.«

Sie nickte. Es brachte nichts, ihn zu viel zu fragen, das hatte sie gelernt. Seine Privatsphäre war ihm heilig. So wie ihre eigene ihr selbst vielleicht auch.

»Ich werde dich vermissen.«

»Das geht mir mit dir genauso.«

»Und der Transport der vielen Bilder ist sicher?«

»Das will ich hoffen. Aber die Gemälde, die ich hierlasse, gehören dir. Verkauf so viele, wie du willst.«

»Das käme mir niemals in den Sinn.«

Er zuckte mit den Schultern. Sie ließ seine Hände los und umarmte ihn lange.

»Jetzt geh schon, bevor ich noch losheule. Und versprich mir wiederzukommen. *The Cottage* steht dir immer offen, das weißt du.«

»Danke. Du hast mich nicht zum letzten Mal gesehen, die Vorhersage wage ich.«

»Wenn wir am Leben bleiben.«

»Dann lass uns gemeinsam beschließen, dass wir das tun.«

Sie nickte ernst. »Ja, warum nicht? Leb wohl, mein schwedischer Holländer.«

Oktober – November 2012

1

Kleckse und Späne, fünfundzwanzigster Oktober

Ich sollte nicht leben. Der Meinung sind viele, und ich kann sie verstehen.

Manchmal brennt mein Lebenslicht so schwach, dass ich das Gefühl habe, mich vor einen Spiegel stellen und es auspusten zu können. Es ist ein seltsamer Gedanke, aber seit dem Unfall sieht es in meinem Kopf so aus.

Eigentümliche Bilder. Verwirrte Überlegungen. Ideen und Gedankengänge, die darin niemals auftauchten, bevor es passierte.

Natürlich nicht ständig, aber von Zeit zu Zeit. Vor allem nachts, in diesem unangenehmen Zustand zwischen Schlafen und Wachen. Vielleicht auch in meinen Träumen, aber das weiß ich nicht; in den allermeisten Fällen kann ich mich inzwischen nicht mehr daran erinnern, was ich geträumt habe. Auch das war früher anders, aber ich habe eine Reihe von Therapeuten und Psychologen aufgesucht, und alle scheinen der Auffassung zu sein, dass nach einem schweren Trauma letztlich alles normal ist. Dass sich Denken und Wahrnehmung im Grunde in jede Richtung verändern können, wenn man etwas erlebt hat wie das, was ich durchmachen musste.

Dass man in gewisser Weise ein anderer wird als der

Mensch, der man vorher war. Aber das ist meine eigene Schlussfolgerung.

Ich schreibe, damit zumindest eine Erklärung zurückbleibt. Falls etwas passieren sollte. Will sagen, *meine* Erklärung, *meine* Erzählung. Vielleicht wird sich keiner dafür interessieren, sie zu lesen, und wenn das so ist, akzeptiere ich es. Mir ist bewusst, dass es schwerfällt, meinen Worten zu glauben, wenn ich von dem zu erzählen versuche, was tatsächlich vor sich geht. Womit ich mich konfrontiert zu sehen glaube. Bisher habe ich nur mit Karin darüber gesprochen, merke aber, dass sie mir nur aus Mitleid zuhört und eigentlich denkt, ich würde mir etwas einbilden. Oder zumindest, dass ich übertreibe; die Existenz der Briefe kann sie natürlich nicht leugnen, das ist unmöglich, aber sie findet, dass ich ihnen zu viel Bedeutung beimesse.

Die Welt ist voller bedrohlicher Irrer, hat sie einmal gesagt. Würde man etwas auf sie geben, man würde verrückt.

Das war im August, als ich ihr die beiden Mitteilungen gezeigt habe, die ich zu diesem Zeitpunkt erhalten hatte. Seither sind zwei weitere eingetroffen, die ich ihr allerdings nicht mehr vorgelegt habe. Ich habe sie nicht einmal erwähnt. Ich will nicht, dass sie denkt, ich würde allmählich paranoid. Paranoid und wahnsinnig. Unsere Beziehung ist auch so schon zerbrechlich genug.

Aber ich sollte von vorn anfangen. Oder zumindest ein gutes Jahrzehnt zurückgehen. Ja, das tue ich, denn hier bestimme ich.

Damals, in den Jahren um die Jahrtausendwende, wohnte ich mit meiner ersten Frau Viveka in einem Reihenhaus am Stadtrand von Uppsala. Wir arbeiteten beide an der Universität, sie als Theologin, ich als Ideenhistoriker; wir hatten uns im Studium kennengelernt und waren während unserer gesamten Laufbahn zusammengeblieben. Über den Magisterabschluss, die Doktorandenstellen, die Arbeit an unseren Dissertationen und schließlich unsicheren Stellen an unseren jeweiligen Instituten hinweg. Meine waren unsicherer als ihre. Sie promovierte, ich wurde niemals fertig.

Wir bekamen keine Kinder. Mitte der neunziger Jahre war Viveka einmal schwanger, erlitt jedoch in der vierzehnten Woche eine Fehlgeburt. Danach kam es nie wieder dazu, obwohl wir es versuchten, und als wir Anfang dreißig waren, akzeptierten wir den Stand der Dinge. Eltern zu werden ist kein Menschenrecht, dessen waren wir uns beide bewusst.

Meine Karriere als Ideenhistoriker war erheblich ins Stocken geraten, und nach ein paar Jahren verloren ein Kollege und ich die Forschungsmittel, die uns über Wasser hielten, seit ich meine Stelle am Institut angetreten hatte. Wir beantragten neue Mittel bei allen nur erdenklichen Geldgebern, gaben am Ende jedoch auf. Die einzige Chance, die akademische Laufbahn fortzusetzen und meine Dissertation zu beenden, hätte darin bestanden, eine schlecht bezahlte und befristete Stelle als wissenschaftlicher Mitarbeiter an der Universität von Oslo anzunehmen. Viveka und ich sprachen tatsächlich darüber, unsere Siebensachen zu packen, aber ihre Aussichten, dort eine Arbeit zu finden, die ihrer Qualifikation entsprach, gingen mehr oder weniger gegen null. Schließlich beschlossen wir, dass ich mich nach einer Stelle außerhalb der Universität umsehen würde.

So wurde ich Busfahrer.

Ich sehe, dass es kurz vor eins ist, aber Karin schläft wie immer tief und fest in unserem Schlafzimmer, deshalb mache ich noch etwas weiter.

Ich wäre natürlich niemals auf die Idee gekommen, einen Bus zu fahren, wenn die Umstände es nicht verlangt hätten. Die Umstände und Tommy. Er war Vivekas älterer Bruder, ich schreibe *war*, da er vor ein paar Jahren gestorben ist. 2002 lebte er allerdings noch, und ihm gehörten zwei Drittel eines erfolgreichen Busunternehmens mittlerer Größe, das Reisen innerhalb Skandinaviens und manchmal auch ins europäische Ausland anbot.

Tommy hatte die akademische Welt und den Mann, den seine Schwester geheiratet hatte, also mich, seit jeher verachtet. Er machte häufig Witze über uns »Klugscheißer«; so nannte er mit Vorliebe Menschen, die in theoretischen Berufen arbeiteten. Als es offensichtlich wurde, dass ich meine Stelle an der Universität verloren hatte, war er jedoch wirklich für mich da, das kann ich nicht anders sagen. Er bot mir an, für seine Firma zu fahren, sogar die erforderliche Ausbildung zu finanzieren, um den Busführerschein sowie die Lizenz dafür zu erwerben, Fahrgäste kreuz und quer durch unser langgestrecktes Land und jenseits seiner Grenzen befördern zu dürfen.

Viveka und ich besprachen die Sache natürlich eingehend. Sie hatte nie viel von ihrem Bruder gehalten, und natürlich war es in gewisser Weise demütigend, seinen Vorschlag zu akzeptieren. Dennoch schlug ich ein. Ein halbes Jahr später war ich bei ihm angestellt und fuhr meine erste Tour als geprüfter Busfahrer: eine Gruppe kunstinteressierter Rentner aus der Region um Stockholm auf einer viertägigen Reise nach Skagen in Dänemark.

Ich merkte praktisch sofort, dass mir meine neue Arbeit

gefiel, die der etwas faden Wirklichkeit der akademischen Welt so fern war. Ich durfte Orte sehen, die ich sonst niemals besucht hätte: Tromsö, den Skiort Riksgränsen, Lugano, Krakau, Madrid, Sankt Petersburg, um nur einige zu nennen. Es war erstaunlich, aber so war es einfach. Es gefiel mir außerordentlich gut, Busfahrer zu sein, ein Beruf, den ich nur ein Jahr zuvor als Erwerbsmöglichkeit niemals ernsthaft in Betracht gezogen hätte.

Nun gleitet mir allerdings der Stift aus der Hand, und die Gedanken gleiten aus dem Kopf. Ich warte mit der Fortsetzung bis zur nächsten schlaflosen Nacht.

Kleckse und Späne, siebenundzwanzigster Oktober

Viveka und ich führten einige Jahre ein schönes Leben. Zumindest sehe ich das in der Rückschau so. Sicher, wir hatten die eine oder andere kleine Krise, aber im Großen und Ganzen durchlebten wir keine schwerwiegenden Konflikte in unserer Ehe. Charakterlich passten wir gut zusammen, keiner von uns jagte großen Erlebnissen im Leben hinterher, wie viele andere es tun. Uns reichte ein einigermaßen ereignisloses Dasein, dessen Leitsterne Ruhe und Ordnung waren. Unser Bekanntenkreis war nicht besonders groß, aber wir trafen uns regelmäßig mit einigen anderen Paaren, die wir in unseren ersten Jahren in Uppsala kennengelernt hatten. Hasse und Ingela, beide Ärzte. Ingvar und Paula, Pfarrer beziehungsweise Gymnasiallehrerin. Oliver und Katarina, Katarina war Psychologin und eine alte Schulfreundin Vivekas, Oliver pendelte nach Stockholm und arbeitete im Außenministerium.

Im Sommer reisten wir ins Ausland, jedes Jahr zu einem anderen Reiseziel, und im Februar oder März fuhren wir eine Woche in die Berge. Hasse und Ingela besaßen ein Ferienhaus in Vemdalen, das sie uns überließen, manchmal waren wir auch gemeinsam mit ihnen dort.

Natürlich brachte meine Arbeit als Busfahrer mit sich, dass ich eine Anzahl von Nächten nicht daheim war, aber es waren selten mehr als sechs oder sieben im Monat, und es beeinträchtigte unsere Beziehung nicht. Im Gegenteil, ich weiß noch, wie schön es war, sich nach einigen Nächten Trennung wiederzusehen, und bin mir sicher, dass Viveka es genauso empfand. Wenn ich ein paar Tage fort gewesen war, hatten wir in der ersten gemeinsamen Nacht fast immer Sex.

Ja, wenn ich heute zurückblicke, bin ich mir sicher, dass ich diese Jahre vor dem Unfall nicht falsch einschätze. Es ging uns gut, unsere Beziehung war harmonisch, wir führten ein anspruchsloses und geborgenes Dasein und waren zufrieden mit unserem Leben. Bekäme ich die Chance, einen Abschnitt meiner Zeitspanne auf Erden noch einmal zu leben, würde ich mit Sicherheit diese Zeit wählen. Ungefähr die Jahre zwischen 2003 und 2006; natürlich würde ich rechtzeitig die Notbremse ziehen und vor dem März 2007 aus dem Zug springen, aber solchen Gedanken gebe ich mich im Grunde nicht hin. Es ist mir einfach nur als denkbare Illustration dafür in den Sinn gekommen, dass mein Leben einmal völlig anders aussah als heute.

Bevor ich zu dem Unfall komme, muss ich allerdings noch etwas Trauriges erwähnen, das sich im Dezember 2006 ereignete, am dreizehnten Dezember, dem Tag des Luciafestes. Meine Mutter wurde von einem Motorradfahrer angefahren und dabei so schwer verletzt, dass sie am nächsten Tag im Krankenhaus starb. Es passierte in Karlstad, wo meine Eltern seit den achtziger Jahren lebten und wo ich meine Jugendzeit verbracht hatte. Ihr plötzlicher Tod war ein schwerer Schlag für meinen Vater, der gerade in Pension gegangen war, nachdem er sein ganzes Leben als Lehrer und Schulleiter verbracht hatte, und ich weiß, dass die beiden sich auf ihre Jahre als rüstige Rentner gefreut hatten, auf die Möglichkeit, zu reisen und in den Tag hineinzuleben. Meine Mutter hätte nur noch wenige Monate bei der Bank arbeiten müssen, die beiden waren fast vierzig Jahre verheiratet gewesen.

Zur Beerdigung und um meinem Vater beizustehen, reiste ich nach Karlstad. Ich habe keine Geschwister, was mir in dieser schwierigen Situation als großer Mangel erschien. Aber ich tat, was ich konnte, und in dem Winter besuchte Vater uns außerdem mehrere Male in Uppsala. Zum Beispiel zwischen den Jahren. Es war ihm deutlich anzumerken, wie traurig er war, und ich weiß noch, dass wir befürchteten, er könne vorhaben, sich das Leben zu nehmen. Viveka und ich sprachen darüber, und es gelang uns, ihn zu überreden, in Karlstad zu einem Therapeuten zu gehen, aber ob dies seinen Zustand verbesserte, ist unklar. Er hatte eine jüngere Kusine, die Psychologin war und im nahegelegenen Filipstad wohnte; sie versuchte, sich um ihn zu kümmern, aber die beiden hatten nie ein gutes Verhältnis zueinander gehabt, und ich glaube nicht, dass sie mit ihren Versuchen, ihn wieder auf die Beine zu bringen, besonders erfolgreich war.

Diese ersten Monate des Jahres 2007 waren alles in allem eine harte und sorgenvolle Zeit, aber das alles wurde bei mir persönlich noch von dem überschattet, was am zweiundzwanzigsten März geschah.

Es war eine Skireise.

Es fällt mir schwer, darüber zu schreiben. Alles andere wäre wohl auch seltsam. Über die Sache ist in praktisch allen Medien im Land ausführlich berichtet worden, aber ich kann sie natürlich auch nicht einfach überspringen. Es ist kurz nach ein Uhr nachts. Karin schläft, ich sitze in einem Korbsessel in dem Erker, der auf den kleinen Waldstreifen hinausgeht, der unser Grundstück von dem des Nachbarn trennt. Der Himmel ist finster, es wird bald regnen. Ich wappne mich, rücke die Stehlampe zurecht und beschließe, das Geschehene wiederzugeben, ohne Gefühle zum Ausdruck zu bringen. Trocken und nüchtern wie ein Gerichtsprotokoll, ich habe das eine oder andere gelesen.

Wie gesagt, eine Skireise. Eine Gruppe von Neuntklässlern aus einer Schule in Stockholm, die gemeinsam mit zwei Elternvertretern und zwei Reiseleitern vom Verein für Sportförderung eine Woche in Duved verbringen sollte. Es war bei Weitem nicht das erste Mal, dass ich einen solchen Auftrag hatte. Zwei halbstündige Pausen mit eingerechnet musste man mit gut acht Stunden Busfahrt rechnen. Neun oder zehn, wenn das Wetter und die Straßenverhältnisse schlecht waren. Ich holte die Gruppe wie verabredet gegen neun Uhr morgens am Norra Bantorget ab, und eine Stunde später fuhren wir los. In Stockholm war schönes Wetter, Temperaturen um den Gefrierpunkt und ein aufklarender Himmel und abziehende Wolken, aber der Wetterbericht hatte vor Schnee und auffrischendem Wind weiter nördlich und später am Tag gewarnt. Gegen Abend sollten wir dennoch auf jeden Fall ankommen, es bestand also kein Grund zur Eile oder Sorge. Kein Grund, schneller zu fahren, als die Umstände es erlaubten.

Das tat ich auch nicht, und man hat es mir auch niemals vorgeworfen. Aber ein oder zwei unglückliche Sekunden reichen völlig, um ein Leben auf den Kopf zu stellen.

Oder enden zu lassen.

Es passierte zehn Minuten hinter Svenstavik. Es war dunkel und schneite. Nicht besonders stark, aber so viel, dass ich lieber etwas vom Gas ging. Als dieses Tier dann auf die Straße sprang, fuhr ich nicht mehr als knapp siebzig Kilometer in der Stunde, so stand es im Abschlussbericht, und es stimmt mit meiner Auffassung überein. Um einen Zusammenstoß zu vermeiden, lenkte ich nach links und geriet leicht ins Schleudern, und im selben Moment tauchte aus einer Kurve ein entgegenkommender Fernlaster auf. Ich versuchte, auf die richtige Straßenseite zurückzulenken, aber die Reifen fanden keinen Halt, und wir kollidierten mit dem schweren Fahrzeug auf der Gegenfahrbahn. Nicht frontal, eher seitlich, aber mit so viel Wucht, dass ich die Kontrolle über den Bus verlor. Ich bremste, es war zwecklos. Wir rutschten ins Gelände und stürzten zwanzig Meter einen Verwerfungshang hinunter. Mehr als fünfzig Meter von der Stelle entfernt, an der wir von der Straße abgekommen waren, landeten wir zwischen massiven Felsblöcken, der Bus wurde bis zur Unkenntlichkeit zusammengedrückt und fing Feuer.

Später an jenem Abend erwachte ich im Krankenhaus und erfuhr, dass bei dem Unfall siebzehn Schüler und eine Mutter umgekommen waren. Vier weitere lagen mit lebensgefährlichen Verletzungen im Krankenhaus, nur ein halbes Dutzend hatte den Unfall ohne Blessuren überstanden.

Ich lege den Stift weg und schließe mein Notizbuch. Bleibe noch einen Moment sitzen und richte den Blick in die Dunkelheit. Es lassen sich keine Anzeichen eines Morgengrauens erspähen. Nein, ich sollte wirklich nicht leben.

2

Eva Backman betrachtete den Mann, der soeben ihr Büro betreten hatte. Er schien um die vierzig zu sein, vielleicht auch etwas älter. Mittelgroß und leicht gebeugt, dunkle, zerzauste Haare und eine Brille; er sah aus, als hätte er sich im Zimmer geirrt.

Das war ihr erster Gedanke. Dass dieser Besucher versehentlich an die falsche Tür geklopft hatte, dass er in einer völlig anderen Angelegenheit unterwegs war und darauf eingestellt, einen ganz anderen Behördenvertreter zu treffen als Kriminalinspektorin Backman.

Zum Beispiel einen Juristen oder eine Bezirkskrankenschwester. Oder einen Pfarrer.

»Entschuldigung«, sagte er. »Hätten Sie vielleicht ein paar Minuten Zeit für mich?«

Der Kollege vom Empfang hatte sie natürlich angerufen, allerdings nicht näher erläutert, worum es ging. Er hatte nur gesagt, ein gewisser Albin Runge warte darauf, mit einem Polizeibeamten sprechen zu dürfen. Am liebsten mit einem Kriminalpolizisten, es gehe um eine etwas spezielle Angelegenheit.

»Man hat mir schon mitgeteilt, dass Sie kommen«, sagte sie. »Ich habe Zeit. Bitte, nehmen Sie Platz. Was kann ich für Sie tun?«

So leitete sie eigentlich immer das Gespräch ein, aber

ihr Besucher strahlte eine außergewöhnliche Zerbrechlichkeit aus. Als würde er augenblicklich kehrtmachen und den Raum verlassen wollen, wenn man ihn eine Spur zu forsch ansprach. Er nickte und setzte sich vorsichtig auf die äußerste Kante des einen Besucherstuhls, zog den Reißverschluss seiner abgetragenen Windjacke auf und holte etwas aus der Innentasche. Ein paar Briefumschläge, wenn sie recht sah, aber er gab sie ihr nicht. Stattdessen legte er sie auf seinen Knien ab und platzierte seine gefalteten Hände darauf, als wollte er sie so ihrem Blick entziehen.

Dann atmete er tief durch und entschuldigte sich nochmals.

»Ich möchte ihre Zeit wirklich nicht unnötig in Anspruch nehmen. Aber es gibt da etwas… ich heiße Albin Runge.«

Auch jetzt, als sie den Namen zum zweiten Mal hörte, verband sie nichts mit ihm. Später, als sie zu Hause war und mit Gunnar Barbarotti über die Angelegenheit sprach, fragte sie sich, ob es überhaupt möglich gewesen wäre, den Namen wiederzuerkennen. In der Presse war über den Mann berichtet worden, aber das lag Jahre zurück, und sie konnte sich nicht daran erinnern, ob seine Identität in den Medien überhaupt enthüllt worden war. Vielleicht, vielleicht auch nicht; es war manchmal nicht ganz leicht nachzuvollziehen, wann die verantwortlichen Redakteure und andere Instanzen der Auffassung waren, dass ein sogenanntes öffentliches Interesse vorlag. Und wann nicht.

»Ich verstehe«, sagte sie, ohne das Geringste zu verstehen. »Und warum sind Sie zu uns gekommen?«

»Ich glaube, mein Leben ist bedroht.«

Seine Stimme war tonlos, geradezu desinteressiert. Als ginge es ihn im Grunde nichts an, dass sein Leben in Gefahr war. Und sein Blick hinter den dünnen Brillengläsern drückte das Gleiche aus. Er war irgendwie ziellos, sie wusste nicht zu sagen, ob er sie ansah oder über ihre Schulter hinweg aus dem Fenster schaute.

»Ihr Leben ist bedroht?«

»Ja.«

»Und was veranlasst Sie, das zu glauben? Sie dürfen mir die Lage gern in groben Zügen skizzieren.«

»Es geht vor allem um diese Briefe«, sagte er und stupste vorsichtig mit einer Hand den kleinen Stapel weißer Umschläge an. »Und um einen Telefonanruf ...«

»Aha? Und was steht in diesen Briefen? Sind Sie damit einverstanden, dass ich sie lese?«

»Selbstverständlich«, antwortete er, gab sie ihr aber immer noch nicht. »Deshalb habe ich sie ja mitgebracht. Es steht in ihnen nicht, dass man die Absicht hat, mich zu töten, jedenfalls nicht explizit, aber es fällt mir dennoch schwer, ihren Inhalt anders zu interpretieren.«

Sie nickte und dachte, dass er recht gebildet klang. Ausdrücke wie »explizit« und »schwer, ihren Inhalt zu interpretieren« deuteten darauf hin.

»Und warum sollte Ihnen jemand drohen?«

»Dafür gibt es gute Gründe.«

»Verzeihung, aber was für Gründe sollen das bitte sein?«

Drogenhandel?, schoss ihr durch den Kopf. Schulden bei einer Rockerbande? Er sah beim besten Willen nicht so aus, als gehörte er in diese Kategorie, aber man konnte natürlich nie wissen. Er schien einen Moment zu zögern, rückte seine Brille zurecht und seufzte.

»Viele Menschen sind der Meinung, dass ich es nicht verdiene zu leben. Ich habe volles Verständnis für diese Auffassung.«

Eva Backman faltete die Hände auf der Schreibtischplatte und überlegte, ob bei dem Mann möglicherweise eine Schraube locker war. Ob sie es mit einem Mythomanen oder irgendeiner anderen Variante eines armen Teufels zu tun hatte, der den Kontakt zur Wirklichkeit verloren hatte.

»Ich denke, Sie müssen mir schon ein bisschen genauer erklären, was Sie meinen«, sagte sie. »Wenn Sie wirklich glauben, dass jemand Ihr Leben bedroht und Sie aus diesem Grund zu uns gekommen sind, müssen Sie mir die Sache etwas ausführlicher erläutern. Bitte, erzählen Sie.«

»Sie wissen nicht, wer ich bin?«

»Nein, ich habe ehrlich gesagt keine Ahnung, wer Sie sind.«

»Mein Name sagt Ihnen nichts?«

»Albin Runge? Nein, leider nicht.«

»Okay.« Er seufzte erneut und schien sich zu entscheiden. »Vor fünfeinhalb Jahren ereignete sich oben in Jämtland ein schweres Busunglück. Achtzehn Menschen verloren ihr Leben, siebzehn von ihnen Jugendliche. Sie waren auf dem Weg zu einer Skifreizeit in Duved. Sie haben bestimmt davon gehört, es stand in allen Zeitungen. Ich habe den Bus gefahren.«

Er verstummte und rückte erneut seine Brille zurecht. Eva Backman merkte, dass sie die Luft anhielt.

»Ich verstehe.«

Zum zweiten Mal innerhalb von drei Minuten. Diese idiotischste aller Bemerkungen. Was behauptete sie eigentlich zu verstehen?

»Ich wurde weder wegen Gefährdung des Straßenverkehrs noch wegen fahrlässiger Tötung verurteilt. Nicht einmal wegen fahrlässiger Körperverletzung. Ich wurde ohne Wenn und Aber freigesprochen, obwohl bestimmt viele der Meinung waren, dass ich eigentlich lebenslänglich hinter Gitter gehörte. Oder, wie gesagt, tot sein sollte.«

Ein flüchtiges Lächeln. Schief und deplatziert. Eva Backman lehnte sich zurück und versuchte, sich zu konzentrieren. Irgendetwas am Auftreten des Mannes störte sie. Etwas an seiner Art zu sprechen und seiner offensichtlichen Verletzlichkeit ging ihr vermutlich gegen den Strich. Unabhängig von seiner Geschichte, die auf die Schnelle wirklich nicht so leicht zu verdauen war. Wie lebt man nach einer solchen Erfahrung weiter? Wenn man den Tod von achtzehn Menschen zu verantworten hat? Was war geschehen? Wegen zwei Sekunden Unaufmerksamkeit? War er am Steuer kurz eingenickt? Aber er war ja freigesprochen worden.

Mein Gott, dachte sie. Die Frage lautete nicht, *wie* man weiterlebte, sondern *warum*. Kein Wunder, dass er so zerbrechlich und seltsam wirkte.

»Das hört sich ganz furchtbar an«, erklärte sie schließlich. »Ich erinnere mich, aber seither sind ja … was haben Sie gesagt? Fünf Jahre vergangen?«

»Gut fünfeinhalb Jahre.«

»Das kann für Sie nicht leicht gewesen sein.«

»Nein, leicht war es nicht.«

Er zögerte. Sie ließ ihm Zeit.

»Mein Leben war natürlich ein Scherbenhaufen«, fuhr er mit einem Anflug von Widerwillen in der Stimme fort. Widerwille dagegen, von etwas berichten zu müssen, was er tunlichst zu vergessen versuchte. »So würde es wahrscheinlich jedem gehen. Ich hätte bei dem Unfall ums Leben kommen sollen, aber aus irgendeinem Grund ging es anders aus. Aber ich bin nicht zu Ihnen gekommen, um Hilfe bei der Bewältigung meiner Schuldgefühle zu erhalten, damit muss ich selbst zurechtkommen. Mein Grund, zur Polizei zu gehen, ist, dass …«

Er verstummte. Zog ein Taschentuch aus der Jacke und putzte sich die Nase.

»Entschuldigen Sie. Der Grund dafür, dass ich hier sitze, ist also, dass mein Leben bedroht wird. Wie ich schon sagte … hm.«

Jetzt gab er ihr endlich die Briefe. Platzierte sie auf der Schreibtischkante und wischte sich die Hände an den Hosenbeinen ab, als wäre er etwas Schmutziges losgeworden. Eva Backman betrachtete den dünnen Stapel; vier Stück hatte er gesagt, mehr waren es nicht.

»Der Inhalt dieser Briefe lässt Sie glauben, dass jemand Ihr Leben bedroht, habe ich das richtig verstanden?«

»Ja. Und ein Telefonanruf.«

»Okay. Fangen wir mit den Briefen an, was können Sie mir zu ihnen sagen? Ich möchte sie nicht anfassen, bevor wir sie näher untersucht haben … auf Fingerabdrücke und so weiter. Ich möchte Sie außerdem bitten, Ihre Fingerabdrücke abnehmen zu dürfen, bevor Sie gehen.«

»Natürlich.«

»Wann haben Sie die Briefe bekommen, und wissen Sie, wer der Absender ist? Wenn es sich um denselben Absender handelt …«

»Der erste kam im Sommer, in der Woche vor Mittsommer, und seitdem sind sie im Abstand von jeweils gut einem Monat gekommen. Einer im August, einer im September, einer im Oktober.«

»Aha? Sprechen Sie weiter.«

»Bei den beiden letzten habe ich mir das Datum notiert … neunter September und zwölfter Oktober. Ich weiß nicht, wer sie mir geschickt hat, aber es scheint ein und dieselbe Person zu sein.«

Eva Backman nickte. »Ich werde sie natürlich lesen, aber

wir lassen wie gesagt vorher die Kriminaltechniker einen Blick auf sie werfen. Weshalb glauben Sie, dass es immer derselbe Absender ist?«

»Wegen des Stils und des Tonfalls. Es sind jedes Mal nur ein paar kurze Sätze, und es ist immer die gleiche Unterschrift. Nemesis.«

»Nemesis?«

»Ja, die Göttin der Rache. Der Rest ist ein Computerausdruck.«

Eva Backman schwieg einen Moment und dachte nach. Albin Runge änderte die Sitzhaltung und wirkte verlegen.

»Ich würde gerne noch einmal mit Ihnen sprechen, nachdem ich die Briefe gelesen habe und sie analysiert worden sind. Könnten Sie morgen noch einmal vorbeikommen?«

»Ich arbeite nicht mehr. Schon seit damals nicht mehr, als … nun ja. Ich kann kommen, wann immer es Ihnen recht ist.«

»Schön. Sagen wir morgen Nachmittag um zwei. Aber erzählen Sie mir doch bitte noch von dem Telefonat.«

Er putzte sich erneut die Nase.

»Entschuldigen Sie. In dieser Jahreszeit erkälte ich mich immer so leicht. Zu dem Anruf habe ich eigentlich nicht viel zu sagen.«

»Aber ein bisschen vielleicht schon?«

»Ja. Es war letzte Woche, am Donnerstag. Jemand rief mit unterdrückter Nummer an. Als ich mich meldete, ist es erst still geblieben, und dann hat eine Stimme gesagt: Hier spricht Nemesis. Wir fragen uns, warum du immer noch lebst. Hast du es nicht kapiert?«

»Das war alles?«

»Ja, das war alles.«

»Mann oder Frau?«

»Ein Mann.«

»Können Sie mir etwas zu seiner Stimme sagen?«

»Sie klang dumpf. Als spräche er durch einen Schal oder so.«

»Haben Sie die Stimme erkannt?«

»Nein.«

»Dass er eventuell durch einen Schal gesprochen hat, haben Sie das sofort gedacht?«

»Nein, erst als der Anruf vorbei war.«

»Und es war ein ziemlich kurzes Telefonat?«

»Nicht länger als zehn, fünfzehn Sekunden.«

»Und Sie haben nichts gesagt?«

»Nein. Was hätte ich sagen sollen?«

Eva Backman dachte einen Augenblick nach.

»Haben Sie mit jemand anderem über die Briefe und den Anruf gesprochen?«

»Nein … oder doch, über die beiden ersten Briefe. Mit Karin.«

»Wer ist Karin?«

»Karin ist meine Frau. Ich habe ihr von den Briefen erzählt, die ich im Sommer bekommen habe, im Juni und im August, aber nicht von den beiden anderen.«

»Und warum nicht? Warum nicht von den anderen?«

»Ich wollte sie nicht beunruhigen.«

»Aber Sie sind beunruhigt?«

Er zuckte mit den Schultern und lächelte erneut flüchtig und genauso gezwungen wie beim ersten Mal.

»Nein, nicht beunruhigt. Ich finde die Sache eher unangenehm. Aber ich kann verstehen, wenn jemand so empfindet.«

»Und wer? Wer, meinen Sie, soll so empfinden?«

»Die Eltern natürlich. Die ihre Kinder verloren haben, weil ich von der Straße abgekommen bin.«

»Sie glauben einer oder mehrere von ihnen stecken hinter diesen Drohungen?«

»Wer denn sonst?«

Gute Frage, dachte sie, als er gegangen war.

Nein, umgekehrt. Es war eine Frage, auf die es keine Antwort gab. Hatte man achtzehn Menschen auf dem Gewissen (siebzehn von ihnen noch Jugendliche, als sie starben, hatte er das nicht gesagt?), brauchte man sich wirklich nicht zu fragen, wo auf der Welt man am wenigsten geliebt wurde.

Und als das Wort *geliebt* in ihrem Kopf auftauchte, tauchte unmittelbar auch Inspektor Barbarotti auf. Sie sah auf die Uhr. Viertel nach fünf, er war vermutlich schon nach Hause gegangen.

Also zu sich.

Und nun würde Inspektorin Backman zu sich nach Hause gehen.

Das kam ihr falsch vor. Fürchterlich falsch.

Doch bevor sie das Präsidium an diesem Tag verlassen konnte, mussten natürlich noch die besagten Fingerabdrücke in Angriff genommen werden. Sie telefonierte, zog Plastikhandschuhe an und fischte mit Hilfe einer Pinzette die vier Briefe aus ihren Umschlägen. Fotografierte sie, bugsierte sie wieder hinein und deponierte alles in einer durchsichtigen Plastiktüte.

»Hier«, sagte sie, als Inspektor Klausen im Türrahmen erschien. »Schaffst du das bis morgen?«

»Selbstverständlich, meine Schöne«, versicherte Klausen. »Kein Problem.«

»Und Herr Runge ist bei dir gewesen?«

»Schon erledigt. Ein komischer Kauz, was hat er verbrochen?«

Eva Backman konnte es nicht lassen.

»Nichts Besonderes. Nur achtzehn Menschen umgebracht.«

Das hätte ich nicht sagen sollen, dachte sie, als sie sich auf ihr Rad schwang und in die Pedale trat. Aber Klausen ist so ein verfluchter Macho.

3

»Schön, dich zu sehen. Es ist lange her.«

»Mehrere Stunden«, sagte Gunnar Barbarotti. »Fast schon unerträglich lange.«

Er umarmte sie, und sie blieben eine Weile stumm im Flur stehen. Sie musste daran denken, wie vertraut sich seine Umarmung anfühlte. Dabei waren sie erst seit zwei Monaten zusammen und hatten sich noch nicht richtig geliebt. Es war ihre Entscheidung gewesen, und sie würde vermutlich bald Geschichte sein. Allerdings nicht an diesem Abend, vorerst musste die Vertrautheit reichen.

Denn sie hatten es nicht eilig. Sie waren beide um die fünfzig, er knapp darüber, sie knapp darunter, und kannten sich seit fast fünfundzwanzig Jahren. Ein halbes Leben als Kollegen und Freunde, das bedeutete natürlich einiges. Wahrscheinlich hatte es Vor- und Nachteile. Sie dachte, dass es keinen Menschen auf der Welt gab, den sie besser kannte als Gunnar Barbarotti. Nicht ihre Kinder. Nicht ihre Schwester. Nicht ihren früheren Mann … nein, den ganz bestimmt nicht.

Und im Polizeipräsidium wusste niemand, wie es um sie stand. Dass die Inspektoren Barbarotti und Backman gerade dabei waren, ein Paar zu werden. Dass sie zum Beispiel im September eine zweiwöchige Reise durch Europa gemacht hatten. Um nach seinem Vater zu suchen; das war ihr erklärtes Ziel gewesen, und sie hatten sein Grab im italienischen

Varese gefunden. Das hatte völlig ausgereicht, dadurch hatte sich eine Art Kreis geschlossen.

Vor ein paar Tagen erst waren sie von einer anderen Reise zurückgekehrt: in die neblige Stadt Maardam. Das war allerdings eine Dienstreise gewesen. Und jetzt, an diesem verregneten Novemberabend, war er zu ihr gekommen, um sie eine Stunde zu sehen, ehe er wieder zur Villa Pickford und seinen drei noch zu Hause wohnenden Kindern fuhr. Zwei eigene und eins von seiner verstorbenen Frau. Es war, wie es war, das Leben schrieb seine eigenen Regeln, es kam nur darauf an, sie lesen zu können und nach ihnen zu handeln.

Seine verstorbene Frau Marianne hatte ihn ermutigt, sich Eva zu nähern. In einem hinterlassenen Brief und vom Himmel aus. Auch das war, wie es war. Es blieb ein wenig unverständlich, aber es war zweifellos ein Rat, den man sehr ernst nehmen musste.

Was er auch getan hatte. Gott sei Dank.

»Wie geht es dir?«

»Gut. Komm rein, wir setzen uns auf die Couch. Möchtest du ein kleines Glas Wein?«

»Tee«, antwortete Gunnar Barbarotti. »Wenn du willst, kann ich dir die Füße massieren.«

»Das will ich«, sagte Eva Backman.

Es dauerte nicht lange, bis sie ihm von Albin Runge erzählte.

»Heute Nachmittag ist etwas Seltsames passiert. Ich bin bei dir vorbei, aber du warst schon nach Hause gegangen.«

»Nicht nach Hause«, wandte Barbarotti ein. »Ich war mit Sorgsen unterwegs, um einem Verdacht auf Brandstiftung nachzugehen. Draußen in Tystberga.«

»Wie schön«, sagte Eva Backman.

»Geht so. Und was ist jetzt also passiert?«

»Ich habe Besuch bekommen. Von einem Herrn mit einem recht speziellen Anliegen.«

»Aha?

Eva Backman trank einen Schluck Tee und erzählte ihm die Geschichte. Von dem zurückhaltenden Busfahrer, der achtzehn Menschenleben auf dem Gewissen hatte. Von dem diffusen Unbehagen, das sie während des Gesprächs beschlichen hatte, ein Unbehagen, das nicht ausschließlich seiner schrecklichen Geschichte geschuldet war.

Von den Briefen, die er als Morddrohung verstand.

»Und was steht in ihnen?«, erkundigte sich Barbarotti. »Du hast sie doch gelesen?«

Das hatte sie. Mehrere Male im Laufe des Nachmittags und Abends. Es waren ja nur ein paar Zeilen. Insgesamt neun Sätze, um genau zu sein, verteilt auf vier Briefe. Sie suchte sie auf dem Handy heraus und zeigte sie ihm.

Du lebst, während andere tot sind. Soll das wirklich so sein? Nemesis

Das war der erste. Abgeschickt und empfangen im Juni, wenn Albin Runges Angaben korrekt waren. Der Inhalt des zweiten, vom August, war fast identisch.

Andere Menschen sind gestorben. Du lebst, ist das wirklich gerecht? Nemesis

In Nummer drei und vier, die im September und Oktober gekommen waren, hatte sich der Ton verschärft.

Immer noch am Leben? Man scheint dir auf die Sprünge helfen zu müssen. Nemesis

Das ganze Leben lag noch vor ihnen. Du hast jetzt fast dein ganzes Leben hinter dir. Hast du verstanden oder müssen wir noch deutlicher werden? Nemesis

Gunnar Barbarotti schüttelte den Kopf.

»Merkwürdig. Und das ist alles?«

»Abgesehen von einem Anruf vor ein paar Tagen. Jemand hat sich gemeldet, als Nemesis, und Runge gefragt, ob er schwer von Begriff sei. Genauso wortkarg wie die Briefe, wenn wir seinen Angaben Glauben schenken wollen ... und das sollten wir wohl.«

»Gibt es irgendeinen Grund, ihm nicht zu glauben?«

»Nein, ich wüsste nicht, warum er sich so etwas ausdenken sollte. Außerdem hat er ja volles Verständnis dafür, dass er so angegangen wird. Er findet es nicht seltsam, dass sein Leben bedroht wird.«

»So versteht er die Briefe? Dass jemand es wirklich auf ihn abgesehen hat?«

Eva Backman zuckte mit den Schultern. »Wie siehst du es?«

Barbarotti dachte eine Zeitlang nach. »Na ja, es geht schon in die Richtung, oder? Und in Frage kommen ...?«

»Die Eltern. Einer oder mehrere von denen, die bei dem Unfall Kinder verloren haben und sich jetzt rächen und den Schuldigen bestrafen wollen. Vor Gericht wurde er freigesprochen, nicht einmal wegen Gefährdung des Straßenverkehrs ist er verurteilt worden, irgendjemand könnte also durchaus finden, dass der Tod eines Kindes etwas Strengeres verlangt ... oder der Tod von achtzehn Menschen, um genau zu sein, von siebzehn Kindern und einem Erwachsenen. Die Eltern sind laut Runge die einzige Möglichkeit, und ... nun, es fällt einem weiß Gott nicht schwer, ihm in dem Punkt zuzustimmen. Oder siehst du es anders?«

»Nein, da kann man ihm kaum widersprechen«, erklärte Barbarotti und wechselte vom linken zum rechten Fuß. »Was für eine seltsame Geschichte. Und eine unangenehme noch dazu. Hast du einen Plan? Ich meine, wie geht man in einem solchen Fall vor?«

»Gute Frage«, seufzte Eva Backman. »Ich habe leider nicht einmal ansatzweise einen Plan. Aber wenn Stigman mir vorschlägt, siebzehn Elternpaare anzurufen, die bei dem Unfall ein Kind verloren haben, um sie zu fragen, ob sie möglicherweise beabsichtigen, einen Busfahrer umzubringen, werde ich mich weigern. Das geht einfach nicht.«

»Das sehe ich genauso«, sagte Barbarotti. »Aber was, wenn es wirklich dazu kommt. Ich meine, stell dir das bitte mal vor… dass er ermordet wird, und wir haben von seiner Situation gewusst, aber nichts unternommen. Die Medien würden einen Orgasmus kriegen, wenn sie Wind davon bekämen.«

»Der Gedanke ist mir auch schon gekommen.«

Barbarotti nickte. »Große Geister denken in den gleichen Bahnen. Übrigens, wer war eigentlich die achtzehnte Person, die bei dem Unglück gestorben ist? Siebzehn Jugendliche und ein Erwachsener?«

Eva Backman runzelte die Stirn. »Ich weiß es ehrlich gesagt nicht. Ich habe vergessen, Herrn Runge danach zu fragen, und bin nicht mehr dazu gekommen, es zu ermitteln. Ein Elternteil wahrscheinlich… oder irgendeine Begleitperson, anscheinend war eine Handvoll Erwachsener in dem Bus.«

»Hm«, sagte Gunnar Barbarotti. »Dann ist es mit anderen Worten also durchaus denkbar, dass jemand nicht nur ein Kind, sondern auch einen Ehemann oder eine Ehefrau verloren hat?«

Eva Backman dachte nach. »Nicht auszuschließen«, stellte

sie fest. »Auf die Idee bin ich noch gar nicht gekommen, aber du hast natürlich recht. In der schlechtesten aller Welten … ja, warum nicht? Aber das lässt sich ja problemlos herausfinden. Es dürfte eine ziemlich umfangreiche Ermittlungsakte zu dem Unfall geben.«

»Wann ist es nochmal passiert?«, fragte Barbarotti. »Vor ein paar Jahren …?«

»Vor fünfeinhalb sogar. Der Unfall war Ende März 2007. Das Ganze ist also schon ziemlich lange her. Warum wartet man so lange, ehe man … für Gerechtigkeit sorgt? Oder worauf man es sonst abgesehen hat?«

»Es gibt eine alte englische Redensart«, sagte Barbarotti. »*Revenge is a dish best served cold* … oder so ähnlich. Und Stigman hast du noch nichts erzählt?«

Eva Backman gestattete sich einen weiteren Seufzer. »Morgen um zehn. Willst du dabei sein?«

»Äußerst ungern«, erwiderte Gunnar Barbarotti. »Aber ich komme.«

Eva Backman lächelte. »Weißt du, manchmal bilde ich mir fast ein, dass du auf dem besten Weg bist, ein echter Gentleman zu werden. Sehe ich das richtig?«

»Oh ja«, antwortete Inspektor Barbarotti mit Nachdruck. »Wenn man dein Herz gewinnen will, darf man kein Detail außer Acht lassen.«

»So, so«, sagte Inspektorin Backman. »Tja, du massierst jedenfalls gut.«

Es wurde eine ungewöhnlich kurze Besprechung, was vor allem daran lag, dass Kommissar Stig Stigman nur wenig Zeit hatte. Barbarotti und Backman betraten sein Büro um zwei Minuten vor zehn und verließen es um acht nach.

Ihre Anweisungen waren glasklar.

Eine ernstzunehmende Angelegenheit. Ernstzunehmend.

Weiterarbeiten wie gewohnt und nach gesundem Menschenverstand. Beide Inspektoren, wie es ihre Zeit erlaubt. Aber keinesfalls andere Fälle vernachlässigen wegen dieser Sache. So viel sollte klar sein.

Haltet mich auf dem Laufenden.

Fragen?

Weder Barbarotti noch Backman hatten irgendwelche Fragen.

Schön.

Und als wie verabredet um zwei Uhr nachmittags Albin Runge auftauchte, waren die beiden Inspektoren zur Stelle.

4

BACKMAN: Willkommen zurück, Herr Runge. Schön, dass Sie die Zeit gefunden haben, zu uns zu kommen.

RUNGE: Ich habe alle Zeit der Welt. Vorerst jedenfalls.

BACKMAN: Ausgezeichnet. Das hier ist mein Kollege, Inspektor Barbarotti.

RUNGE: Guten Tag.

BARBAROTTI: Guten Tag, Herr Runge. Ich bin mit Ihrem Fall vertraut. Inspektorin Backman hat mich ins Bild gesetzt.

RUNGE: Ich verstehe.

BACKMAN: Wie ich gestern bereits erwähnt habe, müssen wir Ihnen einige ergänzende Fragen stellen. Das sollte nicht länger als eine halbe Stunde dauern.

RUNGE Ich habe es nicht eilig.

BARBAROTTI: Darf ich den Anfang machen? Was die Briefe betrifft, gibt es zwei Punkte, die ich gerne klären würde.

RUNGE: Ach ja?

BARBAROTTI: Erstens, von wo sie abgesendet worden sind. Ich selbst habe die Umschläge noch nicht gesehen, aber vielleicht können Sie uns ja eben darüber aufklären? Wenn es keine Postämter gibt, die sich ablesen lassen…?

RUNGE: Man kann es nicht mehr so gut sehen wie früher, aber ich glaube, auf einem steht Stockholm und auf einem zweiten Göteborg.

BARBAROTTI: Und was ist mit den beiden anderen?

RUNGE: Nein, nichts.

BARBAROTTI: Danke. Als Zweites würde ich gerne erfahren, welche Personen mit den Briefen in Kontakt gekommen sind. Wegen der Fingerabdrücke und so weiter.

RUNGE: Meinen Sie die eigentlichen Briefe oder die Umschläge?

BARBAROTTI: Beides. Aber in erster Linie die Briefe. Die Umschläge sind ja auch durch die Hände von Postangestellten gegangen, da kommen wir vermutlich nicht weit.

RUNGE: Ich verstehe. Wenn mich nicht alles täuscht, hat Karin, meine Frau, die beiden ersten Briefe in der Hand gehabt. Als sie die Schreiben gelesen hat. Die anderen zwei habe nur ich berührt. Und …

BARBAROTTI: Und?

RUNGE: Der Verfasser natürlich.

BARBAROTTI: Sie glauben, dass es ein Er ist?

RUNGE: Nein, keine Ahnung. Aber der Anrufer war ein Mann.

BARBAROTTI: Da sind Sie sich sicher?

RUNGE: Ganz sicher. Aber es könnten natürlich auch mehrere dahinterstecken.

BACKMAN: Sie meinen, weil das Wort *wir* benutzt wird?

RUNGE: Ja. Und weil es nicht nur einen Menschen gibt, der guten Grund hat … nun ja.

BACKMAN: Guten Grund hat wozu?

RUNGE: Sich meinen Tod zu wünschen.

BACKMAN: Wir wollen hoffen, dass es sich trotz allem nicht so verhält.

RUNGE: Die Hoffnung stirbt zuletzt.

BARBAROTTI: Wenn ich es richtig verstanden habe, gehen Sie davon aus, dass hinter diesen Briefen eine Gruppe von Eltern stecken könnte. Eltern, die bei dem Unfall ein Kind verloren haben. Aber gibt es in Ihren Augen außer reinen Vermutungen irgendetwas, was diese Sichtweise stützt?

RUNGE: Nein, allerdings finde ich auch nicht, dass das nötig ist.

BARBAROTTI: Das kann man so oder so sehen. Außerdem sind seit dem Unfall fast sechs Jahre vergangen. Erinnern Sie sich, ob es auch schon Äußerungen dieser Art gab, als es gerade passiert war? Oder während des Gerichtsverfahrens?

RUNGE: Nein … nein, ich kann mich nicht erinnern, dass so etwas vorgekommen wäre.

BARBAROTTI: Und später auch nicht? In der Zeit bis zum ersten Brief?

RUNGE: Nein, es hat mit dem Brief im Juni angefangen.

BARBAROTTI: Also mehr als fünf Jahre nach dem Busunglück?

RUNGE: Ja.

BACKMAN: Haben Sie außer mit Ihrer Frau noch mit jemand anderem über die Briefe und das Telefonat gesprochen?

RUNGE: Nein. Und ich habe ihr gegenüber auch nur die beiden ersten Briefe erwähnt. Ich glaube, das habe ich gestern bereits gesagt.

BACKMAN: Das haben Sie. Wir müssen uns nur vergewissern, dass wir nichts falsch verstanden haben. Außerdem ist es gut, wenn wir das eine oder andere ausschließen können. Mir ist bewusst, dass die Ereignisse 2007 ein furchtbarer Schlag für Sie gewesen sein müssen. Wie sieht es aus, haben Sie mit guten Freunden … Verwandten oder Bekannten über den Unfall gesprochen?

RUNGE: Nein. Ich habe einige Psychologen aufgesucht. Aber ansonsten habe ich das eher mit mir ausgemacht. Ich habe ohnehin keinen sonderlich großen Bekanntenkreis, hatte ihn früher nicht und habe ihn auch heute nicht.

BACKMAN: Aber als es passierte, waren Sie nicht mit Karin verheiratet?

RUNGE: Nein, damals war ich mit Viveka verheiratet. Wir haben uns dann im Herbst des Jahres … also 2007, scheiden lassen. Es war eine Entscheidung, die wir gemeinsam getroffen haben.

BARBAROTTI: Hat es da einen Zusammenhang zu dem Unglück gegeben? Verzeihen Sie, dass ich das frage, aber es ist gut, wenn wir nichts übersehen. Und was Sie uns hier anvertrauen, bleibt selbstverständlich unter uns.

RUNGE: Das spielt keine Rolle. Aber es stimmt, unsere Scheidung hing zweifellos mit dem Unfall zusammen. Wir waren uns einig, getrennte Wege gehen zu wollen, es funktionierte einfach nicht mehr.

BACKMAN: Und wann haben Sie Ihre jetzige Frau Karin kennengelernt?

RUNGE: Ich kann ja verstehen, dass Sie diese Dinge fragen, aber das hat nun wirklich nichts mit dieser Sache zu tun … mit den Briefen und den Drohungen, meine ich.

BACKMAN: Das ist sicher richtig. Aber könnten Sie die Frage vielleicht trotzdem beantworten?

RUNGE: Karin und ich haben uns im Frühjahr 2009 kennengelernt. Im Jahr darauf haben wir geheiratet.

BACKMAN: Das heißt, Sie sind jetzt seit zwei Jahren verheiratet?

RUNGE: Seit gut zweieinhalb.

BACKMAN: Danke. Ich glaube, im Moment habe ich keine weiteren Fragen. Wir sind noch dabei, die Briefe zu analysieren, und es ist durchaus möglich, dass wir uns wieder bei Ihnen melden, sobald wir fertig sind. Darüber hinaus wäre es gut, wenn wir die Fingerabdrücke Ihrer Frau bekommen könnten, also wenn Sie nichts …

RUNGE: Ich will auf gar keinen Fall, dass sie in die Sache hineingezogen wird. Sie muss herausgehalten werden, es wäre …

BARBAROTTI: Was wäre es?

RUNGE: (nach längerem Zögern) Es wäre eine allzu große Belastung für uns. Ich habe es ja bewusst unterlassen, ihr von den letzten beiden Briefen zu erzählen … und von dem Anruf. Nein, ich kann sie nicht bitten, der Polizei zu erlauben, ihre Fingerabdrücke abzunehmen, das geht auf gar keinen Fall. Dann lassen wir das Ganze lieber.

BACKMAN: Ich kann ja verstehen, dass Sie zögern, aber wenn wir diese Drohungen ernst nehmen, müssen wir schon …

RUNGE: (erregt) Nein, nein, nein. Dem werde ich niemals zustimmen.

BARBAROTTI: Entschuldigen Sie, aber es gäbe da vielleicht noch einen anderen Weg.

RUNGE: Einen anderen Weg? Wie meinen Sie das?

BARBAROTTI: Nun, es reicht uns ja schon, wenn wir ein paar Fingerabdrücke Ihrer Frau bekommen. Sie muss vielleicht gar nichts davon erfahren. Wir wollen ja nur ihre … und Ihre … Abdrücke für den Fall ausschließen können, dass wir andere auf den Briefen finden. Was denken Sie?

RUNGE: Sie meinen, ich soll Ihnen ihre Fingerabdrücke geben, ohne dass sie etwas davon erfährt?

BARBAROTTI: Genau. Sie könnten mit einem Glas zu uns kommen, das sie in der Hand gehalten hat, oder mit irgendetwas anderem. Aber das ist nur ein Vorschlag, die Entscheidung liegt ganz bei Ihnen.

BACKMAN: Ich weiß nicht, ob …

RUNGE: Gut. So machen wir es. War sonst noch etwas? Ist es in Ordnung, wenn ich morgen oder übermorgen vorbeikomme?

BARBAROTTI: Das wäre ganz hervorragend.

»Du kannst manchmal ganz schön unorthodox sein«, stellte Eva Backman fest, als sie das Aufnahmegerät abgeschaltet hatte und Albin Runge gegangen war. »Wenn man es nicht einfallsreich nennen will. Sollen wir das Band lieber sofort löschen?«

»Man muss wirklich nicht jedes kleine Gespräch dokumentieren«, erwiderte Barbarotti. »Aber ich stimme deiner Einschätzung zu.«

»Welcher Einschätzung?«

»Dass Herr Runge eine seltsame Gestalt ist. Angesichts der Umstände ist das andererseits vielleicht auch nicht weiter verwunderlich.«

»Du meinst das Busunglück?«

»Ja. Gut möglich, dass er vorher ein völlig anderer Mensch war. Es muss schwer sein, über eine solche Tragödie hinwegzukommen.«

»Wenn du mich fragst, ist es mehr oder weniger unmöglich«, sagte Eva Backman. »Aber was denkst du über die Briefe und die Drohungen? Und was sollen wir tun?«

»Mein Einfallsreichtum hat soeben Schiffbruch erlitten«,

erklärte Gunnar Barbarotti, nachdem er eine Weile nachgedacht hatte. »Aber wenn ich eine Idee habe, sage ich dir Bescheid.«

»Haha«, sagte Eva Backman. »Aber vielleicht können wir das Ganze ja auch vergessen. Die Geschichte könnte einfach im Sand verlaufen, obwohl ich zugeben muss, dass das wohl eher ein frommer Wunsch ist.«

»Wir werden sehen«, meinte Barbarotti. »Jedenfalls halten wir uns vorerst zurück, oder?«

»Das tun wir«, sagte Eva Backman. »Solange sich nicht herausstellt, dass ein alter Bekannter seine Fingerabdrücke auf einem der Briefe hinterlassen hat.«

»Dann gehen wir auf Alarmstufe Rot«, sagte Barbarotti. »Oder wie das heißt.«

August – September 2018

5

Es war Ende August, in der Blütezeit der brennenden Autos.

Gunnar Barbarotti meinte sich zu erinnern, dass es auch der Monat war, in dem die meisten Kriege ausbrachen. War es nicht so? Als würde die sommerliche Hitze, oder das Ausbleiben der erwarteten Hitze, mit einer gewissen natürlichen Notwendigkeit Streitigkeiten und schwelende Konflikte zum Überkochen bringen. Die Menschen veranlassen, von Worten zu Taten überzugehen, von Zankereien und Drohungen zu regelrechter Gewalt.

In einem größeren oder kleineren Maßstab und in unterschiedlichen Varianten.

Draußen in der Welt auf Makroniveau: bewaffnete Konflikte. Kriegserklärungen.

In Kymlinge und anderen schwedischen Städten: Bandenkriege. Messerstechereien und Schießereien. Vergewaltigungen. Vandalismus.

Und, wie gesagt, Autos, die nachts abgefackelt wurden.

In der Woche vor dem Beginn des neuen Schuljahrs war es meist am schlimmsten. Die Rückkehr der Jugendlichen in die Stadt, von Sommerjobs oder trägem Faulenzen, führte unweigerlich zu einer höheren Arbeitsbelastung der Polizei. Er dachte darüber nach, ob es tatsächlich schlimmer geworden war. Alle behaupteten, es sei so, die brutalere und etwas weniger brutale Gewalt sei eskaliert, und so gern er dieses populistische Zerrbild vom Zustand des Landes entkräftet hätte, ließ sich dies leider nur schwer leugnen.

Es herrschte einraueres Klima. Es handelte sich nicht nur um eine tendenziöse Berichterstattung in Boulevardblättern und sozialen Medien. Es ging nicht nur um die demagogischen Parolen der rechtspopulistischen Schwedendemokraten. Die Wirklichkeit hatte sich verdüstert. Hatte sich polarisiert und war härter geworden. Immer mehr kriminelle Banden tauchten auf. Das organisierte Verbrechen hatte Wurzeln geschlagen. So sah die bittere Wahrheit aus, und man hatte lediglich die Wahl, ihr ins Auge zu sehen oder die Augen vor ihr zu verschließen. Oder?

Er gähnte.

Sie zu bekämpfen?

Gute Frage. Oder eigentlich eine Frage, die sich ihm gar nicht stellte, da er den Beruf hatte, den er nun einmal hatte. Ein Kriminalkommissar, der kein Interesse daran hatte, das Böse – und dessen Vertreter – zu bekämpfen, wie zum Teufel sähe das denn aus?

Oder war er nur alt geworden? Das war ein anderer Aspekt des Ganzen, der einen auch nicht unbedingt optimistisch stimmte. Und brauchte man – ein dritter Aspekt – vielleicht einfach etwas mehr Koffein im Blut, je älter man wurde? Um irgendwie noch mitzukommen. *Coffee – the heartblood of tired men*, wie er irgendwo gelesen hatte.

Er seufzte und warf einen Blick zum Seitenfenster hinaus, um zu schauen, ob Eva Backman nicht bald kommen würde. Deshalb hatten sie nämlich vor dem 7-Eleven-Laden gehalten. Um ihren Kaffeetank vor der anstehenden Abendschicht aufzufüllen. Zwei mittelgroße Caffè Latte, beide mit einem zusätzlichen Schuss Espresso.

Zwei Zimtschnecken, er wusste nicht recht, ob sie es

schaffen würden, sich das alles auf dem Weg nach Rocksta einzuverleiben, aber man konnte ja einen kleinen Umweg fahren. Jedenfalls… schloss er seine Analyse ab, weil Eva auf den Bürgersteig hinaustrat… jedenfalls ging es hier nicht um ein Entweder-oder, sondern um ein Sowohl-als-auch.

Die Gesellschaft war schlimmer, und er selbst war älter geworden.

Ich wäre besser Philosoph geworden, dachte er und gähnte noch einmal.

»Deshalb hat er das bestimmt gesagt«, stellte er fest, als sie auf dem Beifahrersitz Platz genommen und ihm seinen Kaffeebecher gereicht hatte. »Meinst du nicht auch?«

»Weißer Mann sprechen mit gespaltener Zunge«, erwiderte Eva Backman und biss in ihr Teilchen.

»Also, ich habe nachgedacht«, verdeutlichte Barbarotti. »Vor zwanzig Jahren wären wir zu einem Einsatz wie diesem doch niemals bewaffnet gefahren? Oder vor zehn Jahren?«

Eva Backman kaute auf ihrer Zimtschnecke und antwortete nicht.

»Ich meine, Monsieur Stigman mag ja sein, wie er ist, aber selbst er hätte uns früher nicht ermahnt, Schusswaffen mitzunehmen, meinst du nicht? Bei so einem Fall? Wir wollen doch nur ein paar Fragen stellen… dieser Swingbring ist doch nicht einmal vorbestraft.«

»Er heißt nicht Swingbring«, korrigierte Eva Backman ihn. »Er heißt Swingbrunn.«

»Ich finde nicht, dass das Einfluss auf meine Argumentation hat«, beharrte Barbarotti. »Wir sollen zu ihm fahren, ihm vier oder fünf Fragen stellen, ihm anschließend für seine Hilfe danken und uns wieder zurückziehen. Was also rechtfertigt, dass wir Schusswaffen tragen?«

»Er ist Physiklehrer und Fußballtrainer«, sagte Eva Backman.

Barbarotti trank einen Schluck Kaffee und ließ den Wagen an.

»Daran habe ich nicht gedacht«, gestand er. »Aber trotzdem?«

»Ja, ich weiß«, seufzte Eva Backman. »Und bin ganz deiner Meinung, es kommt einem wirklich ein bisschen übertrieben vor. Aber jetzt ist es, wie es ist. Wir leben in der Zeit, in der wir nun einmal leben, das lässt sich nicht ändern. Ich verspreche dir, erst zu fragen und dann zu schießen.«

»Good thinking«, sagte Barbarotti. »Ich bleibe im Hintergrund und decke deinen Rückzug. Wie geht es denn eigentlich Viktor?«

Ihr Sohn hatte angerufen, als sie gerade aus dem Auto gestiegen war, deshalb fragte er.

»Geht so«, antwortete Eva Backman. »Es ist nicht leicht, sich scheiden zu lassen, wenn man noch keine fünfundzwanzig ist.«

Barbarotti nickte, kommentierte die Sache jedoch nicht weiter. Stattdessen dachte er kurz an seine eigenen Scheidungen zurück. Die mehr oder weniger freiwillige von Helena vor hundert Jahren und die von Marianne. Wie lange war das jetzt her? Sechs Jahre. Und vier Monate, um genau zu sein. Aber das war keine richtige Scheidung gewesen, der Tod hatte sie auseinandergerissen. Sie wartete auf der anderen Seite auf ihn, was eine andere Art von Wahrheit war als die über die zunehmende Gewalt… das genaue Gegenteil, könnte man sagen, und vielleicht war es da oben ja tatsächlich möglich, zwei Ehefrauen zu haben? Marianne und Eva Backman. Über dieses Thema hatte er mehr als einmal mit unserem Herrgott gesprochen, fand aber nicht, dass er eine eindeutige Antwort bekommen hatte. Nur ein freundliches und leicht amüsiertes Lächeln.

Ein Lächeln aus dem Himmel. Nicht das Schlechteste, man könnte sogar …

»Weshalb kicherst du?«

»Kichere!«, protestierte Barbarotti und bog in den Rockstavägen. »Ich kichere nicht.«

»Und ob du gekichert hast«, beharrte Eva. »Ich habe es ganz deutlich gehört.«

»Hm«, meinte Barbarotti. »Wenn das so ist, muss es an dir und mir gelegen haben. Ich habe daran gedacht, dass wir jetzt schon ziemlich lange zusammen sind.«

»Ich glaube, du lügst«, sagte Eva Backman und legte eine Hand auf sein Knie. »Aber okay, es sind mittlerweile schon fünf oder sechs Jahre … je nachdem, wie man rechnet. Ich würde jedenfalls behaupten, dass ich seit fast vier Jahren in der Villa Pickford wohne … oder?«

Barbarotti dachte nach und legte seine Hand auf ihre. Es stimmte. Im Dezember 2014 war sie eingezogen, nachdem sie zunächst gestanden hatten, was jeder Kollege im Polizeipräsidium ohnehin längst wusste. Dass die Kriminalinspektoren Barbarotti und Backman nicht nur Arbeitskollegen im Präsidium von Kymlinge, sondern auch ein Liebespaar waren. Oder wie man es sonst nennen sollte, aber ihm gefiel diese Bezeichnung am besten. *Ein Liebespaar.*

»Ich liebe dich, Eva«, sagte er deshalb. Aus tiefstem Herzen, so empfand er wirklich, und in derselben Sekunde sahen sie die zwei mit den Fackeln.

»Was ist denn da los?«

Eva Backman klopfte an die Seitenscheibe und bat ihn, langsamer zu fahren.

Auf einer Parallelstraße, die offenbar in ein Wohnviertel

namens Vårdstaden führte, das im Volksmund jedoch nur Rocksta Light genannt wurde, weil es eine Art Vorort des Stadtteils Downtown Rocksta war, der Kymlinges diskreter Beitrag zu dem war, was aus dem Munde von Politikern als *Problemviertel, sozialer Brennpunkt* und Ähnliches bezeichnet wurde. Inspektorin Backmans Aufmerksamkeit war von zwei dunkel gekleideten Gestalten geweckt worden, die sich in dieselbe Richtung bewegten wie sie selbst. Zwischen ihnen lag eine Lücke von etwa fünfzehn Metern; die vordere trug einen offenbar schweren, aber zunächst nicht identifizierbaren Gegenstand und bewegte sich ein wenig plump und leicht gebückt; die zweite hielt über ihrem Kopf vier brennende Fackeln hoch, zwei in jeder Hand. Sie eilten im Laufschritt die menschenleere Straße hinab, und ihre Absicht war klar, ohne dass die beiden Beobachter auf der Parallelstraße länger darüber nachdenken oder Worte darüber verlieren mussten. Als Barbarotti ungefähr auf gleicher Höhe mit dem Paar war, aber abbremsen musste, erreichte der vordere Mensch ein geparktes Fahrzeug. Er hob ein wenig mühsam den Gegenstand an, den er trug und der sich nun eindeutig als großer Benzinkanister identifizieren ließ, und schüttete dessen Inhalt großzügig auf das Fahrzeug, ein recht betagtes Auto asiatischer oder europäischer Standardbauart. Von oben über die Motorhaube, von der Seite und einen Schuss darunter. Anschließend eilte er in Fahrtrichtung weiter, während sein Kumpel mit einer geschmeidigen, fast einstudiert wirkenden Rückhandbewegung eine der Fackeln unter den Wagen schwang.

Das hatte eine unmittelbare und explosive Wirkung. Statt eines Autos gab es plötzlich ein Flammenmeer. Es war zwar nur von begrenzter Höhe und Breite, aber in der bläulich dunklen Spätsommernacht äußerst ansprechend.

»Verdammt!«, entfuhr es Eva Backman, die ihre Tür öffnete, obwohl das Auto noch rollte. Sie rief etwas, Barbarotti verstand nicht, was, und machte Anstalten auszusteigen. Barbarotti bremste und hielt, aber noch ehe sie etwas unternehmen konnten, hatten die beiden schon den nächsten Wagen erreicht, einen SUV, der zwanzig bis dreißig Meter vor dem ersten parkte.

Die gleiche Prozedur wiederholte sich. Benzin, Fackel, Flammenmeer.

Eva Backman zog die Tür zu.

»Verdammt, verdammt! Fahr an ihnen vorbei!«

Barbarotti fuhr weiter und bremste auf Höhe des nächsten parkenden Wagens, knapp hundert Meter vor den beiden nach wie vor brennenden Metallkadavern. Er dachte, dass sich die Täter, die, ohne zu zögern, unterwegs zu ihrem dritten Ziel waren, auch eine Straße mit wesentlich mehr parkenden Autos hätten aussuchen können, Front an Heck sozusagen, und dass der Angriff dann wesentlich effektiver gewesen wäre.

Aber vielleicht gab es dafür ja einen triftigen Grund, vielleicht hatten sie sich die Sache gut überlegt. Eva Backman war bereits aus dem Auto gesprungen und sprintete nun über den breiten grasbewachsenen Streifen Brachland, der die beiden Straßen voneinander trennte. Sie schrie etwas, aber der Benzinmann, der noch einige Meter von dem dritten Auto entfernt war, hörte ihren Ruf nicht oder ignorierte ihn. Barbarotti sprang aus dem Wagen, folgte seiner Kollegin und Lebensgefährtin, beobachtete, wie der Benzinmann alles, was an Flüssigkeit noch in dem Kanister war, ausleerte, ihn neben sich fallen ließ und weiterlief.

Eine Sekunde später machte Barbarotti die nächste Beobachtung und hielt mitten im Schritt inne. In dem Wagen saßen Menschen. Zwei, wenn ihn nicht alles täuschte. Er schrie Eva Backman, die jetzt noch dreißig bis vierzig Meter von dem Fahrzeug entfernt war, etwas zu, er wusste nicht, was. Eva hielt ebenfalls inne und rief den Fackelmann an, der in wenigen Sekunden das dritte Ziel des Abends erreicht haben würde und nun in einer Geste absurden, aufgekratzten Triumphs seine verbliebenen Fackeln schwenkte.

»Halt! Polizei! Ich schieße!«

Wahrscheinlich war es das, was sie rief, und Barbarotti begriff, dass auch sie die Menschen in dem Auto entdeckt hatte. Jedenfalls zeigte ihre Warnung keine Wirkung. Der Fackelmann setzte seinen Weg fort, warf eventuell einen Blick in die Richtung der beiden Fremden, die aus dem Nichts aufgetaucht waren und versuchten, sein Werk der Verwüstung zu stören. Hinterher wusste Barbarotti nicht, ob er höhnisches Gelächter gehört oder ob er sich das nur eingebildet hatte, aber es stand fest, dass der Mann beabsichtigte, seine verbliebenen Fackeln loszuwerden und sein drittes Feuer an diesem Abend zu legen.

In dem Moment explodierte das erste Auto; Barbarotti meinte zu wissen, dass Autos eigentlich nicht auf diese Art explodieren sollten, aber vielleicht galt das auch noch nicht für Fahrzeuge, die schon zwanzig, dreißig Jahre auf dem Buckel hatten. Eva Backman verzichtete darauf, eine weitere Warnung zu rufen. Dafür war keine Zeit. Stattdessen stellte sie sich breitbeinig auf, zielte und schoss.

Sie zielte tief, aber Sekundenbruchteile, bevor der Schuss abgefeuert wurde, beugte der Fackelmann sich herab, um seine Fackeln leichter unter den Wagen schleudern zu können, und die Kugel traf ihn in die Stirn.

Er war wahrscheinlich auf der Stelle tot und blieb drei Meter hinter dem Auto liegen, übrigens einem nicht ganz neuen, silberfarbigen Volvo C 30. Auch die Fackeln lagen auf der Straße und brannten noch, offensichtlich jedoch ohne in Kontakt mit den Benzindämpfen zu kommen, die den PKW umgaben. Eva Backmans erste Maßnahme nach dem Schuss bestand darin, zu den Fackeln zu rennen und sie in den Straßengraben zu treten. Anschließend ging sie zu dem Auto, riss die Tür auf der Fahrerseite auf und erklärte dem jungen Paar, das sich in dem Wagen küsste, sie sollten jetzt verdammt nochmal aufhören herumzumachen und an die frische Luft kommen.

Barbarotti hatte fünf Sekunden still gestanden und das Geschehen beobachtet, nahm nun jedoch die Jagd auf den Benzinmann auf. Er war mindestens fünfzig Meter von ihm entfernt und erkannte, dass er diesen Vorsprung niemals würde aufholen können. Deshalb setzte er die ganze Kraft seiner Lunge ein und rief. Oder brüllte, um genau zu sein.

»Halt! Polizei! Ich schieße!«

Er zog seine Waffe und feuerte senkrecht einen Schuss in den immer noch tiefblau getönten Abendhimmel.

Der Benzinmann blieb stehen. Als Barbarotti bei ihm war, schätzte er, dass der Junge zwischen vierzehn und siebzehn Jahre alt war.

Er machte ein trotziges Gesicht, aber seine Unterlippe zitterte.

»Was ist mit ...?«

»So läuft es dann«, sagte Barbarotti. »Du kommst mit, wir müssen uns unterhalten.«

6

»Wir müssen die Details klären«, stellte Stigman fest. »Die Details müssen geklärt werden.«

Er trug eine grüne Krawatte. Das war ungewöhnlich, nicht die Krawatte, wohl aber die Farbe, und Kommissar Barbarotti fragte sich, ob es damit eine besondere Bewandtnis hatte. Ob es ein Zeichen war, das sich deuten ließ, kam aber zu dem Schluss, dass es dann offenbar seinen geistigen Horizont überstieg.

Sie waren zu viert. Die Kommissare Backman und Barbarotti, eine Frau von der Staatsanwaltschaft namens Syrén, deren Funktion Barbarotti nicht ganz klar war – sowie der Leiter der Kriminalpolizei im Präsidium von Kymlinge: Kommissar Stig Stigman. Hergezogen aus der königlichen Hauptstadt und entgegen aller Erwartungen bereits in seinem siebten Jahr als Polizeichef in der südwestlichen Provinz. An neun von zehn Tagen mit Krawatte, an zehn von zehn Tagen mit totaler Kontrolle über die Lage. Etwas mehr als ein halber Tag war seit der Inzidenz im Vårdstavägen vergangen; Stigman hatte diese Bezeichnung gewählt – *die Inzidenz* –, und das Wort war in diesem Zusammenhang so zutreffend wie jedes andere.

»Es wäre schön, wenn wir anfangen könnten«, schlug Eva Backman vor. »Mir geht es nicht so gut, und ich wäre dankbar, wenn wir das möglichst schnell hinter uns bringen könnten.«

»Dafür habe ich volles Verständnis«, sagte Stigman. »Ich bin kein Eisberg, und so etwas ist nicht leicht zu verarbeiten. Gar nicht leicht zu verarbeiten. Du wirst jede erforderliche Unterstützung bekommen, aber wir müssen uns auch an die Vorschriften halten. Jahr für Jahr schießt die Polizei immer öfter auf Bürger, und wir stehen unter Beobachtung. Das ist dir doch sicher bewusst? Dass wir unter Beobachtung stehen?«

»Im höchsten Maße«, erwiderte Eva Backman.

»Ausgezeichnet«, sagte Stigman. »Ausgezeichnet, dass du dir der Voraussetzungen bewusst bist. Nächste Woche kommt ein interner Ermittler aus Göteborg zu uns, aber wir müssen natürlich schon jetzt wissen, wo wir stehen.«

Wir?, dachte Barbarotti. Wo *wir* stehen? Gut zu wissen, dass wir alle im selben Boot sitzen.

»Der Tote heißt Moamar Kajali«, las Stigman von einem Blatt ab. »Er ist… war… sechzehn Jahre alt und wurde von dem Schuss, den Kommissarin Backman gestern Abend mit ihrer Dienstwaffe, einer SIG Sauer Modell P226, um einundzwanzig Uhr zweiundfünfzig im Vårdstavägen abfeuerte, auf der Stelle getötet. Also, warum hast du geschossen? Warum?«

Kommissar Stigman hatte die Angewohnheit, manche Teile seiner Aussagen zu wiederholen; ob das an einem fehlenden Vertrauen in die Auffassungsgabe seiner Mitarbeiter lag oder an etwas anderem, war auch nach sechs Jahren immer noch nicht geklärt. Es war allerdings auch niemand auf die Idee gekommen, ihn danach zu fragen, weil ein solcher Gedanke genauso abwegig war wie… ja, wie eine Schweinswurst in einer Moschee.

Dachte Gunnar Barbarotti in der kurzen Pause, die nach Stigmans Frage eintrat, und in Ermangelung von etwas anderem. Eva Backman räusperte sich.

»Weil er gerade vorhatte, zwei Menschen das Leben zu nehmen.«

»Ausgezeichnet«, wiederholte Stigman und machte sich Notizen. »Und warum können wir uns da so sicher sein? Dass er zwei Menschen getötet hätte, wenn du nicht eingegriffen hättest? Es ist wichtig, dass wir uns in dem Punkt ganz sicher sind.«

»Ich finde auch, dass wir uns da sicher sein müssen«, sagte Eva Backman. »Aber er hatte gerade zwei andere Autos angezündet. Das eine war explodiert, er hielt zwei brennende Fackeln in den Händen, und sein Kumpel hatte einen halben Kanister Benzin auf das Auto geschüttet, in dem die beiden Menschen sich befanden … ja, ich finde, das reicht.«

»Du bist zu dieser Einschätzung gekommen?«

»Ja, ich bin zu dieser Einschätzung gekommen.«

»Wie viel Zeit blieb dir, als du dich zu deiner … deiner Maßnahme entschieden hattest?«

»Ich schätze eine Sekunde«, antwortete Eva Backman. »Plus minus zwei Zehntelsekunden.«

»Bist du dazu gekommen, andere Möglichkeiten in Erwägung zu ziehen?«

»Nein.«

»Keine Alternative?«

»Nein. Was hätte das sein sollen?«

»Schwer zu sagen«, meinte Stigman. »Schwer zu sagen. Und du hast ihm in den Kopf geschossen?«

»Es sieht ganz danach aus«, sagte Eva Backman, und Barbarotti merkte, dass sie kurz schauderte, als sie es sagte. Ein Zittern, das schnell durch ihren schlanken Körper fuhr, von unten nach oben. Sie hat nicht eine Sekunde geschlafen, dachte er. Nicht eine einzige, verfluchte Sekunde.

Für ihn galt das Gleiche. Er unterdrückte den Impuls aufzustehen und Stigman und die schweigsame Dame von der Staatsanwaltschaft zu bitten, sich zum Teufel zu scheren. Eva aus dem Zimmer zu ziehen und nach Hause zu fahren.

Zwei Entlassungsgesuche auszudrucken und eine Reise auf die Malediven zu buchen. Apropos Stigmans Gelaber über *Möglichkeiten*. Warum eigentlich nicht?

Aber er blieb sitzen, seufzte demonstrativ und hielt seine Zunge im Zaum.

»Und warum?«, sagte Stigman. »Warum hast du ihm in den Kopf geschossen?«

»Er hat sich gebückt«, erklärte Eva Backman. »Ich habe tief gezielt, aber er hat sich gebückt.«

Frau Syrén öffnete zum ersten Mal den Mund.

»Dann hatten Sie also nicht die Absicht, ihn zu töten?«

Eva Backman betrachtete sie zwei Sekunden lang aus müden Augen, bevor sie antwortete.

»Nein, es war niemals meine Absicht, ihn zu töten. Ich hatte lediglich die Absicht, den Menschen, die in dem Auto saßen, das Leben zu retten. Was ich auch getan habe … oder?«

Aus irgendeinem für Barbarotti vollkommen unverständlichen Grund lächelte die Dame Syrén über diese Antwort. Sicher, nur schwach und flüchtig, aber war es nicht tatsächlich ein Lächeln gewesen, was über ihr sphinxartiges Gesicht huschte? Nein, dachte er, das muss eine Halluzination gewesen sein. Warum sollte jemand …?

»Du hast tief gezielt«, fuhr Stigman unbeirrt fort. »Wie tief?«

»Oberschenkelhöhe«, antwortete Eva Backman.

»Gut«, sagte Stigman. »Und wie groß war die Entfernung? Die Entfernung?«

»Fünfzehn Meter«, sagte Eva Backman. »Plus minus zwei.«

»Und er hat sich wirklich so tief gebückt?«, erkundigte sich Syrén. »Der Kopf in … Oberschenkelhöhe?«

»Genauso war es«, meldete sich endlich Barbarotti zu Wort. »Hört zu. Sein Kopf war unterhalb der Taille. Er wollte gerade seine Fackeln unter das Auto werfen, und dazu muss man sich bücken … er war offensichtlich Rechtshänder und hatte sich eine etwas ungelenke Rückhand vorgestellt, exakt die gleiche Bewegung, die er schon zwei Mal ausgeführt hatte. Mit dem gewünschten Ergebnis. Ist diese Befragung wirklich notwendig? Ich finde, es kommt einem vor wie …«

Er wusste nicht, wie es einem vorkam, und musste sich auch keinen Vergleich ausdenken.

»Zu dir kommen wir noch«, fiel Stigman ihm nämlich ins Wort und rückte seine grüne Krawatte gerade. »Zu dir und deinen Beobachtungen.«

»Aha. So, so«, sagte Barbarotti.

Eine Stunde später waren sie auf dem Heimweg. Die vorläufige Befragung war beendet; zwei Dienstwaffen waren zum Zweck der Analyse und Verwahrung abgegeben worden, es war Freitag, der einunddreißigste August, und als sie anhielten, um im ICA-Supermarkt in Kymlingevik einkaufen zu gehen, stellten sie fest, dass sie sowohl in der Lokalzeitung als auch den beiden großen Boulevardblättern Schlagzeilen gemacht hatten. Ihre Namen wurden zwar nicht genannt, aber trotzdem.

»Möchtest du im Auto warten?«, fragte Gunnar Barbarotti.

»Oh nein, mein Freund«, entgegnete Eva Backman. »Vielleicht kommt einmal eine Zeit, den Kopf in den Sand zu stecken, aber noch ist es nicht so weit.«

»In Ordnung«, sagte Barbarotti. »Trotzdem finde ich, wir

sollten uns einen Tag oder so abschotten. Das war jedenfalls mal ein kurzer Arbeitstag … übrigens, wie hieß der andere Junge nochmal?«

»Willenberg«, sagte Eva Backman. »Fredrik Willenberg. Warum fragst du?«

»Stimmt … ach, mir ist nur eingefallen, dass eines der Kinder einen Klassenkameraden hatte, der so hieß. Es muss Sara gewesen sein. Willenberg heißt ja nicht gerade jeder Zweite.«

»Aber der hier war doch nicht älter als sechzehn? Sara ist dreißig.«

»Vielleicht ein Nachkömmling«, meinte Barbarotti. »Tja, das spielt natürlich keine Rolle. Jetzt gehen wir einkaufen? Worauf hast du Lust?«

»Auf nichts«, antwortete Eva Backman. »Das heißt, außer zu schlafen und zu vergessen.«

»Geht mir genauso«, sagte Barbarotti. »Ich wünschte, ich hätte geschossen, aber jetzt ist es, wie es ist.«

»Es war besser so«, erwiderte Eva Backman. »Du hättest das Auto getroffen.«

Kurz nach acht Uhr abends wachte er auf. Drehte den Kopf und sah, dass Eva nicht mehr im Bett lag. Aus der Küche waberte schwacher Kaffeeduft zu ihm hoch, und er fragte sich, ob sie überhaupt geschlafen hatte. Einen anderen Menschen zu töten, forderte Tribut, das war nichts Neues. Wenn es nicht so wäre, wenn man nicht unter seelischen Qualen zu leiden hätte, wäre das wahrscheinlich ein Indiz für etwas weitaus Schlimmeres. In anderen Ländern und zu anderen Zeiten mochte es für einen Polizisten nichts Besonderes sein, auf seine Mitmenschen zu schießen, aber auf Kymlinges Breitengrad war das Gott sei Dank noch anders. Über diese Dinge hatten sie mehr oder weniger die ganze Nacht gesprochen, über das unumgängliche Nachspiel des Tötens, und darüber, damit zurechtzukommen. *One way or the other,* wie man so schön sagte. Er erinnerte sich, dass er einmal einen amerikanischen Kollegen getroffen hatte, der ihm an einer Bar irgendwo in Deutschland anvertraut hatte, dass die Liste seiner Meriten sechsunddreißig Tote umfasste. Nur eine Frau, nur drei Weiße; zweiunddreißig schwarze Männer jeden Alters und mit allen möglichen kriminellen Hintergründen und Absichten.

Ich schleppe das mit mir herum, hatte der amerikanische Bulle gesagt und mit den Schultern gezuckt. Barbarotti hatte ihn nicht gefragt, was das bedeutete.

Er selbst hatte noch nie jemanden getötet. Eva Backman auch nicht, das wusste er.

Erst gestern Abend, nach fast dreißig Jahren als Polizistin.

Doch, das wäre besser ich gewesen, dachte er mit einem bizarren Anflug von Selbstvorwürfen und verließ das Bett.

»Was machst du da unten?«

Er bekam keine Antwort. Mit einer gewissen Unruhe im Bauch tapste er die Treppe hinunter und fand sie auf der Couch, wo sie unter einer Decke lag und tief und fest schlief. Eine halbgeleerte Tasse Kaffee auf dem Tisch und Bessie Smith kaum hörbar aus den Boxen flüsternd. *Nobody knows you when you're down and out.*

Oh ja, dachte er. Ich kenne und ich liebe dich, Eva.

Er holte die Bibel und setzte sich in den Erker zum See. Es hatte angefangen zu regnen, und von ihm aus durfte es ruhig die ganze Nacht weiterregnen. Es war ein langer Sommer gewesen, der trockenste und heißeste seit Menschengedenken.

Er steckte einen Finger hinein und landete im Buch *Prediger*. Insgeheim hatte er das auch beabsichtigt, aber es war ein gutes Gefühl, Gottes Finger mit dem eigenen verwechseln zu dürfen. Gelegentlich und ohne einen Gedanken an persönliche Vorteile.

Denn jedes Vorhaben hat seine Zeit und sein Gericht,
und des Menschen Bosheit liegt schwer auf ihm.
Denn er weiß nicht, was geschehen wird,
ja, wer will ihm sagen, wie es werden wird?

So ist es, dachte er und verspürte eine intensive Vorahnung, dass der kommende Herbst anders ablaufen würde als die Herbste der letzten Jahre.

7

Eva Backman schlief hundsmiserabel.

Nicht nur ein oder zwei Nächte, sondern viele. Es gelang ihr einfach nicht, diese Traumsequenz loszuwerden. Oder diese Filmsequenz. *Die Dokumentarfilmsequenz.* Der junge Mann, der mit seinen Fackeln durch die samtene Augustdunkelheit lief, sie selbst, die sich breitbeinig hinstellte, halbtief einatmete, durch die Nase Luft ausblies und schoss.

Im Traum/Film rief sie keine Warnung. Das war der einzige Unterschied zur Wirklichkeit. Darin hatte sie zwar vorgehabt, ihn zu warnen, aber die Worte waren ihr im Hals steckengeblieben; eine böswillige Verfälschung des Dokumentarischen. Denn sie hatte doch gerufen? Jedenfalls zielte sie einen knappen Meter hoch auf die laufende Beute und drückte ab. Manchmal fiel er nur, wie es wirklich gewesen war, manchmal ging er in Flammen auf, als wäre er selbst mit Benzin übergossen worden und nicht das wartende Auto.

Und dann ein stummer Schrei, bevor sie aufwachte. Was auch immer mit einem stummen Schrei gemeint sein mochte, jedenfalls war das etwas, was man nicht hörte, obwohl man es hätte tun müssen. Es fühlte sich an wie ein Stoß im Körper, als wäre sie selbst getroffen worden und nicht der siebzehnjährige Junge.

Danach war sie wieder wach. Um ein oder drei oder fünf Uhr nachts. Manchmal stand sie auf, manchmal blieb sie liegen. Es spielte keine Rolle, so oder so benötigte sie eine halbe Stunde, um wieder einzuschlafen. Oder eine Dreiviertelstunde.

Manchmal wachte Gunnar Barbarotti an ihrer Seite auf.

Schlaf weiter, sagte sie dann zu ihm. Alles in Ordnung.

Was immer es ist, in Ordnung ist mit Sicherheit nichts, erwiderte er.

Jeden Tag fuhren sie zum Polizeipräsidium. Allerdings nicht, weil sie besonders anspruchsvolle Arbeitsaufgaben zu bewältigen gehabt hätten, sondern weil die internen Ermittlungen es verlangten. Der interne Ermittler hieß Bertramsson, Ingvar Bertramsson, und Backman fand, dass er sie in vielem an ihren Exmann erinnerte, was kein Kompliment war, weder für den Ermittler noch für ihren früheren Gatten. Barbarotti befragte Physiklehrer Swingbrunn telefonisch. Das funktionierte ganz hervorragend, sie hätten am Abend des dreißigsten August also niemals ausrücken müssen. Die Liebenden in dem silbergrauen Volvo hätten möglicherweise ihr Leben verloren, aber Eva Backman hätte nachts besser geschlafen.

Barbarotti dachte tatsächlich über diese unheilvolle Gleichung nach; fragte auch den Herrgott nach ihr, aber ohne einen Rat zu erhalten. Es war wie so häufig: Fragen, die keine Antwort bekamen, waren oftmals falsch formuliert. Oder sinnlos.

Die internen Ermittlungen zogen sich in die Länge. Es lag im Interesse der Öffentlichkeit, dass Schüsse von Polizisten ernst genommen wurden, und ernste Dinge sollen lange dauern. Kommissar Stigman beurlaubte Kommissarin Backman nicht, aber sie bekam andere Arbeitsaufgaben und eine Therapeutin zugeteilt, die nicht Bertramsson hieß und überhaupt nicht an einen gewissen Exmann erinnerte, nicht zuletzt, weil sie eine Frau war. Sie war wohlwollend und machte ihre Arbeit, aber Kommissarin Backman zeigte sich für ihre Fürsorglichkeit nicht sonderlich empfänglich. Leider.

Auch Kommissar Barbarotti bekam andere Arbeitsaufgaben, aber keinen Therapeuten. Das war ihm vollkommen egal. Am Abend des dreizehnten September – zwei Wochen nach der Inzidenz im Vårdstavägen und einem langen Abendessen in der Villa Pickford mit vier ihrer erwachsenen Kinder – machte er einen Vorschlag.

»Herbsturlaub«, sagte er. »Oder lass es uns von mir aus eine Beurlaubung vom Dienst nennen. Wir fahren irgendwo hin, ich finde, zwei Monate wären nicht schlecht.«

Stig Stigman runzelte die Stirn.

»Eine Beurlaubung? Ich meine, *Beurlaubung*?«

Gunnar Barbarotti nickte. Eva Backman nickte.

»Zwei Monate?«

»Ja, das ist es, was uns vorschwebt«, sagte Barbarotti. »Ich habe mich in den letzten zwanzig Jahren nie länger beurlauben lassen.«

»Ich auch nicht«, ergänzte Backman. »Und in der momentanen Lage… ja, wäre es da nicht für alle Beteiligten das Beste, wenn wir eine Weile von der Bildfläche verschwinden würden?«

Stigman lehnte sich über seinen Schreibtisch vor und betrachtete Backman einige Sekunden mit einem schwer zu deutenden Blick. Der Esel zwischen den Heuhaufen, dachte Barbarotti. Als könnte er sich nicht entscheiden, was ihm lieber war. Ein toter jugendlicher Randalierer oder ein lebender. Zwei anwesende Polizisten oder zwei abwesende.

Aber das war ein schiefer und ungerechter Gedanke. In einer anderen Waagschale gab es zwei ausgesprochen lebendige und ausgesprochen unkriminelle junge Leute. Die in dem Auto gesessen hatten; sie hießen Erik Johansson und Emma Pozniak und würden im nächsten Frühjahr beide zwanzig werden.

»Du hast an dem Abend getan, was du tun musstest«, sagte Stigman schließlich. »Ich stehe voll und ganz auf deiner Seite, ich hoffe, du weißt das?«

»Das mag ja sein«, erwiderte Backman. »Aber diese interne Wühlerei dauert ewig. Wenn wir Mitte November zurückkommen, können wir wieder richtig anpacken. Ein Neuanfang, könnte man sagen.«

»Hm«, sagte Kommissar Stigman. »Hm.«

»Denk darüber nach«, sagte Barbarotti und stand auf. »Es reicht, wenn du uns deine vorläufige Zusage heute Nachmittag gibst.«

»Heute Nachmittag?«, sagte Stigman. »Ich meine ... *heute Nachmittag*?«

»Wir haben einen Plan«, erwiderte Barbarotti.

Sie hatten keinen Plan. Jedenfalls war *Plan* etwas zu viel gesagt, aber am Vortag, dem Donnerstag vor dem Gespräch mit Kommissar Stigman, als Eva und er gemeinsam mit den erwachsenen Kindern gegessen hatten, war Gunnar Barbarotti in der Kantine gewesen und hatte sich mit einem gewissen Inspektor Lindhagen unterhalten.

»Verdammt«, hatte Lindhagen gesagt. »Um diese Jahreszeit sehne ich mich wirklich nach Hause.«

»Nach Hause?«, hatte Barbarotti gefragt. Er kannte den Kollegen, der erst seit Kurzem bei der Polizei in Kymlinge war, nicht näher. Und über seine Herkunft wusste er erst recht nichts.

»Gotland«, hatte Lindhagen erklärt. »Der nördliche Teil von Gotland im Herbst, wenn du mich fragst, ist das der Himmel auf Erden.«

»Ach, wirklich?«, sagte Barbarotti.

»Allerdings«, erklärte Lindhagen. »Die Touristen sind weg, das Meer ist noch warm, die Luft ist wie Samt … oh ja, verdammt.«

»Das hört sich gut an«, meinte Barbarotti. »Ich bin nur zwei Mal auf der Insel gewesen und nie im Norden.«

»Nicht einmal auf Fårö?«, erkundigte sich Lindhagen ungläubig.

»Nein, nicht einmal auf Fårö.«

»Armer Kerl. Aber es ist noch nicht zu spät. Sag mir Bescheid, wenn du Lust hast hinzufahren, ich habe ein Haus, das ich gern zuverlässigen Leuten überlasse. Es wäre dumm, wenn es leerstünde.«

»Was du nicht sagst«, erwiderte Barbarotti. »Ja, man weiß nie.«

»Im Sommer sind wir natürlich selbst da, meine Frau und ich. Aber das restliche Jahr fahren wir nur hin, um nach dem Rechten zu sehen. Von Zeit zu Zeit … oder überlassen es Gästen. Und wie gesagt, der Herbst ist die beste Zeit, zumindest für Leute mit Geist und Geschmack. Und der Möglichkeit, sich frei zu nehmen.«

Viel mehr war nicht gesagt worden, aber Barbarotti merkte, dass der Kollege ihm einen Floh ins Ohr gesetzt hatte. Und als er Eva am selben Abend den Floh präsentierte, merkte er, dass der Floh auf sie übersprang.

»Gotland«, sagte sie. »Da bin ich nur ein einziges Mal gewesen. Eine einwöchige Fahrradtour in der neunten Klasse. Die Höhle von Lummelunda, Tofta und bestimmt noch mehr … tja, warum eigentlich nicht?«

»Ein Herbst in *splendid isolation*«, spann Barbarotti den Faden weiter. »Wir können tausend Kilometer wandern, hundert Bücher lesen und hundert Liter Wein trinken.«

»Ich glaube, Gotland ist nicht mehr als hundertfünfzig Kilometer lang«, wandte Eva ein.

»Man kann im Kreis gehen«, sagte Barbarotti. »Darin bin ich gut.«

Am Montag fand er Inspektor Lindhagen in seinem Büro hinter drei großen Kartons voller Aktenordner verschanzt.

»*Cold case*«, erklärte er, als er sich aufgerichtet und Barbarotti erblickt hatte. »Kennst du den Unterschied zwischen einem *cold case* und einem Eisberg?«

Barbarotti schüttelte den Kopf.

»Von einem Eisberg schwimmt ein Zehntel über Wasser. Ein guter *cold case* liegt auf dem Meeresgrund. Zumindest der hier.«

Er machte eine Geste zu den Kartons.

»Um was geht es?«

»Doppelmord in Rockhälla. Kennst du den Fall?«

Barbarotti dachte nach. »Vage«, antwortete er. »Ende der achtziger Jahre, glaube ich. Das war, bevor meine Karriere richtig in Schwung kam.«

»Stimmt genau«, sagte Lindhagen. »Herbst 1987. Ich bin ja erst seit einem halben Jahr hier, deshalb denkt Stigman, dass mein ungetrübter Blick die Fäden entwirren wird. Jedenfalls ist der Fall zu hundert Prozent unaufgeklärt, und falls wir tatsächlich einen Täter finden sollten, ist der bestimmt genauso hundertprozentig tot.«

»Hört sich toll an«, sagte Barbarotti. »Was ist ans Licht gekommen?«

»Eine Schallplatte mit Fingerabdrücken«, seufzte Lindhagen. »Die Bonzo Dog Dooh-Dah Band, von der habe ich wirklich noch nie gehört. Ich hasse alte Verbrechen, frische Straftaten sind mir lieber.«

»Hm«, sagte Barbarotti. »Ich verstehe deinen Standpunkt, aber ehrlich gesagt bin ich wegen etwas ganz anderem hier.«

»Das habe ich mir fast gedacht.«

»Also, dieses Haus, von dem du mir erzählt hast, im Norden von Gotland … stimmt es wirklich, dass du dir vorstellen kannst, es zu vermieten?«

»Kommt überhaupt nicht in Frage«, sagte Lindhagen. »Mieten kann man es nicht, nur ausleihen. Wann willst du hin?«

»Jetzt«, sagte Barbarotti. »Für sechs bis acht Wochen vielleicht …?«

»Sechs bis acht Wochen! Du glücklicher Mistkerl! Warte mal kurz …«

Er zog eine Schreibtischschublade auf und wühlte darin. Zog ein Schlüsselbund und einen braunen wattierten Umschlag heraus.

»Hier hast du die Schlüssel und ein paar Anweisungen. Der Rest liegt in einer Mappe auf dem Küchentisch. Kann sein, dass wir zu Allerheiligen mal vorbeischauen, aber das steht noch nicht fest. Wenn wir kommen, müsst ihr uns zum Essen einladen, es ist genug Platz für uns alle. Bis zum fünfzehnten ist es kein Problem.«

»Bis zum fünfzehnten November?«, sagte Barbarotti.

»Japp«, bestätigte Lindhagen. »Ich kann dir nur gratulieren. Bist du gefeuert worden oder was ist los?«

»Interne Ermittlungen«, antwortete Barbarotti. »Meine Lebensgefährtin hat doch diesen Typen im Vårdstavägen erschossen.«

»Eva Backman … ja natürlich«, sagte Lindhagen. »Tja, dann habt ihr vermutlich ein bisschen Urlaub verdient.«

Barbarotti nickte. »Was muss ich wissen?«

»Steht alles in dem Umschlag. Wegbeschreibung und so

weiter. Ihr müsst nur den Weg nach Gotland finden, der Rest regelt sich von selbst.«

Barbarotti nahm den Umschlag und den Schlüsselbund entgegen, schrieb seine Handynummer auf eine Kartonecke, bedankte sich ergebenst und ließ den Inspektor mit seinem alten Doppelmord in Frieden.

Netter Kerl, dachte er. Ich darf nicht vergessen, ihn besser kennenzulernen.

Dann nahm er Kurs auf Stig Stigmans Büro, um sich eine definitive Zusage abzuholen.

8

Die Fähre nach Gotland legte pünktlich um 11.25 Uhr in Nynäshamn ab. Der Wind komme mit sechs bis acht Metern pro Sekunde aus südwestlicher Richtung, teilte der Kapitän über die Lautsprecher mit, er erwarte eine angenehme Überfahrt. Höhe der Wellen anderthalb Meter. Die Zahl der Passagiere betrug 485, und da die Fähre drei Mal so viele Fahrgäste befördern konnte, gab es reichlich Platz. Sie saßen in angenehmer Abgeschiedenheit im vorderen Salon, und zumindest Barbarotti spürte, dass ihn ein unerwartetes, aber wohlverdientes Gefühl von Freiheit durchströmte. Es war der achtzehnte September, die Sonne glitzerte auf dem Meer, und er musste zwei Monate lang nicht zur Arbeit gehen.

»Eva, das dürfte die beste Entscheidung gewesen sein, die du und ich jemals gemeinsam getroffen haben«, sagte er.

Sie antwortete nicht. Er drehte den Kopf und betrachtete sie. Das Schiff war erst seit zehn Minuten unterwegs, und sie war schon eingeschlafen.

In Visby, dem Hauptort der Insel, gingen sie einkaufen. Im staatlichen Alkoholladen im Einkaufszentrum Ost und im etwas außerhalb des Stadtkerns gelegenen Coop-Supermarkt. Das hatte Lindhagen ihnen in seinen spärlichen Anweisungen empfohlen. *Natürlich ist es auch möglich, in kleineren Orten wie Slite, Lärbro oder Fårösund einzukaufen, aber da man ohnehin in Visby ankommt, kann man genauso gut die Gelegenheit nutzen.*

Gesagt, getan, und das Auto war bis zur Decke gefüllt. Da Barbarotti der Gattung Dinosaurium simplex angehörte, wenn es um moderne Technik ging, hatte er eine gute Karte der Insel auf Papier angeschafft und sich außerdem einiges eingeprägt. So wusste er beispielsweise, dass ihr Haus in einem Ort lag, der Valleviken hieß und im Kirchspiel Rute lag. Gut fünfundfünfzig Kilometer von Visby entfernt, schräg nach Norden, auf der Ostseite der Insel. Die benachbarten Kirchspiele hießen Hellvi im Süden, Bunge im Norden und Lärbro im Westen. Ihm gefiel das mit den Kirchspielen. Vor zwölf Jahren hatte er mit Marianne ein paar Tage in ihrem kleinen Haus in Hogrän verbracht, eigentlich hatten es mehr werden sollen, aber ihm war die Arbeit dazwischengekommen. Er fand Hogrän auch heute auf der Karte, konnte jedoch nicht ermitteln, in welchem Kirchspiel der Ort lag. Das heißt, wenn er nicht sein eigenes Kirchspiel war.

Die Karte lag auf seinem Schoß, während Eva Richtung Norden fuhr. Die Sonne schien unermüdlich an einem kornblumenblauen Himmel, und es war so wenig Verkehr, dass er anfing, die entgegenkommenden Autos zu zählen. Bei Tingstäde, ungefähr auf halber Strecke, war er auf zehn gekommen. Sowie einen Traktor und einen Rollskiläufer. Wir ziehen auf die Insel, dachte er. Hier braucht man zwar bestimmt keine Polizisten, aber wir könnten von Schafzucht und Beraterafträgen leben.

Der Gedanke ließ ihn kichern.

»Jetzt kicherst du wieder, mein Prinz«, sagte Eva. »Was tut sich in deinem edlen Haupt?«

»Wir haben vergessen, Flüssiganzünder zu kaufen«, antwortete Barbarotti. »Wir müssen in Lärbro haltmachen. Da soll es einen Supermarkt geben.«

Das stimmte. Mit drei Flaschen Anzünder, ein paar Streichholzschachteln, einem Kreuzworträtselheft und einer halbkiloschweren Tüte selbst zusammengestellter Süßigkeiten als Vervollständigung ihres Gepäcks, waren sie bestens dafür gerüstet, sich für eine geraume Weile im Kirchspiel Rute zu isolieren. Zumindest das Auto stehen zu lassen; laut Informationsblatt gehörten zu Lindhagens Haus Fahrräder, und es erschien respektvoller, die nähere Umgebung und die Landschaft mit ihrer Hilfe zu erobern. Ohne Motor, auf zwei statt vier Rädern. Aus eigener Kraft.

Ich muss aufpassen, dass ich keine Öko-Psychose erleide, dachte Gunnar Barbarotti.

Als sie ankamen, war es schon halb sechs. Valleviken erwies sich als ein langgezogenes Dorf, dessen Häuser zum größten Teil an einer Straße lagen, die in weiten Kurven zwei Kilometer von Süden nach Norden verlief. Es gab ein Gemeindehaus, einen schlichten Hafen, einen Briefkasten und eine Bushaltestelle. Außerdem ein Restaurant, das *Sjökrogen* hieß und laut einer Mitteilung am Schwarzen Brett an den Wochenenden geöffnet war. Zumindest bis Ende September. Jetzt war allerdings Mittwoch und kein Mensch zu sehen. Lindhagens Haus, ihr Zuhause für die nächsten sieben, acht Wochen, lag ein wenig abseits, in der Nähe eines kleinen Sees namens Fardume träsk. Ein halbgroßes, mit Eisenvitriol behandeltes, zweistöckiges Holzhaus. Drei Schlafzimmer unter den Dachschrägen, ein größeres, zwei kleinere. Ein geräumiges Wohnzimmer, eine Küche und ein großer offener Kamin im Erdgeschoss.

Ein kleines Gästehäuschen in einer Ecke des Grundstücks,

wo das Gras hoch wuchs und sich noch die eine oder andere Mohnblume hielt, trotz oder gerade wegen des heißen Sommers. Ein Schuppen mit Gefriertruhe, Werkzeug, Fahrrädern und anderem. Ein einfacher Autostellplatz mit Strohdach. Zwei Müllbehälter, Wassertonnen unter den Fallrohren, ein gemauerter Grillplatz, an der einen Giebelseite des Hauses eine Außendusche.

Vier alte Apfelbäume und eine hohe, wildwüchsige Fliederhecke zum schmalen Feldweg hin. Keine anderen Häuser in Sichtweite, besser hätten sie es nicht treffen können.

»Das sieht doch gar nicht so schlecht aus«, erklärte Eva Backman nach einem ersten Rundgang und einer Hausbesichtigung. »Was meinst du?«

»Wenn es zum Verkauf stünde, würden wir zuschlagen«, sagte Barbarotti.

Sie brauchten zwei Stunden, um sich einzurichten, und als sie sich im Anschluss ein simples Nudelgericht und je zwei Gläser Rotwein einverleibt hatten, war es dunkel geworden. Sie entschieden sich trotzdem für einen Spaziergang und trotteten der Straße folgend Hand in Hand durch das Dorf. Vorbei an der Abfahrt zum Hafen und zum *Sjökrogen*, vorbei am Gemeindehaus und vorbei an allen mehr oder weniger dunklen Wohnhäusern zu beiden Seiten. Die Besitzer schienen die meisten, mindestens vier von fünf, nach dem Sommer verlassen zu haben; zwar wurde hier und da durch sporadisch leuchtende Lampen in Fenstern und auf Veranden menschliche Anwesenheit simuliert, aber kein Einbrecher mit einem Jota Berufsehre hätte sich von derart banalen Tricks hinters Licht führen lassen.

Und doch sahen sie an manchen Stellen Autos, die in Auffahrten geparkt standen, dort wohnten also offensichtlich

Menschen das ganze Jahr über. Barbarotti fragte sich, was sie machten. Wovon sie lebten, wo sie arbeiteten – wenn sie nicht schon das Rentenalter erreicht hatten oder gut verkäufliche Kriminalromane schrieben.

Wahrscheinlich in Slite. Wenn er sich nicht verlesen hatte, war Cementa Gotlands größter Arbeitsplatz – im Einklang mit dem gesamten nördlichen, kargeren Teil der Insel, wo die Gewinnung von Kalkstein jahrhundertelang der wichtigste Wirtschaftszweig gewesen war. Eine elende Plackerei, wenn er es richtig verstanden hatte; hart, schlecht bezahlt, keine Arbeitsschutzgesetze, mörderische Kopfschmerzen, chronische Krankheiten und eine niedrige Lebenserwartung. Verdammt, dachte Gunnar Barbarotti, die Menschen, die dieses Land aufgebaut haben, sind dafür nie anständig belohnt worden. Jedenfalls nicht diesseits der Himmelspforte. Hast du daran mal gedacht, oh großer Gott?

Als sie zu einer abzweigenden Straße kamen, die einen steilen Hang hinab zu etwas namens Puttersjaus führte, kehrten sie um.

»Interessanter Name«, sagte Eva Backman. »Hört sich an wie etwas, das irgendwo anders hingehört. Nach Sumatra oder Grönland oder so.«

»Ich glaube, ich habe den Namen im Milchregal des Supermarkts gesehen«, erwiderte Gunnar Barbarotti. »Milch und Schwedenmilch von Bergkühen oder so …?«

»Du bist wachsam wie ein Adler«, sagte Eva. »Wie machst du das eigentlich?«

»Ach«, sagte Barbarotti bescheiden. »Eine extrem große Begabung und hundert Jahre Training, das ist alles. Mir ist übrigens auch aufgefallen, dass in unserem Dorf heute Abend nicht gerade viel los ist.«

»Bis jetzt ein Auto und eine Dame mit Hund«, stimmte

Eva Backman ihm zu und sah auf die Uhr. »Aber es ist schon halb zehn, anscheinend hat man hier gute Lebensgewohnheiten oder man spart sich seine Kräfte für Freitag und Samstag auf…«

»Du meinst, wenn der *Sjökrogen* geöffnet ist?«

»Ja, genau. Schau mal.«

Sie hatten erneut das Gemeindehaus erreicht, und auf dem großen, schwach beleuchteten Kiesplatz vor dem großzügig bemessenen Holzgebäude stand ein einzelner Mann mit einem Fahrrad. Genauer gesagt mit einem alten roten Herrenrad; allem Anschein nach gab es ein Problem mit dem Licht, denn er stand über den Lenker gebeugt und werkelte an einem Dynamo herum, der am Vorderrad anlag, richtete sich jedoch auf, als er das Paar auf der Straße bemerkte.

»Guten Abend«, sagte Barbarotti. »Probleme?«

»Guten Abend. Nein, nein. Ich kann genauso gut ohne Licht fahren.«

Er schien Mitte vierzig zu sein. Dünn und schlaksig, ohne besonders groß zu sein. Ein halbwegs gepflegter, dunkler Bart und eine schwarze Ledermütze, die nach hinten geschoben auf dem Kopf saß. Brille und Pferdeschwanz.

»Ja, hier gibt es wahrscheinlich keine Polizisten?«, fiel Eva Backman ein.

»Sie verlassen Visby nur im Notfall«, bestätigte der Mann.

Dann nickte er ihnen zum Abschied zu, setzte sich auf sein Rad und fuhr in Richtung Puttersjaus davon.

Eva Backman machte einen Schritt, um den Fußmarsch zu ihrem Haus fortzusetzen, aber Barbarotti hielt sie auf, indem er ihren Oberarm packte.

»Das darf ja wohl nicht…«

»Was?«

»Ich habe jetzt wirklich gedacht…«

»Ah ja?«

»Ich meine, hast du ihn etwa nicht erkannt?«

Eva Backman schüttelte den Kopf. »Ob ich ihn erkannt habe? Natürlich nicht. Was meinst du eigentlich?«

Gunnar Barbarotti zögerte einen Moment, ehe er antwortete.

»Ich weiß nicht, aber ich hatte den Eindruck, dass ...«

»Ja?«

»Nein, entschuldige. Das ist nun wirklich unmöglich. Vergiss es.«

Eva lachte auf, aber es war kein Ausdruck von Freude, eher eine Art verwirrter Reflex.

»Es ist schwer, etwas zu vergessen, wenn man nicht weiß, was man vergessen soll«, sagte sie. »Außerdem sehe dir an, dass es um etwas Ernstes geht.«

»Das wird zu kompliziert«, entgegnete Barbarotti. »Können wir nicht einfach beschließen, dass ich mich getäuscht habe?«

»Trotz deiner extrem großen Begabung?«

»Die war nicht eingeschaltet.«

»Aha? Du willst mir also nicht sagen, wen du gesehen haben willst?«

Barbarotti schüttelte den Kopf. »Du würdest mich nur für verrückt halten.«

»Aber mein Geliebter«, sagte Eva Backman. »Ich weiß doch längst, dass du verrückt bist. Und wenn du mir nicht erzählen willst, wem wir auf einem Kiesplatz vor dem Gemeindehaus begegnet sind in ... wo sind wir nochmal?«

»Valleviken, Kirchspiel Rute«, antwortete Barbarotti.

»In Valleviken, Kirchspiel Rute ... wenn du nicht darüber sprechen willst, was du dir eingebildet hast, ist das schon okay.«

Barbarotti dachte einen Moment nach.

»Ach, was soll's. Also ich hatte den Eindruck, dass das Albin Runge war.«

»Albin Runge?«

»Ja.«

»Hast du den Verstand verloren?«, sagte Eva Backman.

»Das sage ich ja«, erwiderte Barbarotti. »Wer verrückt ist, hat vermutlich auch den Verstand verloren.«

»Da hast du recht«, sagte Eva Backman.

Und damit spazierten sie weiter durch die Dunkelheit in Richtung Fardume träsk. Schweigend; Barbarotti dachte, dass es eigentlich kein Schweigen sein sollte, das er als bedrückend empfand, aber aus irgendeinem Grund war es das.

Dezember 2012 – Januar 2013

9

Kleckse und Späne, dritter Dezember

Ich bin bei der Polizei gewesen. Keine Ahnung, was ich dazu sagen soll, oder welche Bedeutung das haben wird. Sie sind guten Willens, wollen sich bestimmt meiner Sorge annehmen, aber es fragt sich, ob sie dazu auch in der Lage sind.

Sie haben die Briefe bekommen und analysiert. Offenbar keine Fingerabdrücke außer meinen eigenen, und zwei von Karin auf zwei von ihnen. Etwas anderes war wohl auch nicht zu erwarten gewesen. Warum sollte ein Täter (eine Täterin? die Täter?) bei einem solchen Detail nachlässig sein?

Wir haben einen erneuten Besuch im Januar verabredet, auch wenn sich nichts Neues ergeben sollte. Wenn es vorher zu weiteren Briefen, Telefonanrufen oder einer anderen Form von Bedrohung kommen sollte, werde ich mich unverzüglich wieder bei ihnen melden.

So weit nehmen sie mich immerhin ernst. Aber ob sie wirklich glauben, dass eine echte Gefährdung vorliegt (wie sie es nennen), ist schwer einzuschätzen. Vielleicht, vielleicht auch nicht. Jedenfalls haben sie natürlich ein Standardverfahren, dem sie folgen, und dass ich selbst überzeugt bin, dass sich etwas zusammenbraut, dürfte wohl kaum beeinflussen, wie die Polizei die Sache sieht. Dafür habe ich Verständnis und finde mich mit ihren Bedenken ab.

Während ich darauf warte, dass etwas passiert, richte ich den Blick zurück. Jetzt, da ich hier sitze und schreibe, ist es Abend. Halb zehn, ich bin allein zu Hause, weil Karin mit ein paar Freundinnen ausgegangen ist. Ich glaube, sie feiern den Geburtstag von einer von ihnen, aber das könnte ich auch falsch verstanden haben. Jedenfalls dürfte Karin erst spät nach Hause kommen, und ich gönne es ihr wirklich, dass sie mal aus dem Haus kommt. Die ganze Zeit nur in meiner Gesellschaft daheimzuhocken, macht bestimmt keinen Spaß, selbst einem Engel nicht. Aber ich warte noch ein bisschen mit unserer Geschichte. Fahre stattdessen da fort, wo ich zuletzt aufgehört habe.

Die Situation nach dem Unfall lässt sich nur als katastrophal beschreiben. Am schlimmsten war es natürlich für die direkt Betroffenen, die Familien, die ein Kind verloren hatten, und dass ich selbst verzweifelte, war nur gerecht. So empfand ich es, falls sich der Begriff Gerechtigkeit überhaupt auf einen solchen Fall anwenden lässt.

Dass mein Vater sich Anfang Mai das Leben nahm, machte die Sache auch nicht besser. Zuerst seine Frau zu verlieren und danach erleben zu müssen, dass sein Sohn achtzehn Menschen zu Tode fuhr, war wohl zu viel für ihn. Er erhängte sich in dem Baum, den er und meine Mutter fünfundzwanzig Jahre zuvor daheim in Karlstad gepflanzt hatten, in einem stattlichen Walnussbaum. Er hinterließ keinen Abschiedsbrief oder etwas Ähnliches, aber ich glaube, die meisten fassten seinen Entschluss und seinen Tod dennoch als einen ziemlich logischen Schlusspunkt auf.

Der Trauergottesdienst fand in der Kirche in Alster statt, wo sich unser Familiengrab befindet und meine Mutter bereits auf ihn wartete. Die Zeremonie war gut besucht, und zum ersten Mal seit vielen Jahren traf ich Göran, den Bruder meines Vaters. Die beiden hatten einander niemals nahegestanden, ihre Charaktere und Wertvorstellungen waren sehr unterschiedlich. Göran war nicht einmal zur Beerdigung meiner Mutter ein knappes halbes Jahr zuvor gekommen, dem Vernehmen nach, weil er auf einer wichtigen Geschäftsreise in Australien war. In meinem Leben bin ich ihm sicher nicht öfter als sieben oder acht Mal begegnet.

Beim traditionellen Leichenschmaus danach enthüllte Onkel Göran mir etwas. Er war reich, war es immer schon gewesen; er besaß eine ganze Reihe von Unternehmen, die meisten hatten etwas mit Holz und Papierherstellung zu tun. Unbekannt war mir dagegen, dass mein Vater Teilhaber mehrerer dieser Firmen gewesen war, und da ich der Alleinerbe war, wartete ein kleineres Vermögen auf mich. Wenn ich den Aktienbesitz meines Vaters in bares Geld umwandeln wolle, sei das kein Problem, meinte mein Onkel.

Er gab mir die Adresse und Telefonnummer des Rechtsanwalts, an den ich mich wenden sollte. Er hieß Iwersen und war gleichzeitig aus irgendeinem Grund einer von zwei Testamentsvollstreckern.

Um es kurz zu machen, ich erbte von meinen Eltern nach diversen Abzügen gut vierzig Millionen Kronen. Mitte August ging das Geld auf meinem Konto ein, es kam mir fast unanständig vor.

Zu diesem Zeitpunkt waren Viveka und ich bereits geschieden. Vermutlich hätte sie Anspruch auf einen Teil meines Erbes erheben können, aber das tat sie nicht. Es wäre nicht mit ihrem Charakter zu vereinbaren gewesen, und falls ich es noch nicht getan haben sollte, möchte ich an dieser Stelle betonen, dass unser Entschluss, getrennte Wege zu gehen, harmonisch und im beiderseitigen Einverständnis gefasst worden war. Ich wollte ihr mit meiner Schwermut, meiner Angst und meinen wiederkehrenden Selbstmordgedanken nicht zur Last fallen. Ich hatte sie und das Haus, in dem wir seit unserer Hochzeit gewohnt hatten, bereits im Juni verlassen, knapp drei Monate nach dem Unfall. Ich war in eine Wohnung gezogen, die im Stadtteil Fålhagen untervermietet wurde. Ein paar Wochen vor Weihnachten rief Viveka mich dann an und erzählte mir, dass sie einen neuen Mann kennengelernt habe. Ich gratulierte ihr und weiß, dass sich in mir keinerlei Gedanken an Rivalität oder Eifersucht regten. Diese Gefühle waren mir vollkommen fremd; überhaupt kam es mir vor, als wäre ein dicker schwarzer Strich über mein ganzes bisheriges Leben gezogen worden, wie es bis zum zweiundzwanzigsten März 2007 verlaufen war.

Um zu versuchen, mein neues Dasein zusammenzuhalten, suchte ich im ersten Sommer und Herbst nach dem Unfall verschiedene Therapeuten auf. Der Psychologe, mit dem ich am häufigsten sprach, hieß Arne Lindberg (unsere Sitzungen hörten übrigens nicht auf, als ich Uppsala verließ, da er sich in Göteborg niederließ – auch wenn sie von da an weniger häufig stattfanden). Seine Praxis befand sich in einem schönen alten Holzhaus im Stadtteil Kåbo in Uppsala, und allein schon, sich in seinem dunklen und aus der Zeit gefallenen Behandlungszimmer aufhalten zu dürfen, war Balsam für meine Seele. Ich weiß noch, dass es mir vorkam, als wäre man von all seinen Sünden erlöst worden, wenn man dort saß. Es war einem vergeben worden, wenn auch nur kurzzeitig, und mehr konnte man nicht verlangen. Ich bin nie gläubig gewesen, aber während unserer ruhigen Sitzungen, in denen wir oft nur schweigend zusammensaßen, erhielt ich eine Vorstellung davon, wie es sich anfühlen könnte, in Gottes Hand zu ruhen.

Aber genug davon. Stattdessen möchte ich etwas erwähnen, was sich im Herbst 2007 ereignete und angesichts der Drohungen, die fünf Jahre später aufgetaucht sind, möglicherweise in einem anderen Licht erscheint. Vielleicht hätte ich den beiden Kriminalpolizisten, mit denen ich mich vorige Woche getroffen habe, von dem Vorfall erzählen sollen, und bevor ich das Polizeipräsidium betrat, war ich dazu auch halbwegs entschlossen gewesen, aber irgendetwas hielt mich zurück. Vielleicht spürte ich einen gewissen Mangel an Engagement für mein Anliegen, aber ich will ihnen deshalb keine Vorwürfe machen. Ich bin mir durchaus bewusst, dass ich dazu neige, ein Opfer von tiefstem Narzissmus und Paranoia zu werden.

Wie auch immer; eines Tages im September, ziemlich genau ein halbes Jahr nach dem Unfall, nahm ich den Zug von Uppsala nach Stockholm. Meine Fahrt hatte kein bestimmtes Ziel, aber auf diese Art verbrachte ich manchmal meine Tage. Einfach um die Zeit totzuschlagen und durchzuhalten. Außerdem hatte Arne Lindberg mir den Rat gegeben, mich zu bewegen, und zwar nicht nur zu Fuß. Seit dem Unfall hatte ich einen intensiven Widerwillen, fast einen Ekel, vor allen Arten von Kraftfahrzeugen empfunden, und die Vorstellung, dass ich jemals gezwungen sein könnte, mich wieder an ein Lenkrad zu setzen, löste panische Angst mit rein körperlichen Symptomen bei mir aus. Grauen, kalter Schweiß und Zittern; das ist übrigens bis heute so geblieben, wenngleich es inzwischen weniger stark ist. Ich bin so gut wie nie in einem Auto oder Bus unterwegs, ich habe zwar ein paar Taxifahrten überstanden, wenn es keinen anderen Ausweg gab, aber das ist jedes Mal mit psychischen Belastungen verbunden gewesen.

Schiff und Flugzeug sind dagegen kein Problem. Genau wie Züge; mein Unterbewusstsein scheint gelernt zu haben, einen Unterschied zwischen Schiene und Straße zu machen. Natürlich kommt es auch zu Unglücken, an denen andere Verkehrsmittel beteiligt sind als Autos und Busse, aber was mich angeht, scheint es da einen prinzipiellen Unterschied zu geben. Aber genug auch davon.

An dem Tag, von dem ich spreche, hatte ich gerade in einem Waggon der ersten Klasse Platz genommen, ein trivialer Luxus, den ich mir inzwischen leisten konnte, als ein Bekannter hereinkam und schräg gegenüber von mir Platz nahm. Es war Seved Karlsson, Assistent am Institut für Ideengeschichte. Mit anderen Worten ein ehemaliger Kollege; wir hatten niemals gemeinsam an einem Projekt gearbeitet, kannten uns aber natürlich und grüßten uns.

Ich fragte ihn, ob er noch am Institut arbeite, was er bestätigte, und ich gratulierte ihm dazu. Anschließend schwieg er eine Weile, während sich der Zug in Bewegung setzte und aus Uppsala hinausrollte. Ich glaubte zu spüren, dass er etwas auf dem Herzen hatte, aber das mag ich mir nachträglich eingeredet haben. Jedenfalls sagte er nach einer Weile:

»Dieser Unfall …«

Ich nickte.

»Mir ist klar, dass das hart für dich gewesen sein muss, aber ich muss dich das trotzdem fragen.«

Ich nickte wieder.

»Es mag unwahrscheinlich klingen, aber wir leben nun einmal in einem ziemlich kleinen Land.«

Ich wartete. Er zögerte, und alles an ihm zeigte, wie verlegen er war.

»Ich habe eine Verwandte, die darin verwickelt war.«

»Verwickelt?«, fragte ich.

»Ja. Eines der Mädchen, die umgekommen sind. Ihre Mutter ist eine Kusine von mir.«

Ich erwiderte nichts. Es gelang mir, nicht in Tränen auszubrechen. Es gelang mir, den Impuls zu unterdrücken, aufzustehen und mich in einen anderen Wagen zu setzen.

»Entschuldige, dass ich dich darauf anspreche, aber sie und ich haben darüber gesprochen … und sie hat mich darum gebeten.«

»Sie hat dich darum gebeten?«

»Ja. Als wir darüber gesprochen haben, was passiert ist … es war vor ein paar Wochen, ehrlich gesagt bei einem Flusskrebsessen … da habe ich zufällig erwähnt, dass ich dich kenne. Oder zumindest, dass ich weiß, wer du bist, weil wir ein paar Jahre am selben Institut gearbeitet haben.«

»Ich verstehe.«

Sagte ich, oder irgendetwas ähnlich Triviales, und dachte daran, wie unpassend das Wort *Flusskrebsessen* in diesem Zusammenhang war. Und dann rückte er mit seinem eigentlichen Anliegen heraus.

»Sie würde gerne mit dir reden. Meine Kusine, meine ich.«

Ich zögerte einige Sekunden. Dann gab ich Seved Karlsson meine Handynummer und sagte, seine Kusine könne mich jederzeit anrufen.

10

Kommissar Stig Stigman sah auf die Uhr.

»Noch acht Minuten«, errechnete er durch eine simple Subtraktion. »Haben wir noch weitere Fälle zu besprechen?«

Inspektor Borgsen, gemeinhin *Sorgsen* genannt, weil er immer so *sorgsen*, so traurig wirkte, schüttelte den Kopf. Polizeianwärter Wennergren-Olofsson sah aus dem Fenster und steckte einen Stift in seine Brusttasche. Inspektor Toivonen kratzte sich im Nacken und blieb stumm. Eva Backman schlug ihren Notizblock zu.

»Diesen Busfahrer vielleicht«, sagte Barbarotti und meinte einen unterdrückten, aber einmütigen Seufzer seiner vier Kollegen zu hören. Eventuell auch seines Chefs.

»Aha?«, sagte der Chef. »Aha?«

»Es ist natürlich nichts Neues passiert, aber ich habe so ein Gefühl, dass ...«

»Ein Gefühl?«, unterbrach Stigman ihn. »Ein Ge...fühl?«

»Der Chef hat richtig gehört«, sagte Barbarotti. »Also, ich habe so ein Gefühl, dass nicht alles zum Besten steht. Wir haben zwar für Januar einen Termin mit ihm verabredet und er hat uns versprochen, sich zu melden, falls neue Drohungen auftauchen sollten, aber ... na ja, ich bin mir nicht sicher, dass er uns vertraut.«

»Was zum Teufel«, platzte Wennergren-Olofsson heraus. »Was ist das denn für eine Kanaille? Wenn er sich nicht auf uns verlassen will, muss er sich eben an einen Privatdetektiv wenden.«

»Es gibt in Kymlinge keine Privatdetektive«, bemerkte Sorgsen ruhig.

»Ist Wennergren-Olofsson mit dem Fall vertraut?«, wollte Stigman wissen. »Bist du damit vertraut?«

»Glücklicherweise nicht«, antwortete Wennergren-Olofsson. »Das war nur eine Überlegung.«

»Ich sage Bescheid, wenn der richtige Moment für Überlegungen gekommen ist«, klärte Stigman ihn auf und sah erneut auf die Uhr. »Nun, Barbarotti, hat dein Gefühl auch was aus Fleisch und Blut zu bieten?«

Aus Fleisch und Blut?, dachte Barbarotti verwirrt. Ist er nicht ganz nüchtern? Eva Backman eilte ihm zu Hilfe.

»Ich bin zu derselben Einschätzung gelangt«, erklärte sie. »Wir haben nichts Substantielles, aber ich finde trotzdem, wir sollten noch vor Weihnachten Kontakt zu Herrn Runge aufnehmen. Nur um zu hören, wie die Lage ist, und um ihm zu signalisieren, dass wir den Fall nicht einfach zu den Akten gelegt haben. Er ist ein ziemlich zerbrechlicher Mensch.«

»Zerbrechlich?«, sagte Wennergren-Olofsson. »Ich meine, wenn wir nun trotz allem ausnahmsweise einmal ...«

»Still«, sagte Stigman. »Darf ich den Herrn Polizeianwärter bitten, den Mund zu halten, wenn er mit diesem Fall nicht vertraut ist. Barbarotti, was sagst du?«

»Ich stimme Backman zu. Ich finde, wir melden uns bei ihm und fragen nach... sozusagen. Aber das hat natürlich nicht oberste Priorität.«

Kommissar Stigman dachte zwei Sekunden nach.

»Schaut morgen bei ihm vorbei«, entschied er. »Barbarotti und Backman. Bei ihm zu Hause. Erstattet mir unabhängig vom Ergebnis Bericht. Verstanden?«

»Verstanden«, sagte Wennergren-Olofsson.

»Sogar der Herr Polizeianwärter scheint es verstanden zu haben«, sagte Stigman. »Dann machen wir es so. Danke, das war alles.«

»Ich rufe ihn heute Abend an«, sagte Eva Backman. »Er ist ja eher das Gegenteil von einem vielbeschäftigten Mann, es sei denn, er …«

»Es sei denn, was?«, sagte Barbarotti.

»Es sei denn, er sitzt in Stockholm in der Blauen Halle beim Nobelpreisbankett«, sagte Backman.

»Ach ja«, sagte Barbarotti. »Haben wir schon den zehnten Dezember?«

»Morgen ist jedenfalls der elfte«, erwiderte Backman.

»Das ist mir völlig egal«, gestand Barbarotti. »Wer hat eigentlich den Literaturnobelpreis bekommen? Irgendein Chinese?«

»Mo Yan«, informierte Backman ihn. »Es stimmt, dass er Chinese ist. Nach allem, was man hört, zu allem Überfluss ein treuer Genosse.«

»In der Schwedischen Akademie können bestimmt viele Chinesisch«, meinte Barbarotti. »Sehen wir uns heute Abend?«

»Ich bin zu Hause, wenn du dich loseisen kannst«, sagte Eva Backman und lächelte müde. »Aber wenn ich mich richtig erinnere, sind wir heute Morgen im selben Bett aufgewacht.«

Gunnar Barbarotti wirkte erstaunt. »Ist das wahr? Ist das der Grund, warum ich mich ein bisschen kaputt fühle? Ich fahre nach Hause und kümmere mich erst einmal um ein paar Kinder, dann sehen wir weiter.«

»Tu das. Ich rufe Runge an, erst die Pflicht, dann das Vergnügen.«

Albin Runge widersetzte sich vehement einem Besuch der Polizisten, nahm am folgenden Nachmittag aber erneut Platz in Backmans Büro im Präsidium von Kymlinge. Es hatte den ganzen Tag heftig geschneit, aber Runge hatte offenbar nicht aus dem Fenster geschaut, ehe er von zu Hause aufgebrochen war. Er hatte dieselbe dünne Windjacke wie bei seinen beiden vorherigen Besuchen an, nur mit dem Unterschied, dass sie jetzt von schmelzendem Niederschlag durchnässt war. Er trug einen Schal, aber keine Mütze, er tropfte und nieste drei Mal, sobald er sich auf den Stuhl gesetzt hatte. Vielleicht versucht er ja, sich durch Erfrieren das Leben zu nehmen, überlegte Barbarotti und fragte ihn, ob er etwas trinken wolle. Zum Beispiel eine Tasse heißen Kaffee.

Runge nahm das Angebot an, und die Inspektoren leisteten ihm Gesellschaft.

»Wir wollen uns eigentlich nur erkundigen, wie die Lage ist«, begann Barbarotti. »Wie geht es Ihnen?«

»Wie ich es verdiene«, antwortete Runge. »Aber es hat keine neuen Drohbriefe oder Anrufe gegeben, ich nehme an, dass Sie danach fragen.«

»In erster Linie«, sagte Barbarotti. »Aber auch danach, ob Ihnen noch etwas eingefallen ist, was wir bei unserem letzten Gespräch vergessen haben könnten.«

»Was sollte das sein?«, erkundigte sich Albin Runge und wischte sich mit einem nassen Jackenärmel Wasser aus dem Gesicht.

»Möchten Sie die Jacke ablegen?«, fragte Backman.

»Nein danke, das ist nicht nötig.«

»Manchmal fällt einem hinterher noch das eine oder andere ein«, fuhr Barbarotti fort. »So geht es mir jedenfalls oft. Wie Sie wissen, ist es uns nicht gelungen, die Briefe oder das Telefonat mit einer einzelnen Person in Verbindung zu bringen …

oder einzelnen Personen. Aber jeder noch so kleine Anhaltspunkt könnte uns auf die richtige Fährte führen.«

»Haben Sie es versucht?«, fragte Runge.

»Versucht?«, sagte Barbarotti. »Wie meinen Sie das?«

»Haben Sie unter den Eltern gesucht? Das meine ich.«

»Noch nicht«, erwiderte Backman. »Aber sobald wir einen konkreten Hinweis darauf bekommen, dass die Drohungen von dort kommen, werden wir diesem natürlich nachgehen.«

»Ah ja«, sagte Albin Runge und wirkte resigniert.

»Ich kann Ihre Frustration verstehen«, sagte Barbarotti. »Aber man muss auch bedenken, dass all diese Menschen ein Kind verloren haben. Sie zu verdächtigen, erscheint einem nicht richtig, jedenfalls nicht nach Lage der Dinge, ohne etwas mehr in der Hand zu haben. Außerdem dürfte es nicht ganz einfach sein, das unbemerkt zu tun. Verstehen Sie meinen Standpunkt?«

»Absolut«, sagte Albin Runge. »Es ist besser zu warten, bis sie zugeschlagen haben.«

»Zugeschlagen?«, fragte Backman.

»Bis sie mich getötet haben«, verdeutlichte Albin Runge und schenkte ihnen sein typisches missglücktes Lächeln. »Wenn die Lage so ist, haben Sie natürlich etwas mehr in der Hand, so wie Sie es gerne hätten.« Er nickte Barbarotti zu. »Doch, doch, ich verstehe genau, was Sie meinen.«

»Moment mal«, protestierte Backman. »Wir nehmen diese Drohungen wirklich ernst, deshalb sitzen Sie ja heute hier. Aber Sie sind der Einzige, der uns helfen kann. Jeder noch so kleine Anhaltspunkt könnte eine große Bedeutung haben. Hatten Sie zum Beispiel nach dem Unfall Kontakt zu Eltern? Als es gerade passiert war oder später?«

Albin Runge zögerte einen Moment. Zumindest schien es Barbarotti so. Als würde er in Windeseile entscheiden, ob er sich an die Wahrheit halten sollte oder nicht. Dies war jedoch eine höchst unsichere Beobachtung, ebenso gut hätte er auch ein paar Sekunden nachdenken können.

»Nein«, erklärte er. »Soweit ich mich erinnere nicht.«

»Aber würden Sie so etwas wirklich vergessen?«, fragte Backman.

Runge zuckte mit den Schultern. »Vermutlich nicht. Aber mein Gedächtnis ist ziemlich löchrig.«

»Löchrig?«

»Ja.«

»Ich verstehe«, sagte Backman und sah verständnislos aus.

»Aber das Kurzzeitgedächtnis funktioniert noch?«, erkundigte sich Barbarotti. »Seit unserer letzten Begegnung sind keine neuen Drohungen aufgetaucht?«

»Nein«, antwortete Runge. »Keine neuen Drohungen.«

»Und Sie setzen sich mit uns in Verbindung, sollte dies passieren?«, schärfte Backman ihm ein. »Oder wenn Sie sich an etwas erinnern, das uns eventuell weiterhelfen könnte?«

»Natürlich. Ich bin ja kein Idiot.«

»Schön«, sagte Barbarotti und betrachtete den fallenden Schnee vor dem Fenster. »Dann verbleiben wir so. Sollen wir Sie nach Hause fahren?«

»Nicht nötig«, sagte Runge. »Ich gehe gern spazieren.«

»Fünf Kronen für deine Gedanken«, sagte Eva Backman, als Albin Runge sie verlassen hatte.

»Sie sind nicht halb so viel wert«, erwiderte Barbarotti. »Ich werde einfach nicht richtig schlau aus ihm. Andererseits bin ich auch noch nie jemandem begegnet, der achtzehn Menschenleben auf dem Gewissen hat. In einer solchen Situation passiert im Kopf bestimmt so einiges.«

»Das glaube ich auch«, meinte Backman. »Nun ja, wir belassen es dabei und hoffen, dass ihm über Weihnachten und Neujahr nichts zustößt. Aber wenn neue Briefe auftauchen, müssen wir wahrscheinlich irgendwie handeln.«

»Ja, das fürchte ich auch«, sagte Barbarotti seufzend. »Jedenfalls wird Stigman dieser Meinung sein. Und sicher, wenn es so kommt, wird es ein interessanter Auftrag. Ganz zu schweigen davon, wenn er tatsächlich umgebracht wird. Guten Tag, Frau Johansson, soweit wir wissen, ist Ihr Sohn vor ein paar Jahren bei einem Busunglück ums Leben gekommen. Sie haben nicht zufällig den Mann ermordet, der damals den Bus gefahren hat?«

»Wenn es dazu kommt, lasse ich mich zu den Nationalen Einsatzkräften versetzen«, sagte Eva Backman.

11

Kleckse und Späne, dreizehnter Dezember

Der Tag des Luciafests. Vor sechs Jahren wurde meine Mutter angefahren und ist gestorben. Ich wünschte, die Zeit wäre einen Tag vorher stehengeblieben. Sollte ich mein Leben noch einmal leben dürfen, werde ich dort auf die Bremse treten, genau dort. Am zwölften Dezember 2006.

Ein höchst eitler Gedanke. Das Leben ist nun einmal, wie es ist, und es gibt keinen Trost.

Vorgestern war ich wieder bei der Polizei. Sie hatten mich dorthin bestellt, ich weiß im Grunde nicht, warum. Vielleicht wollen sie mir vorgaukeln, dass sie etwas tun, aber ich bin skeptisch. Andererseits weiß ich auch nicht, was sie erreichen könnten; die Eltern der Verstorbenen zu vernehmen, ist natürlich alles andere als ein Traumjob. So gesehen kann ich sie verstehen. Wie ich mich verhalten soll, wenn die nächste Drohung kommt, weiß ich nicht, der Frage werde ich mich dann stellen müssen.

In meinem Erzählen ohne Sinn und Ziel möchte ich stattdessen zu dem Zeitpunkt zurückkehren, bei dem ich neulich stehengeblieben war. Ich bin auch heute Abend allein; Karin ist nach Göteborg gefahren, um ihren Bruder zu treffen. Er ist seit kurzem wieder in Schweden, nachdem er relativ lange in Afrika war, wo er an verschiedenen Hilfsprojekten gearbeitet hat. Er heißt Alexander, und ich bin ihm nur ein paarmal begegnet, da er sich die meiste Zeit im Ausland aufhält. Karin und ich sind allerdings an einigen seiner Verpflichtungen beteiligt, um Menschen in Not an diversen Orten auf der Welt zu helfen; dafür benötigt man natürlich Geld, und Geld haben wir nach wie vor genug.

Doch nun kehre ich zum Herbst 2007 zurück.

Es dauerte zwei Monate, bis sie sich bei mir meldete, und ich hatte die Begegnung mit Seved Karlsson im Zug zwischen Uppsala und Stockholm schon fast vergessen.

»Hallo. Ich heiße Malin. Ich habe Ihre Nummer von meinem Cousin Seved bekommen. Sie wissen, warum ich anrufe?«

So begann unser Gespräch Ende November. Ich erinnere mich nicht mehr, was ich erwiderte, vielleicht gar nichts.

»Nehmen Sie es mir übel, dass ich mich bei Ihnen melde?«

Ich sagte, dass ich es ihr nicht übelnähme. Ich hielt es für unnötig, ihr zu erzählen, dass mir schwindlig war und ich mich hinsetzen musste.

»Ebba war unser einziges Kind.«

Was soll man da sagen? Ich blieb stumm und wartete.

»Ich würde Sie gerne treffen.«

»Und warum?«

»Weil ich versuchen will zu verstehen.«

»Ich weiß nicht, ob das eine gute Idee ist.«

Vielleicht sagte ich auch etwas anderes, aber genauso Sinnloses. Ich erinnere mich jedenfalls, dass es ziemlich lange still blieb im Hörer. Ich glaube, sie weinte, aber ich mag mich getäuscht haben. Jedenfalls sagte sie schließlich:

»Sind Sie einverstanden?«

»Mich mit Ihnen zu treffen?«

»Ja.«

»Ich begreife nicht, wozu das gut sein soll, aber wenn Sie es unbedingt möchten, bin ich einverstanden.«

»Ich melde mich wieder bei Ihnen. Ich kann nach Uppsala kommen, ich muss nur einen passenden Tag finden.«

Ich erwiderte, dass es bei mir jederzeit gehe.

Ein paar Tage vor Weihnachten rief sie wieder an und erklärte, sie habe es sich anders überlegt. Wenn es einen Menschen auf der Welt gebe, dem sie niemals begegnen wolle, dann sei es der Mann, der ihre Tochter getötet habe.

Sie klang, als stünde sie unter Drogen. Oder zumindest, als wäre sie betrunken. Ich habe nie mehr etwas von ihr gehört.

Es ist kurz nach Mitternacht. Vorhin hat Karin angerufen und mir mitgeteilt, dass das Treffen mit ihrem Bruder gut verlaufen sei, sich aber in die Länge gezogen habe, und dass sie deshalb in Göteborg übernachten werde.

Ich sagte, dass ich verstünde und sie liebte. Sie erwiderte, dass sie mich liebe und es ihr leidtue, dass ich allein schlafen müsse.

Kleckse und Späne, dreiundzwanzigster Dezember

Heute ist ein neuer Brief gekommen. Er sieht aus wie die früheren. Aber der Inhalt ist ein wenig anders.

Noch drei Monate. Zieh keine Unbefugten hinein.
Wir melden uns wieder. Nemesis.

Seit ich das gelesen habe, grübele ich über die Bedeutung dieser Worte nach. Die logischste Interpretation dürfte wohl lauten, dass ich noch so lange zu leben habe. Dass sie mich in neunzig Tagen töten werden. Mit anderen Worten Ende März, und wenn mich nicht alles täuscht, wird der zweiundzwanzigste anvisiert. Dieses Datum.

Aber was soll das heißen, dass sie sich wieder melden? Warum? Warum schicken sie mir weiter Mitteilungen, wenn sie mich ohnehin umbringen wollen? Warum sehen sie nicht einfach zu, dass sie die Sache, also mich, aus der Welt schaffen?

Mir fällt nur eine mögliche Erklärung ein, dass sie etwas von mir erwarten. Eine Art Gegenleistung, und dass sie sich dazu wieder melden werden. Beabsichtigen sie vielleicht sogar, dass ich mich irgendwie freikaufe? Wollen sie mir eine Chance dazu geben?

Unbefugte ist leichter zu verstehen. Ich soll niemandem von den Briefen erzählen. Zum Beispiel keinen engen Verwandten. Zum Beispiel nicht der Polizei. Wissen Sie, dass ich schon dort gewesen bin? Das erscheint mir zwar unwahrscheinlich, aber man kann nie wissen.

Ich beschließe, ihrer Ermahnung fürs Erste Folge zu leisten. Karin darf nichts erfahren, das erscheint mir immer selbstverständlicher. Für die Polizei gilt bis auf Weiteres das Gleiche; ich sehe nicht, wie ihnen der neue Brief helfen könnte, etwas von Wert zu erreichen.

Im Moment habe ich zur Art der Gefährdung nichts mehr zu sagen. Stattdessen wende ich mich wieder der Vergangenheit zu.

Im Nachhinein fällt es mir schwer zu begreifen, wie ich das Jahr 2008 und die ersten Monate von 2009 überstanden habe. Ich reiste viel. Südafrika. Indien. Brasilien und Argentinien. Je weiter weg, desto besser. Plötzlich hatte ich Geld und keine Arbeit. Sobald ich nach Uppsala zurückkehrte, begann ich, über ein neues Reiseziel nachzudenken; vielleicht hatte es mit der Anonymität zu tun. Wenn ich mich in einem anderen Land aufhielt, war ich irgendwer, in Schweden war ich der Busfahrer, der achtzehn Menschen totgefahren hatte.

Ich hatte so gut wie keine menschlichen Kontakte. Die wenigen Bekannten, die ich sah, als ich noch mit Viveca zusammenlebte, ließen vereinzelt von sich hören, aber ich wies sie zurück. Ich bin schon immer ein relativ einsamer Mensch gewesen, aber in den Jahren nach dem Unfall trieb ich es auf die Spitze und wurde fast zum Eremiten. Auf meinen Reisen kam ich gelegentlich mit anderen Menschen ins Gespräch, aber es blieb stets bei kurzen und oberflächlichen Kontakten.

Ich las viel, sowohl Belletristik als auch Bücher, die in mein früheres akademisches Spezialgebiet fielen, hatte aber Probleme, mich zu konzentrieren. Wenn ich nachts Schlaf finden wollte, benötigte ich am Abend einen ausgedehnten Spaziergang. Eine Stunde, besser noch zwei. Der einzige Mensch, mit dem ich halbwegs sinnvolle Gespräche führte, war Arne Lindberg, der Therapeut, von dem ich bereits gesprochen habe. Zwischen unseren Sitzungen verging jedoch viel Zeit, meistens ein Monat, manchmal noch mehr. Er war offen für häufigere Kontakte, aber es gelang mir stets, Gründe dafür zu finden, die etwas längeren Intervalle beizubehalten. Ich weiß eigentlich gar nicht, warum, denn ich mochte sein Zimmer und unsere ruhigen Gespräche über alles und nichts.

Jedenfalls war ich Ende März 2009, zwei Jahre nach dem Unfall, immer noch am Leben. Ich sah keinen Sinn in meiner Existenz, aber auch keinen Sinn darin, nicht zu existieren. Vielleicht wartete ich darauf, dass etwas passieren würde, aber mein Wille war viel zu schwach, um die Sache selbst in die Hand zu nehmen. Mir eine Arbeit zu suchen, kam mir jedenfalls niemals in den Sinn. Ich hatte nach wie vor fast vierzig Millionen auf der Bank, warum sollte ich jemandem einen Job wegnehmen, der ihn dringender benötigte als ich? Wenn man mir mitgeteilt hätte, dass ich an einer tödlichen Krankheit litt, hätte ich es akzeptiert, nicht unbedingt freudestrahlend, aber mit Gleichmut.

Meine schwache Sehnsucht – sehr schwache, möchte ich betonen –, dass sich etwas ereignen würde, ging Anfang Mai 2009 in Erfüllung. Damals trat Karin in mein Leben.

Kleckse und Späne, sechsundzwanzigster Dezember

Zweiter Weihnachtstag, spätabends. Wir hatten Besuch von Karins Bruder Alexander. Er kam Heiligabend am Vormittag und hat uns heute Abend wieder verlassen. Er ist wirklich ein bewundernswerter Mensch. Er hat sein Leben der Aufgabe gewidmet, Gutes zu tun, selbstlos und ohne an sein eigenes Wohl zu denken, notleidenden Menschen in aller Welt zu helfen. Er betreibt Kinderheime und Kinderdörfer in Asien, Afrika und Südamerika, er sammelt Spenden, berät sich mit Entscheidungsträgern vor Ort, reist zu Dörfern und in Kriegsgebiete, engagiert und motiviert Ärzte, Krankenschwestern und Lehrer, und … ja, rettet, kurz gesagt, Leben. Er tut, was in seiner Macht steht, um notleidenden Kindern und Jugendlichen eine geborgene Kindheit mit Schulbildung, guter Ernährung und einer medizinischen Grundversorgung zu ermöglichen, statt Armut, Hunger, Bettelei, Prostitution und Hoffnungslosigkeit. Karin und ich haben wie gesagt einiges Geld in seine verschiedenen Projekte gesteckt, und soweit ich überhaupt fähig bin, ein Licht in meinem Leben zu erblicken, ist es das.

Aber es wird Zeit zu erzählen, wie wir uns kennengelernt haben, Karin und ich.

Es war Anfang Mai 2009. Ich bekam einen Brief von meiner Bank; darin hieß es, sie freuten sich, dass ich ihr Kunde sei, aber es sei vielleicht an der Zeit, mein Vermögen etwas vorteilhafter anzulegen. Seit mir im Herbst 2007 mein väterliches Erbe ausgezahlt worden war, hatte mein Geld auf einem gewöhnlichen Girokonto gelegen, aber nun war meine Bank offenbar der Meinung, dass ich mit meinem Pfund etwas besser wuchern sollte. Man schlug mir einen Beratungstermin vor, und ich ging hin.

Wir saßen in einem der hinteren Räume in der Bank, ich, ein rundlicher Herr von etwa sechzig Jahren, der Mogren oder vielleicht auch Moberg hieß, sowie eine jüngere Frau namens Karin Sylwander. Sie boten mir einen Kaffee an und machten sich daran, mir zu erklären, wie ich die beste Rendite erzielen könnte. Es ging um Fonds hier und Fonds da, um Obligationen, Sicherheiten und Risiken, dass man nicht alles auf eine Karte setzen sollte und so weiter. Nach einer Weile in diesem Stil bekam Mogren/Moberg einen wichtigen Anruf und entschuldigte sich. Ich war mit Karin Sylwander allein, und ich glaube, als ihr Kollege die Tür hinter sich schloss, passierte im selben Moment etwas mit uns. Wir haben später darüber gesprochen, und Karin hat es genauso empfunden wie ich. Ein Licht wurde entzündet. Etwas in dem Raum wurde elektrisch aufgeladen, wir bekamen beide Herzklopfen. Keiner von uns erinnerte sich hinterher daran, worüber wir eigentlich geredet hatten, aber wir beschlossen jedenfalls, dass es das Beste sein würde, wenn ich die ganzen Informationsbroschüren und Flyer nach Hause mitnahm, um sie dort in aller Ruhe zu studieren. Mogren/Moberg kehrte nicht zurück, ich steckte alle Papiere in meine Aktentasche und sah auf die Uhr. Es war ein paar Minuten nach zwölf, das Gespräch hatte mehr als eine Stunde gedauert.

Und dann fragte ich sie, ob ich sie zum Mittagessen einladen dürfe.

Ich kann mich nicht entsinnen, in meinem Leben jemals eine wildfremde Frau gefragt zu haben, ob sie mit mir essen gehen will. Nur dieses eine Mal.

Karin Sylwander zögerte höchstens zwei Sekunden. Dann lächelte sie, strich sich langsam, gewissermaßen nachdenklich, mit der Hand durch ihr dunkles Haar, eine Geste, die mir vertraut geworden ist, und sagte, dass sie gerne mit mir essen gehe. Wenn sie sich nur vorher kurz noch zurechtmachen könne.

Wir entschieden uns für das Restaurant *Gillet*. Das Essen dauerte drei Stunden. Ich erzählte von meinem Leben, sie erzählte von ihrem. Sie vergoss ein paar Tränen, ich auch.

Als ich heimkam, dachte ich, dass ich einem Engel begegnet war. Das ist natürlich ein ausgesprochen dämlicher Gedanke, aber das ist mir egal, und zum Glück hatte ich mit dem Engel verabredet, dass wir zwei Tage später abends essen gehen würden.

Wir heirateten im Februar 2010, am Valentinstag, und zogen etwas später im Frühjahr nach Kymlinge.

Staatliche Toto-Lotto GmbH Baden-Württemberg
Nordbahnhofstraße 201 | 70191 Stuttgart
T +49 (0) 711 81000-444 | F +49 (0) 711 81000-318
E Kundenservice@lotto-bw.de
Servicezeiten unter www.lotto-bw.de

VE0724

WICHTIGE HINWEISE

Bitte prüfen Sie sofort:
- **Ist die Quittung lesbar?**
- **Stimmen die Voraussagen mit dem Spielschein überein?**

Bei Unstimmigkeiten sprechen Sie mit Ihrer Annahmestelle.

Ihre Spielquittung ist aus Thermopapier hergestellt. Bitte vor Wärme und Sonneneinstrahlung schützen und nicht Feuchtigkeit, Lösungsmitteln, Fetten sowie anderen schädigenden Stoffen aussetzen.

Quittung sorgfältig aufbewahren. Ohne Quittung kann keine Gewinnauszahlung erfolgen. Gewinne bis € 1.000 erhalten Sie gegen Rückgabe der Quittung in Ihrer Annahmestelle.

Bei Spielteilnahme ohne Kundenkarte müssen Gewinne von mehr als € 1.000 bei der Gesellschaft unter Vorlage der Quittung angefordert werden. Ihre Annahmestelle hält dafür Formulare bereit und gibt Ihnen eine Empfangsbestätigung. Haben Sie mit einer **GlüXCard** teilgenommen, werden die Gewinne überwiesen. Für die Verjährung von Gewinnansprüchen gelten die gesetzlichen Verjährungsregelungen. Es gelten die jeweiligen amtlichen Allgemeinen Teilnahmebedingungen für die Spielteilnahme in den Annahmestellen sowie die Lotteriespezifischen Teilnahmebedingungen, denen auch die Gewinnwahrscheinlichkeiten entnommen werden können.

KUNDENABSCHLUSS

508703 Karl Schmitt & Co. KG
Bahnhofstr. 3
78166 Donaueschingen

02.05.25	08:01:13
EUROJACKPOT	17,10 €
Spielaufträge / Lose	17,10 €
Auszahlungen	0,00 €
KUNDE ZAHLT	**17,10 €**

www.spielen-mit-verantwortung.de

12

In den ersten Tagen des neuen Jahres kam es in der Villa Pickford zu mindestens vier wichtigen Gesprächen.

Das erste fand auf Initiative Jennys, Mariannes Tochter, statt. Seit seine Sara ausgezogen war, hatte Gunnar Barbarotti das Gefühl, dass Jenny ihm von allen Kindern am nächsten stand. Vor allem seit Mariannes Tod; sie hatten viele Stunden bei Tee und stillem Einverständnis in dem Erker zum See um sie getrauert, und diese Abende hatten sie zusammengeschweißt. Unter einem gemeinsamen Wundschorf, der langsam zu Heilung erstarrte; so ungefähr, es waren ihre Worte, nicht seine. Jenny konnte gut mit Worten umgehen.

Auch ihr Bruder Johan hatte die Villa Pickford verlassen, und Barbarottis eigene Jungen waren letzten Endes nur Jungen. So formulierte er es insgeheim und gegen seinen Willen: *nur Jungen*. Aber es stimmte ja, in ein paar Jahren würden sie der Kategorie *nur Männer* angehören, daran konnte er nichts ändern. Er wusste nicht, ob er sich für diese Gedanken schämen sollte, aber *Frauen*, junge wie alte, hatten etwas an sich, wovor er kapitulierte. Vielleicht hatte das, ganz allgemein und biologisch, einen Sinn, oder er hatte in der Begegnung mit *dem Anderen* vielleicht das Gefühl, sich nicht mit ihnen messen zu können. Verblüfft und still staunend, nach mehr als fünfzig Jahren auf diesem Erdball. Er überschätzte und bewunderte Frauen, zumindest manche. Stand hingerissen wie ein romantischer Esel vor diesem rätselhaften *Anderen*, das sie definierte, wie er sich einbildete, und hatte ein halbes Leben der Aufgabe gewidmet, ihm auf die Spur zu kommen. Aber auch vermieden, dabei Erfolg zu haben; Rätsel mit Lösungen sind sterbenslangweilig.

Andererseits war die Verständlichkeit von Menschen seines eigenen Geschlechts auch nicht immer größer. Bei ihnen gab es jedoch nur selten einen Grund zur Bewunderung, äußerst selten. Es liefen so viele großspurige Dummköpfe herum, die auf alles eine Antwort hatten, aber niemals Fragen. Manchmal ertappte er sich dabei zu murmeln, gütiger Gott im Himmel, wieso haben wir Männer so viele Fehler?

Ich kann sie gar nicht alle zählen, schien der Herrgott einmal geantwortet zu haben, aber vielleicht hatte er sich auch verhört.

Als Jenny, seine achtzehn Jahre alte Stieftochter, ihn bat, sich für ein ernstes Gespräch zu ihr zu setzen, wusste er jedoch sofort, worum es ging. So dumm war er nun auch wieder nicht.

»Du und Eva«, sagte sie, als sie sich knarrend in die Korbstühle gesetzt hatten. »Darüber möchte ich mit dir reden.«

Er schluckte. Suchte nach Worten. Fand nur eins.

»Aha?«

»Ich habe kein gutes Gefühl dabei. Entschuldige, dass ich das sage, aber es ist noch nicht einmal ein Jahr her, dass Mama gestorben ist.«

»Ich weiß, aber …«

»Und dann eure Heimlichtuerei.«

»Jenny, es tut mir leid.«

»Mir tut es auch leid.«

Und er sah, dass sie wirklich wie jemand aussah, dem es leidtat. Nicht wütend, oder verärgert, sondern einfach nur traurig, vielleicht auch enttäuscht. Er lehnte sich vor und strich ihr ein wenig unbeholfen übers Haar. Dann holte er den Brief.

Jenen Brief, den Marianne ihm kurz vor ihrem Tod geschrieben hatte. Für den Fall der Fälle. Und in dem sie ihn unter anderem ermahnt hatte, eine neue Frau zu finden. Je eher, desto besser. Zum Beispiel Eva Backman.

Jenny las und weinte. Dann schüttelte sie den Kopf und lachte auf.

»Dann bestimmt sie also immer noch über dein Leben?«

»Ich hätte ihn dir früher zeigen sollen, aber ich wusste nicht, ob es so gedacht war.«

»Na ja, ich denke, du hast gerade einen Fehler gemacht«, sagte Jenny und steckte den Brief in den Umschlag zurück. »Der ist für dich, nicht für mich. Ich habe auch einen Brief bekommen.«

»Du hast auch einen Brief …?«

»Ja. Aber darin stand, dass er nur für mich ist, deshalb darfst du ihn nicht lesen. Johan hat auch einen bekommen, wir haben den des anderen nicht gelesen.«

»Aha?«

Er kam sich dumm vor, was jedoch ein Gefühl war, zu dem er stehen konnte.

»Das mit Eva«, begann er tastend. »Ich hätte das niemals gewagt, wenn Marianne es mir nicht gesagt hätte.«

Sie sah ihn mit feuchten Augen an.

»Ach, Papa.«

Sie nannte ihn nur selten Papa. Es war sicher nicht mehr als vier oder fünf Mal vorgekommen. Aber der Mann, der früher ein Anrecht auf diese Bezeichnung gehabt hatte, war ein Dreckskerl und hatte dieses Recht verwirkt.

»Okay«, sagte er. »Ich habe deine Mutter genauso geliebt wie du, das weißt du, und wenn du es willst, dann …«

»Es reicht«, unterbrach sie ihn. »Ich verstehe. Und ich habe Eva wirklich gern. Aber ihr müsst mit dieser Heimlichtuerei aufhören.«

Das zweite Gespräch war ungewöhnlich kurz. Als Jenny ihn allein gelassen hatte, trat er auf den Balkon in der oberen Etage und wandte sich dem See zu.

»Lieber gütiger Gott«, sagte er. »Wie soll ich das mit Eva und mir jetzt regeln?«

Erst hörte er nichts von unserem Herrgott. Dann etwas, das fast wie ein Schnauben klang. Danach, auf die Schnelle und in einem Ton sanfter Gereiztheit:

»Du tust natürlich, was sie sagt! Hör mit dieser Heimlichtuerei auf! War sonst noch was?«

»Im Moment nicht«, antwortete Barbarotti.

»Schön«, sagte unser Herrgott. »Matthäus 5:15.«

»Matthäus 5:15?«

»Richtig gehört.«

Und damit verschwand der Herrgott wie dünner blauer Rauch in der Abenddämmerung über dem Wasser.

An dem dritten Gespräch waren weder unser Herrgott noch Gunnar Barbarotti beteiligt. Es fand einen Tag später in der Küche beim Geschirrspülen nach dem Abendessen statt.

»Gunnar hat mit mir gesprochen«, sagte Eva Backman.

»Das ist mir klar«, erwiderte Jenny.

»Eins sollst du wissen.«

»Ja?«

»Für Gunnar ist und bleibt deine Mutter die Nummer eins. Sie hätte noch zwanzig oder dreißig Jahre leben und du hättest deine Mutter viel länger behalten sollen. Aber jetzt ist es nun einmal, wie es ist. Ich bin Plan B, und das genügt mir.«

»Plan B.«

»Ja.«

»Aber so kannst du doch nicht denken.«

»Und ob ich das kann. Außerdem habe ich deine Mutter auch geliebt, und ich kann mir wirklich gut vorstellen, noch zu warten. Wenn dir das mit Gunnar und mir wehtut, legen wir unsere Beziehung eine Weile auf Eis. Oder beenden sie ganz... obwohl ich dazu eigentlich keine Lust habe.«

»Jetzt schäme ich mich«, sagte Jenny.

»Unsinn«, entgegnete Eva Backman.

Fünf stille Sekunden verstrichen.

»Darf ich dich etwas fragen?«, sagte Jenny.

»Ja, klar.«

»Bist du auch gläubig? Wie Mama und Gunnar?«

Eva Backman lächelte. »Nein, ich bin nicht gläubig. Du?«

Jenny zuckte mit den Schultern. »Ich weiß nicht, manchmal vielleicht. Aber Gunnar spricht ja wirklich mit Gott und mit Mama. Er zieht sich dann zurück, aber ich habe ihn ein paarmal gehört. Er will fast immer, dass sie ihm etwas raten, und anscheinend...«

»Ja?«

»Anscheinend tun sie das auch. Manchmal Gott, manchmal auch meine Mutter... hast du keine Angst, dass er eines Tages völlig gaga wird?«

Eva Backman lachte. »An dem Tag tritt Plan C in Kraft. Aber wenn Gunnar nicht ein bisschen gaga sein darf, dann ist er nicht mehr Gunnar. Oder?«

»Das stimmt allerdings«, sagte Jenny. »Ich kapiere echt nicht, wie er als Polizist funktionieren kann.«

»Das kapiert keiner«, erwiderte Eva Backman. »Er ist irgendwie das blinde Huhn, das die ganze Zeit Körner findet. Mehr Körner als alle anderen zusammen.«

»Wissen die anderen Bullen, dass ihr … zusammen seid?«

»Nein«, gestand Eva Backman. »Jetzt muss ich mich schämen, aber das würde alles so verdammt kompliziert machen.«

»Ach was«, erwiderte Jenny. »Ich bin mir ziemlich sicher, dass sie Bescheid wissen. Man sieht es euch an.«

»Wenn das stimmt, funktioniert es auch auf die Art«, meinte Eva Backman. »Wir spielen ihnen etwas vor und sie uns.«

»Eine typische Erwachsenentaktik«, sagte Jenny. »Schön, dass man selbst noch nicht so weit ist.«

Eva Backman dachte einen Moment nach. »*Erwachsen* ist ein bescheuertes Wort«, sagte sie. »Im Grunde kann es so ziemlich alles bedeuten. Es soll für etwas Gutes stehen, aber meistens ist es nur trist und abgestanden … *verlogen* vielleicht? *Berechnend*?«

»Das stimmt«, sagte Jenny.

»Worüber redet ihr?«, erkundigte sich Gunnar Barbarotti, der gerade die Küche betrat.

»Wir erzählen uns versaute Geschichten«, sagte Eva Backman. »Stimmt's, Jenny?«

»Total versaute Geschichten«, sagte Jenny.

Das vierte Gespräch war ein Telefonanruf am folgenden Tag, dem Abend vor dem Dreikönigstag, als sich in der Villa Pickford ungewöhnlich viele Gäste am Essenstisch versammelt hatten. Einer von Evas Söhnen war mit seiner Freundin hereingeschneit, genau wie Gunnars Sara mit einer Freundin und Mariannes Johan.

»Entschuldigt«, sagte Eva, als sie die Nummer im Display betrachtet hatte. »Ich glaube, da muss ich rangehen.«

Sie stand auf und verließ die lautstarke Runde in der Küche. Stellte sich unter die Treppe im Flur und stählte sich.

»Ja. Eva Backman.«

»Albin Runge.«

»Das habe ich gesehen. Wie geht es Ihnen?«

»Ich weiß nicht recht. Aber ich habe beschlossen, Sie anzurufen. So wie wir es abgesprochen haben.«

»Das haben wir«, bestätigte Eva Backman. »Ist etwas passiert?«

»Ja, ein Anruf… vor zwei Stunden. Die Nummer war natürlich unterdrückt.«

Er machte eine Pause, und es klang, als blätterte er in etwas. Sie bat ihn weiterzusprechen.

»Ein Mann hat mich gefragt, ob ich etwas dagegen hätte, mir einen Finger abzuschneiden.«

»Wie bitte?«

»Ja, das war seine Botschaft. Ich soll mir einen Finger abschneiden. Um ein wenig guten Willen zu zeigen.«

»Das hat er gesagt? Dass Sie sich einen Finger abschneiden sollen… um guten Willen zu zeigen?«

»Ja, genau.«

Sie dachte nach. Bereute, dass sie beim Kochen zwei Gläser Wein getrunken hatte.

»Hat er noch etwas gesagt?«

»Er hat mich gebeten, den Finger zu fotografieren und das Bild auf Facebook zu posten.«

»Ach, wirklich? Sonst nichts?«

»Nein, das war alles. Aber ich bin nicht bei Facebook.«

»Das ist ja wohl kaum das Problem, oder?«

»Stimmt.«

»Und Sie, was haben Sie ihm geantwortet?«

»Nichts. Außer Hallo habe ich kein Wort gesagt.«

»Haben Sie die Stimme erkannt? War es dieselbe wie beim letzten Mal?«

»Könnte sein. Aber das ließ sich nicht heraushören. Wahrscheinlich hat er durch einen Schal oder etwas Ähnliches gesprochen. Sie klang dumpf … gedämpft. Aber Sie können sie sich anhören, ich habe das Gespräch aufgenommen.«

»Ausgezeichnet. Wann hat er angerufen?«

»Gegen Viertel nach sechs.«

Sie sah auf die Uhr. Halb neun.

»Wie fühlen Sie sich? Machen Sie sich Sorgen?«

»Nein, aber ich habe gedacht, dass Sie es vielleicht erfahren möchten.«

»Natürlich möchten wir das erfahren. Wie sieht es aus, können Sie morgen Vormittag ins Präsidium kommen?«

»Morgen ist Dreikönig. Ein Feiertag.«

»Das spielt keine Rolle. Ist Ihnen elf Uhr recht?«

»Das ist mir recht«, versicherte Albin Runge.

»Noch etwas«, fiel ihr ein, bevor sie das Gespräch beendete. »Wo befinden Sie sich jetzt und ist jemand bei Ihnen?«

»Ich bin zu Hause«, sagte Runge. »Karin ist bei mir. Sie müssen keinen Wagen auf die Straße stellen und das Haus bewachen.«

Nein, damit warten wir lieber noch ein bisschen, dachte Eva Backman, beendete das Gespräch und kehrte zum asiatischen Hühnereintopf zurück.

13

Inspektorin Backman fand am Vormittag des Dreikönigstages, dass Albin Runge sich nicht verändert hatte. Schlaksig, ohne groß zu sein, und etwas schlaff; nicht ordentlich zusammengeschraubt. Außerdem rücksichtsvoll, als gäbe er sich Mühe, nicht zu viel Platz in der Welt einzunehmen. Ein Märtyrer?, dachte sie unfreiwillig.

Der Unterschied zu seinem letzten Besuch bestand darin, dass die unvermeidliche Windjacke getrocknet war und er eine gestrickte Zipfelmütze aufgesetzt hatte, die er allerdings absetzte und auf den Stuhl legte, bevor er sich setzte.

Geschickt, dachte Backman. Eine einfache Methode, seine Kopfbedeckung warm zu halten.

»Herzlich willkommen«, begrüßte sie ihn. »Allerdings bedauere ich den Anlass.«

»Ich auch«, sagte Albin Runge.

»Entschuldigen Sie«, sagte Inspektor Barbarotti. »Meine Kollegin hat mir von dem neuen Anruf erzählt, aber vielleicht könnten Sie so freundlich sein, alles noch einmal zu wiederholen, damit ich nichts verpasse.«

Albin Runge kam seinem Wunsch nach.

Er erklärte, sein Handy habe gegen Viertel nach sechs am gestrigen Abend geklingelt, er habe sich mit einem schlichten Hallo gemeldet, und eine dumpfe Männerstimme, eventuell dieselbe wie beim letzten Mal, habe ihn gefragt, ob er etwas dagegen habe, sich einen Finger abzuschneiden. Als ein Zeichen seines guten Willens.

Runge hatte nicht geantwortet, und der Anrufer hatte vorgeschlagen, dass er den Finger fotografieren und auf Facebook ins Netz stellen solle. Oder bei anderen social media.

»Und dann?«, fragte Barbarotti.

»Dann war es einige Sekunden still, ehe der Anruf beendet wurde.«

»Bizarr«, meinte Eva Backman.

»Da bin ich ganz Ihrer Meinung«, sagte Albin Runge.

»Ich glaube, in einem Laden für Scherzartikel kann man einzelne Finger kaufen«, sagte Barbarotti. »Entschuldigen Sie, aber ich will damit sagen …«

Es wurde sekundenlang still. Albin Runge öffnete den Mund und schloss ihn wieder.

»Ja, was willst du damit sagen?«, erkundigte sich Eva Backman mit einer besorgten Falte auf der Stirn.

Barbarotti räusperte sich. »Entschuldigung, ich meine nur, wenn man einen Beweis dafür bekommen möchte, dass jemand sich einen Finger abgehackt hat, ist es eigentlich schlauer, ihn zu bitten, ein Bild von der Hand hochzuladen … an der ein Finger fehlt.«

»Daran habe ich auch schon gedacht«, sagte Albin Runge.

»Schön, dass die Herren sich verstehen«, stellte Eva Backman fest. »Aber wenn wir von diesem Lapsus absehen, wie ernst nehmen Sie den Anruf?«

Runge dachte länger nach.

»Ich war ziemlich überrascht«, erklärte er schließlich. »Es passt irgendwie nicht zu dem anderen.«

»Dem anderen?«, sagte Backman und bemerkte, dass Runge auf einmal verlegen wirkte. Er rieb mit den Händen über seine Oberschenkel und blickte zu Boden.

»Haben Sie vergessen, uns etwas zu erzählen?«, fragte Barbarotti.

Runge zögerte sekundenlang, bis er sich entschied.

»Es ist noch ein Brief gekommen.«

»Sie haben außer den vier Briefen, von denen wir wissen, einen weiteren bekommen?«

»Ja.«

»Ohne es uns mitzuteilen?«

»Tut mir leid.«

Beschämt. Fast wie ein ertappter Schuljunge. Eva Backman spürte einen plötzlichen Widerwillen gegen diesen Mann in sich aufsteigen, der sich vor ihr auf seinem Stuhl wand. Sie versuchte, das Vorurteil abzuschütteln und fragte sich, woher es rührte. Lag es daran, dass er für den Tod von achtzehn Menschen verantwortlich war und es einem dadurch schwerfiel, Sympathie für ihn aufzubringen? Nein, sicher nicht. Es ging eher darum, dass er sich an die Polizei wandte, gleichzeitig aber deutlich erkennen ließ, dass er ihr nicht vertraute.

»Und warum nicht?«, sagte Barbarotti. »Warum haben Sie das nicht mit uns besprochen?«

»Es hat sich nicht ergeben«, antwortete Albin Runge und betrachtete seine Schuhe.

»Wollen Sie, dass wir Ihnen bei Ihren Problemen helfen, oder wollen Sie das nicht? Es wäre schön, wenn Sie sich entscheiden könnten.«

Albin Runge seufzte und blickte auf. »Ich bitte um Entschuldigung. Ich hätte Ihnen natürlich von dem neuen Brief erzählen sollen, aber ich dachte … nun, ich weiß nicht richtig, was ich gedacht habe.«

»Haben Sie ihn dabei?«, erkundigte sich Backman.

»Nein, leider nicht.«

»Was steht in ihm? Sie haben ihn doch noch?«

»Ich habe ihn noch. Darin steht, dass ich noch eine bestimmte Anzahl von Tagen zu leben habe.«

»Wie viele?«, erkundigte sich Barbarotti. »Es könnte nicht schaden zu wissen, wie viel Zeit uns bleibt.«

Albin Runge schwieg erneut eine Weile und schien mit einem Gedanken zu kämpfen. Oder mehreren.

»Stichtag ist anscheinend der zweiundzwanzigste März.«

»Der zweiundzwanzigste März?«, sagte Backman. »Das steht in dem Brief?«

»Nein, da steht, in neunzig Tagen. Aber wenn man die Tage zählt ... von dem Tag an, als ich den Brief bekommen habe ... dann kommt das Datum heraus. Und ich denke, das passt, weil ...«

Er verstummte.

»Weil was?«, fragte Backman gereizt. »Warum passt das?«

»Weil der zweiundzwanzigste März der Tag ist, an dem ich von der Straße abgekommen bin und achtzehn Menschen ums Leben gekommen sind.«

»Aha?«, sagte Barbarotti.

Eva Backman sagte nichts.

Albin Runge auch nicht.

»Er hat nicht ganz unrecht«, meinte Eva Backman, als sie allein waren. »Man versteht nicht ganz, wie der Finger mit dem anderen zusammenhängt.«

»Allerdings«, sagte Barbarotti. »Das macht einen ziemlich wirren Eindruck. Und in den ersten Briefen tauchte das Datum ja auch nicht auf. Es kommt einem vor, als hätte dieser Vogel ... oder als hätten diese Vögel ... keinen richtigen Plan. Als kämen ihm die Dinge erst nach und nach in den Sinn, aber den zweiundzwanzigsten März sollten wir wohl ernst nehmen oder?«

»Stigman wird das garantiert so sehen«, sagte Eva Backman. »Kann nicht schaden, wenn wir uns sofort bei ihm melden, was meinst du?«

»Am Dreikönigstag? Nein, um Gottes willen, wir warten bis morgen, bis dahin sind wir auch dazu gekommen, uns den fünften Brief anzuschauen.«

»Okay«, sagte Backman. »Wenigstens ist er am Ende etwas kooperativer geworden. Vielleicht können wir ja ab heute davon ausgehen, dass er vorbehaltlos mit uns zusammenarbeitet.«

Barbarotti zuckte mit den Schultern. »Vielleicht, vielleicht auch nicht. Irgendetwas ist seltsam an ihm.«

»Wenn man achtzehn Menschen auf dem Gewissen hat, wird man mit Sicherheit ein wenig seltsam.«

»Das hast du schon einmal gesagt. Vielleicht bin ich es auch selbst. Wollen wir weiterspekulieren, oder …?«

Eva Backman sah aus dem Fenster.

»Wir sollen an einem Feiertag im Präsidium sitzen und spekulieren? Nein, also ich jedenfalls nicht. Da draußen ist richtig schönes Langlaufwetter.«

»Wie du willst«, sagte Barbarotti. »Aber nicht mehr als achtzig Kilometer.«

September – Oktober 2018

14

Die Herbsttage kamen und gingen. Im Kirchspiel Rute fielen die ersten richtigen Regenschauer seit Anfang Mai, und die verdorrte Natur erwachte zu neuem Leben. Grünes Gras begann zur Freude der Bauern und des grasenden Viehs zu sprießen, verwirrte Frühlingsblumen schlugen aus, und wie im Rest des Landes wurde nicht über das Wetter, sondern das Klima gesprochen. Über einen Planeten, der dabei war überzukochen.

Wahlen hatten stattgefunden, in allen Kirchspielen Gotlands und ganz Schweden, aber eine neue Regierung hatte danach nicht das Licht der Welt erblickt. Die vom Dienst befreiten Kriminalkommissare Backman und Barbarotti merkten jedoch bald, dass es ihnen schwerfiel, sich für den sogenannten Nachrichtenfluss zu interessieren, für Sondierungsgespräche und Koalitionsverhandlungen, den Irren im Weißen Haus, den Irren in Nordkorea, die zerfallenden Demokratien in Ungarn und Polen, Erdogan, Putin, den Brexit, den Teufel und seine Großmutter. Vor allem, wenn man diese immer düsterere, polarisierte und konfliktbeladene Welt der Landschaft gegenüberstellte, die sie umgab und offensichtlich so viel tröstlichere Nahrung zu bieten hatte.

Ein geschützter Ort, dachte Barbarotti. Das hier ist der sichere Vorgarten zu einem anspruchslosen Paradies. Aber weiß der Teufel, dachte er auch. Ich bin nur ein naiver Blindfisch, auch im Kirchspiel Rute gibt es mit Sicherheit jede Menge Unrat, wenn man erst einmal hinter die Kulissen blickt.

Aber warum sollte man unbedingt hinter die Kulissen blicken wollen? Jedenfalls vergaßen sie bald, die Tür abzuschließen, ließen sogar den Schlüssel im Auto stecken. Meistens ließen sie es stehen, dieses fabelhafte Fortbewegungsmittel, das nach nur einem guten Jahrhundert seit seiner Geburt auf dem besten Weg war, alle anderen Möglichkeiten auszurotten, auf der Erde voranzukommen.

Stattdessen waren sie mehrere Stunden am Tag mit dem Fahrrad unterwegs. Hinaus nach Kyllaj und Furilden. Nach Sankt Olofsholm, wo die Gotländer der Legende nach zum ersten Mal Christen wurden. Zur Steinofenbäckerei in Gerungs und der Räucherei in Lergrav, beide seit Saisonende geschlossen. Dies galt auch für vieles andere; dass Gotland in erster Linie eine Insel für Sommerurlauber war, hatten sie natürlich gewusst, aber es wurde mit jedem geschlossenen Kiosk und jedem verriegelten Souvenirladen, an dem sie vorbeiradelten, offensichtlicher.

Das war jedoch nicht weiter schlimm. Das Stille und Geschlossene hatte seinen Wert. Etwas *Bewahrtes*, dachte Barbarotti. Mit *Würde* bewahrt. Sie fuhren am See Bästeträsk vorbei und nach Ar an der Nordwestküste hinaus, wanderten kilometerweit am Meer entlang, ohne auf einen einzigen Menschen und kaum ein Gebäude zu stoßen, und als sie mit Thermoskanne und Eierbroten am Norra Gatt saßen, mit der Insel Fårö auf der anderen Seite des Sunds, so nah, dass man hätte hinüberschwimmen können, kam zumindest Eva Backman der Gedanke, dass es durchaus möglich wäre, so zu leben.

Wurden Stimuli nicht überschätzt? Neue Erlebnisse? War

es wirklich notwendig, sich dauernd mit Scheidewegen und Problemen auseinanderzusetzen? Mit Herausforderungen und neuen Aufgaben. Evolution. Fortschritt. Brennenden Autos und gebückten Fackelträgern.

Letzteres blieb. Trotz (oder möglicherweise wegen) der halbschlafenden Landschaft, den anspruchslosen Tagen und der ungewohnten Ruhe tauchte jener Abend in ihrem Kopf auf. Manchmal tagsüber, aber vor allem nachts. Sie wachte davon auf, dass sie die Bewegungen im Körper gespürt hatte, den einstudierten Bewegungsablauf, den sie vor dem Schuss ausgeführt hatte. Stehenbleiben, sich breitbeinig und stabil aufstellen, die Arme und Hände, die die Waffe hoben, das halbe Einatmen und anschließende Ausatmen, bevor sie den Schuss abgab. Das Ganze innerhalb von zwei Sekunden. Manchmal glaubte sie, das Geräusch zu hören, mit dem er auf die Erde schlug, wobei die beiden Fackeln dem benzingetränkten Auto gefährlich nahe kamen.

Ich bin Polizistin, dachte sie. Ich habe einen Täter getötet. Das gehört zu meinem Job. *So what?* Lass mich in Ruhe, verdammte Erinnerung.

Sie erzählte nicht einmal Gunnar Barbarotti davon. Das war allerdings auch nicht nötig, denn er sah es, wenn sie ihr zusetzte. Manchmal sprachen sie darüber, aber die meiste Zeit ließen sie es bleiben.

Umso mehr unterhielten sie sich ganz allgemein über ihre Arbeit. Ob es wirklich eine gute Idee war – abgesehen von den finanziellen Aspekten –, bis zur Pensionierung weiterzumachen. Noch sechs, sieben Jahre, oder wie viele es sein mochten? In Kymlinge zu bleiben, wo sie über ein halbes Jahrhundert gearbeitet hatten, wenn man es zusammenzählte? Wurde es nicht Zeit für eine Veränderung? Seit zwei Jahren waren sie beide Kommissare, aber weitere Karrierechancen würden sich ihnen wohl kaum bieten. Aber gab es eine Alternative dazu … ja, dazu, irregeleitete Jugendliche zu erschießen? Wenn man die Augen offenhielt und sich umschaute. Die Zeit war reif, ein paar Dinge abzuwägen.

Was immer es sein mochte: Einfach war es jedenfalls nicht.

»Bist du gern bei der Kripo?«, fragte sie ihn an einem Samstagabend, als sie zum *Sjökrogen* gegangen waren und beide auf einen Teller exotische Fischsuppe warteten. »Ganz ehrlich?«

»Du weißt, dass ich gern bei der Kripo bin«, sagte Barbarotti. »Aber es funktioniert am besten, wenn man so tut, als wäre man es nicht. Warum fragst du?«

»Ich bin auch immer gern bei der Kripo gewesen. Bis jetzt. Ich will niemanden töten müssen, und ich hasse organisierte Kriminalität. Man kennt die Antworten irgendwie schon, ohne Fragen stellen zu müssen.«

»Du möchtest Rätsel lösen? Alte, kalte Fälle und so. Mysterien.«

»Ich hätte nichts dagegen. Meinst du, es wäre möglich, in Fårösund ein Detektivbüro zu eröffnen?«

»Ein kleines vielleicht«, antwortete Barbarotti. »Aber du hast recht. Rätsel zu lösen und Menschen hinter Gitter zu bringen, ist der Sinn meines Lebens. Ich denke nicht, dass es mir Spaß machen würde, Busfahrer zu sein.«

»Busfahrer? Warum kommst du jetzt ausgerechnet darauf?«

»Keine Ahnung«, sagte Gunnar Barbarotti und hob sein Bierglas. »Prost.«

»Das ist jetzt ein ziemlich fadenscheiniges Ablenkungsmanöver.«

»Was?«

»Es kann ja wohl kein Zufall sein, dass du jetzt mit einem

Bus ankommst. Gib zu, dass du an ihn gedacht hast. Aber trotzdem Prost.«

Barbarotti dachte einige Sekunden nach und gab auf.

»Okay, er ist mir durch den Kopf gegangen.«

»Das habe ich mir schon gedacht.«

Fast zwei Wochen waren vergangen, seit sie vor dem Gemeindehaus von Rute einem einsamen Radfahrer begegnet waren. In den nächsten Tagen hatten sie ein paarmal über ihn gesprochen, aber seither hatte er nicht mehr auf der Tagesordnung gestanden. Barbarotti hatte behauptet, er sei bereit, zirka fünfunddreißig Kronen darauf zu setzen, dass es wirklich Albin Runge gewesen sei. Eva Backman hatte die Wette nicht angenommen, stattdessen den Gedanken abgetan. Albin Runge war im Frühjahr 2013 gestorben, er hatte keine Veranlassung, fünf Jahre später auf einem verlassenen Kiesplatz in Valleviken im Norden Gotlands zu stehen und einen Fahrraddynamo zu reparieren.

Im Übrigen auch an keinem anderen Ort auf der Welt.

»Wenn er es war, werden wir ihm irgendwann noch einmal begegnen«, erklärte Barbarotti, als die Fischsuppe auf den Tisch kam. »Aber du hast recht, fürs Erste lassen wir ihn in Frieden ruhen.«

»Gut«, sagte Eva Backman. »Und morgen müssen wir putzen. Wie lange wollen sie eigentlich bleiben?«

»Bis Mittwoch. Nur drei Nächte. Das schaffen wir schon, auch wenn Max eine echte Herausforderung ist.«

Max, oder sogar Maximilian, war eineinhalb Jahre alt und Gunnar Barbarottis erstes und bisher einziges Enkelkind. Der Junge hatte ungefähr so viel Energie wie eine schwedische Profifußballmannschaft vor dem Anpfiff, einschließlich aller Ersatzspieler, und war die Freude und Vollzeitbeschäftigung seiner Mutter Sara. Zumindest noch ein paar Monate, während sein Vater Andrej ein etwas ins Stocken geratenes Studium an der Technischen Hochschule in Stockholm beendete.

Aber drei Nächte in Valleviken konnten sie sich gönnen. Die einzige Überraschung für die Kriminalrekonvaleszenten Barbarotti und Backman war, dass die kleine Familie zusätzlich noch einen Hund dabeihatte. Genauer gesagt einen Leonberger-Welpen, erst fünf Monate alt, aber schon dreißig Kilo schwer und ähnlich lebenslustig wie der kleine Max.

»Bis jetzt haben wir ihn uns nur geliehen«, erläuterte Sara. »Aber ich denke, wir schlagen zu. Orpington und Max sind ein unschlagbares Paar.«

»Warum in aller Welt heißt er Orpington?«, erkundigte sich Eva Backman mit einer gewissen Skepsis, während sie das zottige Tier betrachtete, das sich rücklings auf die Couch gelegt hatte. »Ich habe gedacht, Hunde heißen Bello oder Timmy?«

»Es ist eigentlich eine Hühnerart«, antwortete Andrej. »Der Züchter hält auch Hühner und will ein bisschen Reklame für sie machen.«

»Das erklärt es natürlich«, sagte Gunnar Barbarotti. »Tja, fühlt euch wie zu Hause.«

Zwei Tage später stand Fårö auf dem Programm. Und das Auto statt der Fahrräder. Der September war gerade abgelaufen und alles geschlossen. Außerdem bescherte der Vormittag ihnen Regen und einen kräftigen Westwind, weshalb sie sich darauf beschränkten, die Raukfelsen bei Digerhuvud und Helgumannens Fischerkaten durch die Autofenster zu betrachten. Am Nachmittag klarte es jedoch auf, und sie konnten halbwegs zivilisiert in den Dünen bei Norsta Auren auf der Landzunge Ava picknicken. Orpington lief zwölf Mal ins Wasser und der Geruch von nassem Hund begleitete sie auf der restlichen Fahrt. Sudersand, Stora Gåsemora und die schmale, kurvenreiche Straße über Dämba. Hier irgendwo hatte Ingmar Bergman sich niedergelassen, man verstand, warum.

Beim letzten Zwischenstopp draußen auf Ryssnäset schob Eva Backman ihre Hand in Barbarottis und teilte ihm mit, dass sie in ein paar Tagen unbedingt zurückkehren sollten. Allerdings mit dem Fahrrad und zu zweit, nichts gegen Paare mit Kind und Hund, aber die Jahre machten sich bemerkbar.

Er hatte nichts einzuwenden. Vor allem die Ostseite, dachte er. Hier könnte man auf einer Steinmauer sitzen und die Ewigkeit erwarten. Die Küstenlinie war weniger dramatisch als die westliche, sie war sanft und diskret einladend – und generell war diese grüne, von Schafen übersäte Insel wie gemacht für langsame Fahrten. Sie verlangte diesen Respekt, das war deutlich zu spüren, wenn man sich die Zeit nahm, langsamer zu werden und genau hinzuschauen. Das stillschweigende und allgegenwärtige Zusammenspiel von Himmel, Meer und Land. Unser Herrgott muss eine seiner helleren Stunden gehabt haben, als er diese Landschaft erschuf, stellte Kommissar Barbarotti fest. Und zum Zuständigkeitsbereich eines Detektivbüros in Fårösund würde selbstverständlich auch die Insel Fårö gehören.

Sie kehrten mit der Fähre um halb sieben zurück. Um wenigstens zeitweise dem Geruch eines nassen und schmutzigen Orpington zu entgehen, stieg Gunnar Barbarotti während der sieben Minuten dauernden Überfahrt aus dem Auto, und wahrscheinlich konnte er sich deshalb ein so deutliches Bild von dem Mann machen, der am Fähranleger in Fårösund stand und darauf wartete, übersetzen zu können.

Dieselbe schwarze Mütze. Derselbe Bart. Derselbe dünne, leicht gebeugte Körperbau. Allem Anschein nach dasselbe Fahrrad.

Du meine Güte, dachte er. Ich hab's ja gesagt!

Ein Adler mag sich einmal versehen, aber bestimmt nicht zwei Mal.

15

Er beherrschte sich, bis sie die Gäste losgeworden waren.

Während des Abends, der Nacht und des frühen Morgens hatte er andererseits genügend Zeit gehabt, innerlich seine Gedanken und Schlussfolgerungen zu entwickeln. Zu etwas nahezu Vollendetem.

»Hör zu«, sagte er, als das blaue Auto mit Tochter, Schwiegersohn, Enkelkind und Hund in der langgezogenen Kurve Richtung Hellvi verschwunden war, um nach Visby und mit der Fähre nach Oskarshamn auf dem schwedischen Festland zu fahren. »Wenn jemand eine Fähre von Fårösund nach Fårö nimmt, zum Beispiel die um neunzehn Uhr – an einem Abend im Oktober und nur mit einem Fahrrad als Transportmittel, Letzteres möchte ich betonen –, zu welcher Schlussfolgerung kann man dann zu diesem Jemand kommen?«

»Dass er beabsichtigt, auf Fårö zu übernachten«, antwortete Eva Backman ohne größeres Interesse.

»Und wenn du eine noch kühnere Vermutung wagen solltest?«

»Ja, ja«, sagte Eva Backman. »Es ist vorstellbar, dass er tatsächlich auf Fårö wohnt. Aber es ist der zweite Teil deiner Argumentation, den ich dir nicht abkaufe.«

»Ich habe gar keinen zweiten Teil präsentiert«, sagte Barbarotti erstaunt.

»Das brauchst du auch nicht«, entgegnete Eva Backman.

»Was hältst du von einem Spaziergang auf der Straße nach Fardume? Dann kannst du deine Gedanken ausführen, und wir bewegen uns dabei ein bisschen.«

»*Yes,* ein Spaziergang«, sagte Barbarotti. »Dein Kopf scheint ein wenig Sauerstoff nötig zu haben. Willst du mir etwa sagen, dass du ihn nicht gesehen hast?«

»Ich habe gesehen, dass er da mit seinem Fahrrad stand, und ich habe gesehen, dass es der Herr war, dem wir am ersten Abend vor dem Gemeindehaus begegnet sind. Aber ich bin nicht deiner Meinung, dass es sich bei ihm um Albin Runge handelt.«

»Sehr seltsam«, meinte Barbarotti.

Sie gingen eine ganze Weile schweigend auf der schönen Straße am See entlang. Es war die alte Landstraße, hatte in einem der vielen heimatkundlichen Bücher in ihrem Haus gestanden; eine tausend Jahre alte Verbindung zwischen Valleviken und der Kirche von Rute. Wahrscheinlich führte sie von dort weiter nach Bunge und Fårösund.

»Du denkst also, dass ich mich irre?«, fragte Barbarotti, als sie einen oder anderthalb Kilometer gegangen waren.

»Ehrlich gesagt glaube ich das wirklich. Es wäre zwar ungewöhnlich, das gebe ich zu, aber diesmal bist du tatsächlich auf dem Holzweg.«

»Aber siehst du denn nicht die Ähnlichkeit? Du musst dir nur eine Menge Haare und den Bart wegdenken.«

Eva Backman zuckte mit den Schultern. »Es gibt eine gewisse Ähnlichkeit, aber er ist es nicht. Albin Runge ist tot.«

»Würdest du deine Meinung ändern, wenn er nicht tot wäre?«

»Wahrscheinlich nicht.«

»Unglaublich, dass man ein einzelnes Gesicht unter Abermillionen wiedererkennen kann«, sagte Barbarotti.

»Oder dass man sich einbildet, es zu tun.«

»Wollen wir wetten?«

»Du willst immer wetten. Aber meistens gewinne ich.«

»Das liegt nur daran, dass ich ein Gentleman bin. Aber jetzt ist es ernst.«

»Ha, ha. Okay, wenn der Typ mit dem Fahrrad identisch ist mit Albin Runge, gewinnst du eine einstündige Fußmassage. Und umgekehrt.«

»Die Wette gilt.«

Anschließend gingen sie schweigend noch etwas weiter.

»Ich frage mich allerdings, wie wir herausfinden wollen, wer von uns recht hat«, sagte Eva Backman. »Da vorn ist die alte Ruine, was immer das früher einmal gewesen sein mag ... ich denke, wir kehren um.«

»Ja, es sieht ganz so aus, als würde es Regen geben«, erwiderte Barbarotti und blickte über den abgegrasten Hang zum Fardume träsk hinaus. »Mach dir keine Sorgen darüber, wie wir das Wettproblem lösen. Ich habe einen Plan.«

»Oho«, sagte Eva Backman.

»Er ist nichts Besonderes«, sagte Barbarotti. »Dass er auf Fårö wohnt, siehst ja selbst du ein. Um diese Jahreszeit kann es dort nicht viele Seelen geben. Ein paar hundert, schätze ich.«

»Mein Gott. Du hast ja wohl hoffentlich nicht vor, herumzufahren und von Tür zu Tür zu gehen?«

»Der Plan ist noch nicht ganz ausgefeilt«, erklärte Barbarotti.

»Das habe ich geahnt«, sagte Eva Backman.

»Hm, ja«, sagte Barbarotti. »Aber das kommt noch. Übrigens glaube ich, dass es jeden Moment anfängt zu regnen.«

Die heranziehende Wolkenbank hatte sich deutlich verdunkelt, und auf Eva Backmans Vorschlag hin kehrten sie halb joggend zum Haus zurück.

»Mir ist etwas durch den Kopf gegangen«, sagte sie, als sie durch das Gartentor gekommen waren. »Könnte es sein, dass du zu wenig zu tun hast?«

»Wie bitte?«, sagte Barbarotti.

»Ja, dass es dir schwerfällt, zur Ruhe zu kommen und die Tristesse zu genießen? Ich selbst liebe solche Herbsttage, an denen nichts passiert, außer dass ein paar Blätter fallen.«

»Und ein paar Tropfen Regen«, sagte Barbarotti und eilte unter das Dach der Veranda. »Nein, damit habe ich kein Problem. Aber im Moment bin ich Privatermittler, und wir arbeiten rund um die Uhr.«

»Albin Runge ist tot«, sagte Eva Backman. »Ich arbeite nicht eine Minute.«

Es dauerte zwei Tage, bis der Privatermittler zufrieden war mit seinem Plan.

»Nyströms«, erklärte er, ehe er sich an einem sonnigen Vormittag mit schwachem bis mäßigem Südwestwind auf den Weg machte. »Du weißt schon, das Geschäft auf der Höhe von Sudersand. Wenn man auf Fårö wohnt und nicht verhungern will, muss man dort regelmäßig auftauchen. Nirgendwo sonst kann man Anchovis und Kondome und was man sonst so braucht kaufen. Zumindest um diese Jahreszeit. Du bist sicher, dass du nicht mitkommen willst?«

»Todsicher«, erwiderte Eva Backman. »Ich mache stattdessen eine Radtour nach Furilden hinaus. Aber viel Spaß.«

»Ich rufe auf dem Heimweg von der Fähre aus an«, versprach Barbarotti. »Damit du dich auf meine Fußmassage heute Abend vorbereiten kannst.«

»*Holy cow*«, sagte Eva Backman und küsste ihn. »Es ist wirklich interessant, einen Einblick in den Alltag eines Privatermittlers zu bekommen.«

»Das kann ich mir lebhaft vorstellen«, erwiderte Barbarotti.

Schade, dass ich den Leuten kein Foto zeigen kann, dachte er, als er eine Weile durch Nyströms kleinen ICA-Markt auf Fårö geschlendert war. Dann könnte ich mich jetzt bei einer Verkäuferin und ein paar Kunden umhören, ob sie die fragliche Person erkennen.

Aber es war nun einmal, wie es war. Und zur ersten Phase seines Plans gehörte es, den Fahrradmann zu fotografieren; mit dem Handy und natürlich heimlich, ein Privatermittler muss sich damit zufriedengeben, was ihm zur Verfügung steht. Sicherheitshalber hatte er allerdings bei Inspektor Sorgsen, ebenfalls heimlich, einiges Material bestellt, aber bisher war es in Valleviken im Kirchspiel Rute noch nicht eingetroffen.

Geduld, dachte er, ging und setzte sich wieder in den Wagen. Er stand etwa zwanzig Meter von dem Geschäft entfernt am Straßenrand. Selbstverständlich mit guter Sicht. In der anderen Richtung, zweihundert Meter weiter nordwestlich, lag *Sylvis Töchter*, eine bekannte Bäckerei und Konditorei, deren Besuch für die Touristen im Sommer obligatorisch war. Wenn er es richtig verstanden hatte. An diesem schönen Oktobertag war sie allerdings geschlossen. Sie öffnen bestimmt erst wieder im Mai, dachte Barbarotti. Was für eine eigenartige Insel Fårö doch war: acht, neun Monate im Jahr lebten etwa fünfhundert Menschen auf ihr, in der restlichen Zeit Zehntausende. Stundenlang in der Schlange zur Fähre zu stehen, gehörte für die Urlaubsgäste in den attraktivsten Wochen des Jahres zum Alltag, hatte er gelesen. Die Schweden und ihre Urlaubsgewohnheiten.

Damit er etwas zu tun hatte, begann er, Nyströms Kunden an diesem frühen Nachmittag zu zählen. In der ersten halben Stunde kamen drei, in der zweiten zwei. Niemand kam mit dem Fahrrad, vier waren Frauen. Der Kunde männlichen Geschlechts war ungefähr dreizehn und schlitterte auf einem handbemalten Quad vor den Laden. Barbarotti überlegte, welche Altersgrenze für solche Fahrzeuge galt, fand aber keine Antwort und beschloss, nicht einzugreifen.

Vielleicht habe ich doch nicht die richtige Methode für diesen Fall gefunden, dachte er.

Dann klappte er den Sitz nach hinten und schlief ein.

Als er aufwachte, war es schon halb vier. Er stieg aus dem Wagen und ging zum zweiten Mal in das Geschäft. Außer einer Verkäuferin (dieselbe Frau wie schon zwei Stunden zuvor, die nun an der Kasse saß und sich etwas in einem Heft notierte) war das Geschäft leer. Barbarotti ging eine Weile durch die engen Regalreihen, ehe er sich für eine Tüte gemischter Süßigkeiten entschied, bezahlte und zum Auto zurückkehrte.

Andernorts auf der Insel sind bestimmt mehr Leute unterwegs, dachte er, stopfte sich zwei Bonbons in den Mund und fuhr los. An der Kreuzung bei Sudersand bog er links ab und folgte der kurvenreichen Straße auf der Landzunge Ava zum Leuchtturm von Fårö und Norsta Auren hinaus. Auf dem Parkplatz am Leuchtturm standen alles in allem null Fahrzeuge. Er beschloss, nicht auf den Strand zu gehen, um dort zu fahnden. Stattdessen fuhr er einen Kilometer zurück und bog rechts in Richtung Skär ab.

Zwischen Skär und Ekeviken begegnete er zwei Fahrzeugen. Einem alten Volvo, der gut und gerne dreißig Jahre auf dem Buckel hatte, und einem Traktor mit einem Turm aus plastikumhüllten Heuballen auf dem Anhänger. Um zwanzig nach vier war er einmal um die Insel herumgefahren und erreichte erneut Nyströms Lebensmittelladen.

Das war jetzt alles andere als ein Volltreffer, dachte er. Gut möglich, dass ich einen Plan B brauche. Jetzt fahre ich jedenfalls nach Hause.

Er nahm die Straße über Dämba, schaffte es aber trotzdem pünktlich zur Fünfuhrfähre. Sechs Autos an Bord. Kein Fahrrad. Er stieg aus und stellte sich während der kurzen Überfahrt in den Wind. Betrachtete die Möwen, die rund um das gelbe Schiff flogen und lärmten. Betrachtete das bleigraue Wasser und die beiden Küstenlinien, von Fårö und von Gotland. Dachte, wenn man sich vor den Augen der Welt verbergen will, ist diese herbstlethargische Gegend, in der die Natur in stiller Balance und Harmonie zu leben scheint, keine schlechte Wahl. Wie eine ungewöhnlich gut funktionierende Allparteienregierung.

Ein besonders schlechter Vergleich, erkannte er sofort, aber seit der Wahl war eine Woche nach der anderen vergangen, und Schweden hatte immer noch keine neue Regierung. Was hat das eine jetzt mit dem anderen zu tun?, dachte Gunnar Barbarotti. Ich habe mich nicht mehr richtig im Griff.

Nicht wahr, mein Herr und Gott?, ergänzte er etwas halbherzig in den Wind gemurmelt und bekam zu seinem Erstaunen eine Antwort. *Das ist ja so typisch,* sagte der angesprochene Herrgott. *Wenn du ausnahmsweise einmal auf dem richtigen Weg bist, fängst du plötzlich an zu verzagen!*

Sag das nochmal, bat Barbarotti – oder rief es eher, um die Schreie der Möwen und die Maschinen der Fähre zu übertönen –, aber dazu hatte unser Herrgott nicht die geringste Lust.

Auf dem richtigen Weg?

Das hatte er doch gesagt, oder?

Der Privatermittler seufzte und schob sich wieder in sein Auto. Stellte fest, dass der Schöpfer von Himmel und Hölle häufig ein eher schwieriger Gesprächspartner war. Im Großen wie im Kleinen. Und erst als er von der Landstraße 147 in Richtung Lergrav abbog, fiel ihm ein, dass er Eva hätte anrufen sollen, um zu hören, ob er in Fårösund einkaufen gehen sollte, wo das Warenangebot bedeutend größer war als bei Nyströms.

Aber das war nicht weiter schlimm. Morgen würde hoffentlich wieder ein neuer Tag sein.

»Wie ist es gelaufen?«, fragte Eva Backman.

»Licht und Schatten«, sagte Barbarotti. »Jedenfalls habe ich ein Zeichen bekommen, dass ich auf dem richtigen Weg bin.«

»Tatsächlich? Und was war das für ein Zeichen, wenn man fragen darf?«

»Lass uns ein anderes Mal darüber reden«, antwortete Barbarotti. »Wie ist es dir ergangen?«

»Nur Licht«, sagte Eva. »Mir tut höchstens der Hintern ein bisschen weh, ich bin bestimmt vierzig, fünfzig Kilometer gefahren. Furilden ist wirklich eine schöne Insel, und ich bin am ganzen Tag höchstens zehn anderen Menschen begegnet. Waren auf Fårö viele Leute unterwegs?«

»Soweit ich sehen konnte um die zwanzig«, antwortete Barbarotti. »Haben wir noch etwas zu essen? Ich habe vergessen, auf dem Heimweg einzukaufen.«

»Schau mal da rein«, sagte Eva und zeigte auf eine Plastiktüte, die auf der Spüle stand. »Ich habe einen Haufen Trompetenpfifferlinge gesammelt. Und etwas Lammfleisch haben wir auch noch. Könnte das was sein?«

Barbarotti ging zu der Tüte und schnupperte an ihr. »Manchmal bist du wirklich eine einmalige Frau«, sagte er. »Soll ich dir die Füße massieren?«

Eva Backman dachte nach. »Dafür ist es vielleicht noch etwas früh.«

»Aha? Du meinst ...«

»Genau. Findest du es angemessen, wenn ich dir drei Tage gebe, um mir Albin Runge zu präsentieren?«

»Ja, klar«, sagte Barbarotti. »Wahrscheinlich reichen mir zwei, aber lass uns ruhig drei sagen, falls ich vom Pech verfolgt sein sollte.«

16

»Für dich ist ein Paket angekommen. Was mag das sein? Man soll es im Coop-Supermarkt in Lärbro abholen.«

»Hm… ach das?«, sagte Barbarotti.

Er lag auf der Couch und las ein Buch über die Schlacht um Visby 1361. Eva war draußen gewesen und hatte den Briefkasten geleert.

»*Ach das*? Was soll das denn heißen?«

Barbarotti zog die Decke auf seinen Beinen gerade und wich ihrem Blick aus. Studierte stattdessen die Maserung im Holz der Deckenpaneele. »Nun, ich dachte… also, um der Sache auf den Grund zu gehen, fand ich, dass es nicht schaden könnte.«

»Gunnar, wovon redest du?«

»Ich habe Sorgsen gebeten, mir ein wenig Material zu schicken… das ist alles.«

»Was für Material denn? Du meinst doch wohl nicht…?«

»Hm, ja, Runge«, sagte Barbarotti. »Die Ordner mit den Ermittlungsakten von 2013. Wenn wir ihm schon auf der Spur sind… sozusagen. Hrrm.«

Eva Backman lachte auf und warf ihm ein Kissen an den Kopf. »Du verrückter Bulle! Du kannst wirklich nie loslassen, was?«

»Mich treibt ein großer Gerechtigkeitssinn an«, stellte Barbarotti klar. »Wenn ich diese Welt verlasse, soll sie ein besserer Ort sein als bei meiner Ankunft.«

»Oje, oje«, meinte Eva Backman seufzend und trat die Holzschuhe von den Füßen. »Flieg nur nicht zu nah an die Sonne. Außerdem sind wir gar nichts auf der Spur.«

»Du vielleicht nicht, ich schon«, hielt Barbarotti bescheiden fest. »Wenn du schon dabei bist, mit Sachen herumzuschmeißen, kannst du vielleicht auch ein paar Holzscheite in den Kamin werfen?«

Eva Backman tat es und streckte sich anschließend ihm gegenüber auf der großen Couch aus. »Ich mache dir einen Vorschlag.«

»Aha?«

»Der Regen scheint nachzulassen. Wir bleiben noch eine halbe Stunde auf der Couch. Danach machen wir einen Ausflug nach Ar und zur Steinküste … nach Bläse vielleicht, und auf dem Heimweg gehen wir in Lärbro einkaufen und holen dein Paket ab. Was hältst du davon?«

»Brillant«, sagte Barbarotti. »Unglaublich, dass man jeden Tag mit sinnvollen Aufgaben füllen kann.«

Während sie im Regen vor dem Kalksteinmuseum in Bläse (*geschlossen, öffnet im Mai*) im Auto saßen, klingelte Eva Backmans Handy. Sie sah auf die Nummer im Display und nahm den Anruf an, sagte mehrmals *Ja, aha* und *Ich verstehe*, dankte und beendete die Verbindung.

»Und?«, sagte Barbarotti.

»Das war Stigman«, antwortete Eva Backman. »Ich bin freigesprochen worden.«

»Du meinst?«

»Japp. Der interne Ermittler ist zu dem Schluss gekommen, dass es völlig richtig von mir war, den Jungen zu erschießen. Anscheinend.«

Er nahm ihre Hand. »Aber das war doch klar, dass du

nichts falsch gemacht hast. Haben wir das nicht die ganze Zeit gewusst?«

»Ich weiß«, sagte Eva Backman und schluchzte. »Entschuldige, aber ich fühle mich so verdammt seltsam. So leer … ja, so fühle ich mich. Verflucht leer.«

Sie blieben in Bläse einige Minuten im Auto sitzen und fuhren anschließend nach Kappelshamn und Lärbro zurück. Es regnete beharrlich weiter. Während er fuhr, dachte Barbarotti, dass man auf seiner Wanderung durchs Leben manchmal zu Waldlichtungen gelangt, auf denen alles irgendwie zum Stillstand kommt. Wo einem sowohl die Vergangenheit als auch die Richtung nach vorn unklar, sozusagen in Nebel gehüllt erscheint, und dass diese Momente, diese zähen Minuten, eine solche Lichtung waren. Wahrscheinlich zum Nachdenken bestimmt, aber auch klaustrophobisch und erschreckend. Er wusste, dass dies ein altes und wiederkehrendes Gefühl war und bei ihm Resignation hervorrief, wenn es ungehindert wachsen durfte. Und Eva an seiner Seite befand sich offenbar auf derselben Lichtung.

Ein Wartezimmer, in dem man vergessen hatte, worauf man wartete.

In dem Coop-Supermarkt, der sich genauso gut in Arjeplog im Norden oder Ängelholm im Süden des Landes hätte befinden können, war dann jedoch wieder alles wie immer. Mehr oder weniger zumindest, denn ein Coop sah eben immer aus wie ein Coop. Gefühle währen niemals ewig, dachte er. Trauer nicht. Angst und Verzweiflung nicht. Freude nicht.

Möglicherweise Zuversicht, aber das war vielleicht gar kein Gefühl und außerdem schwer aufzutreiben. Ganz zu schweigen davon, zuversichtlich zu bleiben.

Das Material von Inspektor Sorgsen bestand aus acht gut gefüllten Aktenordnern und drei Mappen mit schlecht sortierten losen Blättern.

Er begann mit den Mappen und fand in einer von ihnen das Wichtigste überhaupt. Sechs Fotos. Er verteilte sie auf dem Küchentisch, betrachtete sie minutenlang und bat Eva anschließend, zu ihm zu kommen und einen Blick auf sie zu werfen.

»Die erinnern mich an dieses alte Phantombild, das man nach dem Mord an Olof Palme erstellt hat« sagte er. »Ich weiß noch, dass ich das damals schon gedacht habe. Als wir mit Runge beschäftigt waren, meine ich.«

»Als Palme erschossen wurde, war er gerade in die Pubertät gekommen«, sagte Eva Backman und beugte sich über den Tisch. »In den Fall kann er also nicht verwickelt gewesen sein.«

»Da hast du recht«, sagte Barbarotti. »Aber jetzt sieh dir die Bilder genau an und vergleich sie mit dem Fahrradmann. Abzüglich einer Menge Bart und Haare natürlich.«

»Ich bin ja nicht blöd«, erwiderte Eva Backman.

Sie nahm sich viel Zeit, und er merkte an ihrer Atmung, dass sich etwas tat. Schließlich richtete sie sich auf und schob die Hände in die Taschen ihrer Jeans.

»Verdammt, Gunnar, ich weiß nicht, wie ich es sagen soll, aber …«

»Aber?«

»Aber es ist tatsächlich nicht völlig ausgeschlossen, dass du recht hast.«

Barbarotti nickte zufrieden. »Dann sind wir jetzt endlich ein Team?«

»Das will ich nicht versprechen. Ich habe gesagt, dass du *möglicherweise* recht haben könntest. Außerdem gibt es ein kleines Problem.«

»Und welches?«

»Albin Runge ist tot.«

»Das ist mir bekannt.«

»Was soll das heißen, *das ist mir bekannt*? Der Kerl mit dem Fahrrad war doch alles andere als tot? Sowohl vor dem Gemeindehaus als auch am Fähranleger.«

»Eine Leiche ist damals nie gefunden worden, erinnerst du dich?«

»Natürlich. Aber …«

»Aber?«

Eva Backman seufzte. »Gunnar, wenn es wirklich so ist, wie du dir einbildest, begreifst du dann eigentlich, was das bedeutet?«

Barbarotti fegte die Fotos zusammen und steckte sie in die Mappe zurück. »Nein, ich begreife beim besten Willen nicht, was das bedeutet. Ich weiß nur eins.« Er zeigte mit einer ausschweifenden Handbewegung auf die Ordner und Mappen auf dem Tisch. »Wenn das, was du *meine Einbildung* nennst, zutrifft, können wir das alles genauso gut im Kamin verfeuern.«

»Hm«, sagte Eva Backman. »Wir sollten lieber nichts überstürzen. Es kann nicht schaden, wenn wir uns vorher durchlesen, was in den Akten steht. Um unser Gedächtnis aufzufrischen. Schließlich haben wir seit damals hundert Fälle gelöst. Nicht wahr?«

»Es gibt auch noch hundert ungelöste«, sagte Barbarotti. »Aber egal, bist du denn bereit, das zu tun? Etwas Zeit mit ihrem Studium zu verbringen?«

Eva Backman zuckte mit den Schultern. »Eine Stunde am Tag vielleicht. Oder zwei … wir ersaufen hier ja nicht gerade in Arbeit. Aber vor allem anderen musst du dir deiner Sache sicher sein.«

»Ich?«, sagte Barbarotti.

»Okay, *wir*. Aber in erster Linie *du* …«

Sie lächelte.

»Keine Sorge«, sagte Barbarotti und tätschelte mit der Hand die Mappe, die er gerade zugeschlagen hatte. »Jetzt habe ich ja ein bisschen mehr in der Hand, das wird ein Kinderspiel.«

Eva Backman lachte auf. »Warum sind wir nicht lieber nach Spanien oder Griechenland gefahren?«

»Fast alles hat einen Sinn«, sagte Gunnar Barbarotti. »Sogar, dass wir uns ausgerechnet hier aufhalten … im Kirchspiel Rute, in diesem Moment, im Oktober 2018. Ja, ich glaube wirklich, dass es so ist.«

»Es könnte auch umgekehrt sein«, sagte Eva Backman. »Nichts hat einen Sinn, alles passiert einfach nur.«

Gunnar Barbarotti nickte. »Wenn ich ehrlich sein soll, weiß ich nicht genau, was mit *Sinn* gemeint ist. Aber nur, weil wir denken, dass wir ihn nicht erkennen, heißt das nicht, dass er nicht existiert.«

»Heißt *nicht*, dass *nicht* …«, wiederholte Eva Backman. »Ich tue mich immer schwer mit diesen … wie heißt das? … doppelten Verneinungen. Sie sind mir irgendwie suspekt.«

»Ich stimme dir zu und bitte um Entschuldigung«, sagte Barbarotti. »Aber wenn es einen Sinn gibt, ist es an uns, ihn zu finden. Kein anderer wird es tun, es gibt keine Anhaltspunkte. Außer vielleicht …«

Sein Blick ging zur Decke.

Eva Backman nickte. »Ich weiß, Gunnar. Ich weiß.«

Januar – März 2013

17

Kleckse und Späne, fünfzehnter Januar

Ich weiß nicht, was ich glauben soll.

Keine neuen Briefe oder Anrufe nach der infamen Aufforderung, dass ich mir einen Finger abschneiden soll. Am Dreikönigstag war ich bei der Polizei und habe ihnen alle Fakten genannt, aber mir ist nicht bekannt, ob sie daran arbeiten, die Situation zu klären. Außerdem denke ich darüber nach, ob es falsch von mir ist, Karin nicht in die Vorgänge einweihen zu wollen, aber wenn meine Gedanken in diese Richtung gehen, denke ich jedes Mal, dass es verrückt wäre. Sie weiß von den ersten beiden Briefen, das muss reichen. Als wir von Uppsala nach Kymlinge zogen, taten wir es, weil wir von allem wegkommen wollten, was früher war, um neu anzufangen. Es wäre ein harter Schlag für sie, wenn sie herausfände, dass es tatsächlich Menschen gibt, die es noch so viele Jahre später auf mich abgesehen haben, und dass sie so hartnäckig sind. Ich fühle es instinktiv und will sie davor schützen. Sie ist ein Engel, aber ein zarter Engel, und das Leben, das wir gemeinsam führen, hat nichts mit dem Alten und Dunklen zu tun, das einmal war.

Aber nun zu etwas anderem. Schon bevor wir Uppsala verließen, war ich, vor allem, um mich zu beschäftigen und ein Betätigungsfeld zu finden, zu meinen akademischen Jagdgründen zurückgekehrt: zu Erasmus von Rotterdam, dem Giganten unter den Giganten der Gelehrsamkeit, und zu Martin Luther sowie zu ihren diversen Meinungsverschiedenheiten. Seit ich anfing, Ideengeschichte zu studieren, habe ich mich ganz besonders für diese beiden interessiert, und da ich durch mein Erbe finanziell unabhängig bin, konnte ich den beiden Herren aus der Renaissance ohne den Druck, etwas veröffentlichen zu müssen, so viel Zeit widmen, wie ich wollte. Lesen, lernen und schreiben. Ich kann es nicht lassen, mit dem Gedanken zu spielen, in fünfzehn bis zwanzig Jahren eine richtige Schwarte zu veröffentlichen. Wenn ich dann noch lebe. Aber das ist nur eine Vision, nichts wirklich Ernsthaftes. Dafür wäre es vielleicht sinnvoll gewesen, in Uppsala zu bleiben, aber in der heutigen Zeit kann man auch an Orten, denen es an renommierten Universitäten und Bibliotheken mangelt, ausgezeichnet studieren und schreiben. Man muss nicht in Uppsala in der Bibliothek Carolina Rediviva sitzen, um ein wenig zu forschen. Und in Kymlinge gibt es immerhin auch eine kleine Hochschule.

Das ist es also, womit ich mich in unserem schönen alten Haus im Strandvägen ein paar Stunden am Tag beschäftige. Als wir heirateten, gab Karin ihre Stelle bei der Bank auf und widmet mittlerweile den Großteil ihrer Zeit Alexanders verschiedenen Wohltätigkeitsprojekten. In den drei Jahren, die wir jetzt hier wohnen, hat sie auch einige Reisen mit ihm unternommen, um den Betrieb in verschiedenen Kinderdörfern in aller Welt zu kontrollieren. Wie gesagt, ich bewundere die beiden für ihr warmherziges Engagement und bin froh, meinen bescheidenen Beitrag dazu leisten zu können; Karin und ich haben gemeinsame Konten, wenn man einander vertraut, läuft es so am besten.

Ab und zu träume ich bis heute von der Busfahrt und erwache jedes Mal mit großer Angst. An die Kollision selbst kann ich mich nicht erinnern, aber vielleicht haben sich die entsetzten Schreie der Jugendlichen, der Krach, die Flammen und die Qualen der Sterbenden unauslöschlich in meine Gehirnwindungen geprägt. Oft denke ich, es war falsch, dass ich nicht gestorben bin. Ich sollte nicht zur Schar der Lebenden gehören. Aber vielleicht ist das meine Strafe, und wer auch immer hinter den Morddrohungen gegen mich steckt, ob nun einer oder mehrere: Es fällt mir nicht schwer, ihn oder sie zu verstehen. Man glaubt nur zu gern ein wenig leichtfertig, dass es möglich ist, alles hinter sich zu lassen, Versöhnung zu finden, aber so einfach ist das nicht. Die Vergangenheit lässt uns nicht in Ruhe, man denke nur an Erasmus und Luther.

Noch sind es etwas mehr als zwei Monate bis zum zweiundzwanzigsten März. Ist das die mir gewährte Zeit?

Kleckse und Späne, achtundzwanzigster Januar

Gestern kam ein neuer Brief, der sechste.

Hast du Angst? Oder freust du dich darauf?
Noch vierundfünfzig Tage. Nemesis

Um trotz allem mein Versprechen zu halten, rief ich bei der Polizei an. Ich wurde zu meiner Sachbearbeiterin durchgestellt, ich bilde mir ein, dass es so heißt, Kriminalinspektorin Eva Backman. Heute Nachmittag, in zwei Stunden, werde ich mich erneut ins Polizeipräsidium begeben. Es wird zumindest interessant sein zu erfahren, ob sie irgendwelche Fortschritte machen. Ob sie überhaupt etwas tun.

Aber um ehrlich zu sein, weiß ich auch nicht, was sie unternehmen könnten. All diese Eltern aufzusuchen, die vor knapp sechs Jahren durch mein Handeln ein Kind verloren haben, diese Wunden erneut aufzureißen, jeden Einzelnen von ihnen zu verdächtigen, das erscheint mir vollkommen absurd… ja, wozu soll das gut sein?

Trotzdem muss es einer von ihnen sein. Oder ein paar.

Hast du Angst? Freust du dich darauf?

Keins von beidem, lautet selbstverständlich die Antwort.

Ich will es nur *vermeiden*.

18

»Ich heiße Sie wieder willkommen, Herr Runge. Bitte nehmen Sie Platz. Inspektor Barbarotti kommt gleich.«

Albin Runge setzte sich. Sie betrachtete ihn hastig; wenigstens hatte er die blaue Windjacke diesmal gegen einen richtigen Wintermantel ausgetauscht. Und eine dicke Wollmütze. Allerdings waren es draußen auch zehn Grad unter null.

»Sie können den Mantel auf den Stuhl da drüben legen. Wir sitzen ja vielleicht etwas länger zusammen.«

»Danke.«

Er kam ihrer Aufforderung nach und platzierte eine gelbe Plastikmappe mit dem Brief auf ihrem Schreibtisch. Setzte sich und schlug ein Bein über das andere. Sah sie an, als erwartete er, dass sie anfangen würde, ihm alles darzulegen. Ihm zu erklären, dass jetzt alles unter Kontrolle war und er von nun an keinen Grund mehr hatte, sich Sorgen zu machen.

Oder löste er etwas anderes in ihr aus? Ein Schüler (mal wieder), der gekommen war, ein Diplom für Fleiß und gute Fortschritte abzuholen? Oder umgekehrt: ein Krebspatient, der in der Überzeugung, einen inoperablen Tumor im Frontallappen zu haben, nun bereit war, das Urteil zu hören?

Wankelmut, dachte sie, als Gunnar Barbarotti gerade das Zimmer betrat. Es war ein Wort, das sie selten oder nie benutzte, aber wenn Runge eine Scharade gewesen wäre, hätte sie darauf getippt.

Oder ging es eher um ihren eigenen Wankelmut und nicht Runges?

»Nun«, sagte Barbarotti und gab Runge die Hand. »Ich höre, dass es eine Entwicklung gegeben hat.«

»Ja, leider«, sagte Runge. »Sie liegt da.«

Er zeigte auf die gelbe Plastikmappe.

»Und wie lautet die Botschaft diesmal?«, fragte Backman. »Können Sie sie vielleicht wiederholen?«

Runge räusperte sich. »Hast du Angst? Oder freust du dich darauf? Noch vierundfünfzig Tage.«

»Unterzeichnet mit Nemesis?«

»Ja.«

»Und die Anzahl der Tage stimmt, wenn wir an den zweiundzwanzigsten März denken?«

»Ja«, sagte Runge. »Gestern waren es vierundfünfzig Tage. Man muss nur nachrechnen.«

»Hm«, sagte Barbarotti. »Aber kein neuer Anruf?«

»Nein.«

»Ziehen Sie selbst irgendwelche Schlüsse … oder kommt Ihnen zumindest ein Gedanke … der von dem Brief ausgelöst wird?«

Runge schüttelte den Kopf. »Nein, nichts. Abgesehen davon, dass mir nicht wohl dabei ist.«

»Natürlich ist Ihnen nicht wohl dabei«, sagte Eva Backman. »Die Chance, dass wir interessante Fingerabdrücke finden, dürfte auch diesmal nicht besonders groß sein, aber wir werden es natürlich versuchen. Wo ist der Brief abgestempelt? Kann man das erkennen?«

»Eventuell in Göteborg. Der Stempel ist etwas undeutlich, aber ich interpretiere es so.«

Eva Backman betrachtete den Umschlag durch das Plastik hindurch und nickte. Seine Deutung traf möglicherweise zu, halbwegs deutlich waren allerdings vor allem die letzten Buchstaben, und das *-borg* konnte genauso gut ein *-berg* sein.

»Und Ihre Frau hat ihn nicht angefasst?«, fragte sie.

»Nein, niemand außer mir selbst, seit er in unserem Briefkasten gelegen hat. Darf ich Ihnen eine Frage stellen?«

»Ja, natürlich«, sagte Barbarotti. »Fragen Sie nur.«

Runge rückte seine Brille gerade.

»Wie sieht es bei Ihnen aus? Kommen Sie weiter?«

Eva Backman wechselte einen Blick mit Barbarotti.

»Wie meinen Sie das?«

»Ich möchte nur wissen, ob Sie angefangen haben, die Gruppe der Eltern zu untersuchen.«

»Wir sind dabei«, sagte Barbarotti. »Und wir versprechen Ihnen, dass Sie es erfahren, wenn wir etwas finden.«

Blabla, dachte Eva Backman. Wir sind überhaupt nicht dabei und nicht einmal ansatzweise in der Nähe von etwas, dem wir nachgehen können. Aber was soll man sonst sagen?

»Dann haben Sie also angefangen, sie zu vernehmen?«, fragte Runge.

»In gewisser Weise«, antwortete Barbarotti. »Wir haben eine Liste, die wir abarbeiten. Aber wie Sie vielleicht verstehen werden, ist die Sache ein wenig delikat.«

»Sicher, daran habe ich auch schon gedacht«, erwiderte Runge bekümmert. »Und ich habe mir auch Gedanken darüber gemacht, was passiert, wenn Sie einen Treffer landen. Es dürfte ja wohl kaum so sein, dass er … oder sie, oder mehrere … gleich gesteht, nur weil man die Frage stellt. Außerdem wissen sie dann, dass ich zur Polizei gegangen bin. Und das ist vielleicht keine gute Idee.«

»Vollkommen richtig«, stimmte Eva Backman ihm zu. »Haben Sie einen Vorschlag, wie wir es anstellen sollen, um … nun, um diese Komplikation zu vermeiden?«

»Nein, leider nicht.« Runge schüttelte den Kopf. »Aber Sie haben doch sicher … Ihre Methoden?«

»Natürlich haben wir unsere Methoden«, versicherte Eva Backman.

»Es ist beruhigend, das zu hören«, erklärte Albin Runge lakonisch.

»Es würde unverhältnismäßig große Ressourcen erfordern, annähernd vierzig Menschen heimlich zu überwachen«, verdeutlichte Barbarotti nach einer kurzen Pause. »Außerdem ist ja gar nicht gesagt, dass der Briefschreiber … und Anrufer … wirklich die Absicht hat zu tun, was er andeutet. Vielleicht will er Ihnen nur ein bisschen Angst einjagen. Dagegen liegt natürlich eine Maßnahme unsererseits auf der Hand, wenn der Stichtag näher rückt.«

»Eine Maßnahme? Welche denn?«

»Sie zu überwachen. Wir stellen sicher, dass sie am zweiundzwanzigsten März nicht auffindbar sind. Wir sperren Sie im Präsidium ein oder was auch immer.«

»Und dann erschießt er mich, sobald ich wieder herauskomme? Oder einen Tag früher als angekündigt?«

»Das ist möglich«, gestand Barbarotti. »Aber es ist noch eine ganze Weile, bis wir an dem Punkt sind, und der Einzige, der uns auf die Sprünge helfen kann, sind Sie selbst. Der kleinste Verdacht, vielleicht nur eine Eingebung … sie darf ruhig auch weit hergeholt sein, aber es ist wichtig, dass wir alles erfahren. Verstehen Sie?«

Albin Runge schwieg einige Momente und rutschte herum.

»Es gibt da eine Kleinigkeit«, sagte er.

»Eine Kleinigkeit?«, wiederholte Barbarotti.

»Es hat sicher nichts zu bedeuten, und ich habe wirklich völlig vergessen, es zu erwähnen.«

»Aha?«

»Eine Mutter hat sich damals mit mir in Verbindung gesetzt. Im Herbst nach dem Unfall, sie hat mich zwei Mal angerufen. Beim ersten Mal meinte sie, sie wolle mich gern treffen, beim zweiten Mal hatte sie es sich anders überlegt.«

»Was heißt, anders überlegt?«, erkundigte sich Eva Backman.

»Sie meinte, ich sei der letzte Mensch auf der Welt, dem sie begegnen wolle.«

»War das alles?«

»Ja.«

»Wie hieß sie?«, fragte Barbarotti, der zwei Listen aus einer Sammelmappe gezogen hatte.

»Malin«, sagte Runge. »Den Nachnamen kenne ich nicht.«

Barbarotti überflog die Listen in der Mappe, die er mitgebracht hatte. »Es gibt nur eine Malin. Malin Berglund… könnte das hinkommen?«

»Keine Ahnung«, sagte Runge. »Aber wenn es nur eine gibt, wird sie es wohl gewesen sein.«

Erneut trat eine Pause ein. Barbarotti schlug die Mappe zu.

»Wir werden unsere Überwachung natürlich verstärken, sobald der zweiundzwanzigste März näher rückt«, sagte Eva Backman. »Und wie gesagt, wir arbeiten an dem Fall, so gut es geht. Übrigens, Ihre Frau weiß nach wie vor nichts von dem Ganzen?«

»Nein, sie hat nur die ersten beiden Briefe gesehen. Ich möchte nicht, dass Sie in die Sache hineingezogen wird.«

»Ich weiß nicht, ob sich das auf Dauer vermeiden lässt«, erklärte Eva Backman. »Erst recht nicht, falls die Sache eskalieren sollte, wenn wir uns dem besagten Datum nähern.«

»Wenn das so ist…«, setzte Runge an, verstummte jedoch. Er schien mit sich selbst zu ringen und sah sich dabei im

Raum um, ohne den Blick auf einen der Inspektoren zu richten.

Wankelmut. Wieder tauchte das Wort in Eva Backmans Kopf auf.

»Ja, was wollten Sie sagen?«, fragte Barbarotti.

»Nichts, schon gut. Müssen wir noch etwas besprechen, oder kann ich jetzt gehen?«

»Sie können gehen«, sagte Barbarotti. »Aber wir bleiben in Kontakt … und das gilt für uns genauso wie für Sie.«

Albin Runge erwiderte nichts, nickte nur, nahm Mantel und Mütze und schlüpfte zur Tür hinaus.

»Verdammt«, sagte Eva Backman. »Das sage ich. Was sagst du?«

»Das Gleiche«, erwiderte Barbarotti und schlug die Sammelmappe wieder auf.

»Woran denkst du?«

»Ich weiß nicht. Wenn wir die Namen schon haben …«

Er zog die Listen heraus und schob sie quer über den Tisch. Eva Backman stierte eine Weile auf die Namen und hielt dabei die Hände unter dem Kinn verschränkt.

»Wenn wir mit den Opfern anfangen«, sagte Barbarotti, »und davon ausgehen, dass ein Angehöriger es auf Runge abgesehen hat, landen wir bei rund sechzig Personen. Und dabei zähle ich nur die Eltern und Geschwister.«

»Na toll«, sagte Backman.

»Und ob das toll ist, apropos … dieses erwachsene Opfer, wie hieß die Frau nochmal?«

»Kristina Wallin«, antwortete Backman, als sie das richtige Kreuzchen gefunden hatte. »Sie war die Mutter von zwei Jugendlichen, die überlebt haben, war es nicht so?«

»Stimmt«, sagte Barbarotti. »Ihre Tochter brach sich nur

den Arm und hatte leichte Verbrennungen, ihr Stiefsohn ist fast unverletzt geblieben. Aber sie ist gestorben. Warum ist sie mir jetzt in den Sinn gekommen?«

»Keine Ahnung«, sagte Backman. »Vielleicht, weil sie die einzige Erwachsene war, die umgekommen ist. Aber das dürfte eigentlich keine größere Bedeutung haben. Jedenfalls ist es gut, wenn Runge glaubt, dass wir diese Leute nach und nach durchgehen ... und noch besser, dass er nicht gefragt hat, wie wir das im Einzelnen tun.«

»Du meinst, weil wir gar nichts tun?«, sagte Barbarotti.

»Genau das meine ich«, antwortete Backman. »Aber was sagt deine berühmte Intuition? Glaubst du wirklich, dass einer dieser Menschen, oder mehrere, allen Ernstes Nachrichten an Runge schickt und vorhat, ihn am zweiundzwanzigsten März umzubringen? Das klingt doch wie ... tja, ich weiß auch nicht, wie das klingt.«

Barbarotti sah eine Weile aus dem Fenster. »Meine Intuition schläft«, erklärte er. »Die einzige Meinung, die sie allenfalls aussendet, ist, dass es nicht mehrere sind. Es kann sich nicht um eine Gruppe betroffener Eltern handeln, die sich jetzt zusammengetan hat, um Gerechtigkeit walten zu lassen. Nach sechs Jahren ... nein, das wäre nun wirklich völlig krank. Ich denke, wir haben es mit einem Einzeltäter zu tun, und wenn er seine Drohungen tatsächlich wahrmacht, dann tut er es allein.«

»Oder sie.«

»Oder sie. Und am zweiundzwanzigsten März wird wahrscheinlich nicht das Geringste passieren. Ich finde, wir legen das Ganze in die Schreibtischschublade und warten ab. Bis dahin vergeht ja noch ziemlich viel Zeit.«

»Das werden super Schlagzeilen, wenn wirklich etwas passiert«, sagte Eva Backman seufzend. »Vor allem, falls herauskommen sollte, dass es Morddrohungen gegeben hat, und wir absolut nichts erreicht haben. Nicht einmal *versucht* haben, irgendetwas zu erreichen.«

»Stimmt«, sagte Barbarotti. »Dann wird es lustig, aber so sind die Umstände nun einmal. Und wenn wir anfangen, die Betroffenen zu befragen, reicht es völlig, dass einer von ihnen einen Journalisten kennt … oder zufällig selbst einer ist … damit daraus eine hübsche kleine Schlagzeile wird.«

»Busfahrer erhält Morddrohungen von Eltern toter Schüler!«, sagte Eva Backman. »Was für ein Schlamassel! Du hast recht, wir halten uns zurück.«

»Zumindest bis Stigman uns andere Anweisungen gibt?«

»Zumindest bis dahin. Aber ich bitte trotzdem einen der Anwärter, die Busliste durchzugehen und zu prüfen, ob jemand heraussticht. Am Ende gibt es doch noch einen alten Mörder unter ihnen, wer weiß. Und ich sehe zu, dass ich mir das Telefonat noch einmal anhöre.«

»Tu das«, sagte Barbarotti. »Eine Nummer kann man unterdrücken, aber eine Stimme ist trotz allem eine Stimme.«

Eva Backman nickte und sammelte ihre Papiere ein. »Können wir dann nicht doch festhalten, dass wir den Fall bearbeiten?«

»Zweifellos«, sagte Barbarotti.

19

Kleckse und Späne, dreizehnter Februar

Später Abend, dichtes Schneegestöber über Kymlinge. Karin ist mit ihrem Bruder in Göteborg, wo sie sich mit möglichen Geldgebern für ein neues Projekt treffen: eine Schule für Straßenkinder auf den Philippinen. Wir geben eine halbe Million Kronen als Startkapital, glaube ich, aber um richtig loslegen zu können, ist mindestens noch einmal die gleiche Summe erforderlich. Ich habe den größten Teil des Tages damit verbracht, ein Geschenk für Karin zu kaufen. Morgen ist unser Hochzeitstag; drei Jahre sind vergangen, seit wir in der Heiligen Dreifaltigkeitskirche in Uppsala geheiratet haben, und ich komme nicht umhin, mich zu fragen, wie mein Leben heute aussähe, wenn wir uns damals nicht in der Bank begegnet wären. Man stelle sich vor, ich hätte nicht all meinen Mut zusammengenommen und sie zum Mittagessen eingeladen. Dann wären wir wahrscheinlich niemals ein Paar geworden, und ich hätte diese Stunden heute nicht zwischen Armbändern, Ohrringen, Diademen und Gott weiß was verbracht.

Aber so ist es ja im Leben; wenn dieses Tier nicht in genau diesem Moment an diesem Tag zehn Kilometer nördlich von Svenstavik auf die Straße gesprungen wäre, tja, dann hätte es in unserem Land achtzehn Menschen mehr gegeben, als heute darin leben. Mindestens; es erscheint logisch, sich vorzustellen, dass der eine oder andere von ihnen inzwischen Kinder in die Welt gesetzt hätte. Als es passierte, waren die Jugendlichen sechzehn, und seither sind fast sechs Jahre vergangen. In der Sekunde wird die Ewigkeit geboren, habe ich irgendwo gelesen, und das ist natürlich wahr.

Am Ende habe ich mich für einen Kettenanhänger entschieden. Einen kleinen, in Gold eingefassten Rubin; Karin mag Rot und trägt lieber Gold als Silber. Ich hatte gehofft, dass sie heute Abend nach Hause kommen würde, aber offenbar haben sich die Besprechungen in die Länge gezogen. Mir ist klar geworden, dass bei der Vorbereitung von Hilfsprojekten zahlreiche irrationale Faktoren eine Rolle spielen. Vieles hängt von persönlichen Beziehungen und Vertrauen ab, und ich glaube, auf dieser Ebene vermag Karin einen großen Beitrag zu leisten. Sie kann sehr gut mit Menschen umgehen, und ich verstehe, dass ihr Bruder sie gern dabeihaben möchte, wenn es darum geht, potentielle Spender das Scheckbuch zücken zu lassen. Und das immer öfter, denn am Anfang unserer Beziehung war Alexander eher jemand, von dem ich gehört hatte, aber Karins größeres Engagement stört mich wirklich nicht. Ganz und gar nicht, vielleicht kommt irgendwann sogar der Tag, an dem ich selbst mich auch etwas aktiver einbringe.

Was die sogenannte echte Gefährdung angeht, ist in den letzten zwei Wochen nichts Neues vorgefallen. Keine Briefe, keine Anrufe. Auch keine Kontakte zwischen mir und der Polizei. Ich weiß nicht recht, was sie damit meinen, die Überwachung zu verstärken, sobald wir uns dem zweiundzwanzigsten März nähern, aber sie werden sich schon melden. Bald ist es nur noch ein Monat bis dahin, und mittlerweile spiele ich mit dem Gedanken, Karin alles zu erzählen. Nein, Moment, nicht ich spiele mit dem Gedanken, der Gedanke spielt mit mir. Ich tue, was ich kann, um ihn von mir zu weisen, bin mir aber nicht sicher, ob mir das auf Dauer gelingen wird. Ehrlichkeit hat schließlich auch einen Wert, das gilt für unsere Beziehung genauso wie für die aller anderen.

Jetzt gehe ich ins Bett. Es ist fast eins, ein anderer Gedanke, der mit mir spielt, lautet, dass Karin nach Hause kommt und diese Nacht irgendwann zu mir ins Bett schlüpft und mich mit ihren warmen Händen und ihrem warmen Körper weckt. Ich tue nichts, um diesen Gedanken von mir zu weisen.

Kleckse und Späne, zweiundzwanzigster Februar

Noch ein Monat. Tatsächlich nur vier Wochen, weil der Februar der kürzeste Monat ist.

Und heute ist er gekommen. Brief Nummer sieben. Kein Poststempel. Für einen Moment habe ich überlegt, ihn ungeöffnet der Polizei zu übergeben, den Gedanken dann aber wieder verworfen. Auch wenn ich ihn augenblicklich als Drohbrief identifizierte, als ich ihn sah, konnte ich ja nicht völlig ausschließen, dass es sich bei ihm um etwas ganz anderes handelte.

Aber das tat es nicht.

Deine Finger sind dir mehr wert als dein Leben.
Nun, das ist deine Entscheidung. Noch ein Monat,
du bist doch bereit? Nemesis

Wir wollten gerade zu Mittag essen. Ich hatte die restliche Post auf der Bank in der Küche liegengelassen, wo Karin eine Gemüsesuppe überwachte. Als ich zu ihr zurückkehrte, nachdem ich die kurze Mitteilung in unserem gemeinsamen Arbeitszimmer gelesen und den Brief weggeräumt hatte, war ich wirklich kurz davor. Es lag mir auf der Zunge, ihr zu sagen, was los war, dass ich gerade einen Brief bekommen hatte, der darauf hindeutete, dass ich nur noch einen Monat zu leben hatte, aber als ich schon ansetzte, es zu sagen, verbrannte sie sich am Topfrand, und der Augenblick war beendet.

So fühlte es sich an: *Der Augenblick war beendet.* Wie von einer äußeren Kraft, möchte ich fast behaupten. Eigentlich glaube ich nicht an so etwas, es gibt keine vorherbestimmten Schicksale, und die Welt ist so, wie wir sie wahrnehmen, nicht etwas *an sich*, trotzdem kann ich mir diese Überlegung nicht verkneifen. Dass mich etwas, das nicht identisch ist mit mir selbst, daran hindert, meine Frau einzuweihen.

Wenn ich die letzten vier Sätze durchlese, regt sich in mir das dringende Bedürfnis, sie durchzustreichen, aber ich lasse sie stehen. Vielleicht enthalten sie ja doch ein Fünkchen Wahrheit, und da diese Zeilen ohnehin keiner lesen wird, ist es wirklich bedeutungslos. Oder? Ich kann es einfach nicht lassen, dieses *Oder?* zu ergänzen.

Wir aßen unsere Suppe und sprachen über alltägliche Dinge. Am Nachmittag ging Karin einkaufen; ich zog mich ins Arbeitszimmer zurück und rief nach einigem Zögern bei der Polizei an.

Es stellte sich heraus, dass meine Kontaktperson Eva Backman zu einem kurzen Skiurlaub in den Bergen bei Sälen war. Sie rief mich am Abend zurück, und wir verabredeten ein Treffen in drei Tagen, wenn sie wieder zurück in Kymlinge ist. Ich habe den Eindruck, dass mein Fall bei der Ordnungsmacht nicht unbedingt oberste Priorität genießt.

20

Das Treffen mit Albin Runge am fünfundzwanzigsten Februar im Polizeipräsidium von Kymlinge war frustrierend inhaltsleer. Darin waren sich die Inspektoren Backman und Barbarotti einig, nachdem er sie verlassen hatte.

Ein neuer Brief. Nummer sieben.

Weder bedrohlicher noch weniger bedrohlich als die früheren.

Name und Adresse säuberlich mit blauer Tinte in großen Druckbuchstaben auf dem Umschlag. Aufgabeort unbekannt. Der Brief selbst ein Computerausdruck. Die Unterschrift Nemesis von Hand in der gleichen Schrift wie in den vorangegangenen Briefen. Ein Graphologe war noch nicht eingeschaltet worden (Kommissar Stigmans Entscheidung, er glaubte ebenso wenig an Graphologen wie an den Weihnachtsmann), aber das Schreiben stammte offenbar von derselben Quelle. Und warum in aller Welt sollte man es auch mit zwei oder drei Autoren zu tun haben? (Halbrhetorische Frage von Inspektor Barbarotti.)

»Wir treten auf der Stelle«, erklärte Eva Backman. »Kannst du etwas Vernünftiges vorschlagen?«

»Wir gehen zu Monsieur Chef und reden mit ihm«, sagte Barbarotti, nachdem er zehn Sekunden gegrübelt hatte.

Monsieur Chef, Kommissar Stig Stigman, trug eine rote Krawatte und hatte Zahnschmerzen.

»Ein Weisheitszahn, der lästig wird«, erläuterte er, als Backman und Barbarotti Platz genommen hatten. »In einer Dreiviertelstunde habe ich einen Termin. Beim Zahnarzt. In fünfundvierzig Minuten. Was wollt ihr?«

»Nun, hm. Es geht um unseren Freund Runge«, sagte Barbarotti einleitend.

»Es ist ein neuer Drohbrief gekommen«, ergänzte Backman.

»Hm«, machte Stigman. »Wie viele sind es bis jetzt? Wie viele?«

»Sieben«, sagte Backman.

»Genau, sieben Stück«, bestätigte Barbarotti.

»Außerdem Telefonanrufe«, sagte Backman. »Zwei.«

»Das macht neun«, sagte Stigman und grimassierte. »Neun Kontaktversuche in einem Zeitraum von …?«

»Etwa acht Monaten«, sagte Barbarotti. »Vielleicht auch neun …«

»Vage«, sagte Stigman. »Deine Antwort ist vage.«

»Mag sein«, sagte Barbarotti. »Aber entscheidend ist nicht die Zeit, die vergangen ist, sondern die Zeit, die noch bleibt. So schätze ich es jedenfalls ein.«

»Will sagen fünfundzwanzig Tage«, ergänzte Backman.

»*Alright,* mein Gott«, sagte Stigman. »Das begreife ich auch. Aber es gab nichts Neues oder Aufsehenerregendes in diesem letzten Brief?«

»Im bisher letzten«, korrigierte Barbarotti ihn und gab die Nachricht aus dem Gedächtnis wieder. »Der Ton ist in etwa so wie in den vorhergegangenen.«

»Deine Finger sind dir mehr wert als dein Leben«, wiederholte Stigman und rieb mit der geballten Faust über seinen schmerzenden Kiefer. »Und dann dieses Gelaber über die Tage … und die Frage, ob er bereit ist. Ja, was soll man da sagen? Was sagt man?«

»Wir sagen, dass wir wie üblich nach Fingerabdrücken suchen«, antwortete Backman. »Danach warten wir die weitere Entwicklung ab.«

»Ist das alles, was euch einfällt?«, fragte Stigman.

»Im Großen und Ganzen«, sagte Barbarotti.

»Seine Frau?«, fiel Stigman ein. »Was ist eigentlich mit seiner Frau? Ist sie nach wie vor ahnungslos?«

Backman nickte. »Sieht ganz so aus. Jedenfalls behauptet Runge das.«

»Und warum?«

»Er sagt, dass er… na ja, dass er sie schützen will. Er sperrt sich dagegen, über diesen Aspekt zu diskutieren.«

»Ihr habt nicht mit ihr gesprochen?«

»Nein«, sagte Backman.

»Oder sondiert?«

Barbarotti schüttelte den Kopf. Was meint er mit *sondiert,* dachte er, verkniff sich aber zu fragen.

»Dubios«, stellte Stigman fest. »Und wenn ich dubios sage, dann meine ich dubios. Seht euch das mal genauer an. Seine Frau, meine ich.«

»Das werden wir tun«, sagte Barbarotti. »Selbstverständlich. Außerdem gehen wir davon aus, dass Brief Nummer sieben nicht der letzte bleiben wird. Aber unabhängig davon, wie es damit steht, sollten wir eine Strategie haben, wenn der zweiundzwanzigste März näher rückt. Wir können Runge ja schlecht frei herumlaufen lassen, so dass der Täter ihn liquidieren kann wie… ja, wie ein altes Huhn auf einer Schlachtbank.«

»Wie bitte?«, sagte Kommissar Stigman. »Was hast du gesagt?«

Wie komme ich nur auf so etwas, dachte Barbarotti. »Wir können ja nicht nur Däumchen drehen und abwarten, bis…«

Er verzichtete auf die Fortsetzung.

»Das ist mir auch klar«, murrte Stigman und sah auf die Uhr, »aber in einer Minute muss ich zum Metzger. Wir machen Folgendes. Haltet euch zurück, bis der nächste Brief kommt, aber unter keinen Umständen länger als bis zum ... wir entscheiden uns für ... den zehnten März. Zehnter März, ja, das ist gut. Dann treffen wir uns und legen uns eine Strategie zurecht. Natürlich ... aua, dieser verfluchte Zahn ... natürlich müssen wir dafür sorgen, dass der Bursche an dem betreffenden Datum für Angriffe vollkommen unerreichbar ist. Am besten auch ein paar Tage vorher und nachher. Vollkommen unerreichbar. Irgendwelche Kommentare? Kommentare, bitte!«

Keiner der Inspektoren wollte seine Worte kommentieren, und Kommissar Stigman begab sich eilig zum Zahnarzt alias Metzger.

Unmittelbar bevor Inspektor Barbarotti an diesem Abend ins Bett ging (ohne Eva Backman, obwohl die Zeit der Heimlichtuerei in der Familie endlich überstanden war), tauchte Stigmans Frage in seinem Kopf auf.

Die Frau?

Warum war Albin Runge in diesem Punkt so rigoros? Was war der Grund dafür, dass sie ... hieß sie nicht Karin? ... nichts davon erfahren sollte, was vorging? Immerhin hatte er ihr die ersten beiden Briefe gezeigt, hatte ihre Reaktion ihn also veranlasst, die folgenden Drohungen zu vertuschen? Dachte er wirklich, dass es für diese sensible Karin das Beste wäre, nichts zu wissen? Bis zum Schluss, ganz gleich, wie dieser Schluss aussehen würde? Was steckte hinter einer solchen Einschätzung?

Die eine Frage führte zu einer zweiten und einer dritten.

Wie sah ihre Beziehung eigentlich aus? Sie waren noch nicht lange verheiratet, zwei, drei Jahre, wenn Barbarotti sich richtig erinnerte, und der einzige Grund, den Runge genannt hatte, lautete, dass er sie schützen wolle, und dass … was hatte er noch gesagt? Dass ihre Beziehung viel zu *zerbrechlich* sei? Oder war nur seine Frau zerbrechlich?

Darüber muss ich morgen mit Eva reden, dachte er und machte das Licht aus. Wenn wir in diesem fragwürdigen Fall irgendetwas erreichen wollen, können wir es uns nicht leisten, dass uns das mutmaßliche Opfer die Bedingungen diktiert. Jedenfalls nicht ewig.

Aber ging es nicht genau darum? Um einen *fragwürdigen* Fall. Eventuell auch gar keinen Fall. Vielleicht machte sich auch nur irgendwer einen Spaß daraus, Runge Angst einzujagen. Jemand, der fand, dass ein gewisser Busfahrer allzu billig davongekommen war, nachdem er den Tod von achtzehn Menschen verschuldet hatte.

Außerdem gab es nun wirklich einige handfestere Fälle auf den Schreibtischen der Kymlinger Polizei. In einer Pizzeria in Rocksta hatte ein Unbekannter auf die Gäste geschossen, drei Menschen waren verletzt worden, einer davon schwer. Eine junge Frau war in der Södermannagatan von einem Balkon im vierten Stock gestürzt worden und schwebte zwischen Leben und Tod. Eine andere Frau war auf einer Joggingstrecke von zwei unbekannten Männern vergewaltigt worden.

Um nur ein paar zu nennen. Gunnar Barbarotti drehte das Kissen um und versuchte einzuschlafen.

21

Kleckse und Späne, neunter März

Halb fünf Uhr morgens. Ich bin vor einer Weile wach geworden und kann nicht wieder einschlafen, also nutze ich die Gelegenheit und schreibe ein paar Zeilen. Dafür gibt es einen Grund.

Heute ist der Internationale Frauentag. Ich kann es nicht lassen, das festzuhalten. Es besteht natürlich kein Zusammenhang zu dem, was vorgefallen ist, aber trotzdem.

Ich hatte den ganzen Vormittag an Erasmus und Luther gearbeitet, als Karin die Tür zum Arbeitszimmer einen Spaltbreit öffnete.

»Sieh mal, wie seltsam«, sagte sie.

Ich drehte den Kopf und begriff, dass sie am Briefkasten gewesen war. Vielleicht beschlich mich eine Vorahnung, aber ich bin wie üblich geneigt zu glauben, dass ich mir das nachträglich einrede.

»Seltsam«, fragte ich. »Was ist denn so seltsam?«

Sie zuckte mit den Schultern. »Vielleicht gar nichts«, antwortete sie. »Aber jeder von uns hat einen Brief bekommen, und sie sehen haargenau gleich aus.«

Sie hielt zwei weiße Umschläge hoch, und in dem Moment war die Zeit der Vorahnungen vorbei. Ich spürte, wie das Blut aus meinem Kopf wich, und umfasste als unwillkürliche

Sicherheitsmaßnahme die Schreibtischkante. Eine Reaktion, die meiner Frau nicht entging.

»Was hast du?«

»Nichts.«

»Nichts? Du wärst fast ohnmächtig geworden, das war deutlich zu sehen.«

»Ich habe … ich habe Kreislaufprobleme.«

»Kreislaufprobleme?«

»Ja.«

»Du hast doch sonst nie Kreislaufprobleme. Jedenfalls nicht, seitdem wir zusammen sind.«

Sie lachte auf, betrachtete mich gleichzeitig aber mit einer gewissen Skepsis im Blick. Ich schluckte und versuchte auszusehen, als wäre die Sache überstanden.

»Es ist passiert, als ich die beiden Briefe erwähnt habe«, stellte sie fest.

Wie zum Teufel konnte sie das eine so schnell mit dem anderen in Verbindung bringen? Aber mit etwas Abstand wundert es mich eigentlich nicht. So ist sie nun einmal, intuitiv und treffsicher.

Ich fand keine Worte. Karin blieb mit den beiden Umschlägen in ihrer rechten Hand in der Türöffnung stehen, hielt ein paar andere Briefe in der linken. Ich merkte, dass sie abwartete. Dass mir nur Sekunden blieben, um ein Plädoyer auf die Beine zu stellen. Ja, das war in der Tat das Wort, das mir am adäquatesten erschien, *Plädoyer*, und ich erkannte, dass dies ganz sicher nicht der richtige Moment war, um zu schweigen.

Ich glaube, ich weiß, was in ihnen steht, sagte ich schließlich. In diesen Briefen.

Zu ihrem genauen Inhalt konnte ich mich natürlich nicht äußern. Zwanzig Minuten später saßen wir uns am Küchentisch gegenüber, und es kam mir vor, als hätten wir uns duelliert. Ich hatte ihr alles erzählt. Das heißt, in groben Zügen: Dass ich außer den Drohbriefen, die sie kannte, fünf weitere bekommen hatte sowie zwei Anrufe im gleichen Stil. Dass ich mehrmals bei der Polizei gewesen war.

Sie nahm die Information mit einer vollkommen ausdruckslosen Miene entgegen, die ich nicht zu deuten vermochte, außer, dass sie eine große, vermutlich sehr große Dosis Enttäuschung enthielt. Ich bat sie deshalb auch um Verzeihung und erklärte, es sei nur meine Absicht gewesen, sie zu schützen.

»Mich zu schützen«, fragte sie, und ich hörte, wie unverständlich das in ihren Augen war. In diesem Moment sah ich es genauso. Ich bat erneut um Verzeihung, stieß aber nur auf den gleichen ausdruckslosen Gesichtsausdruck. »Wie konntest du nur glauben, dass du mich schützt?«, fragte meine Frau. Ich antwortete, ich hätte es nicht besser gewusst. Sie sagte, das sei eine schlechte Erklärung. Ich meinte, dass ich auch nicht begreifen würde, was ich mir dabei gedacht hätte. Zwischen uns lag ein Meter, aber es fühlte sich an wie zehn Kilometer. Wir rührten uns nicht und berührten einander nicht, mir schoss der Gedanke durch den Kopf, dass wir wie zwei Schauspieler aussehen mussten, die seelenlose Repliken einzustudieren versuchten. Die Worte fielen wie sinnloser Müll aus unseren Mündern, und ich merkte, dass ich zum ersten Mal in drei Jahren Ehe Angst hatte.

Ich weiß nicht vor was, wusste es da nicht und weiß es auch jetzt, einen Tag später, nicht. Aber Angst hatte ich. Als alles gesagt war, blieben wir lange schweigend sitzen und am Ende sagte Karin:

»Es nützt ja nichts, sollen wir jetzt nicht unsere Briefe öffnen und nachsehen, was in ihnen steht?«

Wir nahmen ein gewöhnliches Küchenmesser und schlitzten sie auf.

»Lies vor«, sagte Karin.

Das tat ich. Das Schreiben war nicht ganz so kurzgefasst wie sonst.

Wir nähern uns dem Ende. Wenn du ein Testament machen möchtest, hast du dafür noch zwei Wochen Zeit. Heißt deine Frau nicht Karin? Wir werden sie über die Lage informieren, denn das hast du ganz bestimmt nicht getan, du feiges Aas. Nemesis

Danach las Karin ihren vor.

Dein Gatte ist ein Mörder. Vor fast sechs Jahren hat er achtzehn Menschen umgebracht. Trotzdem lebt er weiter, als wäre es das Natürlichste auf der Welt. Wir werden dem ein Ende machen. Sehr bald, du solltest dankbar sein. Nemesis

Bei den letzten Worten drohte ihre Stimme zu versagen. Sie schob den Brief von sich und lehnte den Kopf in die Hände. Ihr Blick war auf die Tischplatte gerichtet, möglicherweise waren ihre Augen auch geschlossen. Vielleicht weinte sie, aber ich konnte nichts sehen oder hören, was darauf hindeutete. Ich war wie gelähmt. Mir schoss ein Gedanke durch den Kopf: Es wird schön sein, wenn sie mich getötet haben, ehrlich gesagt will ich nicht mehr mitspielen.

Dann nahm ich meinen letzten Mut zusammen, ging um den Tisch herum und umarmte meinen Engel.

Während des restlichen Tages versöhnten wir uns, fanden wir wieder zueinander. Als wir am Abend zu recht später Stunde Inspektorin Eva Backman anriefen, hatten wir dies gemeinsam entschieden. Und noch später am Abend entdeckte Karin, dass sich die Poststempel entziffern ließen, zumindest mit etwas gutem Willen, und dass beide Briefe offenbar in Kymlinge abgeschickt worden waren.

22

Ein paar Minuten vor zwei Uhr am Nachmittag des neunten März nahmen die Eheleute Albin Runge und Karin Sylwander in Eva Backmans Büro im Polizeipräsidium von Kymlinge Platz. Inspektor Barbarotti verspätete sich ein wenig, und statt alleine anzufangen, beschloss Backman, das Paar sitzen zu lassen, während sie sich zur Kantine aufmachte, um Erfrischungen zu holen.

Vorher stellte sie jedoch fest, dass Karin Sylwander nicht so aussah, wie sie sich die Frau vorgestellt hatte. Nicht, dass sie zu sagen gewusst hätte, was ihr vorgeschwebt hatte, aber sie fand es erstaunlich, dass Albin Runges Frau schön war.

Weil er selbst ziemlich hässlich war, dachte sie voreingenommen. Und nichtssagend. Karin Sylwander hatte dunkle Haare, war schlank und athletisch. Zumindest deutete ihre Körperhaltung an, dass sie athletisch war. Außerdem war sie mit Sicherheit zehn Jahre jünger als ihr Mann, und als Eva Backman Mineralwasser aus dem Kühlschrank und Gläser vom Geschirrständer nahm, kam sie nicht umhin, sich zu fragen, was eine attraktive Frau wie sie an diesem blassen Mann fand. Sie selbst hatte den unglücklichen früheren Busfahrer reichlich satt – wenn sie die Wahrheit sagen sollte. Aber natürlich sollte diese ehrliche Feststellung keinesfalls gesagt, sondern tunlichst unterdrückt werden. Sie griff nach einer Schale mit Erdnüssen, die aus einem unverständlichen

Grund nicht geleert worden war, und kehrte gemächlich zu ihrem Büro zurück. Wie durch eine göttliche Fügung tauchte Gunnar Barbarotti genau in dem Moment hinter ihr auf, als sie durch die Tür trat.

Jetzt aber, dachte sie zu ihrer eigenen Überraschung. Zwei Superbullen mit weit offenen Glupschern und hellwachen Sinnen.

Ich muss etwas Schlechtes zu Mittag gegessen haben, dachte sie als Nächstes.

Barbarotti machte den Anfang.

»Ich muss gestehen, ich persönlich betrachte es als einen Vorteil, dass Sie (kurzes Kopfnicken in Karin Sylwanders Richtung) jetzt über die Drohungen informiert sind, die seit geraumer Zeit gegen ihren Mann gerichtet werden. Meine Kollegin, Inspektorin Backman (neuerliches Nicken in die andere Richtung), ist der gleichen Meinung.«

»Ich auch«, sagte Karin Sylwander und lächelte unsicher.

»Es war… es war ein Fehler von mir zu versuchen, das Ganze geheim zu halten«, sagte Albin Runge und nahm die Hand seiner Frau.

»Nun ja«, fuhr Barbarotti fort. »Das ist jetzt Schnee von gestern. Wir wollen stattdessen versuchen weiterzukommen. Es lässt sich ja nach wie vor nicht einschätzen, ob dieser Briefschreiber eine wirkliche Bedrohung ist, ob er also tatsächlich vorhat zu tun, was in den Briefen angedeutet wird, oder ob es sich bloß um Schreckschüsse handelt… sozusagen. Aber wir müssen selbstverständlich damit rechnen, dass es ernst werden könnte. Bis zum Stichtag sind es noch dreizehn Tage, und es wird allmählich Zeit, dass wir Maßnahmen ergreifen.«

»Maßnahmen?«, sagte Karin Sylwander und sah ehrlich erstaunt aus. »Was denn für Maßnahmen?«

»Wir stellen uns einen gewissen Schutz für Ihren Mann vor«, erläuterte Eva Backman. »Vor allem, was den zweiundzwanzigsten selbst betrifft natürlich, aber auch schon ein paar Tage vorher.«

»Mehr oder weniger ab heute«, verdeutlichte Barbarotti.

»Ich weiß nicht recht, ob…«, begann Albin Runge, verstummte dann aber, und was er nicht recht wusste, wurde niemals klar.

»Über was für eine Art von Schutz sprechen wir hier?«, erkundigte sich seine Frau.

»Fürs Erste von einer diskreten Bewachung Ihres Hauses«, sagte Barbarotti. »Nichts Besonderes, das ist reine Routine. Ein normaler PKW, ein, zwei Polizisten in Zivil und so weiter. Sie stehen mit uns in Kontakt, damit wir immer wissen, wo Sie sich aufhalten.«

Er wartete auf einen Protest Albin Runges, der jedoch ausblieb.

»Was nun den zweiundzwanzigsten März angeht, schlagen wir vor, dass Sie beide, wenn Sie Ihrem Mann Gesellschaft leisten wollen…«. Er warf einen Blick auf Karin Sylwander, die ihren Mann betrachtete und bekümmert wirkte. »…dass Sie sich an einem anderen Ort aufhalten. Wir sorgen dafür, dass Sie heimlich abreisen, und danach müssen Sie so freundlich sein, sich versteckt zu halten und unsere Anweisungen zu befolgen. Letztlich geht es um nicht mehr als zwei, drei Tage.«

»Und wenn wir nach Hause kommen?«, fragte Albin Runge.

»Hm, ja«, sagte Barbarotti. »Darüber sprechen wir, wenn es so weit ist. Es wird natürlich nicht möglich sein, die Schutzmaßnahmen zeitlich unbegrenzt weiterzuführen, ich hoffe, das sehen Sie ein.«

Das Ehepaar Runge/Sylwander sah sich einige schweigende Sekunden lang an. Sie suchten nach einer Art Einverständnis, schätzte Eva Backman. Allem Anschein nach, ohne es zu finden. »Bewachung unseres Hauses«, sagte Albin Runge. »Das klingt nicht gerade angenehm.«

»Wann soll es losgehen?«, fragte seine Frau.

»Noch ist nichts entschieden«, erklärte Eva Backman. »Und Sie dürfen gerne Ihre Meinung dazu äußern. Es ist wichtig, dass wir uns in diesen Dingen einig sind.«

»Aber was glauben Sie?«, fragte Karin Sylwander und ließ die Hand ihres Gatten los. »Muss man die Sache wirklich ernst nehmen? Denken Sie, dieser Verrückte ... oder vielleicht diese Verrückten ... versuchen tatsächlich, Albin umzubringen? Ist das ... ich meine, und warum? Seit dem Unfall sind viele Jahre vergangen, aber es war doch genau das, ein Unfall. Oder nicht? Mein Mann konnte nichts für das, was damals passiert ist. Natürlich ist es tragisch, dass so viele Menschen ihr Leben verloren haben ... noch dazu so junge, aber glauben wir denn wirklich, dass jemand ...?«

Sie verstummte. Backman sah Barbarotti an, Barbarotti sah die Wand an.

»Das lässt sich schwer einschätzen«, sagte Backman. »Vielleicht sind es nur leere Drohungen, aber das Risiko können wir nicht eingehen.«

»So arbeiten wir«, ergänzte Barbarotti. »Wir müssen jede Warnung ernst nehmen. Bombendrohungen gegen Schulen, zurückgelassene Aktentaschen auf Bahnhöfen, weißes Pulver in Briefumschlägen ... nun, es gibt viele Varianten. Und was unseren Briefschreiber angeht, können wir nicht davon ausgehen, dass er einen Sinn für rationale Argumente hat. Obwohl niemanden eine Schuld an dem Unfall trifft, überzeugt ihn das offenbar nicht ... ihn oder sie. In den Briefen steht konsequent *wir*, aber das muss nicht heißen, dass mehrere Personen beteiligt sind. Einsame Irre glauben oft, dass sie eine schweigende Mehrheit repräsentieren.«

»Ich verstehe«, sagte Karin Sylwander und griff wieder nach der Hand ihres Mannes. »Es kommt mir nur … na ja, ich weiß, dass es abgedroschen klingt, aber es kommt mir völlig unwirklich vor, dass jemand sich so verhalten kann.«

»Die Wirklichkeit ist dabei, die Kontrolle über die Wirklichkeit zu verlieren«, sagte Barbarotti. »Leider. Wenn Sie verstehen, was ich meine. Haben Sie noch Fragen oder Anmerkungen?«

»Warum zieht er auf einmal meine Frau in die Sache hinein?«, sagte Runge. »Ich weiß, dass es falsch von mir gewesen ist, sie aus der Sache herauszuhalten, aber was hat er davon, ihr einen Brief zu schreiben?«

»Ausgezeichnete Frage«, sagte Eva Backman. »Was denken Sie selbst?«

Runge dachte einige Sekunden nach. »Keine Ahnung. Nein, ich begreife es wirklich nicht. Aber er …«

»Ja?«

»Vielleicht will er ihr nur Angst einjagen … also auch ihr?«

»Nicht auszuschließen«, sagte Barbarotti. »Aber wir dürfen nicht vergessen, dass sein Handeln nicht unbedingt einem klaren Plan folgen muss. Das mit dem abgeschnittenen Finger kam einem ja beispielsweise eher wie ein spontaner Einfall vor. So sehe ich es zumindest.«

Albin Runge räusperte sich.

»Ich glaube, es wäre gut, wenn Karin und ich uns ein wenig unterhalten könnten, ehe wir uns für diese Sicherheitsmaßnahmen entscheiden … oder wie man sie nennen soll? Also in aller Ruhe. Vielleicht können sie uns ja zwei Tage geben, um alles zu bereden, und dann treffen wir uns wieder und vereinbaren, was genau zu tun ist. Sie haben natürlich unser volles Vertrauen, aber …«

Getreu seiner Gewohnheit beendete Albin Runge den Satz nicht. Eva Backman dachte, dass er trotzdem ungefähr das zum Ausdruck gebracht hatte, was sie selbst gerade hatte vorschlagen wollen. Bis zum D-Day waren es noch fast zwei Wochen, und nicht nur das Ehepaar benötigte ein wenig Zeit, um eine Strategie zu finden. Sie griff nach ihrem Kalender.

»Heute ist Samstag«, stellte sie fest. »Sollen wir sagen, dass wir uns nächste Woche am Dienstagvormittag treffen? Am Zwölften? Um elf Uhr, wenn das geht?«

Albin Runge nickte zustimmend. Karin Sylwander zog ihr Handy aus der Jackentasche, tippte und scrollte eine Weile und nickte dann auch.

»Elf Uhr am Dienstag geht«, stellte sie fest, steckte das Handy wieder ein und lächelte flüchtig. »Entschuldigen Sie, dass wir Ihre Zeit so lange in Anspruch genommen haben … ich habe überhaupt nicht daran gedacht, dass heute Samstag ist.«

»Nichts zu danken«, sagte Barbarotti. »Es werden generell sehr viele Straftaten außerhalb der Bürozeiten begangen.«

Ausnahmsweise verbrachten sie den Abend in einem Restaurant. Oder zumindest einige Stunden des Abends. In der Villa Pickford fand ein Brettspielturnier statt, an dem sechs oder sieben Jugendliche teilnahmen, und weder Barbarotti noch Backman glaubten, dazu einen sinnvollen Beitrag leisten zu können. Es reichte völlig, wenn sie gegen Mitternacht auftauchten, um einen kritischen Blick auf die Aktivitäten zu werfen.

Das Restaurant hieß *Agrikultur*, lag in der Ruteniusgatan, einen Katzensprung von der Kirche entfernt, und war neu eröffnet worden. Es bot nur Platz für sechzehn Gäste, und schon bei ihrer Ankunft um acht hatten sie feststellen können, dass keine Kollegen oder andere unerwünschte Individuen vor Ort waren. Ihre Heimlichtuerei konnte zumindest noch einige Abendstunden ungehindert weitergehen.

»Es ist ein Unterschied, ob man sich daheim verstellt oder draußen«, sagte Gunnar Barbarotti, als sie zum Auftakt jeder ein Glas Sekt bekommen hatten. »Prost.«

»Das weiß ich«, erwiderte Eva Backman. »Prost.«

Die Speisekarte des *Agrikultur* bestand aus einer Reihe kleiner Gerichte, eines fantasievoller und köstlicher als das andere, und erst bei den Desserts wandte sich das Gespräch Albin Runge zu.

»Unser Freund, der Briefschreiber, hält sich jetzt zur Stunde möglicherweise in Kymlinge auf«, sagte Backman. »Über dieses Detail haben wir kaum gesprochen. Was hat das zu bedeuten?«

Barbarotti leckte seinen Löffel ab und dachte nach. »Ich weiß es nicht«, antwortete er. »Es könnte äußerst beunruhigend, genauso gut aber auch nur ein Teil seiner Einschüchterungstaktik sein und nicht mehr. Was meinst du?«

»Die Opfer des Busunglücks wohnten alle in Stockholm«, sagte Backman. »Wenn Mister Nemesis sich hierherbegeben hat, finde ich, dass er reichlich früh unterwegs ist. Was ist, wenn er tatsächlich irgendwo in der Stadt in einem Hotel abgestiegen ist und die Absicht hat, ein paar Tage früher zuzuschlagen, als er es versprochen hat?«

»Runge eine Axt in den Schädel drischt, während wir noch dabei sind, Schutzmaßnahmen zu planen«, sagte Barbarotti. »Daran will ich gar nicht erst denken, jedenfalls nicht jetzt.«

»Wir verschieben es auf morgen«, erwiderte Backman. »Seine Frau finde ich jedenfalls viel netter als Runge. Warum heiraten Frauen immer diese hohlen Männer?«

»Du darfst nicht vergessen, dass er ziemlich wohlhabend ist«, sagte Barbarotti. »Außerdem ist das Angebot an guten Männern begrenzt. Gute Frauen gibt es wesentlich mehr.«

»Soso, du meinst also, Frauen wie mich gibt es in Hülle und Fülle?«, sagte Eva Backman und lächelte. »Während man nach Typen wie dir mit Argusaugen Ausschau halten muss?«

»Ich habe das Gefühl, dass ich mich gerade auf sehr dünnes Eis begeben habe«, sagte Gunnar Barbarotti. »Gibt es denn nichts anderes, worüber wir reden können?«

23

Hinterher, etwa zwei Wochen später und im Laufe des restlichen Frühjahrs, sollten sowohl die Inspektoren Backman und Barbarotti, als auch Kommissar Stigman und einige andere Beteiligte sich fragen, was bei der Besprechung an jenem Dienstag eigentlich schiefgelaufen war.

Während sie stattfand, deutete nämlich nichts darauf hin. Alle schienen einer Meinung zu sein; das Treffen zog sich zwar etwas in die Länge und dauerte mehr als zweieinhalb Stunden, bis alle Details geklärt waren – aber keiner der anwesenden Polizisten glaubte irgendeine Form von Unzufriedenheit oder Widerstand bei den Eheleuten Albin Runge und Karin Sylwander gespürt zu haben. Nicht einmal Polizeianwärter Wennergren-Olofsson, der sonst für abweichende Meinungen in allen Lebenslagen bekannt war. Die Inspektoren Borgsen und Toivonen nahmen in der letzten Stunde an der Zusammenkunft teil, und als Barbarotti Toivonen zu einem Zeitpunkt, an dem bereits alles zu spät war, fragte, ob er während der Planung irgendwelche Meinungsverschiedenheiten wahrgenommen habe, antwortete Toivonen nur, er habe nicht das Geringste in der Richtung bemerkt.

Denn um diese Planung war es gegangen. Um die Richtlinien für den Schutz des Objekts Albin Runge. Ab dem folgenden Tag, Mittwoch, den dreizehnten März, für die Dauer von dreizehn Tagen, bis zum dreiundzwanzigsten, wenn es

Grund zu der Annahme geben würde, dass die Bedrohung nicht mehr existierte. Oder zumindest verblasst war.

Gegen diesen zeitlichen Rahmen hatte niemand etwas einzuwenden gehabt. Ebenso wenig wie gegen die geplanten Arrangements: Bewachung des Wohnhauses bis zum zwanzigsten, danach Umzug der Eheleute an einen sicheren Ort, Heimkehr am Abend des dreiundzwanzigsten und anschließend Ende der Bewachung.

Für den sicheren Ort war die Polizei verantwortlich, und über seine Lage sollten die Eheleute vorab keine Informationen erhalten. Man wollte auf Nummer sicher gehen, man konnte nie wissen.

Sollte während dieser elftägigen Phase etwas Unerwartetes vorfallen, musste man nach Lage der Dinge entscheiden. *Play by ear,* wie Anwärter Wennergren-Olofsson es ausdrückte.

Das einzige Detail, das Albin Runge anzweifelte, bestand darin, dass er mit einem kleinen Sender ausgerüstet werden sollte. Er äußerte die Ansicht, dass es doch reichen müsse, wenn er dafür sorgte, rund um die Uhr über Handy erreichbar zu sein. Er wurde aber von seiner Frau überredet, die ihn darauf hinwies, dass er ja auch entführt werden könnte. Und dass die Täter dann wohl kaum zulassen würden, dass er sein iPhone behielt. Dem stimmte Runge zu, wollte aber wissen, wie der Sender aussah und wo er an seinem Körper angebracht werden sollte.

»In den Haaren oder hinter dem Ohr«, erläuterte Barbarotti. »Oder wo immer Sie wollen, er ist nicht größer als ein Maiskorn.«

»Kleiner«, sagte Wennergren-Olofsson. »Höchstens ein Weizenkorn.«

»Es muss unbedingt gewährleistet sein, dass wir Sie jederzeit lokalisieren können«, unterstrich Kommissar Stigman.

Damit war die Sache entschieden. Dass Runge trotzdem, unverzüglich, jede kleinste Beobachtung weitergeben sollte, die darauf hindeuten könnte, dass Mr Nemesis in der Nähe war – und möglichst umgehend die Polizei unterrichten musste, wenn neue Briefe oder Anrufe eintrafen –, war selbstverständlich. Direkt an die Inspektoren Backman oder Barbarotti, oder an den Polizisten, einen von vieren, die sich in einem Auto befanden, das weniger als fünfzig Meter vom Haus des Ehepaars im Strandvägen geparkt stand. Sämtliche Telefonnummern wurden in die jeweiligen Handys eingetippt, und Karin Sylwander erklärte, sie sei dankbar, dass man ihre Angelegenheit so ernst nehme. Kommissar Stigman erklärte seinerseits, es sei die Aufgabe der Polizei, alles ernst zu nehmen, bis das Gegenteil bewiesen sei. Also das Gegenteil von ernst.

»Es könnte sich um einen Einschüchterungsversuch, einen schlechten Scherz oder einen gewöhnlichen Jungenstreich handeln«, fühlte Wennergren-Olofsson sich gedrängt zu präzisieren. »Aber die Zeiten sind härter geworden.«

»Danke, Herr Polizeianwärter«, sagte Stigman. »Vielen Dank für diese bedeutsame Klarstellung.«

»Nichts zu danken«, erwiderte Wennergren-Olofsson und streckte sich.

Als sie die Sicherheitsarrangements endlich gründlich besprochen hatten, wollte Karin Sylwander wissen, wie es um die sogenannte Elterngruppe und deren Überprüfung stand. Also um die armen Menschen, die fast sechs Jahre zuvor ein Kind verloren hatten. Schließlich dürfte der Täter in dieser Gruppe zu suchen sein … oder *die* Täter.

Stigman nickte diskret Barbarotti zu, der versicherte, man habe die Gruppe so gut im Auge, wie es nur ginge.

Was eine glatte Lüge war, da man sie ziemlich schlecht im Blick hatte. Polizeianwärter Tillgren hatte die Busliste oberflächlich durchgesehen, um zu ermitteln, ob jemand herausstach, aber nur einen Lottomillionär und einen bekannten Trabrennfahrer gefunden – und dass Stigman es nun einem seiner Untergebenen überließ, die Frage zu beantworten, lag daran, dass er lieber einen anderen lügen ließ. Jedenfalls interpretierte Barbarotti es so; es erschien ihm offensichtlich besser, ein solches Problem jemand anderem in die Schuhe zu schieben, falls sich herausstellen sollte, dass die Wahrheit in einer späteren Phase Aufmerksamkeit beanspruchte.

Aber was soll's, dachte er gleichzeitig. Wenn Albin Runge Premierminister oder ein Mitglied des Königshauses gewesen wäre, hätte man eventuell in Erwägung ziehen können, fünfzig, sechzig Personen unter die Lupe zu nehmen, aber Herr Runge war nur ein früherer Universitätsangestellter und früherer Busfahrer, und in Schweden wie in den meisten Demokratien wurden Polizeibeamte aus öffentlichen Kassen entlohnt. Also aus schmerzlich abgetretenen Steuergeldern. Man konnte es mit den Leistungen auch übertreiben.

Ist man ein Untertan, dann ist man eben einer, schloss Inspektor Barbarotti. Gute Miene zum bösen Spiel, die Elterngruppe völlig unter Kontrolle.

Wenn Runge tatsächlich etwas zustoßen sollte, nun, dann war die Lage natürlich eine andere. Noch während der Besprechung betete Barbarotti still, dass das Schutzobjekt Runge in zwei Wochen noch genauso gesund und munter sein würde, wie er es an diesem feuchten und windigen Frühlingstag im Präsidium von Kymlinge war.

Aber man konnte dem Herrgott nicht alle vergeblichen Stoßgebete vorwerfen, die seine Anhänger in großen und kleinen Fragen zum Himmel sandten, eine Lektion, die Gunnar Barbarotti in seinem Leben gelernt hatte.

Der Mensch wünscht und denkt, Gott lenkt.

Aber irgendetwas war schiefgelaufen, und vielleicht fand Eva Backman den wunden Punkt am selben Abend.

»Es kommt mir so vor, als hätten sie eine Abmachung«, sagte sie, als Gunnar Barbarotti und sie gegen sechs Uhr auf dem Weg zur Villa Pickford waren.

»Eine Abmachung?«, sagte Barbarotti.

»Ja. Ist dir der Gedanke nicht gekommen?«

Barbarotti schüttelte den Kopf. »Nicht für eine Sekunde. Was für eine Abmachung soll das sein? Und warum?«

»Das weiß ich nicht«, gestand Eva Backman. »Aber es könnte sein, dass sie beschlossen haben, Einigkeit zu demonstrieren. Sie sind mit allen Maßnahmen einverstanden gewesen, aber garantiert uns das auch, dass sie sich wirklich daran halten? Aber im Grunde ist das nur so ein Gedanke, der mir durch den Kopf gegangen ist. Dass es bei ihnen eine versteckte Agenda geben könnte.«

»Eine versteckte Agenda?«, platzte Barbarotti heraus. »Kann es sein, dass die Frau Inspektorin in letzter Zeit zu viel ferngesehen hat?«

»Red keinen Unsinn«, antwortete Backman. »Du und ich sind in den letzten Wochen jede wache Stunde zusammen gewesen. Ich kann mich nicht erinnern, dass wir außer den Nachrichten irgendetwas anderes gesehen hätten.«

»Da hast du recht«, sagte Barbarotti. »Du meinst also, dass sie eigene Pläne schmieden könnten? Das wäre ja wirklich zum Kotzen … vor allem, wenn man bedenkt, wie viel Arbeit uns der Typ schon gekostet hat. Und wie viel er durch die Bewachung und so weiter noch kosten wird.«

Eva Backman schwieg einen Moment.

»Weißt du«, sagte sie schließlich. »Ich habe noch ein anderes Gefühl, das besagt, dass er uns bisher nur einen Bruchteil gekostet hat. Wie siehst du das?«

Barbarotti seufzte. »Ich sage, dass du jetzt mit deinen Spekulationen aufhören musst. Schließlich haben wir den Kindern versprochen, ein Meeresfrüchterisotto zu kochen, und das erfordert volle Konzentration.«

»Du hast das versprochen«, stellte Eva Backman klar. »Ich käme niemals auf die Idee, etwas so Kompliziertes an einem gewöhnlichen Dienstagabend zu machen.«

»Wir könnten auf die Meeresfrüchte verzichten«, schlug Gunnar Barbarotti vor, als sie in die schmale, gewundene Straße zum östlichen Ufer des Kymmens abbogen.

Aber ihre *versteckte Agenda* hatte ihn angesteckt, das ließ sich nicht leugnen.

Vielleicht nicht direkt angesteckt, aber zumindest *irritiert.* Obwohl er eine gute Woche brauchen sollte, um es zuzugeben.

24

Kleckse und Späne, fünfzehnter März

Freitagnachmittag.

Noch eine Woche. Seit Mittwoch werden wir bewacht.

Das ist bizarr, und genauso bizarr ist, dass wir beide, Karin und ich, auf Briefe warten. Keiner von uns glaubt, dass die letzten Angriffe – auf mich, dass ich mein Testament machen solle, und an Karin gerichtet, dass ihr Mann ein Mörder und feiges Aas ist – auch die letzten bleiben werden.

Aber auch heute ist nichts gekommen; sieben Tage hat es Nemesis beliebt, sich nicht bei uns zu melden, und jetzt kommt erst wieder am Montag Post. Vielleicht erhalten wir keine weiteren Nachrichten von ihm, vielleicht bereitet er sich jetzt nur noch auf den eigentlichen Todesstoß vor. *Er* oder *sie* oder *mehrere.* Aber Karin und ich sprechen nicht viel darüber. Das ist nicht nötig, es reicht völlig, dass sich unsere Blicke begegnen, um zu wissen, woran wir denken.

Als wir am Dienstag von der Polizei heimkamen, schlug ich Karin vor, irgendwohin zu reisen, mich mit meinem Rächer allein zu lassen und dafür zu sorgen, nicht hineingezogen zu werden. Sie hatte mit dem Busunglück nichts zu tun, damals kannten wir uns nicht einmal, und welches Recht habe ich, sie in meine elende Situation zu verwickeln?

Aber sie weigerte sich.

»Würdest du mich verlassen, wenn die Rollen vertauscht wären«, fragte sie.

»Natürlich nicht«, antwortete ich.

»Na also«, sagte Karin, und ich spürte eine Welle der Dankbarkeit in mir aufsteigen. Ich glaube wirklich nicht, dass ich heute noch leben würde, wenn mich diese fantastische Frau nicht geheiratet hätte. Sollte ich in einer Woche sterben, hoffe ich, diesen Gedanken in das große Unbekannte mitnehmen zu können. Dass die drei letzten Jahre meines Lebens letztlich alles andere aufgewogen haben.

Natürlich hoffen wir auf eine andere Entwicklung. Dass die Sicherheitsmaßnahmen der Polizei die Erwartungen erfüllen. Ich weiß nicht, wie sehr ich den verschiedenen Arrangements vertraue; die Bewachung durch das Auto auf der Straße (es ist jeden Tag ein anderes Fahrzeug, zumindest bisher) macht nicht viel her, aber das ist selbstverständlich auch beabsichtigt. Es soll ja unbemerkt bleiben. Mein kleiner Sender, den ich im Nacken unter den Haaren verborgen habe, schiebt sich auch nicht in den Vordergrund; in drei Tagen habe ich nur zwei Mal das Haus verlassen – ein halbstündiger Spaziergang zur Kirche und zurück und ein etwas längerer am Fluss entlang bis zum Einkaufszentrum –, in erster Linie, weil die Polizei testen wollte, ob das Ganze funktioniert. Was der Fall war. Außerdem rufen sie alle sechs Stunden an, wenn auf der Straße Schichtwechsel gewesen ist, auch um zwölf Uhr nachts und um sechs Uhr morgens. Ich frage mich ernsthaft, wie es ist, sechs Stunden in einem Auto zu sitzen und keine andere Aufgabe zu haben, als ein Haus zu bewachen, in dem nichts passiert, vermute aber, dass sie Bücher, Computerspiele oder Filme dabeihaben, jedenfalls hoffe ich für sie, dass sie nicht angewiesen werden, sechs Stunden, dreihundertsechzig Minuten am Stück, dazusitzen und mit voller Konzentration durch die Fensterscheibe zu spähen.

Mittwoch nächste Woche werden wir an einen anderen Ort gebracht, über dieses Detail haben Karin und ich uns des Öfteren unterhalten, weil wir beide eine Meinung dazu haben. Warum soll die Polizei auch für diesen Schachzug verantwortlich sein? Wäre es nicht einfacher, wenn wir auf eigene Faust irgendwohin reisen würden, ohne es irgendeiner Menschenseele zu verraten, um uns anschließend ein paar Tage fernzuhalten?

Es wäre ein Leichtes, unser Haus buchstäblich durch den Hinterausgang zu verlassen, durch die französischen Fenstertüren in den Garten, danach durch die lichte Fliederhecke zu Olséns großem Grundstück und von dort auf die Olaigatan hinaus, wo ein bestelltes Taxi warten könnte, dass uns nach... nun, dafür gibt es natürlich unzählige Varianten und Reiseziele.

Wirklich ernsthaft haben wir eine solche Lösung noch nicht diskutiert, aber bis Mittwoch, wenn die Polizei uns fortbringen möchte, sind es ja auch noch ein paar Tage. Wir werden sehen.

Heute Abend bin ich für ein paar Stunden alleine zu Hause. Ich musste Karin regelrecht überreden zu gehen; sie ist seit mindestens einem Monat mit einer alten Schulfreundin verabredet, und dass mir schon eine Woche vor dem festgesetzten Datum etwas zustoßen könnte, halte ich für ausgesprochen unwahrscheinlich. Außerdem ist es ja nicht die Aufgabe meiner Frau, mich in einer Krisensituation zu schützen. Ehrlich gesagt ist es mir sogar sehr recht, etwas Zeit für mich alleine zu haben, und sei es auch nur, um diese Zeilen zu verfassen. Karin hat ja keine Ahnung, dass ich seit einiger Zeit diese Aufzeichnungen zu Papier bringe, und ich hoffe inständig, dass sie niemals lesen muss, was ich zustande gebracht habe und weiter zustande bringe.

Warum ich diese Hoffnung hege, begreife ich im Grunde nicht, aber es gibt vieles, worauf ich mir keinen Reim zu machen vermag.

Kleckse und Späne, achtzehnter März

Montag.

Auch heute kein Brief. Seit letzter Nacht ist mir übel und ich habe Durchfall, vielleicht liegt es an den großen thailändischen Garnelen, die wir gestern Abend gegessen haben – wir hatten uns etwas liefern lassen, weil keiner von uns Lust hatte, am Herd zu stehen. Jedenfalls sitze ich schreibend auf der Toilette, und Karin hat sich gerade auf den Weg zur Apotheke gemacht, um etwas für meinen revoltierenden Magen zu besorgen.

Deshalb fasse ich mich kurz. Sie ist bestimmt erst in einer Stunde oder so zurück, aber ich will nicht ertappt werden. Nicht, dass ich irgendetwas geschrieben hätte, zu dem ich nicht stehe, oder das Karin in einem schlechten Licht dastehen ließe, sondern weil ich es ihr verheimlicht habe. Jedenfalls scheinen wir einen Plan zu skizzieren, bis jetzt haben wir dieses Wort zwar nicht in den Mund genommen, aber es liegt in der Luft. Vielleicht will ja auch keiner von uns die Initiative ergreifen, schließlich haben wir der Polizei versprochen, ihre Anweisungen zu befolgen. Dennoch sehe ich meiner Frau an, dass sie ähnlich denkt wie ich – mehr noch: Vermutlich ist sie schon ein paar Schritte weiter als ich. Die Polizei plant, uns irgendwann am Mittwochnachmittag, also am Zwanzigsten, von hier wegzubringen, was bedeutet, dass meinem Engel und mir nicht mehr viel Zeit bleibt, ein Taxi zu bestellen.

Und wenn Herr Nemesis will, dass ich noch eine seiner infamen Mitteilungen lese, steht ihm noch weniger Zeit zur Verfügung. Wenn morgen kein Brief kommt, kann ich höchstwahrscheinlich davon ausgehen, nie wieder einen zu erhalten.

Ich komme zum Schluss, hoffe aber, morgen oder übermorgen noch etwas notieren zu können. Danach muss ich dafür sorgen, dass diese Aufzeichnungen nicht in falsche Hände geraten, was immer auch geschehen mag. Was das betrifft, mache ich mir jedoch keine Sorgen, ich weiß eine Lösung.

Kleckse und Späne, neunzehnter März

Später Dienstagabend. Karin ist ins Bett gegangen, ich selbst sitze unter dem Vorwand im Arbeitszimmer, noch ein paar Kommentare zu Erasmus und Luther ergänzen zu müssen, bevor wir abreisen.

Denn wir werden verreisen. Und wie ich gestern bereits angedeutet habe, werden wir uns nicht an die Richtlinien der Polizei halten. Ich zweifle nicht an ihrem guten Willen, aber an ihrer Kompetenz. Karin machte heute Nachmittag einen Vorschlag, und nachdem ich ein paar Minuten darüber nachgedacht hatte, erwiderte ich, dass ich mit allem einverstanden sei. Deshalb wird uns morgen um Viertel nach sechs, kurz nach dem morgendlichen Anruf der Polizei und ihrem Schichtwechsel auf der Straße, in der Olaigatan ein Taxi abholen. Wir nehmen den Weg auf der Rückseite des Hauses durch den Garten, wie ich ihn bereits beschrieben habe, und da ich meinen Sender im Bett werde liegen lassen, dürfte es eine ganze Weile dauern, bis jemand ahnt, was passiert ist. Da wird unser Vorsprung bereits zu groß sein, wir werden unsere Handys ausschalten, und es lässt sich nicht leugnen, dass ich ein leichtes Kribbeln im Körper verspüre, wenn ich daran denke. Als hätten wir vor, einen großen und schwer zu täuschenden Feind zu überlisten.

Aber dieser Feind ist natürlich nicht die Polizei, sondern Herr Nemesis. Es würde einen allerdings nicht wundern, wenn er (sie, mehrere) die ziemlich plumpe Bewachung unseres Hauses durch die Polizei bemerkt hätte, und wenn das zutrifft, dürfte unser Plan die beste Alternative sein. Sein Schicksal selbst in die Hand zu nehmen, ist außerdem eine Genugtuung.

Mit diesen Zeilen beende ich meine Aufzeichnungen. Ich habe den wattierten Umschlag herausgeholt, in den ich nun mein fast vollgeschriebenes Notizbuch lege; morgen früh werde ich es im Bahnhof einwerfen, wichtig ist natürlich, dass es nicht auf Abwege gerät.

PS Das hätte ich fast vergessen: Auch heute kein Brief, kein Anruf. Ich weiß nicht, wie ich es deuten soll, denke aber an das, was Karin gesagt hat, kurz bevor sie ins Bett gegangen ist.

»Wir müssen das überhaupt nicht deuten, mein Liebling. In vier Tagen ist alles vorbei, und wir können die ganze unangenehme Geschichte vergessen.«

Ich hoffe, sie hat in dieser Frage genauso recht, wie sie es in Angelegenheiten sensibler Art eigentlich immer hat. *Over and out.*

25

Das erste Zeichen kam um kurz vor halb eins. Inspektorin Eva Backman hatte in der Kantine des Präsidiums gerade eine halbwegs essbare Rindfleischsuppe verspeist und ihrem Kollegen Matti Toivonen vorgeschlagen, dass man etwas gegen das fragwürdige Essen tun solle, dass den Stützen des Landes serviert wurde. Oder zumindest den Stützen Kymlinges. Toivonen hatte daraufhin seinerseits vorgeschlagen, dass sie sich quer über die Straße zu *Sippans Konditorei* begeben sollten, um sich dort jeder zwei Sahneteilchen mit Kaffee einzuverleiben.

Aus diesem kulinarischen Einsatz wurde jedoch nichts, weil Backmans Handy klingelte.

»Hier spricht Polizeianwärter Berger. Sie sind weg.«

»Wie bitte?«, sagte Backman.

»Runge und seine Frau. Sie sind nicht mehr im Haus.«

Backman schüttelte den Kopf und vergaß die Suppe und die Teilchen.

»Was zum Teufel meinst du damit?«

»Was ich gesagt habe«, antwortete Berger. »Ich habe vor einer halben Stunde meine Schicht angetreten, und da hat Spaak mir erzählt, dass sie nicht ans Telefon gehen. Also sind wir ins Haus gegangen. Sie sind nicht hier, ich stehe in ihrer Küche.«

»Spaak?«, sagte Eva Backman.

»Polizeianwärter Spaak. Er steht neben mir. Was sollen wir tun?«

Backman dachte drei Sekunden nach.

»Bleibt, wo ihr seid. Rührt nichts an. Wir sind in zehn Minuten da.«

»Verstanden«, erklärte Anwärter Berger und beendete die Verbindung.

Die beiden Polizeianwärter standen tatsächlich immer noch in der Küche, als Backman und Barbarotti um Viertel vor eins eintrafen. Sie hatten sich nicht einmal an den Tisch gesetzt, vielleicht hatten sie die Anweisungen so verstanden. Berger und Spaak waren beide noch keine dreißig und hatten wenig Erfahrung, auf die sie zurückgreifen konnten. Vielleicht schämten sie sich aber auch ein wenig, weil sie ihre Aufgabe nicht erfüllt hatten, es sah fast so aus.

»Es ist, wie es ist«, meinte Barbarotti und zog einen Stuhl heraus. »Ich nehme an, dass wir nicht das Haus durchsuchen müssen. Dann erzählt mal von Anfang an.«

»Ich habe wie verabredet um zwölf Uhr angerufen«, sagte Spaak und setzte sich auf den angewiesenen Stuhl. »Es hat sich keiner gemeldet, also habe ich noch einmal angerufen. Da hieß es, der Teilnehmer könne mein Gespräch nicht annehmen, woraufhin ich natürlich Unrat gewittert habe. Ein paar Minuten später ist dann Berger gekommen, und wir haben beschlossen, ins Haus zu gehen…«

»Ohne vorher Kontakt zu uns aufzunehmen?«, erkundigte sich Backman.

»Davon war nie die Rede«, sagte Berger, und auf seinem Hals und Gesicht breitete sich eine leichte Röte aus.

»Korrekt«, sagte Spaak. »Diese Anweisung haben wir nicht erhalten.«

»Okay, vergessen wir das«, sagte Backman. »Was habt ihr getan, als ihr im Haus wart? Wie seid ihr eigentlich hineingekommen?«

»Durch die Tür«, antwortete Berger. »Sie war nicht abgeschlossen.«

»Nicht abgeschlossen?«

»Nein.«

»Und ihr habt das Haus durchsucht?«, fragte Barbarotti.

»Ja, wir haben jeden Winkel durchforstet, danach haben wir euch angerufen.«

»Und? Wie sieht es aus?«

»Wie es aussieht?«

»Ich will wissen«, erläuterte Barbarotti geduldig, »ob es aussieht, als wären sie entführt worden, oder ob sie freiwillig abgehauen sind.«

»Wir werden natürlich auch noch selber nachsehen«, verdeutlichte Backman. »Aber es wäre schön, vorher eure Einschätzung zu bekommen. Gibt es irgendwelche Anzeichen für Gewalt … zum Beispiel?«

»Aha?«, sagte Spaak. »Nein, hier ist alles sauber und ordentlich. Was meinst du, Butjo?«

Er nickte seinem Kollegen zu, der die Analyse mit einem einfachen »Superordentlich« bestätigte.

»Hm«, sagte Barbarotti. »Wir machen Folgendes. Ihr bleibt hier sitzen, während Inspektorin Backman und ich eine Runde durch das Haus drehen.«

»Verstanden«, sagte Spaak.

»Verstanden«, sagte Berger.

Es ließ sich unschwer feststellen, dass die Polizeianwärter die Lage richtig eingeschätzt hatten. Nichts sprach dafür, dass das Ehepaar Runge/Sylwander entführt worden war. Wenn man es nicht mit extrem professionellen Entführern zu tun hatte, und das glaubten weder Barbarotti noch Backman. Vor allem, da sie unter einem Kissen auf dem Bett Runges Sender fanden und es nicht die geringste Spur von Unregelmäßigkeiten in dem sauberen und gepflegten Haus gab.

»Sie sind abgehauen«, stellte Backman fest, als sie die Inspektion aller sechs Zimmer abgeschlossen hatten. »Es gibt hier nichts, was auf etwas anderes hindeutet. Was habe ich gesagt?«

»Eine versteckte Agenda«, murrte Barbarotti. »Wie war das, haben wir gewettet oder nicht?«

»Das weiß ich nicht mehr«, erwiderte Backman. »Aber du solltest mir trotzdem eine Belohnung geben. Was für Miststücke! Sie sind bestimmt auf der Rückseite raus. Wir hätten das Haus umzingeln sollen.«

»Wenn es um den König oder einen Fußballstar gegangen wäre, vielleicht«, sagte Barbarotti. »Wir dürfen nicht vergessen, dass dieser Nemesis Runge vielleicht gar nicht umbringen will.«

»Warum dürfen wir das nicht vergessen? Hilf mir auf die Sprünge.«

»Möglicherweise wollte er sich nur einen schlechten Scherz erlauben. Aber das Ganze hat einiges gekostet, und wir können festhalten, dass es hinausgeworfenes Geld gewesen ist. Sag es mir ruhig, wenn ich mich irre.«

»Du irrst dich ausnahmsweise nicht«, gestand Eva Backman und seufzte.

»Kann dieser Berger wirklich Butjo heißen?«

»Nichts ist unmöglich«, sagte Backman.

Sie kehrten in die Küche zurück.

»Wann habt ihr das letzte Mal Kontakt zu Runge gehabt?«, fragte Barbarotti.

»Ziemlich genau um sechs Uhr«, antwortete Spaak. »Also heute Morgen. Ich habe ihn angerufen, als ich meine Schicht angetreten habe. Das Objekt hat sich gemeldet, ich habe gefragt, ob alles okay ist, und er hat gesagt, das ist es. Dann haben wir das Gespräch beendet.«

»Und sechs Stunden später sind er und seine Frau verschwunden«, sagte Backman. »Ist dir während deiner Schicht irgendetwas aufgefallen?«

»Nicht das Geringste«, versicherte Spaak. »Und ich habe das Haus die ganze Zeit im Auge behalten. Sie müssen auf der Rückseite abgehauen sein.«

»Das denke ich auch«, sagte Eva Backman.

»Ein Haus hat ja nicht nur eine Vorderseite, sondern mehrere Seiten«, bemerkte Berger. »Aber unsere Anweisungen lauteten …«

»Das ist uns bekannt«, unterbrach Barbarotti ihn und wandte sich an Anwärter Spaak. »Wie hat er sich angehört, als du heute Morgen mit ihm gesprochen hast?«

»Runge?«

»Ja. Ich spreche von Albin Runge.«

»Ja …«, sagte Spaak. »Ich fand, er klang eigentlich wie immer.«

»War er wach oder hattest du den Eindruck, du hast ihn geweckt?«

Spaak dachte einen Moment nach. »Er war wach … ja, genau, er hat kurz vorher eindeutig nicht geschlafen.«

»Danke«, sagte Barbarotti. »Dann schlage ich vor, dass ihr abrückt. Ihr begebt euch zum Präsidium und meldet euch für weitere Anweisungen bei Stigman.«

Die Polizeianwärter standen auf, nickten den Inspektoren zum Abschied zu und ließen sie allein.

»Schwedens Jugend, seine Zukunft«, sagte Barbarotti.

»Das hast du schon einmal gesagt«, meinte Backman. »Aber ich erinnere mich nicht mehr, woher du das hast?«

»Das stand auf den Sportmedaillen, die ich gewonnen habe, als ich zur Schule ging«, erläuterte Barbarotti.

»Oje«, sagte Backman. »Das klingt ja total verstaubt. Wie alt bist du eigentlich? Hundert?«

»Also heute bin ich hundertfünfzig«, sagte Barbarotti. »Was machen wir jetzt?«

Er bekam keine Antwort. Es sei denn, ein weiterer Seufzer und ein Schulterzucken zählten als Antwort.

»Da brat mir doch einer einen Storch«, sagte Kommissar Stigman eine knappe Stunde später. »Diese verdammten Schweinehunde! Und ihr seid ganz sicher, dass sie freiwillig gegangen sind, diese verdammten Schweinehunde?«

»Ziemlich sicher«, sagte Eva Backman. »Wir können die Alternative natürlich nicht völlig ausschließen, aber es erscheint mir … nun, ziemlich unwahrscheinlich. Zwei Menschen aus einem bewachten Haus zu entführen, ohne Spuren zu hinterlassen, ist keine einfache Operation.«

»Vermutlich korrekt«, sagte Stigman und fingerte nachdenklich an seinem blauen Krawattenknoten herum. »Vermutlich. Und wir hätten sie …«, er warf einen Blick auf seine Armbanduhr, »… im Prinzip jetzt abgeholt, was darauf hindeutet, dass sie rechtzeitig los sind, bevor es so weit war. Oder was meint ihr? Was meint ihr?«

»Stimmt«, sagte Backman.

»Warum?«, fragte Barbarotti.

»Gute Frage«, erwiderte Stigman. »Eine sehr gute Frage. Hat Backman vielleicht eine Antwort?«

Eva Backman zögerte einen Moment. »Ehrlich gesagt habe ich fast so etwas geahnt. Also, dass es zu einer solchen Entwicklung kommen könnte. Die beiden haben für meinen Geschmack ein bisschen zu gut mitgespielt … nein, ich bin wirklich nicht überrascht. Obwohl es mir schwerfällt, ihr Motiv zu verstehen.«

»Mit Albin Runge ist es von Anfang an nicht leicht gewesen«, ergänzte Barbarotti. »Er hat uns nie richtig vertraut. Von zwei Briefen hat er uns zum Beispiel gar nichts gesagt. Als hätte er sich nicht entscheiden können, ob er uns nun einschalten will oder nicht. Aber das ist Schnee von gestern, die Frage ist, was wir jetzt tun sollen.«

»Etwas ganz anderes«, schaltete Backman sich ein. »Ich habe doch dieses Handygespräch zur Analyse ans Kriminaltechnische Zentrallabor geschickt … um zu hören, ob sich etwas über die Stimme sagen lässt. Heute morgen ist die Antwort gekommen. Negativ, ein schwedischer Mann, kein Akzent, spricht durch irgendein schalldämpfendes Material, zum Beispiel Stoff. Wahrscheinlich zwischen fünfundzwanzig und fünfundsechzig.«

Der Kommissar lehnte sich zurück und blickte zur Decke. Fünf Sekunden gesellten sich zur Ewigkeit.

»Wir pfeifen auf sie«, sagte er danach. »Wenn etwas passiert, sind sie selber schuld. Bis jetzt ist keine Straftat begangen worden, außer möglicherweise … ich betone *möglicherweise* … ein Ansatz zu einer strafwürdigen Bedrohung. Ich setze Borgsen auf die Verkehrswege an, er findet ja praktisch alles in null Komma nichts heraus. Das muss reichen. Ihr habt mit Sicherheit wichtigere Fälle auf euren Schreibtischen. Meldet euch, bevor ihr nach Hause geht. Bevor ihr nach Hause geht, vergesst das nicht. Fragen? Kommentare? Fragen?«

»Im Moment nicht«, sagte Inspektor Barbarotti. »Ach doch, wie heißt Polizeianwärter Berger mit Vornamen?«

»Berger? Keine Ahnung«, sagte Stigman und runzelte die Stirn. »Was zum Henker hat Bergers Vorname hiermit zu tun?«

»Das kann man nie so genau wissen«, antwortete Barbarotti, und danach verließen die beiden Inspektoren das Büro von Monsieur Chef.

Inspektor Sorgsen hatte tatsächlich einige Informationen zusammengetragen, als sie zwei Stunden später bei ihm nachfragten. Wenngleich ihnen nichts davon einen Hinweis darauf gab, wohin das Ehepaar Runge/Sylwander verschwunden war. Sie hatten das Land von keinem der größeren Flughäfen aus verlassen und waren weder in Kymlinge noch Göteborg in einem Hotel abgestiegen. Das wusste man mit Sicherheit. Darüber hinaus wusste man, dass sie von der Olaigatan 6 (einer Parallelstraße zum Strandvägen, was die Theorie bestätigte, dass sie das Haus auf der Rückseite verlassen hatten) um halb sieben ein Taxi genommen hatten. Der Fahrer hieß Paravadis, der Wagen war eine gute Stunde vorher bestellt worden, und das Fahrziel war der Hauptbahnhof von Kymlinge gewesen. Welchen Zug sie (wenn überhaupt) von dort genommen hatten, war unklar. Wenn man diverse Nahverkehrsverbindungen ausschloss, erschien es wahrscheinlich, dass sie entweder um 6.55 Uhr in südliche Richtung nach Göteborg oder zehn Minuten später nach Stockholm gefahren waren. In beiden Fällen dürften sie die Fahrkarten an einem Automaten im Bahnhof gekauft haben, und da es zum Zeitpunkt von Sorgsens Bericht schon fünf Uhr nachmittags war, konnte das Paar ohne Weiteres sowohl die königliche Hauptstadt als auch Göteborg oder Malmö erreicht haben.

»Oder Kopenhagen«, stellte Inspektor Sorgsen lakonisch fest. »Und von dort könnte es weiter in die große weite Welt gegangen sein. Aber ich nehme mal an, dass wir sie nicht zur Fahndung ausschreiben?«

»Nein, das haben wir ganz bestimmt nicht vor«, bestätigte Kommissar Stigman schlecht gelaunt. »Bestimmt nicht. Wir haben generell nicht vor, in diesem vermeintlichen Fall weitere Maßnahmen zu ergreifen. Wenn die Leute die Hilfe nicht annehmen wollen, die wir ihnen anzubieten haben, müssen sie eben mit den Konsequenzen leben. Sie müssen mit den Konsequenzen leben, so ist das nun einmal, und wir müssen uns mit wichtigeren Fällen beschäftigen. Möchte sich dazu noch jemand äußern? Äußerungen bitte.«

Nicht einmal Polizeianwärter Wennergren-Olofsson, der aus unklaren Gründen an der Besprechung teilnahm, wollte sich äußern, so dass Kommissar Stigman seine Krawatte gerade zog und erklärte, morgen sei auch noch ein Tag.

Genauer gesagt, ein neuer Tag.

26

Der angesprochene neue Tag war Donnerstag, der einundzwanzigste März. In Kymlinge und Umgebung schaffte die Temperatur es nicht über null Grad, und am Nachmittag fiel mindestens ein halbes Dutzend kürzere Schneeschauer. Kriminalinspektor Gunnar Barbarotti verbrachte fast den ganzen Tag in seinem Büro, arbeitete systematisch eine Reihe von Fällen ab und fragte sich, ob man Niederschläge in Form von Schnee nach Frühlingsanfang – der, ohne dass es irgendwen interessiert hätte, am Vortag gewesen war – nicht grundsätzlich verbieten sollte.

Wenn er nicht an Schnee oder seine Fälle dachte (unter anderem ein Gymnasiast, der in einem Parkhaus versucht hatte, eine Schulkameradin zu erdrosseln oder zu vergewaltigen oder beides, sich dabei aber ein Messer im Bauch eingehandelt hatte und nun im Sahlgrenska-Krankenhaus in Göteborg lag), geisterte ihm Albin Runge durch den Kopf.

So ging es offenbar auch Inspektorin Backman, denn kurz nach vier betrat sie sein Büro, setzte sich und behauptete, sie platze gleich vor Ärger. Sie hatte die Handys der Eheleute seit dem Morgen zweimal pro Stunde angerufen, aber sie hatten sich nicht gemeldet.

»Sie haben sie ausgeschaltet«, erklärte Barbarotti freundlich.

»Das habe ich auch schon kapiert. Ich wünschte nur, ich

könnte sie auch in meinem Kopf ausschalten. Aber es funktioniert nicht. Verdammter Mist, ich kapiere einfach nicht, warum sie sich so verhalten. Wenn sie uns von vornherein gesagt hätten, dass sie es so haben wollen, wären wir vielleicht sogar einverstanden gewesen. Wozu soll das gut sein, es zu vertuschen?«

»Ich weiß es nicht«, sagte Barbarotti.

»Danke für deine Hilfe.«

»Gern geschehen. Wir werden sie wohl fragen müssen, wenn sie zurück sind. Morgen ist der entscheidende Tag. Vielleicht tauchen sie ja am Samstag oder Sonntag wieder auf. Aber Stigman hat meines Erachtens recht, die Sache steht nicht mehr auf unserer Tagesordnung.«

»Mag sein. Mein Problem ist nur, dass die Sache noch in meinem Kopf steht. Und ich würde sie gerne loswerden.«

»Wollen wir heute Abend ins Kino gehen?«, sagte Barbarotti.

»Ins Kino?«, entgegnete Backman.

»Um dich auf andere Gedanken zu bringen.«

Eva Backman dachte einen Moment nach.

»Danke für das Angebot«, sagte sie. »Aber ich denke nicht. Ich gehe lieber ins Fitnessstudio, da kriege ich immer alles aus der Birne.«

»Okay«, sagte Barbarotti. »Tja, morgen ist auch noch ein Tag, um einen bekannten Redner zu zitieren. Mal sehen, ob er genauso spurlos vorübergeht wie dieser. Hat es vor deinem Fenster auch geschneit?«

»Es hat ganze Schneewehen geschneit«, sagte Eva Backman. »Ist nicht bald Frühlingsanfang?«

»Der ist schon gewesen«, antwortete Barbarotti.

Der Freitag glich dem Donnerstag. Es schneite eventuell etwas weniger, und Barbarotti fiel es eventuell etwas schwerer, sich auf die Fälle zu konzentrieren, die auf seinem Schreibtisch lagen. Er las die Zeitungsausschnitte zu dem Busunglück sechs Jahre zuvor und studierte eine halbe Stunde die beiden Listen über die Fahrgäste und Eltern der umgekommenen Jugendlichen.

Weder die eine noch die andere brachte ihn weiter. Mittags teilte er sich mit Eva Backman eine aufgewärmte Lasagne, und um seine Gedanken von Runge fernzuhalten, versuchte er, mit ihr über die Pläne für Ostern zu sprechen. In einer Woche war Karfreitag, und obwohl sie beide nur an den Feiertagen frei hatten, würde man vielleicht mit Rosmarin gewürzte, geschmorte Lammhaxen mit einem sahnigen Kartoffelgratin oder etwas in der Art zubereiten können? Um ihre Kinder zu erfreuen und zu zeigen, dass sie im Auge behielten, was sich im Kalender tat. Zum Beispiel am Ostersamstag.

Sagte Gunnar Barbarotti.

»Lammhaxen hin oder her«, meinte seine Kollegin und Geliebte. »Ich wette, dass wir Ostern Überstunden schieben müssen.«

»Nicht doch«, sagte Barbarotti. Die Woche vor Ostern wird nicht umsonst die stille Woche genannt. Daran hört man doch schon, dass absolut nichts passiert.«

»Dream on, baby«, sagte Eva Backman.

Heimlich setzte sie ihre Versuche fort, über die Handys des ausgerissenen Ehepaars Kontakt aufzunehmen. Mindestens einmal in der Stunde und ebenso erfolglos wie am Vortag. Sie suchte im Internet und in Polizeiberichten nach Männerleichen, aber als sie das Präsidium verließ (in Begleitung ihres

Geliebten und Kollegen), stand fest, dass anscheinend nichts passiert war. In Malmö war ein junger Mann von einer konkurrierenden Gang ermordet worden, und in der Nähe von Surahammar hatte man eine geschändete Frauenleiche gefunden, aber ein Zeichen dafür, dass jemand Albin Runge, den früheren Akademiker und früheren Busfahrer, ermordet hatte, war nirgendwo zu finden. Und weil sie am Vortag hart trainiert hatte, gingen sie am Abend, wie Barbarotti es vorgeschlagen hatte, ins Kino. Der Film hieß *Searching for Sugar Man,* und hinterher waren sie sich einig, dass er zum Bemerkenswertesten und Besten gehörte, was sie seit Langem gesehen hatten. Außerdem stellte Eva Backman fest, dass sie für mehr als zwei Stunden keinen Gedanken an Albin Runge verschwendet hatte.

Dafür gingen ihr, knapp vierundzwanzig Stunden nachdem sie das Kino verlassen hatten, um so mehr durch den Kopf.

Der Anruf kam am Samstag, den dreiundzwanzigsten März, gegen Viertel nach sechs Uhr abends.

Die Nummer sagte ihr nichts. Sie ließ es drei, vier Mal klingeln und überlegte, es zu ignorieren, drückte am Ende aber doch auf die grüne Taste.

»Ja, hallo?«

»Backman? Inspektorin Backman …?«

Die Stimme balancierte auf der Grenze zur Hysterie, aber sie erkannte sie trotzdem.

»Ja, am Apparat.«

»Er … entschuldigen Sie, hier spricht Karin Sylwander, die … die …«

»Ich weiß, wer Sie sind.«

»Natürlich. Entschuldigung … sie haben ihn erwischt.«

»Was?«

»Sie haben ihn erwischt. Er ist weg. Albin ist weg… er ist nie an Land gegangen.«

»An Land?«

»Ja, er… er… er ist verschwunden.«

»Könnten Sie bitte versuchen, sich ein wenig zu beruhigen. Was ist passiert?«

Karin Sylwander begann zu weinen, fing sich aber wieder.

»Entschuldigen Sie, ich bin völlig durcheinander. Albin ist verschwunden… wir sind gerade an Land gegangen, und er war auch nicht mehr auf dem Schiff… entschuldigen Sie, ich muss das erklären.«

»Ja, bitte«, sagte Eva Backman.

»Also, wir haben mit der Viking Line eine kurze Kreuzfahrt nach Turku gemacht… von Stockholm aus. Das war gestern Abend… aber auf der Rückfahrt heute ist er irgendwann verschwunden. Er muss… jemand muss ihn ins Meer geworfen haben. Ich weiß nicht, was ich…«

Danach wurden die Worte von ihren Tränen besiegt, und aus irgendeinem Grund brach die Verbindung ab.

Oktober 2018

27

Gunnar Barbarotti betrachtete die sechs Schafe.

Sie waren bei seiner Ankunft aufgestanden und sahen ihn aus ihren grünen Augen ernst an.

Von allen eigentümlichen Orten auf Fårö muss das der eigentümlichste sein, dachte er. Der englische Friedhof.

Auf der Landzunge Ryssnäset gelegen, Wind und Wetter ausgesetzt, aber bewacht von diesen kleinen, grauschwarzen Schafen. Der Ort war auch so schon spektakulär, aber es war seine Geschichte, so bizarr wie sinnlos, die sich wie eine zielstrebige Zecke in Barbarotti bohrte. Hier ruhten Angehörige der britischen Marine, die 1854 an der Cholera gestorben waren. Fårösund und Fårö waren während des Krimkriegs ein Flottenstützpunkt für ein Kontingent englischer und französischer Marinesoldaten gewesen, so hatte es sie hierher verschlagen. Deshalb hatten sie hier ihr Leben ausgehaucht. Spielfiguren in einer dieser makaberen Choreographien des Krieges.

Der Friedhof war schlicht, eine Reihe von Steinblöcken in einem Rechteck, verbunden mit schwarzen Eisenketten. Etwa zwanzig kleine Grabhügel, keine Namen. Alles in allem nicht mehr als vierzig, fünfzig Quadratmeter. Er hatte gelesen, dass die Männer, die man hier zur ewigen Ruhe gebettet hatte, ausnahmslos Offiziere gewesen waren. Die Toten aus der Mannschaft waren dem Meer überantwortet worden.

Man wird in einem kleinen Dorf in England geboren, dachte Barbarotti, das im neunzehnten Jahrhundert noch die führende Großmacht der Welt gewesen war, zumindest auf den Meeren. Man fährt zur See und bricht zu einem Krieg auf, in dem es um eine Halbinsel im Schwarzen Meer geht, und dann beendet man sein Leben auf Fårö. Oder in den Gewässern vor Fårö. Nach einer Choleraepidemie.

Genau hier. Die Schafe kehrten ihm auf einmal den Rücken zu und verschwanden in ihrem flachen Schafstall. Sie hatten ihre Pflicht getan und kontrolliert, wer kam und die Totenruhe störte. Nach … wie vielen … nach einhundertvierundsechzig Jahren!

Nun ja, dachte Barbarotti. Das dürfte heute eine andere Generation von Schafen sein als damals.

Er schritt in den Wind auf dem steinigen Ufer hinaus. Stellte sich breitbeinig hin und blickte zu einem fast vollkommen klaren Himmel hinauf und dachte daran, wie willkürlich das Leben des einzelnen Menschen doch ist. Wie seltsam es einem vorkommen muss, in Birmingham, Winsford oder Putney-on-Trent zur Welt zu kommen und dann irgendwann draußen bei Ryssnäset auf Fårö beerdigt zu werden. Aber die eigene Bestattung erlebt man ja nicht so wirklich, was wahrscheinlich ganz gut ist.

Hast du zu diesen Umständen etwas zu sagen, erkundigte er sich. Der du dort oben sitzt und über alles herrschst? Oder, vielmehr, *ihr*. Welchen Sinn hat ein solcher Lauf der Dinge?

Er wartete zwei Minuten, aber sowohl unser Herrgott als auch Marianne schienen an diesem Nachmittag anderweitig beschäftigt zu sein, es war, wie es war. Wer ruft, bekommt nicht immer eine Antwort. Er kehrte zu seinem Fahrrad zurück, das er an eine niedrige Kiefer gelehnt hatte, so nah am Meer wuchsen sie nicht hoch. Eine Frage des Überlebens, begriff er, Bäume, die zum Himmel strebten, wurden hier früher oder später von einem Herbst- oder Wintersturm gefällt. Wurden vermutlich Opfer ihres Hochmuts. Eine kluge Kiefer stapelte tief.

Er zog sein Handy heraus, um Eva Backman anzurufen, bekam aber kein Netz. Eigentlich hatten sie diese Radtour gemeinsam unternehmen wollen, aber sie war am Morgen ein wenig kränklich gewesen und hatte deshalb beschlossen, in Valleviken zu bleiben.

»Ruf mich an, wenn ich dich mit dem Auto in Fårösund abholen soll«, hatte sie gesagt. »Wenn du müde bist.«

Er war nicht müde geworden. Jedenfalls noch nicht, vielleicht würde er sich von Kyrkviken oder Gåsemora aus bei ihr melden. Weiter hinauf wollte er an diesem Tag auf der gelobten Insel der Schafe nicht fahren. Aber den Umweg über Dämba, vielleicht auch einen Abstecher nach Hammars hinaus zu machen, mochte die Mühe wert sein.

Die Mühe wert?, dachte er. Was meine ich damit? Bilde ich mir wirklich ein, dass ich auf Albin Runge treffe… der vielleicht gar nicht Albin Runge ist, sondern ein ganz anderes menschliches Wesen? Mehr oder weniger verloren. Mehr oder weniger willkürlich.

Zwei Wochen waren seit der letzten Sichtung vergangen, seit jenem Abend, an dem der rätselhafte Fahrradfahrer am Fähranleger in Fårösund gewartet hatte. Wer's glaubt, wird selig, summierte Gunnar Barbarotti und wandte sich, in die Pedale tretend, nach Norden. Aber ich habe ja doch nichts Besseres zu tun.

Wesentlich weniger Zeit, eine knappe Woche, war vergangen, seit Sorgsens Material angekommen war. Drei lange Abende hatten sie damit verbracht, gründlich zu lesen, zu kommentieren, zu diskutieren und Schwächen zu finden. Mehr als die Hälfte stand noch aus, aber das Gefühl, dass bei den Ermittlungen 2013 keine größeren Fehler gemacht worden waren, verstärkte sich stetig in ihm. Im gleichen Maße war seine Überzeugung, dass sie während ihres Aufenthalts auf der Insel der Gotländer zwei Mal Albin Runge begegnet waren, schwächer geworden.

Auch wenn Barbarotti nicht sonderlich geneigt war, das eine oder das andere zuzugeben.

Über jeden Zweifel erhaben war natürlich, dass in dieser Gegend ein gewisser Herr mit Ledermütze, Vollbart, Pferdeschwanz und rotem Fahrrad existierte. Identisch oder nicht identisch mit einem vermutlich toten früheren Busfahrer, zuletzt gesehen in seinem Zuhause (durch ein Fenster zur Straße von Polizeianwärter Tillgren) im Strandvägen in Kymlinge am Abend des neunzehnten März vor fünfeinhalb Jahren.

Und es müsste schon mit dem Teufel zugehen, wenn sie es nicht schafften, ihn ein drittes Mal aufzuspüren. Runge oder nicht Runge.

Das war in etwa der Stand der Dinge. Außerdem hatten sie alle Zeit der Welt. Am gestrigen Abend hatte Inspektor Lindhagen angerufen und erklärt, seine Frau und er könnten leider nicht über Allerheiligen nach Gotland und Valleviken kommen, was sie eigentlich vorgehabt hatten. Eine Tochter in Barcelona benötigte offenbar Unterstützung, *shit happens*, aber die beiden Kommissare litten ja sicher keine Not?

Das taten sie nicht, hatte Barbarotti versichert, sie könnten sich gut vorstellen, bis Weihnachten zu bleiben, wenn dem nicht irgendwelche Arbeit im Weg stehen würde.

»Das wäre wirklich zum Heulen«, hatte Lindhagen kommentiert. »Aber ihr habt ja auf jeden Fall noch drei Wochen … mindestens.«

Das stimmte. Dieser ungewöhnlich schöne Herbsttag auf Fårö war der fünfzehnte Oktober, und sie waren bis zum vierzehnten November vom Dienst befreit. Aus dem Blickwinkel von Privatermittlern können wir wirklich nicht klagen, dachte Barbarotti, als er in Dämba an dem Gebäude vorbeiradelte, das seines Wissens das private Kino des großen Regisseurs gewesen war.

Persona, dachte er auf einmal. Er hatte höchstens sieben oder acht Filme Ingmar Bergmans gesehen, aber *Persona* gehörte zu ihnen. Was bedeutete das Wort eigentlich? Eine Maske, um die wahre Natur eines Individuums zu verbergen … war es nicht etwas in dieser Art?

Zeichen oder kein Zeichen, das war hier die Frage. Unergründlich sind die Wege des Herrn.

Einen Herrn auf einem roten Fahrrad hatte er allerdings nicht gesehen, als er zwanzig Minuten später die Kirche von Fårö erreichte. Im Übrigen auch keinen anderen Fahrradfahrer, aber um die hundert Schafe, eine Reihe von Pferden, drei Autos und einen Bauern. Er hielt an, zögerte einen Moment und rief dann Eva an.

»Hier ist Gunnar. An der Kirche von Fårö. Wie geht es dir?«

»Etwas besser«, antwortete Eva. »Ich lese weiter. Kann sein, dass ich auf etwas gestoßen bin …«

»Gut. Was denn?«

»Nur ein kleines Detail. Ich zeige es dir, wenn du zurück bist. Apropos, wann *bist* du zurück?«

Er konnte hören, dass sie lächelte, als sie die Frage stellte, schluckte seinen Stolz aber trotzdem hinunter und erklärte, sein Fahrrad gehe etwas schwergängig, irgendetwas stimme mit dem Hinterrad nicht, so dass es nett wäre, wenn sie sich am Fähranleger treffen könnten. Von Fårösund nach Valleviken waren es immerhin noch knapp zwanzig Kilometer. Na ja, jedenfalls fünfzehn.

Er sah auf die Uhr.

»Die Fähre um vier müsste ich eigentlich noch erwischen... genauer gesagt, die um acht nach. Wenn das Fahrrad hält.«

»Das tut es bestimmt«, erwiderte Eva Backman. »Dann sehen wir uns in einer Stunde?«

»Ausgezeichnet«, sagte Barbarotti. »Bring ein paar Spanngurte mit, dann legen wir den Drahtesel aufs Dach.«

»Versprochen«, sagte Eva Backman und beendete das Gespräch.

Verdammt, dachte Barbarotti. Was ist ihr aufgefallen, was mir nicht aufgefallen ist? Und jetzt habe ich auf dem ganzen Rückweg auch noch Gegenwind.

Das Detail war tatsächlich ein Detail, nicht mehr.

»Lies dir das mal durch«, forderte Eva ihn auf, als sie zwei Stunden später im Haus waren. »Ist das nicht ein bisschen merkwürdig, was er da sagt?«

Barbarotti nahm den aufgeschlagenen Ordner an und las. Es handelte sich um eine Vernehmung mit einem Therapeuten, den Albin Runge nach dem Busunglück mehrfach aufgesucht hatte. Eva Backman hatte ihn bereits am sechsundzwanzigsten März 2013 befragt – in einem Raum im Polizeipräsidium von Göteborg. Der Therapeut hieß Lindberg und war etwa ein Jahr zuvor von Uppsala in südwestliche Richtung umgezogen. Ungefähr zur selben Zeit hatte sich das Ehepaar Runge/Sylwander in Kymlinge niedergelassen.

Backman hatte die Frage gestellt, ob Lindberg der Meinung sei, dass Runge einen selbstmordgefährdeten Charakter habe, eine bewusst plumpe Formulierung (behauptete sie zumindest fünfeinhalb Jahre später), und der Therapeut hatte laut Vernehmungsprotokoll geantwortet:

Das ist normalerweise eine nur schwer zu beantwortende Frage. In diesem Fall bin ich jedoch geneigt, sie uneingeschränkt mit Ja zu beantworten. Ich würde sogar behaupten wollen, dass Runge, zumindest bei unseren Sitzungen, bereits tot war. Natürlich nicht in einem klinischen Sinn, aber es kam einem vor, als hätte er sich völlig vom eigentlichen Leben entfernt. Er selbst hat es einmal so ausgedrückt. »In allem, was zählt, bin ich schon tot. Ich interessiere mich für nichts, ich fühle nichts und sehe in nichts einen Sinn.«

Barbarotti las die Antwort des Therapeuten zwei Mal und schüttelte den Kopf. »Doch, ich ahne hier etwas.«

»Tatsächlich?«, sagte Eva Backman.

»Aber wenn ich ehrlich sein soll, weiß ich nicht, was ich ahne.«

Eva Backman lachte. »Hervorragend. Leider geht es mir genauso.«

»Vielleicht sollten wir das ein paar Tage in der Hypophyse ruhen lassen«, schlug Barbarotti vor. »Oder wie diese Schränke im Gehirn heißen? Nicht alles klärt sich, weil man sich anstrengt.«

»Mir fällt etwas ein, das Van Veeteren gesagt hat«, erinnerte sich Eva Backman. »Damals in Maardam. Als wir aus irgendeinem Grund über Muster gesprochen haben … es gibt Muster, die wir entdecken, und Muster, die wir nicht entdecken, hat er behauptet. Die Muster, die wir entdecken, sind meistens trivial, sie sind Vereinfachungen, die wir selbst fabriziert haben, weil wir Ordnung mögen. Aber die wirklichen Muster, die tatsächlich auf etwas Größeres hindeuten, können wir nur *erahnen* … erinnerst du dich?«

Barbarotti dachte nach. »Doch, ich erinnere mich. Vielleicht nicht so wortgetreu wie du, aber an das, was er meinte … ja, natürlich. Aber was das mit Albin Runge zu tun haben soll, ist mir nicht ganz klar.«

»Mir auch nicht«, sagte Eva Backman. »Aber wir haben über Ahnungen gesprochen, nicht?«

»Ich denke schon«, sagte Barbarotti. »Aber jetzt habe ich Hunger. Essen wir den Rest der Hackfleischsauce von gestern?«

»Ich habe nichts dagegen. Und danach …«

»… beschäftigen wir uns noch eine Weile mit diesen Ordnern«, beendete Barbarotti den Satz und stand von der Couch auf. »Es wäre doch gelacht, wenn wir nicht etwas Handfesteres finden würden als nur diverse Ahnungen.«

Eva Backman schnitt eine Grimasse. »Andererseits könnte es ja auch durchaus sein, dass uns hier völlig perfekt durchgeführte Ermittlungen vorliegen, das sollten wir nicht vergessen.«

»Es wäre im Grunde nicht schlecht, wenn es so wäre«, sagte Barbarotti. »Immerhin haben wir Täter ermittelt.«

»Das ist mir bekannt«, sagte Eva Backman. »Und das beunruhigt mich ehrlich gesagt ein bisschen.«

»Dazu hast du auch allen Grund. Steht die Hackfleischsauce im Kühlschrank?«

»Ja, wo sonst?«, erwiderte Kommissarin Backman.

28

Eva Backman konnte nicht schlafen. Es war bereits nach Mitternacht, und neben ihr schnarchte Gunnar Barbarotti.

Sie hatten sich geliebt, lange und inniglich, und es war alles schön gewesen, aber ihr fiel in diesem Moment etwas ein, was sie gelesen hatte, als sie noch jung und grün hinter den Ohren und mit Ville zusammen gewesen war. Wahrscheinlich in irgendeiner Zeitungsspalte zu Fragen über Sex oder in einem Buch irgendeines Gurus auf diesem Gebiet. Jedenfalls ging es um den männlichen beziehungsweise weiblichen Orgasmus; dass der Mann seinen Samen abgibt und diese Leistung ihn ermüdet, während die Frau, die das lebensspendende Geschenk entgegennimmt, davon im Gegenteil belebt wird.

Und das stimmte natürlich, das hatten die Jahre sie gelehrt. Betrachtete man die Sache jedoch etwas näher, war das eigentlich nicht so glücklich angelegt. Der Liebhaber schlummerte ein, die Liebhaberin lag wach. Was sollte sie mit ihrem belebten Zustand anfangen? Wenn man sich am Vormittag oder zumindest tagsüber geliebt hatte, gab es natürlich vielfältige Möglichkeiten, man konnte joggen, Geschirr spülen, arbeiten oder ein Glas Wein trinken, aber so lief es eher, solange man noch jung war. Schnelle Nummern, wenn man gerade Lust hatte und sich die Gelegenheit ergab. Heute, im reifen Alter von fünfzig plus (beim Männchen fünfzig plus

plus) fand das ernste Spiel fast immer spätabends im gemeinsamen Bett statt. Was für ihn vortrefflich war, da er nach getaner Arbeit nur das Kissen umdrehen, die Augen schließen und schnarchen musste.

Aber das waren natürlich nur altbekannte Überlegungen, die ihr jetzt durch den Kopf gingen, genauso leicht wie eine Gasblase in einer Wasseransammlung oder einem Darm. Sie wusste, dass sie vermutlich ein, zwei Stunden in der Dunkelheit verbringen musste, bis der gesegnete Schlaf sie… tja, segnen würde. Licht zu machen und zu lesen, dazu hatte sie keine Lust; außerdem wollte sie den lebensspendenden Gönner an ihrer Seite nicht wecken. Sudoku auf dem Handy? Nein, danke. Wordfeud? Sie hatte seit einem halben Jahr nicht mehr gespielt und jemanden um diese Uhrzeit zu einer Partie einzuladen… nein, das würde Fragen aufwerfen.

Blieben die Gedanken.

Mir geht es nicht besonders gut, lautete der erste.

Möglicherweise auch nicht besonders schlecht, aber diesen Herbst und diese Nacht – und diesen Moment, in dem die Zeiger der Uhr sich langsam halb eins näherten, fand sie schwerer zu verdauen als üblich. Oder zumindest schwer einzuordnen. Wie hatte es ihr Leben ausgerechnet jetzt ausgerechnet hierher verschlagen?

In ein Bett in diesem gotländischen Dorf, von dem sie bis vor zwei Monaten noch nie gehört hatte. Mit einem Mann, den sie vor gut einem Vierteljahrhundert zum ersten Mal begrüßt hatte und dessen Kollegin sie ebenso viele Jahre gewesen war. Und mit dem sie inzwischen als ein Paar wie jedes andere zusammenlebte.

Wie bitte, *wie jedes andere*? Nein, verdammt, murmelte sie in die Dunkelheit hinein. Es gab in diesem Land höchstens zehn Paare, denen es besser ging als dem kriminalistischen Gespann in der Villa Pickford in Kymlinge. Seit sie endgültig in das alte Holzhaus gezogen war, wusste sie, dass es so war. Der Kasten war von einem erfolgreichen Filmproduzenten gebaut worden, und Gunnar hatte ihn vor seiner Ehe mit Marianne aufgetan. Nach ihrem Tod hatte er sicher vorgehabt, das Haus loszuwerden, wenn nicht … wenn nicht Eva Backman in sein Leben getreten wäre und ihm eine Alternative eröffnet hätte.

So ungefähr, dachte sie. So ungefähr sieht es aus. Und dass es mir nicht sonderlich gutgeht, hat nun wirklich nichts mit Gunnar und mir zu tun. Es hängt mit dem zusammen, was am Abend des dreißigsten August im Vårdstavägen in Kymlinge passiert ist.

Als sie einen anderen Menschen getötet hatte.

Das steckte in ihr. Und es hatte sie verändert. Etwas hatte sich vertieft. Wahrscheinlich etwas grundlegend Menschliches. Oder *Unmenschliches*; sie wusste, dass zu diesem Thema Regalmeter psychologische Fachliteratur geschrieben worden waren. Was mit einem geschieht, wenn man seinem Nächsten das Leben nimmt. Dennoch konnte der einzelne Mensch niemals wissen, wie er darauf reagieren würde, bevor er an diesem Punkt war, das wusste sie jetzt und hatte es seit zwei Monaten gewusst, denn hier ging es nicht um etwas Allgemeines, sondern um ihr Leben und das abgebrochene Leben des Jungen. Moamar Kajali, der nie seinen achtzehnten Geburtstag würde feiern dürfen. Der durch eine Kugel im Kopf auf der Stelle tot gewesen war.

Und wenn sie nicht so genau getroffen hätte? Wenn sie die Geistesgegenwart und Zeit gehabt hätte, einen Warnschuss abzufeuern?

Und wenn sie gar nicht geschossen hätte? Hätte das Pärchen eine Chance gehabt, es aus dem Auto zu schaffen? Solange man die Flammen noch relativ gut hätte überwinden können? Bevor es zu heiß geworden wäre? In diesen drei oder fünf oder zehn Sekunden. Ein Ingenieur der Feuerwehr hatte sie über diese Aspekte informiert, aber sie hatte nicht richtig zugehört. Bertramsson, der interne Ermittler, hatte sie jedenfalls von jeder Schuld freigesprochen, aber darum ging es nicht. Es ging um ihre eigenen Antworten auf die gleichen Fragen – und einige andere –, und dort war sie von einem Freispruch weit entfernt.

Weder sie noch Gunnar Barbarotti waren zur Beerdigung des Jungen gegangen. Man hatte ihnen davon abgeraten, und sie hatten den Rat befolgt. Nur Polizeipräsident Regnér war anwesend gewesen, sehr diskret und sehr zivil gekleidet, aber es war trotzdem zu Unannehmlichkeiten gekommen. Worin diese bestanden hatten, wusste sie nicht und wollte es auch nicht wissen, es war nur etwas, das sie aus zweiter oder dritter Hand gehört hatte. Vielleicht als eine Bestätigung dafür, dass es eine kluge Entscheidung gewesen war, daheimzubleiben. Ein Mörder sollte nicht zur Beerdigung seines Opfers gehen. Erst recht nicht, wenn der Mörder bekannt ist.

Mörder?

Keine nette Bezeichnung und bestimmt sehr ungerecht, aber das Wort brachte sie immerhin auf andere Gedanken.

Albin Runge?

Der nicht nur ein, sondern achtzehn Leben auf dem Gewissen hatte, aber es natürlich ebenso wenig verdient hatte, ein Mörder genannt zu werden. Gab es einen oder ein paar andere, die in dieser alten, wirren Angelegenheit Anspruch auf diese Bezeichnung erhoben?

Ein Mörder ist auf freiem Fuß. Welch hartnäckige Suggestion diesen Worten innewohnte.

Und dass es im Fall Runge einen solchen Täter gab, hatte

man geglaubt und nach allen Regeln der Kunst herausgefunden.

Aber was war, wenn der Kerl tatsächlich lebte? Will sagen, das Opfer. Wenn folglich Gunnar Barbarotti, ihr Kollege und Lebensgefährte, das blinde Huhn, das dafür bekannt war, links und rechts und wo kein anderer sie wahrnahm, wertvolle Körner zu finden, mit seiner Einbildung vollkommen richtiglag. Dass ein gewisser bärtiger, Mütze tragender und langhaariger Radfahrer, den sie im Norden Gotlands bei zwei Gelegenheiten kurz beobachtet hatten, identisch war mit einem Mann, der aus guten Gründen als tot galt, nachdem er vor mehr als fünf Jahren auf einer Finnlandfähre über Bord geworfen worden war.

Ja, was bedeutete das?

Der Fall war abgeschlossen. Polizeilich aufgeklärt, wie es hieß. Das juristische Nachspiel war etwas anderes, es hatte sich nicht wie gewünscht entwickelt, aber auch das war nicht weiter ungewöhnlich. Ein *cold case,* gelöst und dennoch ungelöst, er war nicht der einzige seiner Art.

Sie blieb im Dunkeln liegen und versuchte zu verstehen, oder zumindest einen möglichen Verlauf zu skizzieren, bei dem das blinde Huhn nicht den Kürzeren zog... oder das größte Korn fand vielleicht, ja, das klang auch als Gedanke besser... aber nach einer Endlosschleife alter Bilder und Erinnerungen und halbvergessener Gespräche merkte sie schließlich, dass das lebensspendende Sperma allmählich seine magische Kraft verlor, und gab sämtliche Spekulationen auf.

Sie gähnte. Ich bin nicht einen Schritt weitergekommen, stellte sie schläfrig fest und sah auf die Uhr. Viertel nach zwei.

Immerhin hatte sie zwei Stunden totgeschlagen. Oder ermordet. Oder wie man es ausdrücken sollte.

Gunnar Barbarotti wachte auf und sah auf die Uhr. Halb drei.

Er fragte sich, warum er aufgewacht war. Neben ihm lag Eva und schlief mit ruhigen, tiefen Atemzügen. Sie hatten sich geliebt, das wusste er und spürte er im Körper. Er gönnte ihr den guten Schlaf, das tat er wirklich. Dieser Schuss im Vårdstavägen spukte in ihr, das war kein Geheimnis. Deshalb befanden sie sich hier, und manchmal sprachen sie darüber, aber immer seltener, je kürzer und kühler die Herbsttage wurden. Schlaf ist jedenfalls die beste Medizin und der beste Kraftspender, hatte irgendein alter Meister geschrieben – und wenn es noch niemand geschrieben hätte, würde er das selbst übernehmen.

Aber warum war er eigentlich aufgewacht?

War er aus einem Traum geschleudert worden? Wenn es nicht an einer Fliege, einer Mücke oder einem Wecker lag, war das der mit Abstand häufigste Grund. Ein Traum, der aus dem Ruder lief und von seiner eigenen Absurdität genug hatte, oder etwas Ähnliches.

Albin Runge! Na klar, das hätte sich auch ein taubstummes Huhn ausrechnen können, und ein blindes hatte es gerade getan.

Und was hatte Albin Runge in Kommissar Barbarottis Traum getrieben?

Eine berechtigte Frage, auf die er keine klare Antwort fand. Leider nicht. Stattdessen wälzte sich die ganze Geschichte mit einem solchen Gewicht auf ihn, dass er wahrscheinlich eine hellwache Stunde überstehen musste. So war es einfach. Es ließ sich nicht ändern und passierte ihm nicht zum ersten Mal.

Vorsichtig schlug er die Decke zur Seite und schlich die Treppe hinunter. Ging zum Pinkeln auf die Toilette, nahm anschließend die gemütliche Couch vor dem Kamin in Besitz. Ein Kissen in den Nacken und eine Decke um die Beine. Keine Lampe, helle Köpfchen spekulieren am besten im Dunkeln, ohne störende visuelle Eindrücke.

So weit, so gut. Eine Dosis unmotiviertes Selbstvertrauen konnte nicht schaden und verflüchtigte sich in der Regel ohne größere Mühe.

Was störte ihn am meisten, wenn es um diesen verfluchten Runge ging? Das heißt, abgesehen davon, dass er vielleicht lebte.

Sicher, Barbarotti gönnte es ihm, dass er dem Tod entronnen war, aber wie in aller Welt war das nur möglich? Was war passiert? Welches Szenario hatten sie so vollständig übersehen, als sie vor fünf… nein, fünfeinhalb Jahren in dem Fall ermittelten? Rein polizeilich war er doch gelöst und zu den Akten gelegt worden.

Dennoch blieb die Frage, was damals eigentlich passiert war. Aus einem allgemeinen Interesse heraus, könnte man sagen. Bei einem Menschen, der von einer Finnlandfähre in eiskaltes Wasser geworfen wird, erwartet man nicht, dass er Jahre später auf einem Kiesplatz in Valleviken, Kirchspiel Rute, an seinem Fahrrad herumwerkelt. So wenig wie auf irgendeinem anderen Kiesplatz oder an einem verlassenen Fähranleger andernorts auf der Welt. Selbst dann nicht, wenn der Name des Betreffenden Harry Houdini wäre. Man erwartet, dass er ertrunken und tot ist. Es mag ja sein, dass seine Leiche nie gefunden wurde, aber er war unter gar keinen Umständen am Leben.

Ergo?

Ja, ergo was?

Ergo 1 a: Albin Runge war es auf wundersame Weise gelungen, an Land zu gelangen. Oder er war von einem anderen

Schiff aufgelesen worden; Letzteres erschien jedoch noch unwahrscheinlicher, da eine solche Entwicklung bekannt geworden wäre.

Ergo 1 b: Er war nie von einer Fähre ins Meer geworfen worden. Was bedeuten würde, dass die ganze Geschichte von der ersten Seite an neu geschrieben werden musste. Oder?

Ergo 2: Albin Runge war tot. Es war kein unglücklicher früherer Busfahrer, der im Jahr des Herrn 2018 im Norden Gotlands mit dem Fahrrad umherirrte. Das übernahm stattdessen ein eitler Kriminalkommissar.

Mit ungewöhnlich großem Widerwillen erkannte Gunnar Barbarotti, wenn ihm hundert Kronen zur Verfügung stünden, würde er mindestens achtzig auf Ergo 2 setzen.

Verdammt. Aber wenn er nun doch, trotz allem und bevor sein unberechtigtes Selbstvertrauen völligen Schiffbruch erlitt, einen Gedanken an Ergo 1 a und b verschwendete, auf welche Alternative würde er dann seine restlichen zwanzig setzen, wenn er nicht zehn-zehn wählen durfte?

Es dauerte eine Weile, eine ganze Weile, in der die nächtlichen Gedanken unter Protest einen langen und schlammigen Hang hinaufzukriechen schienen, aber Sekunden, bevor er einschlief, schien sich eine Antwort abzuzeichnen.

Wenn schon keine Antwort, so doch zumindest ein Vorschlag. Ob dieser sich noch in seinem Schädel befinden würde, wenn er am nächsten Morgen die Augen an einem klaren oder regnerischen Herbsttag aufschlug, war natürlich eine ganz andere Frage. Wie gewonnen, so zerronnen.

März – April 2013

29

Kommissar Stig Stigman sah aus, als hätte er beim Wasalauf den letzten Platz belegt.

Oder beim Pokern ein Monatsgehalt verloren. Wahrscheinlicher erschien jedoch, dass er beim Wasalauf gestartet war, dachte Barbarotti. Der Kommissar war nicht der Typ, der um hohe Einsätze spielte.

»Also gut«, begann er. »Alle da? Dann fangen wir an.«

Es war Sonntag, der vierundzwanzigste März. Mit *alle* waren Stigman selbst, die Inspektoren Barbarotti, Backman und Sorgsen sowie die Polizeianwärter Wennergren-Olofsson und Tillgren gemeint. Inspektor Toivonen würde sich ihnen in einer Stunde anschließen, sobald er daheim abgelöst wurde. Es war erst zehn, seine Frau hatte als Nachtschwester im Krankenhaus gearbeitet, es war immerhin ein Sonntag, und die beiden hatten mindestens drei Kinder im Schul- oder Kindergartenalter.

Jemand, wahrscheinlich der Kommissar persönlich, hatte die Jalousien heruntergelassen, so dass es ihnen erspart blieb, an diesem ungewöhnlich schönen Frühlingstag die Sonne zu sehen.

»Ich muss wohl nicht darauf hinweisen, dass es schiefgegangen ist«, fuhr Stigman nach seiner üblichen einleitenden Kunstpause fort. »Denn genau das ist passiert. Es ist so schiefgegangen, dass man schielen könnte. Ich schlage vor, dass Inspektorin Backman für uns zusammenfasst, was passiert ist. Backman, bitte. Was ist passiert?«

Eva Backman räusperte sich.

»Vieles ist noch unklar, das dürfen wir nicht vergessen. Aber bis jetzt wissen wir … oder glauben wir zu wissen … dass Albin Runge von einer Fähre zwischen Turku und Stockholm verschwunden ist. Was in diesem Fall bedeuten dürfte, dass er entweder ins Meer gesprungen ist oder jemand dafür gesorgt hat, dass er im Meer landet. Wir müssen von der zweiten Möglichkeit ausgehen, dass eine oder mehrere unbekannte Personen ihn über Bord geworfen haben. Mit anderen Worten ein Mord … und höchstwahrscheinlich geplant. Sorgfältig geplant, würde ich vermuten.«

»Also die Elterngruppe?«, erkundigte sich Wennergren-Olofsson. »Ja, sind die denn völlig durchgeknallt, das war doch nun wirklich ein Unfall, und …«

»Stopp«, unterbrach Stigman ihn.

»Ja, es ist ein bisschen zu früh, sich auf sie festzulegen«, sagte Backman. »Aber natürlich deutet vieles in diese Richtung … Nemesis und so weiter. Jedenfalls haben wir gestern Abend gegen sechs erfahren, was geschehen ist, als Runges Frau, Karin Sylwander, mich angerufen hat. Da war die Fähre in Stockholm vor Anker gegangen, und alle Passagiere hatten das Schiff verlassen, will sagen, alle außer Albin Runge. Am Abend hat die Stockholmer Polizei die Fähre durchsucht, und es steht eindeutig fest, dass er nicht mehr an Bord gewesen ist … ob nun tot oder lebendig. Seine Frau sagt, sie habe eine Stunde vor Ankunft in Stockholm angefangen, ihn zu vermissen. Sie hat auch den Ausstieg der Passagiere beobachtet, die nicht mit dem Auto unterwegs waren … was auf die allermeisten zutraf. Genauer gesagt …«

Sie zog ihren Notizblock zu Rate.

»… genauer gesagt neunhundertfünfundachtzig Menschen. Karin Sylwander sagt, sie habe Unrat gewittert und sich bis zur ersten Reihe der an Land gehenden Passagiere vorgearbeitet. So konnte sie feststellen, dass ihr Mann sich nicht unter ihnen befand. Sie kann ziemlich genau angeben, wann sie ihren Mann zuletzt gesehen hat. Es soll um kurz vor vier gewesen sein, als Runge sie verließ, um in den Tax-free-Shop zu gehen und eine Flasche Whisky zu kaufen. Also ungefähr zwei Stunden vor der Ankunft in Stockholm.«

»Du hast nur mit ihr telefoniert, ist das richtig?«, fragte Inspektor Sorgsen.

»Das stimmt«, antwortete Backman. »Sie hat mich gestern Abend um Viertel nach sechs angerufen, als die Fähre am Kai lag und ihr klar wurde, dass ihrem Mann etwas zugestoßen sein musste. Seither habe ich weitere drei Mal mit ihr telefoniert. Zwei Mal gestern Abend, einmal heute Morgen.«

»Wo ist sie jetzt?«, wollte Anwärter Tillgren wissen.

»Im Zug, aber dazu komme ich noch«, sagte Eva Backman. »Zunächst zu den Umständen rund um das Verschwinden des Ehepaars. Also um ihre Entscheidung, die von uns angebotene Hilfe nicht anzunehmen, sondern die Dinge lieber selbst in die Hand zu nehmen … sozusagen.«

»Diese verdammten Schwachköpfe«, warf Wennergren-Olofsson ein.

»Danke, Herr Polizeianwärter«, sagte Stigman. »Wir werden später über ihr Handeln sprechen. Bitte, mach weiter Backman. Mach weiter.«

Eva Backman trank einen Schluck Wasser und fuhr fort. »Also, es ist so. Aus irgendeinem Grund haben Runge und Sylwander beschlossen, das Weite zu suchen. Sie wollten sich der gegen Runge gerichteten Drohungen entziehen … ohne unsere Hilfe, ohne unser Wissen und obwohl wir es anders besprochen hatten. Wie wir wissen, haben sie ihr Haus in Kymlinge am frühen Mittwochmorgen verlassen und ein Taxi zum Bahnhof genommen. Laut Karin Sylwander sind sie mit dem Zug nach Stockholm gefahren, dabei sind sie wie üblich in Skövde umgestiegen und haben am Nachmittag ihr Zimmer im Hotel *Reisen* an der Skeppsbron in der Stockholmer Altstadt bezogen. Bis Freitag sind sie in dem Hotel geblieben und haben dann vom Stadsgårdskajen aus die Fähre der Viking Line genommen. Es ist eine ziemlich gut gebuchte Passage, vor allem am Wochenende, und die meisten Passagiere gehen in Finnland erst gar nicht an Land. Man macht die Fahrt nur, um gut zu essen und zu trinken, zu tanzen und vielleicht jemanden anzubaggern, zollfrei einzukaufen und für gut vierundzwanzig Stunden rauszukommen … ich denke, das Konzept ist uns allen vertraut?«

»Eine eintägige Kreuzfahrt mit billigem Alkohol und gutem Essen«, sagte Wennergren-Olofsson. »Und vielen Frauen. Oh ja, verdammt, man hat ein paar Trips in der Art gemacht. Als man jung war, bevor man solide geworden ist …«

»Das glaube ich gern«, erklärte Backman. »Jedenfalls war das der simple Plan, um Runges Brieffreund Herrn Nemesis zu entkommen. Sich an Bord einer Fähre auf dem Meer aufzuhalten. Davon können wir jetzt halten, was wir wollen, aber der Plan hat sich eindeutig als Reinfall erwiesen. Wie gesagt, ich habe mit Karin Sylwander bisher nur telefoniert, sie ist im Moment auf dem Rückweg nach Kymlinge, und wir werden uns heute Nachmittag für eine formalere Aussage mit ihr treffen.«

»Sie ist in Stockholm geblieben?«, fragte Sorgsen. »Über Nacht, meine ich.«

»Sie hatten eine weitere Nacht im Reisen gebucht«, erläuterte Backman. »Ich kann verstehen, dass sie nicht sofort abreisen wollte ... am Abend oder in der Nacht hätte noch etwas Neues auftauchen können.«

»Zum Beispiel eine Leiche«, schlug Wennergren-Olofsson vor. »Zum Beispiel«, sagte Backman. »Ich möchte noch ergänzen, dass sie fast die ganze Zeit in Stockholm im Hotel verbracht haben. Am Donnerstagmittag sind sie laut Karin Sylwander in der Altstadt essen gegangen. Und am Freitag sind sie zu Fuß zum nahegelegenen Terminal der Viking Line ... tja, das ist es, was ich euch zu sagen habe. Aber Gunnar hat mit Leuten von der Viking Line gesprochen.«

»Bitte, Barbarotti«, warf Stigman ein. »Was sagt man bei Viking?«

»Vorerst nichts sonderlich Konkretes«, antwortete Barbarotti. »Die Passagierliste liegt uns beispielsweise noch nicht vor, aber wir bekommen sie im Laufe des Tages. Es wird natürlich interessant sein, sie mit unseren anderen Listen zu vergleichen ... der über die Fahrgäste in dem Bus vor sechs Jahren und der über die Eltern. Wenn wir eine Übereinstimmung finden, könnte es relativ leicht sein weiterzukommen, aber ...«

»Aber?«, sagte Stigman. »Aber?«

»Aber ich bezweifle, dass wir welche finden werden. Purser Brundin von Viking behauptet, dass es leider ziemlich leicht ist, mit dem Ticket eines anderen die Fähre zu benutzen, und dass ein sorgfältig planender Täter ausgerechnet in dem Punkt nachlässig ist, kann ich mir nicht vorstellen.«

»Wie schwierig ist es eigentlich, eine Leiche über Bord zu werfen?«, fragte Sorgsen. »Läuft man nicht Gefahr, dabei entdeckt zu werden?«

»Darüber habe ich ziemlich ausführlich mit Brundin gesprochen«, sagte Barbarotti. »Nachts, im Dunkeln, ist das Risiko wesentlich geringer, erwischt zu werden, es gibt einige

Bereiche an Deck, die von der Kommandobrücke nicht eingesehen werden können, und zum Beispiel um vier Uhr morgens, wenn die Disco und die Bars geschlossen haben, sind nicht mehr viele Augen wach. Er selbst würde jedenfalls diese Uhrzeit wählen, hat er behauptet … irgendwann zwischen drei und fünf, darauf hat er die Zeitspanne ausgedehnt.«

»Das ist doch bestimmt schon mal vorgekommen, oder?«, sagte Tillgren. »Dass Leute von Finnlandfähren verschwunden sind?«

»Das ist schon vorgekommen«, bestätigte Barbarotti. »Mehr als einmal.«

»Wird man nicht an die Oberfläche gespült?«, erkundigte sich Wennergren-Olofsson.

»Wenn man nicht in Eisenschrott oder etwas Ähnlichem festhängt, treibt man hoch«, sagte Barbarotti. »Wenn man ohne Gewicht reingeplumpst ist, gelangt man in der Regel nach etwa einem Tag an die Oberfläche, weil sich in einer Leiche Gase bilden … es sei denn, die Fische haben einen da schon punktiert. Aber von den Menschen, die auf offener See über Bord gehen, wird nicht mehr als etwa die Hälfte gefunden.«

»Brundin?«, fragte Stigman. »Ist das eine Information von Purser Brundin?«

Barbarotti schüttelte den Kopf. »Nein, ich habe zusätzlich noch mit einem Gerichtsmediziner in Solna gesprochen. Das wird sich also noch zeigen. Entweder er taucht auf, oder er taucht nicht auf.«

»Korrekt«, sagte Stigman. »Gut. Vergesst nicht, dass er auch gesprungen sein könnte. Vergesst das nicht.«

»Selbstverständlich könnte er gesprungen sein«, sagte Backman. »Aber so oder so war der Zeitpunkt ziemlich schlecht gewählt. Er ist gegen vier Uhr nachmittags verschwunden, also am helllichten Tag. Wenn er es freiwillig getan hat, spielt das vielleicht keine so große Rolle, aber warum der Täter nicht den Schutz der Dunkelheit genutzt hat, finde ich seltsam. Oder?«

»Ein wichtiger Gesichtspunkt«, erklärte Kommissar Stigman. »Sehr wichtig. Vorläufig müssen wir allerdings davon ausgehen, dass wir es mit einem Mord zu tun haben. Immerhin liegen seit mehr als einem halben Jahr Morddrohungen gegen den Mann vor. Dieser Typ, der sich Nemesis nennt, hat mehr als wünschenswert deutlich gemacht, dass er Runge am zweiundzwanzigsten März liquidieren wollte … jetzt hat er anscheinend bis zum dreiundzwanzigsten gewartet, aber das ändert nichts. Hier geht es um einen sorgsam angekündigten und sorgsam geplanten Mord. Nicht mehr und nicht weniger. Also ein Mord. Seht ihr es auch so?«

Keiner seiner Untergebenen hatte etwas zu sagen, aber alle fünf nickten bestätigend. Glasklar, dass jemand Albin Runge getötet und ins Meer geworfen hatte. Oder sich damit begnügt hatte, ihn hineinzuwerfen, ohne ihn vorher umzubringen, was auf das gleiche Ergebnis hinauslief.

»Er könnte natürlich auch im Kofferraum eines Autos an Land gefahren worden sein«, sagte Backman. »Das Autodeck ist während der Überfahrt allerdings abgeschlossen, das wäre also ziemlich kompliziert.«

»Nicht unmöglich«, bemerkte Sorgsen, »aber eher unwahrscheinlich.«

Kommissar Stigman zog an seiner roten Krawatte und schien diese unwahrscheinlichere Alternative sorgsam abzuwägen.

»Kaffee«, sagte er anschließend.

»Ja, bitte«, sagte Inspektor Toivonen, der gerade durch die Tür getreten war.

Den Rest des Vormittags verbrachten sie damit, die Arbeitsaufgaben zu verteilen. Barbarotti und Backman wurde aufgetragen, die heimkehrende Witwe in Empfang zu nehmen. Stigman persönlich benutzte die Bezeichnung *Witwe*, und angesichts der Lage war es wohl keine abwegige Vermutung. Inspektor Sorgsen wurde mit seinem Spezialgebiet betraut, am Schreibtisch zu sitzen und Informationen zusammenzutragen. Über Runge. Seine Frau. Ihren Aufenthalt im Hotel *Reisen*, und über alles, was für den Fall eventuell relevant sein könnte, der nach Monaten nun tatsächlich genau das zu sein schien: *ein Fall*. Gelinde gesagt, denn die Bezeichnung *Mordermittlung* war sicher auch nicht aus der Luft gegriffen.

Inspektor Toivonen erhielt die Aufgabe, sich um die Passagierliste zu kümmern und zu versuchen, Übereinstimmungen mit den Listen von 2007 zu finden. Die Polizeianwärter Wennergren-Olofsson und Tillgren wurden vorläufig entlassen, zumindest an diesem Sonntag, erhielten aber die Order, für kurzfristige Einsätze erreichbar zu bleiben, falls dies erforderlich sein sollte.

Monsieur Chef persönlich erläuterte, dass er die Staatsanwaltschaft bereits informiert habe. Sowie, dass er beabsichtige, ein paar frühere Kollegen in der Hauptstadt anzusprechen. Schließlich habe er dort ja noch vor weniger als einem Jahr gearbeitet und verfüge deshalb über ein aktives Kontaktnetz.

Ein *sehr* aktives Kontaktnetz.

Fürs Erste verschoben wurde die Frage, wie man mit den Medien und der Öffentlichkeit umgehen sollte. Eine Notiz dazu, dass ein Mensch von einer Finnlandfähre ins Meer gefallen war, mochte es in die Zeitungen schaffen, aber dass jemand einen Mann, der vor einigen Jahren für den Tod von achtzehn Menschen verantwortlich gewesen war, wahrscheinlich auf besagter Fähre ermordet hatte, war natürlich etwas ganz anderes.

»Wir werden Zeugenaussagen von Passagieren benötigen«, stellte Stigman fest. »Vermutlich sollten wir es konsequent durchziehen und die Geschichte im Fernsehen präsentieren. Aber damit warten wir noch ein bisschen. Vielleicht landen wir ja einen Treffer in unseren Listen, dann könnte sich die Sache schon heute Abend erledigt haben. Das ist deine Aufgabe, Toivonen. Die Listen!«

»Alles klar«, erwiderte Toivonen. »Die Listen.«

»Haltet mich auf dem Laufenden«, bemerkte Stigman abschließend. »Die nächste Besprechung ist morgen früh um zehn, aber ihr haltet mich auf dem Laufenden.«

Der Zug hatte nur zehn Minuten Verspätung, und Karin Sylwander war die Erste, die aus ihrem Waggon der ersten Klasse auf den Bahnsteig hinabstieg. Wenn Kommissar Stigman ausgesehen hatte wie ein gescheiterter Wasaläufer, fand Barbarotti, dass auch die frischgebackene Witwe – sofern man es wagte, diese Bezeichnung zu verwenden – in etwa so aussah. Wie eine gebrochene Witwe. Niedergeschlagen und verheult, ihres Mannes beraubt und betrübt. Sie trug zwei kleinere Koffer, ihren eigenen und den ihres Mannes vermutlich, und als sie diese auf dem Bahnsteig abgestellt und Backman und Barbarotti erblickt hatte, brach sie in Tränen aus.

»Wir bedauern, was passiert ist«, sagte Barbarotti. »Aber wir sollten vielleicht nicht gleich die Flinte ins Korn werfen.«

Das war keine sonderlich geglückte Bemerkung, und Eva Backmans Ellbogen landete in seiner Seite.

»Ein Wagen wartet«, erklärte sie. »Eigentlich wollten wir Sie für ein ausführliches Gespräch ins Präsidium bringen, aber wenn Sie lieber heimfahren möchten, können wir uns auch dort unterhalten. Wie wir es verabredet hatten.«

»Nach Hause«, sagte Karin Sylwander und schluchzte. »Ja, bitte, ich würde jetzt gern nach Hause fahren. Das ist alles so schrecklich. Ich weiß nicht ein noch aus.«

Gunnar Barbarotti suchte in seinem Vorrat von Trostphrasen nach einer geeigneten Floskel, aber ihm fiel keine ein.

30

Die Frühlingssonne schien auch im Strandvägen 11 zum Küchenfenster herein, aber hier fehlten Jalousien. Karin Sylwander weinte nicht mehr, und mit Hilfe der Inspektoren gelang es ihr, eine Kanne Kaffee zu kochen. Barbarotti dachte, dass es besser gewesen wäre, die Vernehmung um einen Tag zu verschieben, aber jetzt saßen sie hier, und es wurde ja häufig behauptet, je intensiver man am Anfang der Ermittlungen arbeite, desto größer sei die Chance, das Richtige zu finden.

»Es kann nicht schaden, wenn wir das Gespräch aufnehmen, damit uns nichts entgeht«, sagte Eva Backman und stellte ihr winziges Gerät auf den Tisch. »Wir beide haben ja schon mehrmals telefoniert, aber wir müssen Ihnen trotzdem einige Fragen stellen, die Sie schon gehört haben. Wir wollen der Sache natürlich nachgehen, ganz unabhängig davon, was wirklich mit Ihrem Mann geschehen ist. Immerhin besteht die Chance, dass er lebt, auch wenn wir auf das Gegenteil gefasst sein sollten.«

»Er könnte in einem Auto entführt worden sein«, sagte Karin Sylwander und schnäuzte sich in ein Papiertaschentuch. »Daran habe ich auch schon gedacht, aber das kann ich mir eigentlich kaum vorstellen.«

»Die Möglichkeit besteht«, sagte Barbarotti. »Wir wollen sie jedenfalls nicht von vornherein ausschließen. Wann haben Sie ihn zum letzten Mal gesehen?«

»Um kurz vor vier«, antwortete Karin Sylwander. »Eigentlich soll man seine Kabine schon ein bisschen früher verlassen, aber das hatten wir irgendwie nicht mitbekommen. Wir waren gerade dabei, unsere Sachen zu packen, als ihm einfiel, dass er im Tax-free-Shop eine Flasche Whisky kaufen wollte. Also ist er gegangen, und er meinte, dass er gleich wieder zurück sein würde. Aber er ist nicht gekommen …«

»Das war ungefähr zwei Stunden, bevor die Fähre in Stockholm angelegt hat«, fuhr Barbarotti fort. »Sind Sie sich, was die Uhrzeit angeht, ganz sicher?«

»Ja, ich bin mir sicher. Ich habe darüber nachgedacht … entschuldigen Sie, aber ich habe fast die ganze Nacht wachgelegen und gegrübelt … wir fuhren schon durch die Stockholmer Schären. Es ist seltsam, dass … dass sie so lange gewartet haben.«

»Wissen Sie, ob jemand anderes Ihren Mann zu diesem Zeitpunkt gesehen haben könnte? Vielleicht jemand, der die Kabinen geputzt hat, oder ein Passagier in einer der Nachbarkabinen?«

Karin Sylwander dachte kurz nach. »Nein, da fällt mir auf Anhieb niemand ein. Aber hat er es denn noch in den Laden geschafft, wissen Sie das?«

»Wir sind dabei, es zu untersuchen«, sagte Eva Backman. »Wie sieht es aus, haben Sie auf der Fahrt Kontakt zu anderen Passagieren gehabt? Beim Essen oder so?«

Karin Sylwander dachte einen Augenblick nach. »Beim Abendessen haben wir uns mit einem anderen Ehepaar unterhalten, aber das waren die Einzigen. Ich glaube, sie kamen aus Västerås.«

»Keine anderen Kontakte?«

»Nicht, dass ich mich erinnern würde.«

»Es gab keine Bekannten unter den anderen Passagieren?«

»Nein … nein, da war niemand, den wir kannten.«

Barbarotti übernahm. »Haben Sie in diesen Stunden, bis sie am Vikingterminal waren, nach Ihrem Mann gesucht?«

»Ich habe ungefähr noch eine halbe Stunde in der Kabine gewartet … auf keinen Fall länger als eine Dreiviertelstunde. Ich dachte, dass er zurückkommen würde und im Geschäft vielleicht Schlange stehen musste. Ich hatte ja auch noch unsere beiden Koffer …«

»Er hat keine Tasche mitgenommen, als er zum Tax-free-Shop gegangen ist?«

»Nein.«

»Aber so gegen fünf Uhr haben Sie dann angefangen, nach ihm zu suchen?«

Karin Sylwander zuckte mit den Schultern. »Direkt gesucht habe ich ihn eher nicht. Ich bin zu den Türen gegangen, durch die wir an Land gehen sollten. Da haben schon ziemlich viele Leute gewartet, und ich habe mir gedacht, dass er dort früher oder später auftauchen würde.«

»Haben Sie versucht, ihn anzurufen?«

»Natürlich. Bis zur Ankunft habe ich ihn fünf oder sechs Mal angerufen, aber er hat sich nicht gemeldet. Anfangs war der Empfang auch noch ziemlich schlecht … und dann habe ich es mehr oder weniger den ganzen Abend weiterversucht … also hinterher.«

»Aber Sie und Ihr Mann, Sie haben nicht Ihre normalen Handys benutzt?«

»Nein …« Sie schluchzte. »Nein, wir hatten uns zwei andere Handys besorgt, damit …«

»Ja?«

»Damit Sie uns nicht finden konnten. Oder Nemesis. Die anderen hatten wir schon ausgeschaltet, als wir losgefahren sind am … wann war das noch? … am Mittwochmorgen. Es tut mir leid, dass wir das getan haben. Aber Albin wollte es so haben, ich hätte ... ich hätte ihn überreden sollen.«

»Heißt das, Sie waren gegen die ganze Aktion?«, fragte Barbarotti.

»Ja ... aber nur am Anfang. Mit der Zeit fand ich, dass es eine ... na ja, eine gute Idee war. Unser Hotelzimmer haben wir erst gebucht, als wir schon im Zug nach Stockholm saßen, und bei den Fährtickets haben wir es genauso gemacht. Es erschien uns sicher, ich begreife nicht, wie sie uns gefunden haben.«

»Wenn Sie *sie* sagen, an wen denken Sie dann?«, fragte Eva Backman.

»Ich denke an Nemesis«, antwortete Karin Sylwander. »Ob es mehr als einer gewesen ist, weiß ich natürlich nicht, aber es ist ja wohl klar, dass sie ... oder er ... das getan haben. Mein Gott, warum sollte es jemand anderes gewesen sein?«

»Wir glauben eigentlich auch nicht, dass jemand anderes in Frage kommt«, erklärte Barbarotti. »Trotzdem dürfen wir keine voreiligen Schlüsse ziehen. Sie fanden also nach anfänglichen Zweifeln, dass Ihre Idee, sich aus dem Staub zu machen, ein guter Plan war? Darin waren Sie sich einig, Ihr Mann und Sie?«

»Als wir aufgebrochen sind, habe ich das gedacht«, antwortete Karin Sylwander. »Jetzt finde ich, dass es ein mieser Plan war.«

»Sie sind also mit dem Zug von Kymlinge nach Skövde gefahren, und im Anschluss von Skövde nach Stockholm. Stimmt das?«

»Ja, das ist richtig.«

»Haben Sie irgendwelche Erinnerungen an die anderen Fahrgäste in diesen Zügen? Hat es beispielsweise noch andere gegeben, die hier abgereist und in Skövde in den Zug nach Stockholm umgestiegen sind?«

Karin Sylwander wirkte verblüfft und sah abwechselnd Barbarotti und Backman an. »Sie meinen... Sie meinen, dass uns jemand schon hier gefolgt ist? Das kann doch nicht wahr sein, oder?«

»Es mag unwahrscheinlich sein, aber unmöglich ist es nicht«, sagte Barbarotti.

Sie schüttelte den Kopf. »Nein... mir ist wirklich nichts aufgefallen.«

Dann fing sie wieder an zu weinen.

Eine Stunde später brachen sie auf. Karin Sylwander hatte ihnen versichert, dass sie niemanden bei sich haben wollte; in der gegenwärtigen Situation wolle sie lieber allein sein, und weder Backman noch Barbarotti sahen einen Grund, ihr zu widersprechen. Jeder Mensch hat das Recht, auf seine Art zu trauern.

Auch über die Vernehmung gab es nicht viel zu sagen. Was sie bereits wussten, war in praktisch jedem Punkt bestätigt worden. Die Erste, die erfahren hatte, dass Albin Runge vermisst wurde, war tatsächlich Eva Backman gewesen. Erst nach dem Telefonat mit ihr hatte Karin Sylwander sich an das Personal der Viking Line und über diese an die Stockholmer Polizei gewandt.

Letztere hatte daraufhin zwei Stunden lang das Schiff abgesucht, ohne eine Spur von Runge zu finden, so jedoch die Abfahrt der Abendfähre um den gleichen Zeitraum verzögert. Zum großen Verdruss von etwa achthundert Passagieren. Erst als die Fähre erneut vom Kai ablegte, war die einsame Ehefrau von zwei Kriminalinspektoren zum Hotel *Reisen* gefahren worden. Backman hatte mit einem der beiden gesprochen, er hieß Åkerlund und hatte Sylwander als »geschockt, aber einigermaßen gefasst« beschrieben.

»Und, was sagst du dazu?«, fragte Barbarotti. »Nicht viel Verwertbares?«

»Stimmt«, sagte Backman. »Aber es ist wirklich seltsam, dass Nemesis sie aufgestöbert hat. Glaubst du, was du vorhin angedeutet hast? Dass sie schon im Zug verfolgt worden sind?«

»Im Moment glaube ich gar nichts«, erwiderte Barbarotti. »Aber ich weiß, dass ich Hunger habe. Es ist halb drei, und seit meinem kärglichen Frühstück habe ich nur sechs Tassen Kaffee und drei Kekse zu mir genommen.«

»Hamburger?«, sagte Backman.

»In der Not kennt der Mensch kein Gebot«, erwiderte Barbarotti.

Als ihre Bäuche versorgt waren, fuhren sie ins Präsidium, aber nicht, weil es so abgesprochen war, sondern um zu hören, was Inspektor Sorgsen herausgefunden hatte, der selbst unter den günstigsten Voraussetzungen niemals von zu Hause aus arbeitete.

»Und, hast du den Fall gelöst?«, fragte Barbarotti, als Sorgsen seinem Computer den Rücken zugekehrt hatte.

»Nicht wirklich«, antwortete Sorgsen. »Und ihr?«

»Auch nicht wirklich«, gestand Eva Backman. »Aber wir haben die Witwe nach Hause gebracht.«

»Immerhin etwas«, meinte Sorgsen. »Ich bin dabei, Albin Runge zusammenzufassen, könnte man sagen. Toivonen ist eben hier gewesen. Leider keine Übereinstimmungen zwischen den Listen. Wenn einer dieser Busreisenden auf der Fähre gewesen ist, hat der Betreffende nicht seinen richtigen Namen benutzt.«

»Alles andere hätte mich auch überrascht«, sagte Barbarotti. »Morgen erzählst du uns dann alles Wissenswerte über Runge und Sylwander?«

»Das will ich hoffen«, erklärte Sorgsen und sah auf die Uhr. »Wer braucht Erholung? Wer braucht seine Familie?«

»Es ist, wie es ist«, sagte Backman.

»Jeder nach seinen Fähigkeiten«, sagte Barbarotti. »Jedem nach seinen Bedürfnissen.«

»Das war lustig«, sagte Sorgsen.

Barbarotti wechselte einen Blick mit Backman, dann ließen sie ihren düsteren Kollegen in Ruhe.

31

Am Montag – der in diesem Jahr identisch war mit dem sogenannten Blauen Montag in der sogenannten Stillen Woche, was wiederum ein anderer Name für die Karwoche war – wurde das schöne Frühlingswetter in Kymlinge und Umgebung von strömendem Regen und stürmischem Südwestwind ersetzt.

Macht nichts, dachte Barbarotti, als er um Viertel vor neun sein Arbeitszimmer betrat. Die Besprechung mit Stigman war für zehn Uhr angesetzt, so dass es genügend Zeit für Analysen und Überlegungen gab, während der Regen gegen sein Fenster und auf das Blechdach darunter peitschte.

Was zum Teufel war passiert? So lautete die simple Frage, der nachgegangen werden musste. Aber was hieß schon *simpel*? Nein, simpel war sie bestimmt nicht, dachte Barbarotti. Mit absoluter Sicherheit wusste man nur, dass Albin Runge verschwunden war. Mit ziemlich großer Wahrscheinlichkeit ließ sich annehmen, dass er tot war. Mit einem ähnlichen Grad an Wahrscheinlichkeit konnte man davon ausgehen, dass er Opfer einer oder mehrerer Personen geworden war, die sich Nemesis nannten, und es klang plausibel (wenngleich mit etwas geringerer Wahrscheinlichkeit), dass diese etwas mit dem Busunglück im März 2007 zu tun hatten.

Oder?, murmelte Gunnar Barbarotti und goss sich die

zweite Tasse Kaffee des Tages ein. Sieht es nicht ganz so aus? Liege ich mit meinen Gedanken bis hierher richtig?

Er beschloss, dass er das tat. Anschließend dachte er darüber nach, welche Maßnahmen ergriffen werden mussten, um Fortschritte zu machen, woraufhin ihm alles sofort wesentlich schlimmer vorkam. Nun war es eigentlich nicht seine Aufgabe, dieses Problemknäuel zu entwirren, zumindest noch nicht. Stigman würde vor der Besprechung um zehn die Staatsanwältin treffen, und natürlich entschieden diese beiden Vorgesetzten, welchen Hauptlinien sie folgen sollten. Eventuell in Absprache mit einem Staatsanwalt in Stockholm, da das vermutete Verbrechen ja nicht innerhalb der Stadtgrenzen Kymlinges verübt worden war. Aber diese Dinge ließen sich immer regeln, und obwohl ein Staatsanwalt offiziell Leiter des Ermittlungsverfahrens war, blieb es die Aufgabe der Polizei, nach bestem Wissen und Gewissen zu arbeiten und zu fahnden. Außerdem wusste Barbarotti, dass Monsieur Chef nach Ostern eine Woche Skiurlaub eingetragen hatte. Wenn die beschließenden Mühlen fertiggemahlen hatten, würden also mit Sicherheit diverse Kriminalinspektoren die wegweisenden Entschlüsse fassen und das leckende Schiff in einen sicheren Hafen führen müssen.

Albin Runge ist mein Fall, dachte er, es hat keinen Sinn, mir etwas anderes vorzumachen. Er trank einen Schluck Kaffee, der einen Beigeschmack von verbranntem Gummi hatte, aber auch daran war er gewöhnt. Womit sollten sich seine hellwachen grauen Zellen als Erstes beschäftigen? Um einen oder zwei Meter der Wegstrecke zurückzulegen.

Nun, mit dieser verfluchten Passagierliste. Neunhundertfünfundachtzig Menschen … minus eins, fiel ihm ein … nein, minus zwei, wenn man die Ehegattin des Verschwundenen hinzunahm, was man natürlich tun sollte. Zweifellos fürchterlich viele Menschen, mit denen man reden musste. War man schon der Meinung gewesen, dass die anderen Listen über die Businsassen und Eltern von 2007 sich kaum bewältigen ließen, war die Zahl der Schiffsreisenden fast schwindelerregend hoch.

Vielleicht war Stigmans Vorschlag, mit der Geschichte ganz transparent ins Fernsehen zu gehen, tatsächlich der beste Weg. Fast tausend potentielle Zeugen waren nicht zu verachten. Aber bevor man so weit war, sollte man das Ehepaar aus Västerås befragt haben, das sich beim Abendessen am Freitag mit Runge/Sylwander unterhalten hatte. Eva Backman hatte die Aufgabe übernommen, die beiden ausfindig zu machen und mit ihnen zu sprechen; gestern Abend hatten sie herausgefunden, dass insgesamt sieben Passagiere Västerås als ihren Heimatort angegeben hatten, und es war ein großer Unterschied zwischen sieben und neunhundertdreiundachtzig.

Aber das lasse ich jetzt mal außer Acht, dachte Barbarotti und gähnte. Es ist besser, frei zu spekulieren, bis die Zügel angezogen werden. Hatte er etwas im Hinterkopf? Etwas, das störte oder irritierte, wenn es um Albin Runge ging?

Natürlich hatte er das. Am offensichtlichsten war natürlich sein Entschluss, die Polizei an der Nase herumzuführen und vor den geplanten Schutzmaßnahmen wegzulaufen. Wie zum Teufel kam man nur auf eine derart bescheuerte Idee? Seiner Frau zufolge war es Runges Idee gewesen, und er sah keine Veranlassung, daran zu zweifeln. Die Beziehung zwischen Runge und der Polizei war von Anfang an ziemlich brüchig gewesen.

Albin Runge war ohnehin ein Mensch gewesen, aus dem man nicht richtig schlau geworden war, stellte Barbarotti fest, lehnte sich zurück und legte die Füße auf den Schreibtisch. Und wenn es so einfach war, dass Runge freiwillig ins

Wasser gesprungen war? Müsste er dann nicht bald an Land geschwemmt werden? Zumindest, wenn die Angaben seiner Frau stimmten. Zum Zeitpunkt seines Verschwindens hatte die Fähre sich bereits in den Stockholmer Schären befunden, er würde also nicht dreihundert Meter tief auf den Grund sinken. Vielleicht musste man nur abwarten … vielleicht würde ein Sommerhausbesitzer, der Ostern in den Schären feiern wollte, am Gründonnerstag in Sandhamn oder auf Runmarö zu seinem Bootssteg hinuntergehen und entdecken, dass am Ufer etwas im Wasser trieb. Etwas, das eindeutig an einen ehemaligen Menschen erinnerte, wenn man etwas genauer hinsah.

Wie man es anstellen sollte, einem Körper anzusehen, ob dessen Besitzer freiwillig im Meer gelandet war oder ob jemand nachgeholfen hatte, war natürlich eine ganz andere Frage. Man musste einen Menschen ja nicht unbedingt erschlagen, ehe man ihn über Bord warf. Der Sturz und das eiskalte Wasser reichten mit Sicherheit völlig aus, um so ziemlich jeden ins Jenseits zu befördern.

So viel dazu.

Ein bisschen eigen war er ja schon, fuhr Barbarotti mit seinem freien Gedankenstrom fort. Der unglückselige Albin Runge; Barbarotti und Backman hatten ihn im Licht seiner Geschichte gesehen, einer Geschichte, in der alles um einen Schuldkomplex nach dem Tod von achtzehn Menschen kreiste. Wurde man dann so?

Er war jedenfalls schon sehr gespannt, was Sorgsen über ihn herausgefunden hatte. War die Geschichte seiner Frau vielleicht auch interessant? Die beiden waren zwei, drei Jahre verheiratet gewesen; sie hatten sich erst etwa ein Jahr nach dem Unfall kennengelernt. Was hatte sie in diesem wenig charmanten früheren Busfahrer gesehen?

Geld? War es so einfach? Runge war ziemlich vermögend gewesen, nicht aus eigener Kraft, sondern kraft dessen, was er von seinen Eltern geerbt hatte, die beide in zeitlicher Nähe zu dem verhängnisvollen Busunglück gestorben waren.

Viele Fragen, stellte Gunnar Barbarotti fest und schüttete den letzten Schluck Kaffee zum Fenster hinaus. Die Kunst bestand darin, sie in der halbwegs richtigen Reihenfolge abzuarbeiten, darauf kam es mit Sicherheit auch diesmal an.

Er sah auf die Uhr. Zehn vor zehn. Es wurde Zeit, sich zum Besprechungsraum zu begeben.

Wie erwartet lautete der erste Punkt der Tagesordnung, dass die Staatsanwältin, eine gewisse Ebba Bengtsson-Ståhle, erklärte, sie leite das Ermittlungsverfahren, habe aber volles Vertrauen in die Kompetenz der Polizei und erwarte eine ebenso gute Zusammenarbeit wie immer. Fragen?

Keine Fragen. Stigman dankte ihr höflich und erteilte Inspektor Borgsen das Wort, der kurzgefasst Albin Runges Lebenslauf nachzeichnete. Er las von seinem Laptop ab und begann damit, dass Runge 1972 in Alster geboren wurde. Er hatte keine Geschwister, absolvierte soweit bekannt eine normale Schullaufbahn und machte 1991 sein Abitur in Karlstad. Ein Jahr später ging er zum Studium nach Uppsala und machte 1996 seinen Abschluss in diversen geisteswissenschaftlichen Fächern. Promotionsstudiengang und später eine Stelle als wissenschaftlicher Mitarbeiter und eine halbe als Studienrektor am Institut für Ideengeschichte. Eine angefangene, aber nicht vollendete Doktorarbeit über Erasmus von Rotterdam und Martin Luther. Zwischen 1997 und 2007 verheiratet mit Viveka Bendler, ebenfalls Universitätsangestellte. Keine Kinder. 2002 brach Runge seine akademische Laufbahn ab, sattelte um und wurde Busfahrer in einem Betrieb, der seinem Schwager Tommy Bendler gehörte. Weite Fahrten in Schweden und auf dem Kontinent, bis sich knapp fünf Jahre später dann das schwere Busunglück mit Runge als Fahrer knapp nördlich von Svenstavik in Jämtland ereignete.

Innerhalb eines halben Jahres 2006–2007 starben Runges Eltern, erst seine Mutter, dann der Vater. Sie hinterließen ein großes Erbe, so viel, dass Runge in absehbarer Zeit nicht mehr würde arbeiten müssen, was er seit dem Busunglück auch nicht getan hatte. Zumindest war er nicht erwerbstätig gewesen. In seiner Steuererklärung für 2008 waren ausschließlich Kapitaleinkünfte angegeben worden.

Im Mai 2009 lernte Albin Runge die Frau kennen, die ein knappes Jahr später seine zweite Ehefrau wurde, Karin Sylwander. Zwei Monate nach der Hochzeit, genauer gesagt im April 2010, verließ das Ehepaar Uppsala und zog in Kymlinge in ein Haus im Strandvägen, wo sie auch derzeit wohnten.

Sorgsen erklärte abschließend, all das könnten sie in einer halben Stunde in einer internen Mail nachlesen – mit etwas mehr Details, damit jeder das Ganze im eigenen Tempo und nach eigenem Ermessen studieren könne. (Was meint er damit, dachte Barbarotti insgeheim, fragte aber nicht nach.) Besagte Mail werde darüber hinaus die Namen von einigen Bekannten Runges aus seiner Zeit in Uppsala, von ein paar Verwandten sowie einem halben Dutzend Therapeuten enthalten, die er nach dem Busunglück aufgesucht habe. Aus dieser Gruppe hatte er den meisten Kontakt zu einem gewissen Arne Lindberg gehabt, der ungefähr zu der Zeit, als das Ehepaar Runge/Sylwander nach Kymlinge zog, von Uppsala nach Göteborg gewechselt war. Über den Bekanntenkreis des Paars in der neuen Stadt gab es nicht viel zu sagen, die Eheleute schienen ein ruhiges und zurückgezogenes Leben geführt zu haben. Sehr ruhig und sehr zurückgezogen.

»Die Nachbarn?«, fragte die Staatsanwältin.

»Wir wollen im Tagesverlauf mit ihnen sprechen«, versicherte Kommissar Stigman ihr. »Das hat momentan nicht oberste Priorität.«

»Ich verstehe«, sagte die Staatsanwältin.

»Danke, Inspektor Borgsen«, sagte Stigman. »Irgendwelche Kommentare bis hierher? Kommentare?«

Weil sämtliche Anwesenden der Meinung waren, nach eigenem Ermessen nachlesen zu können, blieben alle still.

»Ausgezeichnet«, erklärte Stigman. »Bitte, weiter Inspektor Borgsen. Die Ehefrau, danke. Die Ehefrau.«

Über die vermutliche Witwe ließ sich Folgendes sagen.

Karin Sylwander wurde 1980 in Rasbokil nahe Uppsala geboren. Keine lebenden Geschwister, aber einen älteren Bruder, der allerdings an Krebs starb, als Karin zwölf war. Abitur 1999 an der Kathedralschule in der Universitätsstadt, danach zwei Jahre an verschiedenen Schauspielschulen in Stockholm und wahrscheinlich ein etwas ungeordneter Lebensstil. Einzelne Rollen an kleineren Theatern. Zwei kleine Filmrollen. 2003 ging sie nach Uppsala zurück, und nach einer Reihe von Arbeitsstellen – vor allem bei Versicherungen, wo sie auch eine gewisse kaufmännische Ausbildung absolvierte – arbeitete sie ab Herbst 2007 für die Swedbank. Bevor sie Runge kennenlernte, war sie nie verheiratet gewesen und hatte auch keine Kinder. Dagegen hatte sie zweimal längere Zeit mit Männern zusammengelebt, zum einen mit einem Thomas Holgersson (Versicherungsjurist bei Trygg Hansa) zwischen 2003 und 2006, zum andern mit einem Alexander Johansson (Unternehmer) von 2006 bis 2009. Letztere Beziehung dürfte sie erst kurz vor Beginn ihres Verhältnisses mit Albin Runge beendet haben. Nach der Heirat mit Runge im Februar 2010 kündigte Karin Sylwander ihre Stelle bei der Swedbank. Und im selben Jahr zog das Ehepaar dann wie gesagt nach Kymlinge. Ihre Eltern lebten beide noch und wohnten nach wie vor in Rasbokil. Eine Großmutter und diverse Verwandte gehörten ebenfalls der Schar der Lebenden an.

Das war es. Natürlich alles andere als vollständig, was Sorgsen gerne zugab, aber eine Grundlage, auf deren Basis man weiterarbeiten konnte. Wenn es sich als notwendig erweisen sollte.

»Es lässt sich zum jetzigen Zeitpunkt noch nicht beurteilen, was notwendig und nicht notwendig ist«, erklärte Kommissar Stigman pädagogisch. »Das lässt sich nicht beurteilen.«

An diesem Punkt der Besprechung merkte Inspektor Barbarotti, dass er Probleme hatte, sich wach zu halten, und bereute, dass er die letzten Tropfen Kaffee losgeworden war, indem er sie aus dem Fenster geschüttet hatte.

Es muss irgendwie an Sorgsens Stimme liegen, dachte er. Sie hat exakt die gleiche Tonart wie die Belüftungsanlage.

32

Im Laufe des Montags wurde noch einiges mehr über das Ehepaar Albin Runge/Karin Sylwander bekannt.

Zum Beispiel, dass sie so gut wie keinen Kontakt zu ihren Nachbarn im Strandvägen gehabt hatten, weder zu Familie Stenwall im Norden noch zu den Rosanders im Süden. Ebenso wenig zu dem neunzigjährigen Algot Olsén, der alleine in dem Haus zur Olaigatan hin wohnte und durch dessen verwilderten Garten das Ehepaar zu dem wartenden Taxi gegangen war, als es vor fünf Tagen vor den wachsamen Augen der Polizei davongelaufen war.

Göran Stenwall erklärte, das kürzlich eingezogene Ehepaar sei immer höflich und nett gewesen und habe keine übereifrigen Ansichten zu der Fliederhecke gehabt, die ihre Grundstücke voneinander trennte und ein Zankapfel mit den früheren Besitzern gewesen sei. Man pflege jedoch keinen näheren Kontakt, er habe noch nie einen Fuß in das Nachbarhaus gesetzt, seine Frau auch nicht. Was im Übrigen auch umgekehrt gelte.

Aber gesittete und zivilisierte Menschen, das sei die Hauptsache, vor allem in dieser Zeit.

Die Eheleute Rosander waren der gleichen Auffassung. Sie hätten Karin Sylwander einmal einen Gartenschlauch ausgeliehen und ihn zwei Stunden später zurückbekommen, und hätten an der guten Nachbarschaft nichts zu kritisieren.

Außerdem habe eines ihrer Enkelkinder einmal einen Fußball zu Runge/Sylwander hinübergekickt, ihn aber ohne Komplikationen oder Proteste zurückgeholt. Es gebe also nicht den geringsten Grund, sich zu beklagen.

Ebenfalls bestätigt wurde an diesem Montag, dass das Ehepaar ausschließlich über gemeinsame Konten verfügte und finanziell gut dastand. Die beiden hatten eine ansehnliche Summe Geld in einige Unternehmen investiert, die in verschiedenen Ländern wohltätige Projekte durchführten, und das gemeinsame private Vermögen betrug am einunddreißigsten Dezember 2012 grob gerechnet achtzehn Millionen Kronen. Hinzu kam das Haus, das über den Daumen gepeilt um die sechs Millionen wert war.

Insgesamt machte das vierundzwanzig Millionen. Was man mit der Summe vergleichen konnte, die Runge gut fünf Jahre zuvor von seinen Eltern geerbt hatte: knapp einundvierzig Millionen. Die finanziellen Verhältnisse des Ehepaars waren zwar noch nicht abschließend durchleuchtet worden, dennoch stachen einem zwei Dinge ins Auge. Zum einen war für Albin Runge eine Lebensversicherung über fünf Millionen Kronen abgeschlossen worden – und zwar erst Ende Februar und mit der Witwe als Begünstigter. Zum anderen waren seit dem Jahreswechsel, mit anderen Worten in weniger als drei Monaten und bei verschiedenen Gelegenheiten, schwer nachzuvollziehende Überweisungen über insgesamt fast vier Millionen Kronen vom gemeinsamen Konto der Eheleute bei der Handelsbank getätigt worden. Auf ihren drei gemeinsamen Konten belief sich das Guthaben jetzt, Ende März 2013, auf exakt 15 290 775 schwedische Kronen.

Hinzu kamen gut zweieinhalb Millionen in Form von diversen Rentenversicherungen. Kein kleiner Betrag, aber deutlich weniger als noch zwei Jahre zuvor.

»Verdächtig«, kommentierte Eva Backman, als Barbarotti und sie eine Weile in ihrem Büro gesessen und versucht hatten, den Finanzbericht zu verstehen, den Inspektor Toivonen schwarz auf weiß präsentiert hatte. »Aber Geld, das sich zu mehr als einer Million anhäuft, finde ich immer verdächtig.«

»Es wirkt verdächtig, weil es verdächtig ist«, bemerkte Barbarotti. »Da sind mir Hunderter oder Zweikronen- und Fünfzigöremünzen lieber. Da weiß man, wovon man redet.«

»Zweikronen- und Fünfzigöremünzen gibt es nicht mehr«, klärte Eva Backman ihn auf. »Man rundet auf drei Kronen auf. Oder wird auf zwei abgerundet?«

»Ist das so?«, sagte Barbarotti. »Tja, du hast sicher recht. Aber eins begreife ich immerhin, dass diese Lebensversicherung genau rechtzeitig abgeschlossen wurde. Fünf Millionen Kronen auf einen Schlag… nicht schlecht!«

»Es gab vielleicht einen guten Grund, eine zusätzliche Versicherung abzuschließen«, erwiderte Backman. »Wenn man die Morddrohungen bedenkt. Glaubst du, die Versicherung ist über dieses unbedeutende Detail informiert worden?«

»Ich setze zweifünfzig darauf, dass sie davon nichts erfahren hat«, sagte Barbarotti. »Aber was hast du für ein Gefühl hierbei? Ganz allgemein, meine ich. Zum Beispiel bei *schwer nachzuvollziehende Überweisungen* in Höhe von vier Millionen Kronen. Ist es vielleicht an der Zeit, die Witwe hierherzubestellen und um Erklärungen zu bitten?«

»Toivonen möchte vorher noch etwas Zeit für Recherchen haben«, sagte Backman. »So habe ich ihn jedenfalls verstanden. Aber morgen Nachmittag müsste es gehen.«

»Ich bespreche das mit ihm«, sagte Barbarotti und stand auf. »Er, du und ich vielleicht? Und dann sie. Drei gegen eine?«

»Klingt wie eine gute Konstellation«, sagte Backman. »Meldest du dich bei unserer Witwe?«

»Mache ich«, versprach Barbarotti. »Ich denke ehrlich gesagt, ich fahre mal bei ihr vorbei. Um zu schauen, wie es ihr geht und so.«

»In Ordnung«, sagte Eva Backman. »Ich spreche mit unserem Häuptling, damit er sich nicht übergangen fühlt.«

Der Witwe ging es den Umständen entsprechend gut.

Zumindest soweit Gunnar Barbarotti es beurteilen konnte. Sie bat ihn in das schöne Pommersteinhaus hinein und fragte, ob sie ihm eine Tasse Kaffee anbieten könne, und weil Barbarotti war, wie er war, nahm er das Angebot dankend an. Obwohl er seit dem Morgen schon fast zehn Tassen getrunken hatte.

Sie setzten sich in die Küche, weil dort der Kaffee gekocht wurde. Weiße Schränke und gebürstete Edelstahlflächen, und Karin Sylwander trug Kleider, die aussahen wie eine Kampfsportmontur. Eine weite schwarze Hose und eine weite schwarze Jacke mit einem roten Gürtel. Barfuß.

Japanisch, dachte Barbarotti. Seltsam, dass sie mir nicht eher Tee als Kaffee angeboten hat, aber der Schein trügt ja manchmal.

»Ich wollte eigentlich nur kurz bei Ihnen vorbeischauen, um zu hören, wie es Ihnen geht«, sagte er. »Sie haben ja Schweres durchgemacht. Außerordentlich Schweres.«

»Es hat mir gutgetan, nach Hause zu kommen«, sagte Karin Sylwander. »Ich habe diese Nacht tatsächlich ein paar Stunden geschlafen. Aber das Aufwachen hat keinen Spaß gemacht.«

»Das kann ich mir vorstellen«, meinte Barbarotti. »Ja, so etwas braucht Zeit. Wie sieht es aus, haben Sie Kontakt zu einem Psychologen oder Therapeuten? Normalerweise, meine ich.«

Sie schüttelte den Kopf. »Nein, ich glaube … ich glaube, damit warte ich noch etwas.«

»Das entscheiden Sie am besten selbst«, sagte Barbarotti. »Ein Freund oder eine Freundin, mit der Sie reden können?«

»Oh ja, ich habe jemanden zum Reden. Haben Sie … ich meine, haben Sie ihn gefunden?«

»Nein, wir haben ihn nicht gefunden. Und es ist vielleicht besser, darauf gefasst zu sein, dass wir ihn auch nicht finden werden. Es kann jedenfalls dauern.«

Sie nickte und senkte den Blick. Tupfte einen Krümel von der glänzenden Tischplatte auf.

»Aber wir müssen uns noch einmal mit Ihnen unterhalten«, fuhr Barbarotti fort, nachdem er an seinem Kaffee genippt und einige Sekunden gewartet hatte. »Das verstehen Sie doch sicher?«

Sie nickte.

»Ich wollte Ihnen vorschlagen, morgen Nachmittag zu uns ins Präsidium zu kommen. Meinen Sie, das geht, oder ist es Ihnen lieber, wenn wir zu Ihnen kommen?«

Sie zögerte, aber nur kurz. »Ich komme ins Präsidium. Selbstverständlich. Um wie viel Uhr?«

»Um zwei vielleicht?«, schlug Barbarotti vor. »Wir nehmen Sie dann im Foyer in Empfang.«

Sie nickte. Zog ein Taschentuch aus der schwarzen japanischen Jacke und putzte sich die Nase. »Okay. Geht in Ordnung. Darf ich fragen … arbeiten viele daran, dass Albin … dass Albin vermisst wird?«

»Oh ja«, versicherte Barbarotti ihr. »Ein ganzer Haufen Polizisten. Wir werden bestimmt Licht in die Sache bringen, auch wenn es vielleicht eine Weile dauert.«

»Haben Sie irgendwelche Hinweise? In dieser Gruppe, meine ich …«

»Wir haben gewisse Anhaltspunkte«, sagte Barbarotti.

Was für eine selten dämliche Antwort, dachte er. Anhaltspunkte? Welche verfluchten Anhaltspunkte denn?

»Wird es in den Zeitungen stehen? Ich weiß, dass sie eine kleine Notiz gebracht haben… aber es ist offenbar gar nicht so ungewöhnlich, dass Menschen zwischen Schweden und Finnland verschwinden.«

»Hm, nun ja«, begann Barbarotti tastend. »Große Schlagzeilen hat es bis jetzt nicht gegeben, und wir haben uns fürs Erste entschieden, den Hintergrund nicht publik zu machen, werden das aber vermutlich morgen tun. Und am Donnerstag kommt der Fall dann wahrscheinlich ins Fernsehen. In einer dieser Sendungen über unaufgeklärte Kriminalfälle, Sie wissen schon. Danach dürfte es in allen Medien große Beiträge geben, damit sollten wir wohl rechnen. Aber in einem Fall wie diesem dürfte es leider der beste Weg sein.«

»Sie wollen Hinweise aus der Bevölkerung bekommen?«

»Ja. Manchmal muss man die Nachteile einfach in Kauf nehmen… wenn Sie verstehen, was ich meine?«

Sie seufzte und strich eine Haarsträhne hinter ihr Ohr. »Ich verstehe genau, was Sie meinen.«

»Also schön«, sagte Barbarotti. »Dann halten wir fest, dass Sie morgen um vierzehn Uhr zu uns kommen. Übrigens, bevor ich gehe… im Laufe des letzten halben Jahres sind von Ihrem gemeinsamen Bankkonto offenbar einige ungewöhnlich hohe Summen überwiesen worden. Anscheinend an einen unbekannten Empfänger. Haben Sie eine Ahnung, wofür dieses Geld bestimmt gewesen ist? Ich weiß nicht, wer diese Transaktionen getätigt hat, Sie oder Ihr Mann, aber das erfahren wir sicher mit der Zeit von der Bank…«

Sie hob eine Augenbraue und senkte sie wieder.

»Ich weiß es ehrlich gesagt nicht«, sagte sie. »Albin muss

diese Beträge überwiesen haben. Mir ist es erst vor ein paar Tagen aufgefallen. Sie denken doch nicht, dass er ...?«

»Dass er was?«

»Dass er erpresst worden ist? Von diesem Nemesis?«

Erpresst?, dachte Inspektor Barbarotti, als er wieder im Auto saß. Nun, das war natürlich denkbar. Aber wenn man seinem Erpresser vier Millionen zahlt, sollte es einem dann nicht erspart bleiben, in einem kalten Meer zu landen?

33

Polizeianwärter Kavafis war ehrgeizig.

Es lag nicht daran, dass er ein Namensvetter des großen Dichters war, es hatte andere Gründe. Im Übrigen war sein Vorname Erik, er war ein Einwandererkind der zweiten Generation, wie man so sagt, und seine Eltern hatten versucht, ihn so schwedisch zu machen, wie es nur ging.

Die Ausbildung zum Polizisten hatte er mit Bravour bestanden und nun seine erste Stelle als Kriminalanwärter im Präsidium von Kymlinge angetreten. Es war sogar sein erstes Ermittlungsverfahren; es ging um einen Einundvierzigjährigen, der von einer Fähre zwischen Turku und Stockholm verschwunden war. Kavafis war natürlich nur am Rande an den Ermittlungen beteiligt, um zuzuschauen und zu lernen, und sein Betreuer, ein etwas eigenartiger Inspektor namens Barbarotti (mit dem Vornamen Gunnar, da hatten sie eine unerwartete Gemeinsamkeit) hatte ihn gebeten, einen Tag lang nach einer Nadel im Heuhaufen zu suchen.

Bildlich gesprochen.

»Du hast freie Hand«, hatte er gesagt. »Lies dir durch, worum es geht und versuche, irgendetwas Wichtiges in Inspektor Sorgsens… ich meine Borgsens… Material zu finden. Und dann haben wir hier noch die Listen, die von dem Unglück 2007 und die Passagierliste der Fähre. Wenn du Zusammenhänge findest oder etwas, das irgendwie von Bedeutung sein könnte, bekommst du einen Orden siebter Klasse und einen freien Nachmittag.«

Da Erik Kavafis den Plan verfolgte, in fünfundzwanzig Jahren zum Landespolizeichef ernannt zu werden (oder eher in sechsundzwanzig, passend zu seinem fünfzigsten Geburtstag), nahm er diese Aufgabe und Herausforderung sehr ernst.

Es dauerte gut acht Stunden, bis er die Nadel fand, und als er das Präsidium an diesem windigen und regnerischen Montag verließ und den Sattel seines Fahrrads trockenwischte, schlugen die Kirchenglocken in Sankt Sigfrid halb zehn.

Er fragte sich, ob seine kleine Entdeckung irgendeine Bedeutung in einem größeren Zusammenhang haben würde, aber das zu beurteilen, war nicht seine Sache. Vielleicht würde ihnen damit ein Durchbruch gelingen, vielleicht auch nicht. Aber ihm gefiel der Begriff: *Durchbruch*.

Jedenfalls beschloss er, sich eine Notiz zu machen, sobald er zu Hause war. Eine interessante Episode für das erste Kapitel seiner Memoiren, die erscheinen sollten, wenn er seinen Posten als Landespolizeichef nach zwölf erfolgreichen Jahren abgab.

Es soll keiner behaupten, dass ich ein Tagträumer bin, dachte Erik Kavafis. Ich plane nur gern ein bisschen.

»Alexander Johansson?«, sagte Inspektor Barbarotti. »Aha?«

Sie saßen im Büro des Inspektors. Es war Viertel nach neun am Dienstagmorgen. Der Inspektor hatte ihm eine Tasse Kaffee angeboten. Erik Kavafis mochte keinen Kaffee, machte an diesem Morgen aber eine Ausnahme.

»Ja, genau«, sagte er. »Im Januar 2010 hat er seinen Namen in Rendell geändert.«

»Aha?«, wiederholte der Inspektor, ohne sonderlich beeindruckt zu klingen.

Ein Kandidat für den Nobelpreis ist er ganz offensichtlich nicht, dachte Kavafis. Aber das kann man wohl auch nicht verlangen. Als er jung war, konnte jeder Esel Polizist werden.

»Alexander Johansson hat mit der Witwe zusammengelebt«, erläuterte Kavafis. »Also mit Karin Sylwander … zwischen 2006 und 2009. Laut Inspektor Borgsens Zusammenstellung.«

Inspektor Barbarotti nickte, nippte an seinem Kaffee und schnitt eine Grimasse. Wenn selbst er die Brühe nicht trinken kann, was soll ich dann machen, dachte Kavafis.

»Und Alexander Rendell, der also dieselbe Person ist, war unter den Passagieren.«

»Im Bus?«

»Nein, auf der Fähre. Das Busunglück ist 2007 gewesen, damals gab es noch keinen Alexander Rendell. Zumindest keinen, der früher Johansson hieß.«

»Du meinst, dass …«

»Dass ein früherer Lebensgefährte von Runges Frau auf der Fähre gewesen ist. Ja, das ist es, was ich gefunden habe. Nicht viel vielleicht, aber ich fand es erwähnenswert.«

Inspektor Barbarotti betrachtete ihn einige Sekunden ernst und schien über die Information nachzudenken, die er soeben erhalten hatte.

»Gut«, sagte er dann. »Sogar ganz ausgezeichnet. Was habe ich dir versprochen?«

»Einen Orden und einen freien Nachmittag«, erklärte Kavafis. »Aber ehrlich gesagt interessiert mich weder das eine noch das andere. Eine neue Aufgabe würde mir besser gefallen.«

Daraufhin lächelte der eigenartige Kriminalinspektor.

»Das kann alles Mögliche bedeuten«, meinte er zehn Minuten später zu Eva Backman. »Aber ich ziehe es vor zu denken, dass es nicht nichts bedeutet.«

Eva Backman brauchte eine Sekunde, um zu verstehen, was Barbarotti zu denken vorzog. Dann stimmte sie ihm zu, allerdings mit einem Einwand.

»Du hast vermutlich recht, jedenfalls müssen wir das bei unserer Arbeit voraussetzen. Aber …«

»Ja?«

»Was ich meine, ist, wie machen wir damit weiter? Ihr früherer Lebensgefährte? Es ist doch nicht selbstverständlich, dass wir … hm?«

Sie verstummte und biss sich auf die Lippe.

»Versuch mal, diesen Gedankengang abzuschließen«, sagte Barbarotti. »Er hat eigentlich ganz vielversprechend angefangen.«

»Danke. Nun, mir ist der Gedanke gekommen, dass es vielleicht nicht schaden könnte, wenn wir uns vorerst noch zurückhalten. Sie zum Beispiel heute Nachmittag nicht direkt darauf ansprechen. Stattdessen sollten wir Alexander ehemals Johansson zuerst etwas genauer unter die Lupe nehmen … übrigens Rendell, ist das nicht eine alte englische Krimiautorin? Allerdings mit einer anderen Betonung.«

»Der Name kommt mir bekannt vor«, gab Barbarotti zu, ohne wirklich überzeugt zu klingen. »Aber okay, ich verstehe, was du meinst. So machen wir es, man muss seinen Trumpf ja nicht gleich als Erstes ausspielen.«

»Wenn es ein Trumpf ist«, sagte Eva Backman.

»Das werden wir herausfinden«, sagte Barbarotti. »Überlass das mir, vielleicht lass ich mir auch vom jungen Kavafis helfen. Er macht einen guten Eindruck.«

»Kavafis? Ist das nicht auch ein Schriftsteller?«

»Na, dann passt das doch ganz gut«, erklärte Barbarotti. »Und vergiss nicht, dass dieser Passagier nicht nichts bedeutet.«

»Ich werde es im Hinterkopf behalten«, sagte Eva Backman. »Aber jetzt musst du mich in Ruhe lassen, ich habe ein paar wichtige Dinge zu erledigen.«

»Ach wirklich? Was denn zum Beispiel?«

Er bekam keine Antwort, es sei denn, ein diskretes Küsschen auf die Wange zählte als Antwort.

Die Vernehmung Karin Sylwanders am Dienstagnachmittag dauerte eine Stunde, und es kam dabei wenig Neues heraus. Barbarotti und Backman stellten die Fragen, Kommissar Stigman saß in einem anderen Zimmer, hörte zu und beobachtete.

Da man beschlossen hatte, nicht auf die finanziellen Fragen einzugehen (und den Schiffspassagier Rendell/Johansson nicht zu erwähnen), sparte Inspektor Toivonen sich den Termin, stand aber bereit, bei anderer Gelegenheit zu ihnen zu stoßen. Auch Sorgsen nahm nicht teil, weil er alle Hände voll zu tun hatte, die geplanten Gespräche mit den überlebenden Busreisenden vom März 2007 zu organisieren.

Barbarotti und Backman konzentrierten sich auf die Zeit vor Runges Verschwinden. Die Tage und Stunden. Was das Ehepaar getan hatte, wo die beiden sich aufgehalten hatten, ob es irgendwann, in irgendeiner Form, Hinweise darauf gegeben hatte, dass sie beschattet wurden, mit wem sie gesprochen hatten, Nachbarn und andere, Menschen im Dienstleistungsbereich … und so weiter. Karin Sylwander beantwortete bereitwillig alle Fragen und erweckte den Eindruck, der Polizei so behilflich sein zu wollen, wie es nur ging.

Und warum sollte sie das auch nicht sein? Die vierundzwanzig Stunden auf der Fähre versuchten Backman und Barbarotti, mehr oder weniger Stunde für Stunde durchzugehen, aber das Ergebnis war einigermaßen mager. Nachdem die Eheleute an Bord gegangen waren, hatten sie ihre Kabine bezogen, eine Runde gedreht, um sich mit dem Schiff vertraut zu machen, und anschließend im À-la-carte-Restaurant zu Abend gegessen, wo sie ein paar Worte mit dem Ehepaar aus Västerås am Nachbartisch gewechselt hatten. Nach dem Essen hatten sie einen Drink in einer der Bars genommen, waren zu ihrer Kabine zurückgekehrt und zu Bett gegangen. Da war es ungefähr Viertel vor elf gewesen. Karin Sylwander erklärte, sie habe die ganze Nacht gut geschlafen und sei sicher, dass dies auch für ihren Mann gegolten habe. Am nächsten Tag, auf der Rückfahrt nach Stockholm, frühstückten sie, dann Kabine, danach ein spätes Mittagessen, danach Kabine … und irgendwann war Albin Runge dann eingefallen, dass er eine Flasche Whisky im Tax-free-Shop kaufen wollte.

Was er auch tat, um nie mehr zurückzukehren. Vielleicht hatte er es aber auch gar nicht bis zu dem Laden geschafft, diese Frage würde sich erst klären lassen, sobald ihnen die Informationen zu seinen Bankkarten vorlagen.

Denn er hatte den Schnaps doch nicht bar bezahlt?

Möglich, aber sehr unwahrscheinlich, meinte seine Frau.

Irgendwelche Personen an Bord, die ihr besonders aufgefallen waren? Weil sie sich merkwürdig verhielten oder auf andere Art herausstachen?

Nein.

Bekannte Gesichter?

Nein.

Ihr war im Nachhinein nichts eingefallen?

Nein.

Hatten sie über Nemesis gesprochen?

Nein, sie hatten das Thema bewusst gemieden.

Was hatten sie in all den Stunden in ihrer Kabine gemacht?

Am Vormittag hatten sie Sex. Am Nachmittag hatten sie Bücher gelesen.

Welche Bücher?

Sie einen Roman von einer Französin, deren Name ihr entfallen war… Vigan vielleicht? Er irgendetwas Dickes über Martin Luther.

In den letzten zehn Minuten der Vernehmung wechselten Backman und Barbarotti das Thema und konzentrierten sich auf die Briefe von Nemesis und die Drohungen. Doch auch dabei kam nichts heraus, was sie nicht schon wussten. Karin Sylwander erklärte, sie habe sehr emotional darauf reagiert, dass ihr Mann beschlossen hatte, ihr von einigen Briefen nichts zu erzählen, aber dass sie mit der Zeit verstanden und akzeptiert habe, dass er nur versucht habe, die Unannehmlichkeiten von ihr fernzuhalten. Auf die Frage, warum sie selbst wohl einen Brief bekommen habe – was auch dazu führte, dass Albin Runge die Karten auf den Tisch legen musste –, wusste sie keine eindeutige Antwort zu geben. Vielleicht habe Nemesis sie irgendwie in die Drohungen einbeziehen wollen, aber es könne auch einen anderen Grund gegeben haben. Zum Beispiel reiner Zufall, es gebe ja durchaus Anzeichen dafür, dass der Briefschreiber (und Anrufer) manchmal etwas impulsiv agiert habe. Dass es am Anfang vielleicht keinen wirklich durchdachten Plan gegeben habe.

Aber das seien alles nur reine Spekulationen.

Ging ihr noch etwas durch den Kopf, was bisher nicht angesprochen worden war?

Nein, da fiel ihr nichts ein.

Fragen?

Im Moment nicht.

»Ja, was soll man dazu sagen?«, lautete Kommissar Stigmans treffsichere Frage, als Karin Sylwander den Heimweg angetreten hatte. »Was sagt man?«

»Man sagt, dass uns ganz offensichtlich kein Durchbruch gelungen ist«, erwiderte Inspektorin Backman. »Aber etwas anderes war vielleicht auch nicht zu erwarten, oder?«

»Eine gefasste Dame. Gefasst.«

»Ja«, sagte Backman. »Zumindest äußerlich. Sie weiß sich zu benehmen.«

»Hm, ja«, sagte Stigman. »Wohl wahr.«

»Wie läuft es bei Sorgsen?«, warf Barbarotti ein, um das Thema zu wechseln.

»Inspektor Borgsen fährt morgen nach Stockholm«, sagte Stigman. »Er ist auf die Hilfe der dortigen Kollegen angewiesen, wenn sechzig Menschen befragt werden sollen. Ungefähr vierzig wohnen noch in der Stadt, mit denen fangen wir an. Wir reisen zusammen, ich muss mich ja auch noch um diese Fernsehsendung kümmern. Also fahren Borgsen und ich zusammen.«

»Ich verstehe«, sagte Eva Backman. »Na, wenn wir die Geschichte ins Fernsehen bringen, wird das bestimmt große Auswirkungen haben.«

»Sehr große«, stimmte Stigman ihr zu und rückte seine Krawatte gerade. »Und viel Arbeit machen, sobald die Hinweise angenommen und ausgewertet werden müssen. Freie Tage könnt ihr vorerst vergessen. Ich habe aus gegebenem Anlass für ein paar Tage Verstärkung angefordert. Vier Beamte aus Göteborg, sie kommen am Freitag. Verstärkung!«

»Sehr gut«, sagte Barbarotti. »Reicht es dann vielleicht, wenn wir regulären Ermittler nur noch zwölf Stunden am Tag arbeiten?«

»Mach dir keine falschen Hoffnungen«, antwortete Stigman. »Hier gilt es, Himmel und Erde in Bewegung zu setzen. Himmel und Erde.«

Und alles dazwischen, seufzte Eva Backman innerlich.

34

Die Auswirkungen waren größer als erwartet.

Das Programm hieß *Krimi-Journal* und lief in einem der kleineren privaten Fernsehsender. Es wurde am Mittwoch aufgenommen und am folgenden Abend ausgestrahlt. Mit anderen Worten Gründonnerstag; ungefähr zu der Zeit, als Jesus mit seinen Jüngern das letzte Abendmahl einnahm, schoss es Barbarotti durch den Kopf, als er sich in der Villa Pickford mit Eva Backman und zwei Jugendlichen vor den Fernseher gesetzt hatte.

Allerdings zweitausend Jahre später.

»Warum hat euer Chef eine orange Krawatte an?«, erkundigte sich der eine Jugendliche.

»Orange ist ungewöhnlich«, antwortete Barbarotti. »Krawatte ist Standard. Aber still jetzt, wir wollen hören, wie er den Fall präsentieren möchte.«

Aber die Art der Präsentation stand im Grunde von vornherein fest. Die Moderatoren, ein Mann Mitte fünfzig und eine höchstens dreißigjährige Frau, hatten den Fall mit Hilfe von Bildern und dramatischer Musik fast zehn Minuten lang vorgestellt. Das Busunglück. Nemesis. Die Schutzmaßnahmen der Polizei. Die Flucht des Ehepaars vor diesen Maßnahmen. Die Fähre und das Verschwinden.

»Kommissar Stig Stigman von der Polizei in Kymlinge ist heute Abend bei uns«, erklärte der Moderator. »Sie leiten die

Ermittlungen im Fall Albin Runge. Was ist Ihr erster Kommentar zu diesem … wie man wohl sagen darf, recht spektakulären Fall?«

»Eigentlich ist jeder Fall auf seine Art einmalig«, antwortete Stigman, den Blick direkt in die Kamera gerichtet. »Aber es stimmt, dieser gehört zu den ungewöhnlicheren. Wir ermitteln in alle Richtungen und systematisch wie immer, und gehen davon aus, dass wir den Fall lösen können. Wir werden ihn lösen.«

»Vielleicht mit Hilfe der Zuschauer?«, schlug der Moderator vor.

»In diesem speziellen Fall sind wir tatsächlich auf Hinweise aus der Bevölkerung angewiesen«, fuhr Stigman fort und richtete den Blick nun auf die Moderatorin, die noch nichts gesagt hatte, auch wenn sie manche Bilder in dem einleitenden Abschnitt kommentiert hatte, und nun interessiert lächelte. »Es waren letzte Woche viele Menschen an Bord der Fähre, viele Passagiere und sicher viele, die Albin Runge und seine Frau gesehen haben … sicher viele.«

»Interessant«, fand der Moderator. »Und kompliziert, nehme ich an?«

Zwei Bilder von Runge. Zwei von Karin Sylwander. Eins, das beide zusammen zeigte. Zurück zu Stigman.

»An Komplikationen sind wir gewöhnt. Es ist schwierig, im Voraus zu wissen, was wichtig und was unwichtig ist. Sehr schwierig. Deshalb sind wir für alle Beobachtungen dankbar. Große und kleine. Der genaue Zeitpunkt für Runges Verschwinden konnte noch nicht festgestellt werden, aber vieles deutet darauf hin, dass er irgendwann am Samstag, also auf der Rückfahrt nach Stockholm, verschwunden ist.«

Einblendung von Telefonnummern und Mailadressen.

»Worauf konzentrieren Sie sich bei den Ermittlungen?«,

fragte die Moderatorin. »Steht die Gruppe der Busreisenden im März 2007 im Mittelpunkt Ihres Interesses? Glauben Sie, dass einer oder mehrere von denen, die bei dem Unfall ein Kind verloren haben, Nemesis ist?«

»Hm«, sagte Stigman und richtete einen kritischen Blick auf die Fragestellerin. »Es ist zu früh, um darauf einzugehen. Viel zu früh. Natürlich ist das eine Möglichkeit, aber damit die Ermittlungen nicht in die Irre laufen, muss man in alle Richtungen ermitteln und unvoreingenommen arbeiten. In alle Richtungen und unvoreingenommen.«

»Warum wiederholt er alles?«, fragte der eine Jugendliche auf der Couch.

»Damit wir dumpfen Bullen kapieren, was er meint«, antwortete Eva Backman. »Und jetzt hat er sich überlegt, dass die Fernsehzuschauer genauso schwer von Begriff sind wie wir.«

»Cooler Typ«, meinte der andere Jugendliche. »Er kommt bestimmt gut an. Mit seiner orangen Krawatte und allem.«

»Ihr werdet eine Menge halbverrückte Tipps bekommen, stimmt's?«, fragte der erste.

»Auch völlig verrückte«, versicherte Barbarotti ihm. »Dieses Jahr wird kein Ostern gefeiert, nur, dass ihr es wisst.«

»Das macht nichts«, sagte Jugendlicher zwei und gähnte. »Wir können ein paar Eier kochen und sie euch ins Präsidium bringen.«

Später, als viel Wasser den Berg hinabgeflossen war, rechnete jemand aus, dass knapp einhunderttausend Zuschauer die Sendung gesehen hatten. Die Zahl der Hinweise, die bei der Polizei eingingen, lag bei gut fünftausend. Ungefähr jeder zwanzigste Zuschauer verfügte mit anderen Worten über wichtige Informationen. Jedenfalls waren sie selbst dieser Meinung.

Im Präsidium von Kymlinge bestand die Zentrale für Hinweise (Mail oder Telefon) das gesamte Osterwochenende aus einem acht bis zehn Personen starken Stab – von Gründonnerstagabend, als das *Krimi-Journal* die Ziellinie erreicht hatte, bis einschließlich Ostermontag. Weder Barbarotti noch Backman saßen in der Zentrale, sie hockten stattdessen praktisch jede wache Minute in ihren Büros und nahmen den steten Strom von Hinweisen entgegen, die nach einem ersten Vorsortieren übrig blieben. Das Gleiche machten die Inspektoren Toivonen und Borgsen, Polizeianwärter Kavafis sowie die vier zusätzlichen Beamten von der Göteborger Polizei, zwei Männer, zwei Frauen.

Später, am Mittwoch oder Donnerstag der Woche nach Ostern, als Herr Chef Stigman von den Skihängen in Duved zurückgekehrt war und zwei der Göteborger den Heimweg angetreten hatten, fand eine längere Besprechung statt, und Gunnar Barbarottis späterer Erinnerung nach gab es zu diesem Zeitpunkt ungefähr hundert Hinweise, die der Mühe wert erschienen, weiterverfolgt zu werden. Aber eigentlich nur drei, die wirklich herausstachen. Vielleicht auch vier. Jedenfalls, wenn Inspektor Barbarotti die Erlaubnis erhalten hätte, eine seriöse Einschätzung vorzunehmen, die er jedoch nicht erhielt.

Vier von gut fünftausend. Ganz gut.

Der erste kam von einem anderen Passagier der Fähre, einem gewissen Bertil »Berra« Bogren, sechsunddreißig, der an dem Tag mit einer Pokerrunde auf See war, vier anderen Männern im selben Alter, die aus ähnlichem Holz geschnitzt waren wie er. Gegen halb drei in der Nacht von Freitag auf Samstag war Berra Bogren aufs Deck hinausgegangen, um sich abzukühlen und zu rauchen. Während er windgeschützt stehend paffte, um die Balance zu halten mit einem Glas Bier in der zigarettenfreien Hand, hatte er aus den Augenwinkeln zwei Personen beobachtet, die ein Bündel schleppten, das sie mit vereinten Kräften ins Meer warfen, um anschließend wieder eilig ins Warme zu verschwinden.

Als man irgendwann untersuchte, wie viel Alkohol Berra Bogren konsumiert hatte, bevor er seine Beobachtung machte, kam man zu dem Schluss, dass er zwischen zwei und zweieinhalb Promille im Blut gehabt haben dürfte. Dennoch war er sich absolut sicher. Er hatte gesehen, was er gesehen hatte, besoffen oder nicht.

Bogrens Hinweis erlangte nach einer weiteren Woche der Ermittlungen eine gewisse Aktualität, als sich nach und nach herausstellte, dass man keinen einzigen Zeugen gefunden hatte, der sich auch nur halbwegs sicher war, die verschwundene Person auf der Rückfahrt nach Stockholm gesehen zu haben. Was darauf hindeutete … ja, auf was? Schwer zu sagen, aber das Fehlen solcher Zeugen musste einem durchaus zu denken geben.

Der zweite Hinweis, der eigentlich weniger ein Hinweis war, sondern eher eine längere Charakterisierung, kam von einem der Therapeuten, die Albin Runge nach dem Busunglück aufgesucht hatte: Arne Lindberg. Warum zumindest Barbarotti seine Aussage wichtig fand, wusste er nicht genau; vielleicht, weil sie eine Tür zu Runges Persönlichkeit öffnete und weil man in diesen Regionen mit der Zeit das finden sollte, was gemeinhin *die Erklärung* genannt wird. Vorerst war das aber natürlich nur eine diffuse Ahnung, und der Inspektor war schlau genug, sie nicht zur Diskussion zu stellen. Außer ansatzweise in seiner Privatsphäre bei der Kollegin, die ihm am meisten am Herzen lag.

Der dritte und, wie sich herausstellen sollte, wertvollste Hinweis, kam aus Karlstad. Angesichts der ernsten Lage beschloss Rechtsanwalt Helge Iwarsen, mit seinem Dokument persönlich nach Kymlinge zu reisen, um nicht zu riskieren, dass es verloren ging. Diese Vorsichtsmaßnahme wurde von der Staatsanwaltschaft genauso wie von der Polizeiführung sehr gelobt, weil die Ermittlungen ohne dieses Material wahrscheinlich ergebnislos geblieben wären.

Oder zumindest nicht zu dem Ergebnis geführt hätten, das am Ende vorlag.

Der vierte Hinweis stammte ebenfalls aus Karlstad. Zwölf Tage nach Ausstrahlung der Fernsehsendung rief ein Lehrer an, der Albin Runge Ende der achtziger Jahre in der Mittelstufe unterrichtet hatte. Und obwohl Barbarotti der Information intuitiv eine gewisse Bedeutung zumaß, blieb sie lange, allzu lange, lediglich als das in seinem Hinterkopf: eine Kuriosität, eine Illustration der unstillbaren Sehnsucht der Seele, der vielschichtigen Natur des Menschen, seiner Einsamkeit und seiner Fähigkeit, langwierige subtile Vorgänge wahrzunehmen und Schlüsse aus ihnen zu ziehen.

Sozusagen.

Oktober 2018

35

Eva Backman schloss den Ordner und kratzte sich am Kopf.

»Dieser erbärmliche Berra Bogren. Bist du sicher, dass er nüchtern war, als du ihn vernommen hast?«

Barbarotti blickte von einem anderen Ordner auf.

»Überhaupt nicht. Aber ich erinnere mich, dass er während unseres Gesprächs nicht getrunken hat.«

»Hervorragend«, sagte Eva Backman. »Es muss eine rote Linie geben. Was hältst du so viele Jahre später von ihm?«

Gunnar Barbarotti stemmte sich mühsam aus seinem Sessel und ging zum Fenster. Berra Bogren … ja, was sollte man da sagen?

Er blieb eine Weile stehen; es dämmerte und ein lautstarker Herbstwind fuhr durch die Baumwipfel. Er nahm an, dass es der vierundzwanzigste Oktober war, wahrscheinlich ein Mittwoch. Man verlor in dieser Gegend und unter den gegebenen Umständen leicht den Überblick über die Tage, darüber hatten sie mehrfach gesprochen. Dass Zeit und Raum und Ereignisse manchmal nur schwer in Einklang zu bringen waren. Eva hatte einen Jugendlichen erschossen, und jetzt, zwei Monate später, befanden sie sich in einem Haus in einem Kirchspiel auf Gotland, von dem keiner von ihnen je zuvor gehört hatte. Mit den Akten zu einem alten Fall, die in ihrem Haus gelandet waren, weil sie zwei Mal zufällig einem einsamen Radfahrer begegnet waren, einem Mann, der eine gewisse Ähnlichkeit hatte mit … und der vielleicht … vielleicht …

Er riss den endlos durchgekauten Gedankenfaden ab und wandte sich dem Raum zu, wo Eva Backman, umgeben von Ordnern und losen Blättern, unter einer Decke auf der Couch lag.

»Warum fragst du nach Berra Bogren?«

»Ich habe gerade eine der Vernehmungen mit ihm gelesen, und er hört sich wirklich seltsam an … ich glaube nicht, dass ich damals dabei gewesen bin.«

Sie öffnete den Ordner wieder und klopfte mit einem Stift aufs Papier.

»Er hat ja eine gewisse Bedeutung bekommen.«

Barbarotti nickte.

»Sicher. Aber gute Zeugen müssen nicht unbedingt intelligent sein und sich gut ausdrücken können. Es ist natürlich von Vorteil, wenn sie halbwegs nüchtern sind, aber man kann nicht alles verlangen.«

Eva Backman lachte. »Mag sein, aber hör dir das bitte mal an. Du fragst ihn, ob er mit seinen Freunden darüber geredet hat, was ihm aufgefallen ist, als er auf Deck gestanden und geraucht hat. Er antwortet, ich zitiere: *Nein, verdammt, diese Muttersöhnchen sehen doch nicht mal den Unterschied zwischen einer Pik zwei und ihren eigenen Eiern. Ich hab gesehen, was ich gesehen hab, und was zum Teufel soll man auch sonst mitten in der Nacht in die Brühe werfen außer einem, der abgekratzt ist? Wenn ich so darüber nachdenke, glaube ich, dass einer von ihnen gesagt hat … es war ein Typ, ja, hundert Pro ein Typ … so ungefähr, ja, jetzt sind wir ihn los. Ja, scheiße, stimmt, das hat er gesagt.* Was sagst du dazu? Mehr als zwei Promille im Blut, und auf einmal fällt ihm ein, dass er gehört hat, wie jemand redet. Die Vernehmung hat am zweiten April stattgefunden, zehn Tage nach dem Vorfall. Nach dem *möglichen* Vorfall, sollte man vielleicht sagen?«

Barbarotti zuckte mit den Schultern. »Berra Bogren war kein toller Zeuge, aber trotzdem wichtig. Was er gesehen haben wollte, passte zu dem anderen, und mehr war im Grunde nicht nötig. Oder?«

»Ja, ich weiß«, sagte Eva Backman. »Es hat die Theorie gestützt, von der wir damals ausgegangen sind. Zum Beispiel, was die Absurdität anging, nicht den Schutz der Dunkelheit zu nutzen, und dass …«

»… dass kein Schwein ausgesagt hat, Runge auf der gesamten Rückreise gesehen zu haben«, ergänzte Barbarotti. »Und selbst wenn niemand einen Grund hatte, ihn zu bemerken, war das mit dem Zeitpunkt wirklich seltsam. Ich meine, welchen Grund gab es, in dem Punkt zu lügen?«

Eva Backman dachte nach. »Die Weitergabe der Meldung vielleicht … also der Zeitpunkt dafür. Es war besser, wenn die Polizei nicht zu früh nach ihm suchte, oder? Wenn erst einmal alle die Fähre verlassen mussten … aber ich weiß nicht, ich habe es damals nicht verstanden und verstehe es bis heute nicht.«

»Es sei denn, wir hatten es zufällig mit einer Ehefrau zu tun, die uns die Wahrheit gesagt hat«, erwiderte Barbarotti. »Sie soll ja in bestimmten Fällen eine gewisse Bedeutung haben.«

»Die Wahrheit?«

»Ja.«

»Du meinst?«

»Ja.«

»Verdammt«, sagte Eva Backman. »Mach uns lieber ein Feuer, ich koche Kaffee.«

Eine Stunde später hatte sich die Dämmerung zu Dunkelheit verdichtet, und der Wind war stärker geworden. Er heulte um die Hausecken, diverse Baumzweige wischten über diverse Fenster, und laut Schwedischem Wetterdienst war für die mittlere und nördliche Ostsee eine Sturmwarnung ausgegeben worden. Orkanstärke in einzelnen Böen. In dem abgelegenen Haus in Valleviken hatte man jedoch seinen Kaffee genossen, und im Kamin knisterte ein munteres Feuer... wie es in Barbarottis und Backmans Erinnerung stets in englischen Kriminalromanen früherer Zeiten hieß. Auch wenn damals nicht unbedingt Kaffee getrunken worden war, sondern eher Tee oder Sherry.

Jedenfalls hatten sie ihre Lektüre wieder aufgenommen.

»Der Therapeut«, sagte Barbarotti und rieb sich die Augen. »Arne Lindberg, erinnerst du dich an ihn?«

»Ja, klar. Aber lies es mir ruhig vor, wenn du dein Sehvermögen nicht verloren hast. Statt deinen Fäusten solltest du lieber eine Lesebrille benutzen.«

»Ich weiß. Aber die liegt in Kymlinge.«

»Für hundert Kronen bekommst du an der Tankstelle eine neue«, klärte Eva Backman ihn auf. »Vielleicht sogar im Supermarkt?«

»Soll ich jetzt lesen oder nicht?«

»Lies, geliebter Blindfisch!«

Barbarotti räusperte sich und fing an.

»Ich zitiere... den Psychologen und staatlich geprüften Therapeuten Arne Lindberg über seinen Patienten Albin Runge: *Ich will nicht behaupten, dass er sich unter einer Schale verbarg, aber es gab etwas, das er nicht herausließ. Obwohl er fast während der gesamten Zeit, die ich mit ihm gearbeitet habe, an einer klinischen Depression litt und traumatisiert war, hatte er noch einen... ja, eine Art kleinen*

Raum in seiner Seele, in dem er seine Privatsphäre wahrte und verteidigte. Von Zeit zu Zeit habe ich durchaus an diese Tür geklopft, bin aber nie hineingelassen worden. Es war für ihn eine Art letzter Rückzugsort, wohin er sich wenden konnte, wenn der Gedanke, sich das Leben zu nehmen, übermächtig zu werden drohte. Ich frage mich, ob das jetzt bloß schwammiges Psychogeschwafel ist oder etwas, das wir ernst nehmen sollten?«

»Du meinst wohl eher, was wir *besser ernst hätten nehmen sollen?*«

»Egal. Was entnimmst du Lindbergs Analyse? Oder hör dir das an, es kommt fast im selben Atemzug: *Ein anderer Punkt ist, dass Runge nie über seine Kindheit sprechen wollte. Unabhängig davon, welche Schwerpunkte man als Therapeut setzt, sind die Fäden, die in die Kindheit zurückführen, wichtig. Viele Patienten haben manches aus ihrer Kindheit eingekapselt, eine bewährte Methode, um über schwere Erlebnisse hinwegzukommen. Man schließt die Tür zum Unangenehmen und versucht, so zu tun, als wäre es nie passiert. Für einen begrenzten Zeitraum mag das auch funktionieren, aber selten das ganze Leben. Ich vermute, dass es so etwas auch bei Runge gab, aber wir sind nie dazu vorgedrungen. Das Busunglück war der Ausgangspunkt für alles, als … ja, als hätte er davor nie ein Leben gehabt. Oder zumindest ein vollkommen anderes Leben.*«

Eva Backman dachte eine Weile nach und schüttelte den Kopf. »Ich weiß nicht, was du meinst … oder was der Therapeut meint. Soll Runges Kindheit eine Rolle dafür spielen, was passiert ist? Glaubst du wirklich, wir brauchen Freud, um weiterzukommen?«

»Schwer zu sagen«, murmelte Barbarotti. »Aber es ist ja nie ein Fehler zu versuchen, die Menschen zu verstehen …

aber weil du fragst: Ja, ich glaube tatsächlich, dass an dem, was der Therapeut sagt, etwas dran ist. Wir müssen auch noch diesen alten Lehrer heraussuchen, erinnerst du dich an ihn?«

Eva Backman nickte. »Natürlich, aber als er sich bei uns gemeldet hat, hatten wir da nicht schon Runges Notizen bekommen?«

»Genau. Und das ist ein Teil des Problems, denn auf einmal dachten wir, wir hätten die Lösung gefunden, und scherten uns nicht mehr darum, andere Dinge in Betracht zu ziehen. Ich glaube, es gab … oder *gibt* … etwas im tiefsten Inneren von Albin Runge, das wir nie verstanden haben. Es ist durchaus möglich, das Notizbuch anders zu deuten, als wir es getan haben. War nicht alles, was er schrieb, extrem … wie sagt man? … *ausgefeilt*?«

»Ausgefeilt? Ich dachte, wir hätten uns darauf geeinigt, dass es naiv war.«

»Das haben wir. Aber was ist, wenn es genau umgekehrt war?«

Eva Backman dachte nach. »Puh, diese Variante gefällt mir gar nicht. Ganz und gar nicht.«

»Mir auch nicht«, sagte Barbarotti. »Aber Runges Geschichte kann noch warten, morgen geht es erst einmal nach Fårö. Da sind wir uns doch einig, oder? Diesmal will ich nicht alleine losziehen.«

Eva Backman richtete sich auf der Couch auf. »Das bleibt dir erspart, das habe ich dir ja schon versprochen. Ich hoffe nur, der Wind lässt im Laufe der Nacht etwas nach.«

»Das tut er, ich habe mir den Wetterbericht angesehen.«

»Gut. Und wenn es wirklich einen Sinn haben soll, in Runges Charakter und Kindheit zu wühlen, dann … ja, dann hängt das, wenn ich recht sehe, von einem einzigen Punkt ab.«

»Wovon hängt es ab?«

Sie lachte. »Es hängt davon ab, ob ein gewisser Herr mit einem gewissen roten Fahrrad zum Beispiel Karl-Oskar Fransson heißt und sein ganzes Leben in Kalbjerga gewohnt hat, denn dann ist unser Psychogelaber reichlich sinnlos.«

»Große Geister spekulieren«, erwiderte Gunnar Barbarotti. »Das lässt sich nicht verhindern, es liegt in unserer Natur.«

»Halleluja«, sagte Eva Backman und schnitt eine Grimasse.

»Aber morgen finden wir ihn, das habe ich im Gefühl. Egal, ob er nun Kalle Fransson oder Albin Runge heißt.«

Eva Backman stand von der Couch auf. »Es wäre ziemlich dämlich von ihm gewesen, wenn er seinen Namen behalten hätte. Runge dürfte er heute also nicht mehr heißen. Aber jetzt sollten wir spazieren gehen.«

»Es ist ganz schön stürmisch und stockfinster«, wandte Barbarotti ein. »Wäre es nicht besser, wir würden etwas kochen?«

»Bis zum *Sjökrogen* und zurück, nicht weiter«, sagte Eva Backman. »Das schaffen wir. Wenn wir heute Abend noch ein paar Protokolle lesen wollen, müssen wir vorher ein bisschen Sauerstoff zwischen die Ohren bekommen.«

»Es hat vermutlich keinen Sinn, dass ich Einwände formuliere?«, sagte Barbarotti.

»Stimmt genau«, antwortete Backman.

36

Ein guter Plan muss nicht unbedingt genial sein, aber einfach.

Sie hatten ihn am Morgen skizziert; Eva Backman stand ihm ein wenig skeptisch gegenüber, gab aber nach. Es kam überhaupt nicht in Frage, den angeblich so misstrauischen Einheimischen die Wahrheit zu präsentieren; dass sie Polizisten waren, die privat Jagd auf einen Menschen machten, von dem man annahm, dass er vor vielen Jahren von einer Finnlandfähre ins Meer geworfen worden war. Ein Anruf bei der Polizei in Visby erschien ihnen derzeit nicht sonderlich wünschenswert. Und ein Gespräch der Polizei Visby mit der Kriminalpolizei in Kymlinge war noch weniger wünschenswert. Kommissar Stigman würde eine klare Meinung haben. Eine Meinung.

»*Under cover*«, fasste Barbarotti die Lage zusammen, als sie auf dem Weg nach Fårösund im Auto saßen. »Wir arbeiten ein bisschen wie Humphrey Bogart oder George Smiley. Wir sind auf der Suche nach deinem jüngeren Bruder, Vincent Backman, der vor sechs, sieben Jahren verschwunden ist. Du hast ihn so sehr vermisst, dass es dir das Herz bricht.«

»Ich glaube nicht, dass Bogart oder Smiley nach einem jüngeren Bruder suchen würden«, sagte Eva Backman. »Aber okay, ich bin dabei. Allerdings frage ich mich, warum er Vincent heißen muss?«

»Er hat seinen Namen nie gemocht«, erläuterte Barbarotti. »Deshalb hat er mit Sicherheit einen neuen angenommen, das ist ein Teil seiner... seiner Probleme. Also der Name. Kommst du mit?«

»Ich *spiele* mit«, sagte Eva Backman. »Vincent ist mein kleiner Bruder, zehn Jahre jünger als ich. Er hatte eine schwere Kindheit, ist in der falschen Gang gelandet, und als er ungefähr achtunddreißig war, ist er von einer Reise nach Indien nie zurückgekommen. Aber dann, eines Tages...«

»... eines Tages im August ruft dich eine alte Freundin an, die Urlaub auf Fårö gemacht hat. Sie erzählt dir, dass sie Vincent gesehen hat... zumindest glaubt sie das. Übrigens, das könnte ruhig eine Frau sein, mit der Vincent früher zusammen war... gut, nicht? Sagen wir, sie heißt Majken.«

»Majken? Kein Mensch heißt heutzutage noch Majken.«

»Heutzutage? Sie stammt aus Småland und ist fast fünfzig.«

»Okay«, seufzte Eva Backman. »Vincent und Majken. Kriegen wir wirklich noch die Fähre um zehn?«

Sie schafften es auf die Zehnuhrfähre, und um keine Gelegenheit auszulassen, zeigte Barbarotti die Fotos den Fährmännern.

Hieß es so? Fährmänner? Das hörte sich an, als käme es aus der Mythologie, und die gelbe Stahlfähre, die täglich Menschen und Güter zwischen Fårösund und Fårö transportierte, kam einem alles andere als mythologisch vor.

Aber egal. Die zwei grimmigen Männer auf der Kommandobrücke, der eine um die sechzig, der andere halb so alt, betrachteten die Bilder von Albin Runge mit verhaltener Skepsis. Vielleicht war auch Barbarotti selbst der Grund für ihre Skepsis; sie schienen wenig geneigt, ihm die Geschichte vom kleinen Bruder Vincent abzukaufen.

Andererseits war es genau das, was Barbarotti über die Menschen auf Fårö gehört hatte. Fremde, die Fragen stellten, wurden nicht gerade wie Heilsbringer empfangen. Als der große Regisseur noch in seinem Haus in Hammars lebte, schützten die Einheimischen ihn und seine Privatsphäre, indem sie neugierige Cineasten und Bewunderer in alle möglichen Richtungen schickten. Alle möglichen falschen Richtungen.

Und dass die beiden Fährmänner nur die Köpfe schüttelten und verlautbarten, dass sie den Burschen auf den Fotos noch nie gesehen hatten, ganz unabhängig davon, wie er hieß, war folglich nicht weiter verwunderlich. Als die Privatermittler bei Broa an Land rollten, erklärte Barbarotti außerdem mit unverdrossenem Optimismus, eine anfängliche Niete sei kein Grund, den Kopf hängen zu lassen.

»Wir nehmen den Weg über Ryssnäset«, erklärte er außerdem. »Ich möchte dir den Englischen Friedhof zeigen.«

»Gern«, sagte Eva Backman. »Stimmt, du hast mir von ihm erzählt.«

»Ich möchte dort auch ein Gebet sprechen«, ergänzte Barbarotti. »Um Erfolg bei unserem Vorhaben bitten.«

»Gute Idee«, meinte Eva Backman. »Wir können mit Sicherheit jede Hilfe gebrauchen.«

Der kleine Friedhof hatte sich nicht verändert, und die Schafe schienen dieselben zu sein wie beim letzten Mal. Barbarotti stellte sich in den Windschatten des kleinen Schafstalls und betete, während Eva Backman in den Wind auf dem Steinufer hinausging. Seit dem Vortag hatte er nachgelassen, war aber trotzdem noch frisch, und sie dachte, dass er vollkommen recht gehabt hatte. Es war ein besonderer Ort.

Und eine besondere Situation, schoss es ihr auf die gleiche

Art durch den Kopf wie bei ihren nächtlichen Überlegungen. Als wäre das Leben irgendwie kondensiert worden. Oder konzentriert. Vor zehn, zwölf Jahren war sie verheiratet gewesen und musste sich um drei Jugendliche kümmern. Mit denen sie Kämpfe ausfechten musste. Mann und Kinder waren mittlerweile ausgeflogen, und sie lebte mit einem Kollegen zusammen, den sie seit fast dreißig Jahren kannte. Wer hätte das geahnt?

Und heute, an diesem windigen, aber klaren Herbsttag Ende Oktober, befand sie sich plötzlich auf einem verlassenen Strand an einem Ort, dessen karge Natur sich selbst genug zu sein schien. Sich nicht im Geringsten für den Menschen und seine aufdringlichen Einfälle interessierte; in hundert Jahren würde sich hier nichts verändert haben, wenn es hoch kam, hatte das Meer die Steine ein wenig glatter geschliffen, aber dieselben flach kriechenden Kiefern würden entlang der Küste wachsen, und die englischen Soldaten aus dem neunzehnten Jahrhundert würden immer noch in ihren Gräbern liegen. Der Mensch braucht die Natur, aber die Natur braucht den Menschen nicht. Mit dem, was *die Geschichte* genannt wurde, verhielt es sich wahrscheinlich genauso. Mit der vergangenen Zeit. Den kurzen Jahren, die wir leben. Der Ewigkeit, in der wir tot sind.

Dann würde eine andere Frau hier stehen und ähnliches denken.

Bestimmt keine Frau, die einen Jugendlichen getötet hatte und deshalb im freiwilligen Exil war, aber andere Bürden in ihrem Gepäck hatte. Diesem Stein und dieser Möwe und dieser Krüppelkiefer bedeute ich absolut nichts, dachte Eva Backman und merkte, dass sie fror. Die Menschen sind verschieden, aber dennoch austauschbar.

Bevor die düsteren Gedanken sie übermannten, machte sie

auf dem Absatz kehrt und ging zu dem betenden Kriminalkommissar zurück.

Die Frau war dabei, die Fenster des Bergman-Zentrums zu putzen. Warum auch immer man ein halbes Jahr vor Saisonbeginn sauberes Glas benötigte?

Aber vielleicht fanden in dem Zentrum auch im Winter Veranstaltungen statt, warum nicht? Barbarotti blieb im Wagen, Eva Backman stieg aus.

»Entschuldigung. Darf ich Sie etwas fragen?«

Die Frau zog ihren Fensterwischer ein letztes Mal über die Scheibe und drehte sich um.

»Fragen darf man immer. Ob man eine Antwort bekommt, ist etwas anderes.«

Ein Lächeln legte sich auf ihr wettergegerbtes Gesicht. Mit Sicherheit im Rentenalter, dachte Eva Backman, obwohl die Bewohner Fårös dafür bekannt waren, wettergegerbt zu sein. Vielleicht ja auch schon in jungen Jahren.

»Ich bin in einer etwas seltsamen Angelegenheit unterwegs«, sagte sie. »Ehrlich gesagt bin ich auf der Suche nach meinem Bruder.«

»Ihrem Bruder?«

»Ja. Er ist schon ziemlich lange verschwunden, aber vor einiger Zeit dachte eine Freundin, sie hätte ihn hier auf Fårö gesehen.«

»Oh. Das war natürlich im Sommer.«

»Ja, im August.«

Sie zog die zwei Fotos aus dem Umschlag. Die Frau breitete die Hände aus.

»Wissen Sie, im Sommer ist alle Welt hier. Im Winter ist es anders … nun ja, im Herbst und Frühling auch.«

»Es könnte sein, dass er das ganze Jahr hier wohnt.«

Die Frau blinzelte und betrachtete die Bilder von Albin Runge. Ihre Kiefer mahlten.

»Sie sind viel hübscher als Ihr Bruder, das muss ich schon sagen. Obwohl er jünger ist als Sie.«

»Zehn Jahre«, erwiderte Eva Backman. »Die Frau, die ihn gesehen hat, behauptet, dass er mit einem roten Fahrrad unterwegs gewesen ist.«

»Mit einem Fahrrad«, sagte die Frau. »Wenn Sie mich fragen, hört sich das nach einem Touristen an … obwohl vielleicht … nein, ich weiß nicht.«

»Vielleicht?«, sagte Eva Backman.

»Sieht er heute so aus? Oder ist das ein altes Foto?«

»Er ist sieben Jahre älter als auf dem Bild. Meine Freundin meinte, er hätte einen Bart und lange Haare gehabt, als sie ihn gesehen hat. Sogar einen Pferdeschwanz.«

»Einen Pferdeschwanz?«

»Ja.«

»Hm.« Die Frau betrachtete die Fotos eine Weile und gab sie dann zurück. »Nein, tut mir leid. Aber ich sehe auch nicht mehr so gut … jedenfalls weit. Auf kurze Distanz bin ich ein Adler, deshalb lassen sie mich hier die Fenster putzen. Wenn man fünfundachtzig ist, kann es nicht schaden, ein bisschen zu arbeiten. Man hält den Körperapparat in Schwung.«

Sie klatschte sich auf den Po und lachte. »Nein, meine Liebe, jetzt muss ich wieder an die Arbeit gehen. Aber viel Glück mit dem kleinen Bruder! Wenn er auf Fårö ist, finden Sie ihn bestimmt.«

Fünfundachtzig, dachte Eva Backman, als sie wieder im Auto saß. Und ich habe sie auf siebzig geschätzt.

»Und?«, sagte Barbarotti.

»*Njet*«, erwiderte Backman. »Sie ist halbblind. Fahr weiter.«

Sie fuhren nach Stora Gåsemora hinauf, und weil sie zwei

Gestalten auf dem Vorplatz der großen Hotelanlage sahen, bogen sie ein.

Genauer gesagt handelte es sich um zwei Männer, die dort offenbar Fotos machten. Sie hatten ihren Mercedes vor dem Hotel geparkt, einem modernen Gebäude mit schmalen hohen Fenstern und spitzen Winkeln. Allerdings geschlossen, außer den beiden Fotografen war keine Menschenseele zu sehen.

Barbarotti und Backman hielten in gebührendem Abstand und sahen einander an.

»Also wenn das Einheimische sind, bin ich Japanerin«, sagte Eva Backman.

»Aber wenn wir schon einmal hier sind…«, sagte Barbarotti und stieg aus.

Eva Backman ließ ihr Seitenfenster herunter, blieb aber im Auto und beobachtete, wie Barbarotti zu den beiden Männern ging und es zu einem kurzen Gespräch kam. Die Entfernung war zu groß, um zu verstehen, was sie sagten, aber da die Bilder nicht aus dem Umschlag gezogen wurden, kam sie zu dem Schluss, dass keine Informationen zu bekommen waren, weder über den fiktiven Vincent Backman noch über Albin Runge.

Barbarotti kehrte nach zwei Minuten zu ihr zurück.

»Russen«, sagte er und drehte den Zündschlüssel. »Unglaublich. Und sie haben sich nicht gegenseitig fotografiert. Aber sie waren freundlich, und ihr Englisch war gut.«

»Oh«, sagte Eva Backman. »Putins Leute?«

»Was weiß ich«, erwiderte Barbarotti. »*We are sightseeing. Nice place*. So haben sie ihre Anwesenheit erklärt.«

»Und woher weißt du, dass es Russen sind?«

»Das habe ich gehört. Sie haben ein paar Worte gewechselt, bevor ich sie gestört habe.«

»Russen mit Kameras auf Fårö«, sagte Eva Backman. »Sollten wir den Staatsschutz anrufen? Früher durfte man sich hier nicht einmal aufhalten, wenn man kein schwedischer Staatsbürger war. Das habe ich gelesen.«

»Those were the days«, sagte Barbarotti. »Und ich glaube, sie kommen zurück. Aber jetzt vergessen wir die Verteidigungspolitik fürs Erste. Jetzt geht es zu Nyströms Lebensmittelladen, da wird es eine Spur zu deinem Bruder geben, da kannst du Gift darauf nehmen.«

»Oh, Vincent, warum hast du uns nur verlassen?«, sagte Eva Backman und vergaß nicht, den Russen freundlich zuzuwinken, die völlig ungeniert weiterfotografierten.

In dem kleinen Geschäft schien der Mittagsansturm begonnen zu haben. Nicht weniger als drei Kunden streunten durch die engen Regalreihen, und abgesehen von der Frau an der Kasse (dieselbe wie beim letzten Mal) war ein junger Mann damit beschäftigt, die Regale aufzufüllen. Jeder schien jeden zu kennen, kreuz und quer wurden sich Bemerkungen zugerufen, und eine extrem rothaarige Frau unterhielt sich am Handy lautstark mit jemandem namens Petrus.

»Petrus, verdammt nochmal, ich hab dir doch gleich gesagt, nimm nicht den Quad. Ein Heuballen auf einem Quad, das kann nicht funktionieren! Wie dumm bist du eigentlich?«

Es war unklar, was der so angesprochene Petrus darauf antwortete, aber Red Top schaltete ihr Handy aus und murmelte wütend etwas über Männer, die sich lieber mit Topfpflanzen paaren sollten als mit Frauen.

»Hallo«, sagte Eva Backman verwegen. »Ich wollte Sie fragen, ob Sie mir bei einer Sache helfen können.«

»Wenn Sie mir versprechen, niemals zu heiraten«, antwortete Red Top. »Jedenfalls keinen Mann.«

»Käme mir niemals in den Sinn«, sagte Eva Backman. »Aber es geht um keinen gewöhnlichen Mann, sondern um meinen kleinen Bruder.«

»Ihren kleinen Bruder?« Red Top hob eine ebenso rote Augenbraue.

»Genau. Er ist seit sechs Jahren verschwunden, und jetzt hat ihn jemand hier auf Fårö gesehen.«

Sie zog die Fotos heraus und reichte sie der Frau.

»So sieht er heute allerdings nicht mehr aus. Lange Haare und ein Bart sind wahrscheinlicher. Außerdem ist er oft mit einem roten Fahrrad unterwegs.«

»Das heißt, er wohnt hier? Im Sommer sind hier nämlich jede Menge Touristen, die auf Rädern in allen möglichen Farben durch die Gegend fahren.«

»Vermutlich wohnt er dauerhaft auf Fårö.«

»Was für ein Idiot«, sagte Red Top. »Und wie heißt er? Auf dem Foto erkenne ich ihn jedenfalls nicht.«

»Vincent«, sagte Eva Backman. »Vincent Backman. Aber es ist nicht gesagt, dass er heute noch so heißt.«

»Und warum nicht? Hat er gesessen?«

»Nicht doch … das glaube ich jedenfalls nicht. Aber er ist vor sechs Jahren auf einer Reise nach Indien verschwunden. Damals hieß er Vincent Backman.«

»Ich bin viel in Indien gewesen«, sagte die Frau. »Das sind sehr seltsame Gestalten, die dahin fahren. Aber dass ich den Typen hier auf Fårö gesehen haben soll … nein, tut mir leid. Aber fragen Sie mal Lisbet!«

»Wer ist Lisbet?«

»Die Frau an der Kasse da vorn. Aber sie redet anscheinend schon mit Ihrem Kerl …«

Das stimmte. Barbarotti unterhielt sich nicht nur mit Lisbet an der Kasse, sondern auch mit einem Herrn in schwarzer

Lederjacke und Baskenmütze. Sie standen alle drei über die Fotos gebeugt, die auf dem Warenband lagen.

»Rotes Fahrrad?«, fragte Lisbet.

»Das könnte …«, sagte der Baskenmützenmann.

»Wenn man versucht, sich einen Bart und lange Haare dazuzudenken«, meinte Barbarotti.

»Weiß der Henker«, sagte Lisbet.

»Das könnte …«, wiederholte der Baskenmützenmann und schob seine Kopfbedeckung in den Nacken. »Er fährt ja wirklich immer auf einem Fahrrad durch die Gegend.«

»Wer?«, sagte Red Top, die sich zu dem Trio gesellte.

»Der Kerl, der oben bei Lauger wohnt. Sehen die sich nicht ähnlich?«

»Weiß der Henker«, sagte Lisbet.

»Hast recht«, sagte Red Top. »Das könnte er sein. Was haben Sie gesagt, wie er heißt?«

»Vincent Backman«, antwortete Barbarotti. »Aber er kann heute auch ganz anders heißen. Er ist immer ein bisschen … flatterhaft gewesen.«

»Gelinde gesagt flatterhaft«, warf Eva Backman ein.

»Ich habe keine Ahnung, wie Laugers Untermieter heißt«, sagte Lisbet. »Aber er ist ein paarmal hier gewesen. Schweigsamer Typ, weiß der Henker, ob er das ist.«

»Wo wohnt dieser Lauger?«, fragte Barbarotti.

»Oben in Ava«, sagte der Baskenmützenmann. »Ich bin mir nicht sicher, in welchem Haus, aber da müssen Sie nur fragen. Lauger lebt da schon seit ein paar Jahren, die meisten werden wissen, wo genau. Es kommen auch nicht viele Häuser in Frage.«

»Lauger ist Künstler«, verdeutlichte Red Top. »Zumindest malt er Bilder. Ein komischer Kauz, selbst für einen Bewohner von Fårö.«

»Wer im Glashaus sitzt, sollte nicht mit Steinen werfen«, bemerkte Lisbet. »Nein, jetzt müsst ihr aber auch mal ein bisschen einkaufen, nicht nur hier rumstehen und quatschen und mich von der Arbeit abhalten.«

»Ja, leck mich«, sagte Red Top.

»Gern«, sagte der Baskenmützenmann.

»Du hältst dich fern, Evert«, murrte Red Top. »Ich bin bewaffnet.«

Kassen-Lisbet lachte schallend, Barbarotti und Backman bedankten sich und verließen das Geschäft.

37

Bevor sie zur Landzunge Ava weiterfuhren, hielten sie auf einem kleinen Parkplatz bei Ulla Hau und googelten. Das Netz war schlecht, aber schließlich tauchte bei Wikipedia ein Andreas Lauger auf. Es war der einzige Treffer und der Eintrag kurz. Er war 1972 in Stockholm geboren, aber in Frankreich und den Niederlanden ausgebildet worden. Ausstellungen in Südafrika, an mehreren Orten in Schweden, unter anderem in Västervik, Borås, Stockholm und auf Gotland. Vertreten in der Marzé Botha Art Gallery in Stellenbosch, in der State of the Art Gallery in Kapstadt sowie im Kunstmuseum von Borås. Er malte vor allem mit Öl, aber auch Eitempera, und wurde als *naiver Realist* bezeichnet.

Eine kleine Abbildung seiner Kunst war auch zu sehen. Ein entlaubter Baum vor einer halb verwitterten Backsteinmauer. 50 mal 30 Zentimeter, das Original hing in dem erwähnten Museum in Borås.

»Naiver Realist«, sagte Barbarotti. »So ähnlich wie ich.«

»Ich bin mir nicht sicher, dass du ein Realist bist«, erwiderte Eva Backman.

»Hm«, sagte Barbarotti. »Wollen wir weiter?«

»Bis ans Ende des Wegs«, antwortete Eva Backman.

Es dauerte weniger als zehn Minuten, nach Ava hinaufzufahren. Sie hielten am Hof Ava mit seiner berühmten Eiche, die einschlägigen Quellen zufolge tausend Jahre alt war und von Linné schon auf seiner gotländischen Reise im achtzehnten Jahrhundert beschrieben wurde.

»Tja«, sagte Barbarotti. »Hier ist anscheinend keiner zu Hause.«

»Fahr weiter«, sagte Eva Backman. »Wir fahren so lange, bis wir einem Menschen begegnen.«

Das taten sie. Fuhren links an dem Hof vorbei, dann nach rechts, danach auf gut Glück die immer schmaler werdende Straße durch den niedrigen Nadelwald hinab. Sie kamen an einigen verstreut stehenden Gebäuden vorbei, die mehr oder weniger bewohnbar zu sein schienen, an ein paar abgegrasten Weiden und einzelnen zurückgelassenen Autowracks, und die ganze Zeit begleitete sie das Meer in Form eines monotonen Rauschens, das durch Evas heruntergelassenes Seitenfenster hereindrang.

Menschen waren allerdings keine zu sehen. Die eine oder andere Gruppe von Schafen, zwei grasende Pferde, Vögel, die über dem Wald signalisierten, das war alles.

Sie gelangten zu einem Gatter; mit etwas Mühe ließ es sich öffnen, also fuhren sie weiter. Die Straße wurde zu zwei Reifenspuren mit einem Grasstreifen in der Mitte. Das Meer schien näher zu kommen, und als es ihnen zu riskant erschien, dem Weg mit einem normalen PKW weiter zu folgen, hielten sie an, stiegen aus und blieben stehen.

»Was sollen wir jetzt tun?«, sagte Barbarotti. »Du siehst deinen Bruder nicht, oder?«

»Nein«, antwortete Eva Backman. »Anscheinend ist er doch in Indien geblieben. Hier gibt es nicht ein lebendes Wesen.«

»Oh doch, alle möglichen Wesen«, widersprach Barbarotti ihr. »Nur Menschen sind Mangelware. Aber du hast recht. Es kommt einem vor, als wären wir dem Ende der Welt ziemlich nah. Wir gehen noch ein Stück, dann sehen wir weiter. Alle Wege führen irgendwohin.«

»Wege?«, sagte Eva Backman.

»Auch Pfade«, erklärte Barbarotti. »Der hier führt bestimmt zum Meer, es kann nicht mehr weit weg sein.«

»Was sollen wir eigentlich zu diesem fiktiven Menschen sagen, wenn er plötzlich vor uns steht?«, fragte Eva Backman, als sie ein paar hundert Meter gegangen waren.

»Tja, darüber habe ich auch schon nachgedacht«, meinte Barbarotti. »Vielleicht ist es ja besser, wir vergessen Vincent und konzentrieren uns auf den Künstler. Den naiven Realisten Lauger …«

Und kaum hatte er den Namen ausgesprochen, als sie auch schon vor ihnen stand. Der erste Mensch – und ganz sicher nicht fiktiv. Es war ein junges Mädchen mit einem Pferd an einer Halfterleine. Ungefähr siebzehn, schätzte Eva Backman; also das Mädchen, das braune Pferd war schwerer zu schätzen. Jedenfalls war es ein Islandpferd, so viel stand fest.

»Hallo«, sagte das Mädchen und wedelte ein wenig mit einem halbmeterlangen Zopf, in den das Pferd zu gerne beißen wollte. »Wer seid ihr?«

»Ich heiße Eva. Das ist Gunnar.«

»Warum reitest du nicht auf dem Pferd?«, fragte Barbarotti.

»Hufeisen verloren«, antwortete das Mädchen und machte eine Geste über ihre Schulter hinweg. »Wenn ihr in die Richtung wollt und es findet, könntet ihr mich dann anrufen?«

»Sicher«, sagte Eva Backman. »Wenn du uns deine Handynummer gibst. Wie heißt du?«

»Linnea«, antwortete das Mädchen und zog ihr Handy heraus.

Sie tauschten die Nummern aus und schafften es trotz des schlechten Netzes, einen Testanruf zu machen.

»Wohnst du auf Fårö?«, fragte Eva Backman.

»Ja klar. Warum sollte man woanders wohnen wollen?«

»Und du kennst die Leute hier?«

»Ich kenne hier jeden Deppen«, bestätigte Linnea und lachte. »Und bin mit den meisten verwandt. Wen sucht ihr?«

Die perfekte Zeugin, dachte Barbarotti. Der perfekte Mensch. So sah sie wirklich aus. Jung, hübsch, lächelnd, leuchtende Augen und ein Zopf, dem das Islandpferd nicht widerstehen konnte.

»Lauger«, sagte Eva Backman. »Er heißt Andreas mit Vornamen und ist ein Künstler, der hier irgendwo wohnt.«

Linnea runzelte die Stirn. »Ich bin mir nicht ganz sicher, aber ich glaube, es ist ein Haus etwas weiter da entlang…« Sie zeigte den Pfad hinab. »Aber er ist erst kürzlich hierhergezogen, und die Zugezogenen kenne ich nicht alle.«

»Was meinst du mit kürzlich?«, fragte Barbarotti.

»Leute, die noch nicht hier waren, als ich geboren wurde«, antwortete Linnea und schob den Pferdekopf von ihrer Schulter.

»Das heißt, er könnte hier schon zwölf bis fünfzehn Jahren wohnen?«

»Ich bin ehrlich gesagt siebzehn.«

»Entschuldige… übrigens, weißt du, ob er mit jemandem zusammenlebt?«

Linnea schüttelte den Kopf. »Keine Ahnung. Aber ich glaube, er ist *gay,* eine Frau ist es also sicher nicht. Aber ihr müsst selber nachsehen, ich muss das Problemkind hier nach Hause bringen.«

»Danke für deine Hilfe«, sagte Eva Backman. »Es war nett, dich zu treffen.«

»Danke gleichfalls«, sagte Linnea. »Und ruft an, wenn ihr das Hufeisen findet.«

Sie lachte wieder und setzte das Islandpferd mit einem leichten Klaps auf die Lende in Bewegung.

Wenn Linnea, die Einheimische, nicht völlig falschlag, kam nur ein Haus in Frage. Eigentlich zwei, aber das eine der beiden war ein Sommerhäuschen der schlichteren Bauart; kein Mensch würde in diesen dünnen Bretterwänden den Winter überleben.

Das andere Haus, nur hundert Meter vom Ufer gelegen, aber dennoch von einem dichten Streifen niedrig wachsender Kiefern geschützt, sah wesentlich stabiler aus. Dunkle Holzpaneele, Ziegeldach, Terrasse und zwei Schornsteine. Genauso viele Schuppen, einen größeren und einen kleineren; zwischen ihnen hing ein Fischernetz zum Trocknen. Das Ganze war von einem flachen Holzzaun umgeben.

Außerdem führte von dem Haus ein Weg landeinwärts, der auch mit dem Auto befahrbar zu sein schien.

Aber kein Rauch aus den Schornsteinen. Kein Zeichen von Leben. Die beiden Privatermittler blieben dennoch in gebührendem Abstand stehen und berieten sich kurz.

»Was meinst du?«, sagte Barbarotti. »Es scheint keiner zu Hause zu sein.«

»Nein.«

»Wollen wir anklopfen?«

Eva Backman schüttelte den Kopf. »Ich denke nicht. Wir sollten erst nach Hause fahren und uns ein paar Gedanken machen. Für heute reicht es, dass wir das richtige Haus gefunden haben.«

»Das richtige Haus?«

»Japp.«

»Wie meinst du das?«

»Ich meine, dass es das richtige Haus ist.«

»Und warum können nicht genauso gut Nisse Hult oder Ella Fitzgerald darin wohnen? Oder beide. Wir können jetzt doch nicht einfach umkehren, nachdem wir vielleicht ... ich betone *vielleicht* ... unser Ziel erreicht haben?«

»Und ob wir das können«, sagte Eva Backman. »Siehst du denn nicht, was ich sehe?«

»Mein Gott, hör auf, in Rätseln zu sprechen. Was siehst du denn?«

»Das da«, sagte Eva Backman und zeigte.

Und daraufhin entdeckte es auch Barbarotti.

Das rote Fahrrad, das an eine Wand des Schuppens gelehnt stand.

April 2013

38

Am Mittwoch, den vierten April, traf Rechtsanwalt Helge Iwersen aus Karlstad ein. Er war um die siebzig, von Kopf bis Fuß in Tweed gekleidet – Mütze, Jackett, Weste, Hose –, und kam mit dem Taxi.

Er stellte sich Frau Vojovic am Empfang vor und bat darum, die Leitung der Ermittlungen im Fall Albin Runge sprechen zu dürfen. Er habe wichtige Informationen zu übergeben, und ja, er werde erwartet.

Iwersen wurde im Konferenzraum in der vierten Etage von einigen Beamten in Empfang genommen: Kommissar Stigman sowie den Inspektoren Backman, Barbarotti und Toivonen.

»Ich freue mich, Sie im Präsidium von Kymlinge begrüßen zu dürfen, Herr Iwersen«, sagte Stigman. »Seien Sie uns herzlich willkommen.«

»Danke, Herr Kommissar«, sagte Iwersen und nahm an dem ovalen Tisch Platz. Er stellte seinen dünnen Lederaktenkoffer vor sich ab, öffnete zwei Schnappverschlüsse und holte ein schwarzes Notizbuch im A4-Format mit festem Einband heraus. Stellte die Tasche auf den Fußboden, an ein Stuhlbein gelehnt. Fischte eine winzige Brille ohne Bügel aus einer Westentasche und presste sie ganz außen auf seine relativ lange Nase. Die ganze Prozedur dauerte zwanzig Sekunden, und Barbarotti dachte, dass er sie geübt haben musste. Wäre es eine Szene in einem Film gewesen, sie wäre in einer Aufnahme im Kasten gewesen.

Keiner sagte etwas. Alle warteten.

»Hm, ja«, intonierte der Anwalt. »Dies ist also das von mir bereits erwähnte *Kleckse und Späne*. Ich muss in dieser illustren Gesellschaft wohl nicht näher auf die Anspielung auf die Gedichtsammlung des großen Fröding eingehen. Das Buch ist vor knapp zwei Wochen in meine Hände gelangt, oder besser gesagt in mein Büro in Karlstad, und der Verfasser ist der in letzter Zeit häufig genannte Albin Runge. Ich möchte nicht unerwähnt lassen, dass ich lange Zeit der Rechtsbeistand seiner Familie gewesen bin, und ich glaube, er hat das Notizbuch mir geschickt, weil meine Kanzlei der sicherste Ort ist, der ihm eingefallen ist. Die einzige Anweisung, die dem Dokument beigefügt war, lautete, ich zitiere, *lesen Sie und sorgen Sie dafür, dass es in die richtigen Hände gelangt*. Ich habe gelesen und bin zu dem Schluss gekommen, dass Sie, meine Dame, meine Herren, diese richtigen Hände sind. Hm.«

»Ausgezeichnet«, sagte Kommissar Stigman. »Ausgezeichnet. Und was den Inhalt betrifft …?«

»Was den Inhalt betrifft«, ergriff Rechtsanwalt Iwersen erneut das Wort und rückte seine Brille gerade, »denke ich, es wird das Beste sein, die Beurteilung Ihnen zu überlassen. Meine Einschätzung steht fest, ohne näher mit den Details von Runges seltsamem Verschwinden vertraut zu sein … abgesehen von dem, was ich den Medien entnehmen konnte. Aber es ist zweifellos besser, wenn Sie seine Aufzeichnungen mit, wie man so sagt, unvoreingenommenen Augen lesen. Das Dokument und die Beurteilung seines Werts liegen von nun an in den Händen der Polizei. Ich denke, darin sind wir uns einig.«

»Selbstverständlich, Herr Iwersen«, sagte Stigman. »Wir

werden unser Bestes geben. Ich danke Ihnen für Ihre Hilfe. Sollte Ihnen noch etwas einfallen, das für uns von Interesse sein könnte, rufen Sie uns einfach an.«

»Also schön. Ich denke, das war alles«, erwiderte Iwersen. »Wo kann ich die Quittungen für meine Reisekosten einreichen?«

»Der Mistkerl ist mit dem Taxi aus Karlstad gekommen«, sagte Toivonen kurz darauf, als die drei Inspektoren mit Kaffeetassen herumstanden und darauf warteten, dass *Kleckse und Späne* fertig kopiert vorliegen würde. »Was denkt ihr, was das kostet?«

»Ein paar tausend Kronen hin und zurück«, antwortete Eva Backman. »Es würde wahrscheinlich für eine neue, teure Kaffeemaschine reichen. Ich begreife nicht, wie wir es schaffen, Tag für Tag diese eklige Brühe zu trinken.«

»Was uns nicht umbringt, macht uns nur stärker«, sagte Toivonen.

»Unsinn«, sagte Eva Backman.

»Ich habe mal Jura studiert und wollte Rechtsanwalt werden«, erinnerte Barbarotti sich. »Schade, dass ich das Studium hingeschmissen habe, ich glaube, Tweed würde mir ziemlich gut stehen.«

»Unsinn«, beharrte Eva Backman.

»Jedenfalls wird es interessant sein, *Kleckse und Späne* zu lesen«, sagte Toivonen. »Übrigens, wer war eigentlich dieser Fröding, auf den hier angespielt werden soll?«

»Du hast noch nie von Gustaf Fröding gehört?«, erkundigte sich Eva Backman erstaunt. »Er ist einer der wenigen alten Dichter, die sogar ich kenne.«

»Ich bin in Finnland zur Schule gegangen«, erinnerte Toivonen sie. »Da haben wir das *Kalevala* gelesen.«

»Ach so, deshalb«, sagte Eva Backman. »Aber jetzt ist es anscheinend soweit …«

Es stimmte. Polizeianwärter Tillgren joggte mit drei blauen Mappen durch den Flur.

»Hier, für euch!«, keuchte er. »Was zum Teufel ist das? *Kleckse und Späne*?«

»Fröding«, antwortete Barbarotti. »Weiterbildung. Danke, Tillgren.«

»Zwei Stunden Lektüre, anschließend Analyse beim Häuptling … so ist es gedacht?«, sagte Toivonen.

»Genau«, sagte Eva Backman. »Der Herr Inspektor ist nicht auf den Kopf gefallen.«

»Ich habe heute einen meiner guten Tage«, erwiderte Toivonen.

Schon nach ein paar Seiten dachte er, dass etwas nicht stimmte, und fing noch einmal von vorn an. Er las langsamer, und während er las, versuchte er, sich Albin Runge vorzustellen – das Bild seiner hageren Gestalt vor dem inneren Auge heraufzubeschwören, so wie er ausgesehen hatte, als er bei ihnen gesessen und mit ihnen über Nemesis gesprochen hatte – und das eine mit dem anderen in Einklang zu bringen. Den Text mit seinem Autor sozusagen.

Was ihm jedoch nicht leichtfiel. Was war das für eine seltsame Geschichte, die aus der Feder dieses desillusionierten Pechvogels kam? Der offenbar … ja, was? Sein Leben lebte, ohne darin wirklich anwesend zu sein?

So ungefähr. Jedenfalls war das ein Gedanke, der in Barbarottis Kopf auftauchte, als er einige Seiten gelesen hatte. Dass Albin Runge sich wirklich für nichts interessierte. Jedenfalls nicht nach dem Busunglück. Nach dem Tod der Eltern. Mit einer einzigen Ausnahme: seine Frau. Die immer wieder als ein Engel beschrieben wurde, fast schon wie eine Erlöserin … nicht zu vergessen ihr Bruder, der gute Alexander, so aufopferungsvoll uneigennützig, und seine Hilfsprojekte in aller Welt.

Barbarotti machte eine Pause und dachte nach. Aber sie hatte doch gar keinen Bruder? Er schob *Kleckse und Späne* zur Seite und schlug in Sorgsens Bericht nach.

Korrekt. Karin Sylwander war ein Einzelkind. Hatte einen Bruder gehabt, der aber jung gestorben war.

Was hatte das zu bedeuten?

Was in aller Welt hatte das zu bedeuten?

Eine Antwort auf diese Frage präsentierte sich praktisch sofort, tauchte klar und deutlich vor seinem inneren Auge auf, aber er blinzelte sie fort. Zu voreiligen Schlussfolgerungen war er schon des Öfteren gekommen. *Don't jump to conclusions*; wenn er eine Lehre, eine einzige, aus einem guten Vierteljahrhundert Polizeiarbeit ziehen sollte, dann war es diese.

Also hieß es weiterlesen bis zum Schluss. Darum ging es hier. Sich weiter zu konzentrieren und Fragen zu stellen. Sonst nichts.

Zum Beispiel diese Mutter, die sich mit Runge in Verbindung gesetzt hatte. Um dann einen Rückzieher zu machen. Warum? Eine höchst berechtigte Frage.

Die Nemesisbriefe. Was störte einen an ihnen?

Das Vermögen? Die gemeinsamen Konten? Die Planung der Flucht?

Die Hilfsprojekte?

Runges Misstrauen der Polizei gegenüber?

Der Brief von Nemesis an seine Frau? Warum schrieb er plötzlich auch ihr?

Und ihre wiederholte Abwesenheit daheim, vor allem an

Tagen, an denen Runge seine Texte in dem schwarzen Notizbuch komponierte.

Und so weiter und so fort.

Als er zum Ende kam, sah er auf die Uhr und entdeckte, dass ihm bis zur Analysebesprechung nur noch zwanzig Minuten blieben. Er atmete tief durch und las sich noch einmal die abschließenden Zeilen durch, die beruhigenden Worte der Frau zu ihrem Mann:

Wir müssen das überhaupt nicht deuten, mein Liebling. In vier Tagen ist alles vorbei, und wir können die ganze unangenehme Geschichte vergessen.

Und den Kommentar ihres Mannes:

Ich hoffe, sie hat in dieser Frage genauso recht, wie sie es in Angelegenheiten sensibler Art eigentlich immer hat. Over and out.

Over and out? Nun, so war es ja tatsächlich gekommen. Inspektor Gunnar Barbarotti lehnte sich auf seinem Schreibtischstuhl zurück und sah aus dem Fenster. Was um Himmels willen, dachte er.

Nichts anderes, bloß dieses schlichte: Was um Himmels willen?

39

Die gemeinsame Analyse von *Kleckse und Späne* fand in Kommissar Stigmans Büro statt und dauerte mehr als zwei Stunden. Ungewöhnlich war, dass Monsieur Chef damit begann, um Wortmeldungen zu bitten, statt ihnen eine Reihe wohlüberlegter und wiederholter Worte zu präsentieren. Der erste, der die Gelegenheit ergriff, war Toivonen.

»Es sieht jedenfalls ganz so aus, als hätte er recht behalten«, sagte er. »Schließlich ist es so gekommen, wie er es erwartet hatte. Oder nicht? Nemesis hat zuletzt gelacht. Aber ich finde, was er schreibt, ist ziemlich eigenartig. Warum macht er das überhaupt?«

»Du fragst, warum er schreibt?«, sagte Barbarotti.

»Ja, genau«, antwortete Toivonen.

»Runge war grundsätzlich ziemlich eigenartig«, sagte Eva Backman. »Das dürfen wir nicht vergessen. Aber ich begreife auch nicht, was er mit *Kleckse und Späne* bezweckt hat. Jedenfalls nicht wirklich und noch nicht, ich muss das Ganze noch einmal lesen. Was er schreibt, passt und passt gleichzeitig auch wieder nicht zu meinem Eindruck von ihm.«

»Passt und passt nicht?«, sagte Stigman. »Was soll das denn heißen?«

»Das soll heißen, dass eine Menge offene Fragen geklärt werden müssen«, antwortete Eva Backman. »Zum Beispiel seine Frau. Zum Beispiel der Schwager Alexander. Zum Beispiel, wessen Idee es war, nach Stockholm zu fahren und diese Kreuzfahrt zu machen. Barbarotti und ich haben ja mit ihr gesprochen, und es gibt einige Punkte, in denen sich die Angaben Runges und seiner Frau widersprechen.«

»Hat sie gewusst, dass er sich als Schreiberling betätigt hat?«, warf Inspektor Sorgsen ein.

»Das glaube ich eher nicht«, sagte Barbarotti. »Er schreibt, dass er es vor ihr geheim hält, und als er es in die Post gibt, erzählt er ihr offenbar, dass es sich um etwas völlig anderes handelt … diese Arbeit zu Luther und Erasmus, an der er gearbeitet hat. Nein, Karin Sylwander hatte keine Ahnung von *Kleckse und Späne*, davon bin ich überzeugt. Im Übrigen brauchen wir sie ja nur zu fragen, es dürfte ohnehin an der Zeit sein, sie etwas schärfer zu vernehmen … vermute ich?«

Stigman reagierte sofort.

»Zweifellos«, stellte er fest. »Es wird zweifellos Zeit, der Witwe auf den Zahn zu fühlen, völlig richtig. Aber wir warten bis morgen, damit alle Zeit haben, sich durchzulesen, was sie euch beiden, Backman und Barbarotti, erzählt hat. In einer Stunde gibt es einen Ausdruck, die Sache muss mit Raffinesse angegangen werden, aber darauf muss ich vielleicht nicht extra hinweisen. Mit Raffinesse und Fingerspitzengefühl. Ich stimme euch zu, es gibt eine Reihe von Unklarheiten. Sogar eine *ganze* Reihe. Was sagt Backman?«

»Backman sagt auch, dass es viele Unklarheiten gibt«, antwortete Backman. »Wie gesagt, was ist mit diesem Bruder? Karin Sylwander hat gar keinen Bruder, und ich frage mich, was es eigentlich mit diesen Hilfsprojekten auf sich hat, von denen Runge schreibt und in die sie Millionen gesteckt haben. Aber das habt ihr euch vielleicht schon angesehen …?«

Sie wandte sich an Toivonen und Sorgsen, die an der einen

Längsseite des Tischs nebeneinandersaßen und sie für einen sehr flüchtigen Moment an Schultze und Schulze bei Tim und Struppi denken ließen. Die Assoziation war so neu wie überraschend, und sie bat ihre Kollegen im Stillen um Entschuldigung. Als hätte er ihre Gedanken gelesen, gestattete Toivonen sich eine Grimasse, während Sorgsen nickte und seinen Notizblock aufschlug.

»Da ist eindeutig einiges unklar«, bemerkte er düster. »Es gibt vier verschiedene Firmen, an die von den gemeinsamen Konten der Eheleute Geld geflossen ist, und drei von ihnen haben Namen, die andeuten, dass man in unterschiedlichen Teilen der Welt Hilfsprojekte durchführt. Zum Beispiel *The Good Samaritan*. Oder *Kids for life*. Mir liegen noch nicht alle Informationen vor, aber wenn ich eine Vermutung wagen würde …«

Er zögerte eine Sekunde.

»Inspektor Borgsen darf in der gegenwärtigen Lage gern eine Vermutung wagen«, versicherte Kommissar Stigman ihm und zog seine rote Krawatte gerade, die ein wenig schief gesessen hatte. »Nur zu.«

»Danke«, sagte Sorgsen. »Ja, wenn das so ist, bin ich bereit anzunehmen, dass keines dieser Unternehmen irgendetwas mit Hilfsprojekten zu tun hat.«

Es wurde einige Sekunden still.

»Was bedeutet …?«, sagte Stigman dann. »Was bedeuten würde, dass …?«

»… dass es sich um einen verdammt großen Bluff handelt und sie ihm viel Geld aus der Tasche gezogen haben«, erklärte Toivonen. »Seine Frau und ihr Bruder, der offenbar gar kein Bruder ist, jedenfalls nicht ihrer. Ich muss schon sagen, dieser Albin Runge ist wirklich einer der naivsten Vögel gewesen, der jemals in einem Paar Schuhe herumgelaufen ist.«

»Vögel tragen keine Schuhe«, bemerkte Barbarotti. »Aber davon abgesehen stimme ich dir zu. Runge ist hinters Licht geführt worden, und seine Art, von seiner Frau als Engel und von seinem Schwager als Erlöser aller Notleidenden zu sprechen … ja, das ist einfach ein bisschen zu viel.«

»Zu viel«, wiederholte Stigman. »Ich komme zum gleichen Schluss. Weiter, Barbarotti!«

»Danke«, sagte Barbarotti. »Ich möchte nur noch ergänzen, auch wenn ich nie behaupten würde, dass ich die Frauen voll und ganz verstehe, will mir einfach nicht in den Kopf, wie sich eine von ihnen in eine Gestalt wie Albin Runge vergguckt haben soll.«

»Ich bin schon Männern mit mehr Charme begegnet«, bestätigte Eva Backman und wechselte einen diskreten Blick mit Barbarotti.

»Sie haben sich ja in der Bank kennengelernt«, ergänzte Toivonen. »Und das war es dann. Verflucht, das stinkt nach Geld, es kann ja wohl kaum so sein …«

»Aha, hm, aha«, unterbrach Stig Stigman ihn mit einer seiner bewährten und erfolgreichen Methoden, um Ruhe zu bitten. »Wir wollen keine voreiligen Schlüsse ziehen, aber es ist klar, dass wir seine Witwe mit diesen Informationen konfrontieren werden. Eine ganz andere Frage ist natürlich, was mit Albin Runge zwischen dem zweiundzwanzigsten und dreiundzwanzigsten März auf der Finnlandfähre passiert ist. Eine völlig andere Sache. Oder?«

»Ja genau, sitzen wir nicht deshalb hier zusammen?«, erkundigte sich Kriminalinspektor Borgsen. »Ich meine, eigentlich.«

Inwiefern das eine mit dem anderen zusammenhing – und mit dem dritten und vierten, und wenn ja, in welchem Maße –, erwies sich bei den weiteren Überlegungen als die eigentliche Schwierigkeit, und als Barbarotti die Entdeckung des jungen Kavafis präsentierte, dass einer der Passagiere auf der Fähre identisch mit einem früheren Lebensgefährten von Karin Sylwander war – wenngleich unter einem neuen Namen –, konnte zumindest Inspektor Toivonen sich die Bemerkung nicht verkneifen, dass sich das Mysterium verdichtete.

Vielleicht meinte er aber auch das Gegenteil: dass die Nebel sich lichteten.

»Mannomann«, fügte er hinzu. »Das wird ja immer besser. Ich ahne Leichen im Keller. Hat sie nicht behauptet, sie hätte nicht einen einzigen Bekannten auf diesem fabelhaften Schiff gesehen?«

»Doch, das hat sie gesagt«, antwortete Barbarotti. »Und sie müsste ihn eigentlich erkannt haben. Wenn mich nicht alles täuscht, endete ihre Beziehung nur ein, zwei Monate, bevor Fräulein Sylwander in der Bank Herrn Runge kennenlernte. Mit anderen Worten, vor nicht mehr als vier Jahren, so sehr kann er sich in der Zwischenzeit ja wohl kaum verändert haben.«

»Wie heißt er?«, erkundigte sich Kommissar Stigman. »Früher und heute.«

Barbarotti konnte es sich nicht verkneifen, eine Kunstpause einzulegen, vielleicht erkannte er aber auch erst in diesem Moment, in welche Richtung sich die Dinge entwickelten.

»Johansson als ihr Lebensgefährte«, erläuterte er. »Rendell als Single. Aber seinen Vornamen hat er behalten. Alexander.«

»Alexander?«, sagte Sorgsen. »Das kann natürlich reiner Zufall sein, aber es kommt einem schon vor …«

»Das ist doch nie und nimmer ein Zufall«, unterbrach

Toivonen ihn und schlug mit der Faust auf den Stich. »Da brat mir doch einer einen Storch, oder wie das heißt!«

»Ruhe im Saal«, ermahnte Kommissar Stigman sie und starrte Toivonen an. »Du und Sorgsen, ihr treibt diesen Passagier auf. Scheut keine Mühe, es ist äußerst wichtig, dass wir ihn finden. Äußerst … wichtig!«

»Das dürfte eigentlich nicht sonderlich kompliziert sein«, meinte Barbarotti und unterdrückte ein Gähnen.

»Kannst du mir helfen, das alles zusammenzufassen«, bat er zwei Stunden später Eva Backman. Sie hatten sich in einen versteckten Winkel der Kneipe *Das grüne Schwein* zwei Häuserblocks oberhalb des Präsidiums zurückgezogen. »Mir gehen so viele Gedanken durch den Kopf, dass ich mich schon nicht mehr an meine Personennummer erinnern kann.«

Eva Backman trank einen Schluck Bier und kaute eine Handvoll Chips, ehe sie etwas erwiderte.

»Gar nicht so leicht«, sagte sie schließlich. »Aber es deutet sich an, dass die ihres Mannes beraubte Witwe einiges zu erklären hat. Es fällt mir immer schwerer zu glauben, dass sie sich aus Liebe für Albin Runge entschieden hat.«

»In dem Punkt habe ich mich schon entschieden«, meinte Barbarotti. »Aber sie muss eine ziemlich gute Schauspielerin sein, wenn man bedenkt, wie er sie beschreibt. Oder ist er einfach nur so verdammt naiv und blind, wie Toivonen meint?«

Eva Backman schüttelte den Kopf. »Ich weiß es nicht. Es gibt hier so einiges, was schwer einzuschätzen ist. Eindeutig festzustehen scheint immerhin, dass sie ihm Geld abgeluchst haben, sie und dieser fiktive Bruder … glaubst du, er ist identisch mit ihrem früheren Lebensgefährten? Der seinen Nachnamen geändert, aber seinen Vornamen behalten hat? Andererseits gibt es mehr als einen Alexander auf der Welt. Alexander Skarsgård zum Beispiel.«

»Oder Alexander den Großen«, schlug Barbarotti vor. »Aber hier geht es höchstwahrscheinlich um keinen der beiden. Aber das dürften wir ja bald erfahren. Wenn Toivonen und Sorgsen ihre Hausaufgaben machen, wissen wir morgen Bescheid. Ich finde allerdings, dass es wichtigere Fragen gibt.«

»Das denke ich auch«, sagte Backman. »Eine Menge wichtige Fragen.«

»Sag mir die wichtigste«, erwiderte Barbarotti und trank einen Schluck Bier.

»Sag selbst«, meinte Backman.

Barbarotti kaute Chips und blickte eine Weile zur Decke.

»Ich denke, die nach Nemesis«, sagte er.

»Aha?«

»Ja, verstehst du, was ich meine?«

»Denkbar. Aber du könntest es vielleicht trotzdem aussprechen?«

Barbarotti schaute in sein halbleeres Glas. Oder sein halbvolles. »Dazu habe ich eigentlich keine Lust«, sagte er. »Wenn man Gedanken in Worte fasst, nagelt man sie gewissermaßen fest … wenn man sie laut ausspricht, meine ich.«

»Das sehe ich genauso«, sagte Eva Backman. »Aber das vergessen wir jetzt mal kurz. Und?«

»Du gibst nicht auf?«

»Nein.«

»Okay. Aber danach reden wir heute Abend nicht mehr darüber, einverstanden?«

»Einverstanden.«

Barbarotti griff nach ein paar Chips, legte sie dann aber in die Schale zurück. Er räusperte sich umständlich.

»Also«, sagte er, »die wichtigste Frage ist natürlich, wie viel sie auf dem Gewissen haben ... die Witwe und ihr erfundener Bruder. Ob es dabei bleibt, dass sie Runge so viel Geld wie möglich aus der Tasche gezogen haben, oder ob da noch mehr ist.«

»Du meinst?«

Barbarotti antwortete nicht.

»Du meinst?«

»Ja, das tue ich. Aber ich dachte, wir hätten uns darauf geeinigt, jetzt nicht weiter über die Sache zu reden?«

»Das haben wir«, antwortete Eva Backman und lehnte ihr Glas an seines. »Entschuldige. Prost, mein kryptischer Geliebter.«

»Prost«, sagte Gunnar Barbarotti. »Jetzt trinken wir aus und fahren nach Hause. Jenny hat uns eine vegetarische Lasagne versprochen ... Mist, wir kommen zu spät!«

»Ich sollte lieber zu mir fahren«, entgegnete Eva Backman. »Ich verbringe mehr Zeit bei euch als bei mir zu Hause.«

»Jetzt redest du dummes Zeug«, entschied Barbarotti.

40

Als Karin Sylwander am nächsten Tag im Präsidium von Kymlinge erschien, war sie ganz in Schwarz gekleidet. Ein schlichtes, langärmeliges Kleid und ein dünnes Tuch um den Hals. Sie war ungeschminkt und sah müde aus; Barbarotti überlegte, ob sie diese äußere Erscheinung angestrebt hatte, oder ob es ihr einfach egal war, wie sie aussah. Er kam zu keiner Antwort.

Die Vernehmung war für ein Uhr angesetzt, und Eva Backman und er hatten den ganzen Vormittag damit verbracht, sich vorzubereiten. Mit freundlichem taktischem Beistand von Kommissar Stigman. Es sei wichtig, sich keine Fehltritte zu erlauben, hatte er regelmäßig betont. Sich. Keine. Fehltritte. Zu. Erlauben.

Man saß im Asunander-Raum, benannt nach Stigmans Vorgänger als Leiter der Kriminalpolizei. Backman, Barbarotti und Sylwander, drei Stühle, ein Tisch, ein paar Flaschen Wasser und ein paar Plastikgläser, das war alles. Stigman und Polizeianwärter Wennergren-Olofsson hinter einem Spiegelfenster, die Augen auf und die Ohren gespitzt.

»Warum …?«, wollte Karin Sylwander wissen, noch bevor man Platz genommen hatte. »Was ich meine, ist, warum treffen wir uns hier?«

»Das ist reine Routine«, erklärte Eva Backman. »Wir nehmen das Gespräch auf, und in diesem Raum haben wir die beste Akustik und das beste Licht. Bitte nehmen Sie Platz.«

Karin Sylwander setzte sich und rückte ihr Tuch zurecht. »Ist das eine Vernehmung?«

»Es ist eine Zeugenvernehmung«, bestätigte Barbarotti. »Vergessen Sie den kärglichen Rahmen, unser Ziel ist einzig und allein, so viel wie möglich darüber herauszufinden, was mit Ihrem Mann passiert sein könnte. Wir werden Sie bitten, alle möglichen Fragen zu beantworten, und wenn Sie nicht antworten wollen, steht es Ihnen frei, es zu lassen.«

»Warum sollte ich nicht antworten wollen?« Sie hob eine Augenbraue und senkte sie wieder. »Haben Sie ... haben Sie ihn gefunden?«

»Nein«, sagte Eva Backman. »Wir haben ihn nicht gefunden. Sagen Sie, was denken Sie über die Möglichkeit, dass Ihr Mann sich entschlossen haben könnte, von Bord der Fähre zu springen?«

»Darüber haben wir schon gesprochen.«

»Ich weiß, aber wir wiederholen es der Form halber.«

Karin Sylwander schüttelte den Kopf. »Nein, ich bin mir sicher, dass er das nicht getan hat. Und ich verstehe nicht ganz, warum Sie das fragen. Albin war zwar besorgt und niedergeschlagen, aber er war nicht selbstmordgefährdet. Jemand hatte es darauf abgesehen, ihm das Leben zu nehmen, und dieser Jemand hat es natürlich auch getan. Oder mehrere ...«

»Sie meinen Nemesis?«, fragte Barbarotti.

»Natürlich meine ich Nemesis. Ich verstehe nicht ganz, worauf Sie hinauswollen ... das gefällt mir nicht, das hier.«

Sie sah sich in dem spartanisch eingerichteten Raum um. »Nein, das gefällt mir überhaupt nicht.«

»Dafür bitten wir um Entschuldigung«, sagte Barbarotti. »Aber jetzt sollten wir uns darauf konzentrieren, in dieser unangenehmen Angelegenheit weiterzukommen, und es wird das Einfachste sein, wenn Sie unsere Fragen beantworten, so gut Sie es können. Wie Sie wissen, sind Sie unsere mit Abstand wichtigste Zeugin, das muss ich wohl nicht zusätzlich betonen. Aber wenn wir noch kurz bei dem unheimlichen Briefschreiber bleiben, was für ein Bild haben Sie von ihm? Nehmen wir der Einfachheit halber an, dass es sich um einen einzelnen Mann handelt... Am Anfang haben Sie ihn nicht ernst genommen, stimmt's?«

Sie zögerte einige Sekunden. »Nein, das habe ich nicht. Ich dachte, es wäre nur irgendein Spinner. Von denen gibt es ja reichlich, in den sozialen Medien und so weiter...«

»Aber Nemesis hat keine sozialen Medien benutzt...«

»Nein. Und Albin hatte keine Accounts... *hat* keine Accounts.«

»Ich verstehe.«

»Es stimmt, dass ich die Sache zuerst nicht richtig ernst genommen habe... als Albin mir die beiden Briefe gezeigt hat. Aber danach ist es ja immer schlimmer geworden, nicht?«

»Zweifellos. Was denken Sie, warum hat Albin Ihnen einen Teil der Briefe vorenthalten?«

»Mein Gott, das sind wir doch schon mehrere Male durchgegangen. Weil er mich nicht beunruhigen wollte, natürlich.«

»Finden Sie es richtig von ihm, Sie aus der Sache herauszuhalten?«

»Nein, Sie wissen, dass ich das nicht finde.«

Barbarotti nickte und stieß unter dem Tisch Eva Backman mit dem Knie an.

»Wie ist das, haben Sie einen Bruder?«, fragte sie.

»Wie bitte?«, sagte Karin Sylwander.

»Ich habe gefragt, ob Sie einen Bruder haben.«

»Warum... warum fragen Sie das?«

»Es ist von einem gewissen Interesse«, sagte Backman. »Und eine besonders schwierige Frage ist es ja nicht.«

»Ich habe keinen Bruder«, sagte Karin Sylwander.

»Gerade hatte ich das Gefühl, dass Sie vor Ihrer Antwort kurz nachgedacht haben«, sagte Barbarotti. »Oder täusche ich mich?«

Karin Sylwander richtete sich im Sitzen auf, und ihr Blick pendelte zwischen den beiden Fragestellern hin und her.

»Und ich habe das Gefühl, dass Sie Ihre Absichten verbergen. Was treiben Sie hier eigentlich für ein Spiel?«

»Es gibt leider gewisse Dinge, die ein wenig unklar sind«, sagte Eva Backman. »Zu denen Sie und Ihr Mann unterschiedliche Angaben gemacht haben. Kennen Sie das hier?«

Sie hob eine Mappe an und schob *Kleckse und Späne* auf den Tisch. Karin Sylwander sah leicht erstaunt aus.

»Was ist das?«

»Sie haben dieses Notizbuch noch nie gesehen?«

»Nein.«

»Sind Sie sicher?«, fragte Barbarotti nach.

Karin Sylwander zuckte mit den Schultern. »Es ist jedenfalls nichts, woran ich bewusst gedacht habe. Wenn ich richtig sehe, ist es ein gewöhnliches Notizbuch?«

»Exakt«, sagte Barbarotti. »Soweit nichts Ungewöhnliches, aber es enthält mehr als vierzig Seiten Aufzeichnungen, die Ihr Mann im Laufe des letzten halben Jahres zu Papier gebracht hat. Sie haben nichts davon gewusst?«

Sie schüttelte den Kopf. »Nein … nein, das habe ich nicht. Und was schreibt er?«

Barbarotti dachte, dass in ihrer Stimme zum ersten Mal ein Hauch von Besorgnis mitschwang. Außerdem wechselte sie die Sitzhaltung, rückte erneut ihr dünnes Halstuch zurecht und faltete die Hände vor sich auf dem Tisch. Als wollte sie mit diesen einfachen Bewegungen etwas beschwören; als wollte sie sich selbst daran hindern, nach dem Notizbuch zu greifen, es aufzuschlagen und darin zu lesen. Es erstaunte ihn, dass ihm diese Reflexion so schnell durch den Kopf ging, und er fragte sich, ob seine Kollegen es genauso wahrnahmen wie er.

»Er schreibt über viele verschiedene Dinge«, erläuterte Eva Backman nach einer wohldosierten Pause. »Zum Beispiel über Ihre Beziehung. Wie Sie sich kennengelernt haben. Über Ihren Bruder und seine diversen Hilfsprojekte, in die Sie und Ihr Mann Geld investiert haben …«

»Entschuldigen Sie bitte, aber ich müsste mal auf die Toilette«, sagte Karin Sylwander.

»Ich begleite Sie«, sagte Eva Backman und schaltete das Aufnahmegerät aus.

Wider Erwarten kehrten die beiden Frauen zehn Minuten später zurück; jedenfalls erstaunte es Barbarotti, dass Karin Sylwander bereit zu sein schien, die Vernehmung fortzusetzen. Sie hatte mit Sicherheit beide Alternativen in Erwägung gezogen, während sie sich frischmachte, alles andere wäre seltsam. Aber vielleicht wollte sie ja herausfinden, was die Polizei wusste und was nicht, bevor sie sich entschied, die Befragung abzubrechen. Eine Befragung, die für sie voller verdeckter Andeutungen sein musste.

Ob sie das Ganze nach wie vor als eine Zeugenvernehmung betrachtete und weiterhin davon ausging, dass sie nicht unter Verdacht stand, war eine andere Frage. Vielleicht war ihr die Rechtslage nicht vertraut, vielleicht glaubte sie, die Polizei könnte sie ohne weiteres einbuchten, wenn sie Lust dazu hatte. Barbarotti gelang es nicht, dies ihrer recht gefassten Haltung anzusehen, als sie sich erneut auf dem Stuhl niederließ und die Hände vor sich faltete. Sie ist Schauspielerin gewesen, erinnerte er sich selbst. Vergiss das nicht.

Jetzt ergriff die Schauspielerin/Witwe die Initiative.

»Seine Aufzeichnungen«, sagte sie. »Woher haben Sie die?«

»Darauf kommen wir später zurück«, erklärte Barbarotti. »Aber wir haben einige Fragen zu diesem Alexander, den Ihr Mann durchgängig als Ihren Bruder bezeichnet. Sie haben ja gar keinen Bruder, und es fällt uns schwer zu verstehen, wie er das so falsch verstanden haben kann?«

Karin Sylwander zögerte allerhöchstens eine Sekunde. Offenbar hatte sie während ihres Toilettenbesuchs entschieden, wie sie auf diese Frage reagieren sollte.

»Alexander ist nicht mein Bruder«, antwortete sie. »Wie ich schon sagte, ich habe keinen Bruder. Aber wir haben es so aussehen lassen, damit die Sache möglichst reibungslos läuft.«

»Möglichst reibungslos läuft?«, fragte Eva Backman mit gespieltem Erstaunen. »Jetzt komme ich nicht ganz mit.«

Karin Sylwander atmete tief durch und nahm Anlauf. »Alexander ist ein guter alter Freund von mir. Er widmet sein Leben Wohltätigkeitsprojekten. Notleidende Kinder in verschiedenen Teilen der Welt, Kinderheime, Schulen und so weiter... er setzt sich wirklich leidenschaftlich für diese Dinge ein, genau wie ich. Und da es Albin und mir finanziell so gutgeht, habe ich es als unsere Pflicht betrachtet zu helfen. Mag sein, dass es falsch war, ihm Alexander als meinen Bruder vorzustellen, aber ich habe gedacht, dass es auf die Art leichter sein würde, meinen Mann mit ins Boot zu holen. Das war natürlich dumm von mir, aber als ich es einmal gesagt hatte, konnte ich nicht mehr zurück. Es tut mir leid, aber so ist es gewesen.«

»Ein guter Freund?«, fragte Barbarotti. »Nicht mehr?«

»Nein, was meinen Sie?«

»Nur eine Frage«, meinte Barbarotti. »Und diese Hilfsprojekte laufen gut?«

»Ich denke schon. Aber Albin und ich haben uns nie näher mit den Details befasst. Alexander hat sich um alles gekümmert.«

»Aber Sie haben doch ziemlich viel Geld investiert?«

»Wir können es uns leisten. Und wenn man es sich leisten kann, hat man allen Grund, Gutes zu tun. Anderen zu helfen, die weniger haben.«

»Ein schöner Gedanke«, sagte Eva Backman. »Wir belassen es erst einmal dabei. Es gibt noch einen ganz anderen Punkt, zu dem wir Fragen haben. Wessen Idee war diese unglückselige Reise nach Stockholm und mit der Vikingfähre nach Turku?«

»Ich verstehe nicht ganz«, erwiderte Karin Sylwander.

»Das ist eigentlich eine ziemlich einfache Frage«, meinte Backman. »Wessen Idee war es, Ihre oder die Ihres Mannes?«

»Es war Albins Idee. Was spielt das für eine Rolle?«

»Möglicherweise eine recht große«, schaltete Barbarotti sich ein. »In seinen Aufzeichnungen behauptet Ihr Mann nämlich, dass es Ihre Initiative war.«

»Das ist … das ist falsch«, sagte Karin Sylwander und wirkte für einen Moment aufrichtig verwirrt. »Aber wie gesagt, ich habe es für eine gute Idee gehalten. Obwohl es das ja nicht war.«

»Nein«, sagte Barbarotti. »Es war eine richtig schlechte Idee. Aber können Sie sich vorstellen, warum er behauptet, dass Sie darauf gekommen sind?«

Sie zögerte wieder. »Nein … nein, das kann ich nicht.«

»Aber Sie verstehen, warum wir Sie das fragen?«, sagte Backman. »Schließlich muss einer von ihnen lügen.«

»Lügen? Warum sollten wir lügen?«

»Das fragen wir uns auch«, antwortete Barbarotti. »Übrigens, stimmt es, dass Sie beide kürzlich eine neue Lebensversicherung auf Ihren Mann abgeschlossen haben? Wodurch im Falle seines Todes ein ansehnlicher Betrag ausgezahlt wird?«

Karin Sylwander nickte, sagte aber nichts.

»War das vielleicht auch die Idee Ihres Mannes?«

»Ja … in der Tat.«

»Das war also nicht Ihr Vorschlag?«

»Nein.«

»Mir ist noch etwas anderes eingefallen«, sagte Eva Backman. »Sie haben gesagt, dass auf der Fähre niemand gewesen ist, den Sie kennen. Stimmt das?«

»Äh … ja. Jedenfalls habe ich niemanden gesehen, den ich kenne.«

»Und wenn ich Ihnen erzähle, dass ein gewisser Alexander auf der Passagierliste steht, was haben Sie mir dann dazu zu sagen?«

»Ein gewisser … Alexander?«

»Ja. Alexander Rendell. Der früher Johansson hieß.«

Jetzt ist Schluss, dachte Gunnar Barbarotti und lehnte sich auf seinem Stuhl zurück. Jetzt muss sie verstehen, dass es Zeit wird zu schweigen, wenn sie sich nicht jede Möglichkeit verbauen will.

Warum denke ich so?, fragte er sich im selben Atemzug. Wir spielen doch nicht im selben Team?

Karin Sylwander schwieg zwar fünf Sekunden, während ihr Blick erneut zwischen ihren beiden Quälgeistern hin und her wechselte, aber dann zuckte sie mit den Schultern und erklärte:

»Es stimmt, dass Alexander auch auf dem Schiff war. Es war …«

»Ja?«

»Albin wollte es so haben. Zur … zur Sicherheit.«

»Ach, wirklich?«, sagte Eva Backman. »Und warum haben Sie uns das nicht von Anfang an erzählt?«

Karin Sylwander trank zwei Schlucke Wasser und sagte anschließend, sie habe keine Lust, weitere Fragen zu beantworten.

Und dass sie mit einem Anwalt sprechen wolle, sie sei sicher, dass dies in einer Situation wie dieser ihr gutes Recht sei.

Gunnar Barbarotti und Eva Backman hoben mindestens drei erstaunte Augenbrauen angesichts ihres Wunsches, hatten aber nichts einzuwenden. Allerdings nutzte Barbarotti die Gelegenheit, um zu unterstreichen, dass die Witwe unter keinerlei Verdacht stehe, dass dieses Gespräch eine ganz normale Zeugenvernehmung gewesen sei und es ihr selbstverständlich freistehe, das Polizeipräsidium von Kymlinge auf der Stelle zu verlassen, wenn sie das wünsche.

Was Karin Sylwander ohne weitere Bedenkzeit tat.

Nicht informiert wurde sie allerdings darüber, dass ein gewisser Alexander Rendell, geborener Johansson, eine halbe Stunde zuvor zusammen mit den Kriminalinspektoren Borgsen und Toivonen in einem anderen Vernehmungszimmer Platz genommen hatte, das dem sehr ähnlich sah, das sie selbst soeben verlassen hatte.

41

Protokoll der Vernehmung von Alexander Jimi Rendell im Polizeipräsidium von Kymlinge am 5. April 2013.

BORGSEN: Zeugenvernehmung von Alexander Rendell im Ermittlungsverfahren Nummer 13/124-2S. Es ist 13.35 Uhr am Freitag, den fünften April 2013. Mein Name ist Kriminalinspektor Borgsen, ich bin der Vernehmungsleiter. Anwesend ist des Weiteren Kriminalinspektor Matti Toivonen. Willkommen, Herr Rendell.

RENDELL: Was tue ich hier?

BORGSEN: Wir haben Sie hierherbestellt weil wir Ihnen einige Fragen stellen möchten, die im Zusammenhang mit dem Verschwinden von Herrn Albin Runge vor zwei Wochen stehen. Wir haben Grund zu der Annahme, dass Sie uns bei gewissen Informationen behilflich sein können.

RENDELL: Und wie kommen Sie darauf?

TOIVONEN: Verstehen Sie das wirklich nicht?

RENDELL: Nein, das tue ich nicht.

BORGSEN: Wenn Sie uns gestatten, Ihnen einige Fragen zu stellen, wird es vielleicht klarer.

RENDELL: Ja, okay. Fragen Sie.

BORGSEN: Danke. Wo sind Sie am zweiundzwanzigsten und dreiundzwanzigsten März gewesen?

RENDELL: Was?

BORGSEN: Ich wiederhole die Frage. Wo sind Sie am zweiundzwanzigsten und dreiundzwanzigsten März gewesen?

RENDELL: Dieses Jahres?

BORGSEN: Ja, dieses Jahres.

(Rendell schweigt fünf Sekunden, bevor er antwortet.)

RENDELL: Okay. Ich war an Bord dieser verfluchten Fähre.

BORGSEN: Welche Fähre meinen Sie?

RENDELL: Na, die nach Turku, natürlich. Die Vikingfähre von Stockholm.

BORGSEN: Danke. Und warum sind Sie mit dieser Fähre gefahren?

(erneut langes Schweigen Rendells)

BORGSEN: Ich wiederhole meine Frage. Aus welchem Grund befanden Sie sich am zweiundzwanzigsten und dreiundzwanzigsten März an Bord der Fähre zwischen Stockholm und Turku?

(unverständliches Murmeln Rendells)

TOIVONEN: Was haben Sie gesagt?

RENDELL: Hat man jetzt etwa nicht mehr das Recht, eine kleine Kreuzfahrt zu machen, wenn man will?

TOIVONEN: Sie haben alles Recht der Welt, eine Fähre zu nehmen, aber in diesem Fall geht es ja um eine etwas spezielle Passage. Wenn man bedenkt, was passiert ist. Können Sie uns Ihre Beziehung zu Albin Runge beschreiben?

RENDELL: Zu Albin Runge?

TOIVONEN: Ja.

RENDELL: Ich bin ihm nur ein paarmal begegnet.

BORGSEN: Aus welchem Grund haben Sie beide sich getroffen?

(keine Antwort von Rendell)

TOIVONEN: Aus welchem Grund haben Sie und Albin Runge sich getroffen?

RENDELL: Geschäfte.

TOIVONEN: Geschäfte? Was für Geschäfte?

RENDELL: Ich bin Unternehmer. Ich treffe viele Menschen, um Geschäfte zu machen.

BORGSEN: Und um welche Art von Geschäften ging es bei Ihren Treffen mit Albin Runge?

RENDELL: Um Investitionen.

BORGSEN: Könnten Sie das bitte etwas näher erläutern?

RENDELL: Ich weiß nicht, warum Sie wollen, dass ich das näher erläutere, aber okay, er wollte in gewisse Projekte investieren, an denen ich arbeite.

BORGSEN: Welche Art von Projekten genauer gesagt?

RENDELL: Verschiedener Art.

BORGSEN: Können Sie uns ein Beispiel geben?

RENDELL: Es handelte sich in erster Linie um Projekte zu wohltätigen Zwecken. Ich verstehe nicht, was das mit seinem Verschwinden zu tun haben soll.

TOIVONEN: Das macht nichts, wenn Sie das nicht verstehen. Wie viel Geld hat Albin Runge insgesamt in Ihre Projekte gesteckt?

RENDELL: Ich glaube nicht, dass ich diese Frage beantworten muss.

TOIVONEN: Vollkommen richtig. Es könnte dumm sein zu antworten, wenn Sie etwas zu verbergen haben.

RENDELL: Ich habe nichts zu verbergen.

TOIVONEN: Hervorragend. Also, wie viel Geld hat Albin Runge in Ihre Firmen investiert?

RENDELL: Das kann ich Ihnen ohne Zugang zu meinen Büchern nicht beantworten.

TOIVONEN: Könnten Sie für uns eine Schätzung abgeben?

RENDELL: Nein, ich sehe keinen Grund, das zu tun.

BORGSEN: Uns liegen Informationen vor, nach denen Albin Runge und seine Frau ungefähr sieben Millionen Kronen in Ihre Firmen investiert haben. Könnte das zutreffen?

(Rendell antwortet nicht.)

BORGSEN: Ich wiederhole die Frage. Könnte es zutreffen, dass Albin Runge und Karin Sylwander zirka sieben Millionen Kronen in Firmen investiert haben, die Ihnen gehören?

RENDELL: Ich habe keine Ahnung, wie viel es gewesen ist. Ich habe nicht alle meine Geschäfte im Kopf.

BORGSEN: Es handelt sich um vier verschiedene Firmen, ist das richtig?

RENDELL: Vier?

BORGSEN: Sind es mehr?

RENDELL: Ich würde meinen, dass es drei sind.

TOIVONEN: Und diese drei Firmen betreiben also Hilfsprojekte in verschiedenen Teilen der Welt?

RENDELL: Ja, genau.

TOIVONEN: Kinderdörfer und Schulen und so?

RENDELL: Ja.

TOIVONEN: Könnten Sie uns ein paar Namen dieser Schulen oder Kinderdörfer nennen?

RENDELL: Die stehen in meinen Büchern.

TOIVONEN: Wenigstens einen Namen?

RENDELL: Ich habe keine Veranlassung, Ihnen Rechenschaft über meine Geschäfte abzulegen. Dürfte ich Sie um eine Erklärung dafür bitten, warum ich hier sitze? Stehe ich unter Verdacht?

TOIVONEN: Unter Verdacht? Nein, was für ein Verdacht soll das sein?

(keine Antwort von Rendell, fünf Sekunden Schweigen)

BORGSEN: Möchten Sie noch etwas hinzufügen, was Ihre Hilfsprojekte betrifft?

RENDELL: Was sollte das sein?

BORGSEN: Zum Beispiel, ob das Geld, das Runge und Sylwander investiert haben, die Hilfsbedürftigen in den verschiedenen Ländern erreicht hat?

RENDELL: Selbstverständlich. Ich habe nichts hinzuzufügen.

BORGSEN: Ich verstehe. Dann kehren wir zu dieser Kreuzfahrt nach Finnland zurück. Welchen Grund hatten Sie, das Schiff zu nehmen?

RENDELL: *(nachdem er von seinem Stuhl aufgestanden und eine halbe Minute im Raum auf und ab gegangen ist)* Okay, verdammt. Albin Runge wollte, dass ich ihn begleite. Als eine Art ... ja, was weiß ich ... als eine Sicherheitsmaßnahme. Er hatte doch diese Morddrohungen erhalten.

BORGSEN: Albin Runge, dem sie nur ein paarmal begegnet sind, hat Sie gebeten, ihn auf der Fahrt nach Finnland zu begleiten?

RENDELL: Es könnte sein, dass wir uns doch etwas öfter gesehen haben. Wenn ich so darüber nachdenke.

TOIVONEN: Gut, dass Sie nachdenken. Wie gut kennen Sie übrigens Runges Frau, Karin Sylwander? Wenn Sie darüber nachdenken?

RENDELL: Wir sind alte Bekannte.

TOIVONEN: Nicht mehr?

RENDELL: Nein.

(eine halbminütige Pause, in der der Vernehmungsleiter in einem Ordner nach einer Information sucht, sie findet)

BORGSEN: Uns liegen Informationen vor, nach denen Sie und Karin Sylwander einige Jahre zusammengelebt haben.

RENDELL: Das stimmt nicht.

BORGSEN: Aber Sie haben zweieinhalb Jahre dieselbe Adresse gehabt. Damals hießen Sie Johansson.

RENDELL: Sie war meine Untermieterin.

TOIVONEN: Mannomann, ich muss schon sagen. War sie nicht auch Ihre Schwester?

(Rendell steht erneut auf, setzt sich aber wieder.)

BORGSEN: Ich möchte Sie darauf hinweisen, dass es Ihnen freisteht, diese Vernehmung abzubrechen, wenn Sie das wünschen. Aber es wäre ganz praktisch, wenn Sie sich entscheiden könnten, unsere Fragen jetzt zu beantworten. So bleibt es uns erspart, Sie morgen wieder hierherzuholen. Also, trifft es zu, dass Albin Runge glaubte, Sie und Karin Sylwander wären Geschwister?

(Pause, kaum hörbares Murmeln von Rendell)

BORGSEN: Möchten Sie, dass ich die Frage wiederhole?

RENDELL: Das war nicht meine Idee.

BORGSEN: Wessen Idee war es dann?

RENDELL: Karins. Es war bescheuert, ich war dagegen.

BORGSEN: Könnte man sagen, dass Sie beide Albin Runge hinters Licht geführt haben?

RENDELL: Es geschah für einen guten Zweck. Mehr möchte ich dazu nicht sagen.

TOIVONEN: Ich kann gut verstehen, dass Sie das nicht wollen. Dann wechseln wir das Thema. Könnten Sie bitte mit eigenen Worten beschreiben, was Sie zwischen dem zweiundzwanzigsten und dreiundzwanzigsten März auf dieser Fähre gemacht haben?

(Rendell schweigt eine halbe Minute. Borgsen und Toivonen auch.)

BORGSEN: Nun?

RENDELL: Ich war auf der verdammten Fähre, weil man

mich gebeten hat, dort zu sein. Ich hatte über Handy mehrmals Kontakt zu Karin, habe mich ansonsten aber von den beiden ferngehalten. Das war ja die Idee des Ganzen.

BORGSEN: Was für eine Idee?

RENDELL: Dass ich Albin im Auge behalten sollte, aber nur von fern.

BORGSEN: Etwas genauer.

RENDELL: Na ja, ich sollte Ausschau halten nach verdächtigen Personen ... nach Nemesis, könnte man sagen.

BORGSEN: Das heißt, Sie haben von Nemesis gewusst?

RENDELL: Ja, Karin hat mir von der Situation erzählt.

BORGSEN: Ich verstehe. Haben Sie irgendwen gesehen, der sich verdächtig verhalten hat?

RENDELL: Nein.

BORGSEN: Und wann haben Sie Albin Runge zum letzten Mal an Bord der Fähre gesehen?

RENDELL: Beim Frühstück auf der Rückfahrt. Ich glaube, er hat seine Kabine erst wieder eine Stunde vor der Ankunft in Stockholm verlassen.

TOIVONEN: Woher wissen Sie das?

RENDELL: Karin hat mich angerufen und mir gesagt, dass er zum Tax-free-Shop wollte. Ich glaube, das war so gegen vier. Aber jetzt habe ich keine Lust mehr, hier herumzusitzen. Ich finde Ihre Fragen insinuierend.

TOIVONEN: Insinuierend?

RENDELL: Genau. Wissen Sie nicht, was das bedeutet?

BORGSEN: Wenn Sie möchten, steht es Ihnen jederzeit frei zu gehen.

RENDELL: Danke.

(Rendell steht auf und verlässt den Raum.)

BORGSEN: Die Vernehmung ist beendet. Es ist 14.02 Uhr.

Exakt vier Stunden nachdem Sorgsen die Vernehmung mit Alexander Rendell, geborenem Johansson, beendet hatte, saß Gunnar Barbarotti im Dampfbad des *Kymlingehof*, einer edlen Therme, die nicht mehr als ein gutes Jahr auf dem Buckel hatte und für die ihm diverse Kinder zu Weihnachten einen Geschenkgutschein überreicht hatten. Das Problem war nur, dass er weder sonderlich gern schwamm, noch in die Sauna ging. Auf dem Gutschein waren jedoch noch ein paar hundert Kronen offen, und wer etwas geschenkt bekommt, sollte die Klugheit besitzen, dankbar zu sein.

Außerdem hatte er für acht Uhr einen Tisch für zwei Personen im Restaurant *Brännström und Freunde* reserviert, große Not litt er also eigentlich nicht. Höchstens, weil der heiße Dampf nicht nur die Verspannungen in seinem Körper aufzulösen schien, sondern auch die Gedanken in seinem Kopf.

Und wenn er sie nicht gleich auflöste, so gab er ihnen zumindest eine andere Form. Es war ihm schlicht unmöglich, eine einfache logische Diskussion mit sich selbst zu führen, was sonst eigentlich nie ein Problem darstellte. Es kam nur darauf an, die richtigen Fragen zu stellen, denn ohne Fragen bekam man keine Antworten.

Natürlich war es der Fall Albin Runge, der in Barbarottis dampfendem Bewusstsein blubberte, und er dachte, dass es vermutlich das Beste wäre, ihn vollständig verdampfen zu lassen, um ihn nach einer Nacht guten Schlafs und bei hellem Tageslicht erneut in Angriff zu nehmen.

So funktionierte es meistens auch. Wenn man einen Ringkampf oder ein Skirennen gewinnen wollte, war maximale Anstrengung sicher der richtige Weg, aber Denkprozesse folgten anderen Regeln. Weil die elegantesten Lösungen für schwierige (oder weniger schwierige) Probleme meist von strenger Einfachheit geprägt waren, war es häufig von Vorteil, möglichst viel sperrigen und die Sicht versperrenden Gedankenschrott loszuwerden.

Guter Gedanke, dachte Kriminalinspektor Barbarotti und wankte nur Sekunden, bevor er in Ohnmacht gefallen wäre, aus der Sauna. Und wie sieht die elegante Lösung für Aktenzeichen 13/124-2S aus? Warum er es nicht lassen konnte, bei jedem neuen Fall das Aktenzeichen auswendig zu lernen, war eine Frage, die er von dem verbliebenen Dampf auflösen ließ.

Die Antwort lag auf der Hand.

Nemesis existierte nicht.

Besser gesagt: Nemesis existierte nicht unter den Fahrgästen in dem Bus nach Åre-Duved am zweiundzwanzigsten März 2007. Oder unter den Eltern dieser Fahrgäste.

Nemesis war viel näher.

Und wo? Nun, im Strandvägen 11 in Kymlinge – denn sie, die Witwe des verstorbenen Albin Runge, steckte zusammen mit ihrem früheren Lebensgefährten hinter dem Ganzen. Diese raffinierten Schweinehunde.

Die Briefe. Die Telefonate. Der Betrug. Die Kreuzfahrt nach Turku und der Mord.

Barbarotti ließ sich in einem Ruhesessel in der Abteilung nieder, die den Namen Refugium trug und Aussicht auf die große Schwimmhalle hatte, in der die angenehme Temperatur von achtundzwanzig Grad herrschte und die mit einer Bar ausgestattet war. Wer hatte behauptet, dass es einem nicht guttue zu schwimmen und in die Sauna zu gehen?

Er bestellte ein Bier und betrachtete die elegante Lösung mit seinem inneren Auge.

Karin Sylwander und Alexander Rendell, geborener Johansson. Sie hatten es von Anfang an, seit Albin Runge seine zukünftige Ehefrau in der Bank kennenlernte, darauf abgesehen, dem gutgläubigen früheren Busfahrer so viel Geld aus der Tasche zu ziehen wie möglich. Am Ende hatten sie die letzte Konsequenz gezogen und ihn ermordet.

Ihn irgendwo zwischen Schweden und Finnland ins Meer geworfen. Wahrscheinlich mitten in der Nacht; die Version, er wäre am Nachmittag der Rückreise verschwunden, war natürlich völlig aus der Luft gegriffen.

Danach blieb ihnen nur noch, die Lebensversicherung und das Erbe einzustreichen. Andere Erben als seine Ehefrau hinterließ der Verstorbene nicht.

Oh, verdammt, dachte Gunnar Barbarotti und trank einen Schluck Bier. So sieht die einfache und elegante Lösung aus.

Der einzige Einwand, den er gegenwärtig sah, war Toivonens Kommentar nach der Vernehmung Alexander Rendells; eine Vernehmung, deren Protokoll vermutlich noch nicht vorlag, aber Backman und Barbarotti hatten sich die Aufnahme angehört.

»Der Typ ist ein verdammter Schurke«, hatte Toivonen erklärt. »Aber als es um die Fähre ging, klang er leider ziemlich glaubwürdig.«

Zwei Stunden später – als sie gerade einen ausgezeichneten Steinbutt mit gebräunter Butter und Pellkartoffeln speisten, und nachdem er diese einfache und elegante Lösung präsentiert hatte, brachte Eva Backman einen anderen störenden Aspekt vor.

»Ich will ja gar nicht behaupten, dass du völligen Unsinn redest«, sagte sie. »Aber ich sehe große Probleme voraus, deine Theorie auch zu beweisen. Und ich fürchte, die Staatsanwältin wird es genauso sehen.«

»Ich weiß«, erwiderte Gunnar Barbarotti. »Es gibt eben immer einen Haken.«

Oktober 2018

42

Eva Backman saß im Sessel vor dem Kaminfeuer und las Protokolle. Barbarotti stand am Herd und beaufsichtigte ein Risotto. Nach der geglückten Operation auf Fårö waren sie noch dazu gekommen, nach Slite zu fahren, wo es das nächstgelegene staatliche Alkoholgeschäft gab, und sechs Flaschen Wein zu kaufen.

Nicht, weil sie für die verbleibenden zwei Wochen wahrscheinlich so viele Flaschen brauchen würden, sondern um auf Nummer sicher zu gehen. Ein italienischer Rotwein war im Übrigen bereits geöffnet worden, damit er Luft bekam. Abgesehen von zwei Gläsern, die eingeschenkt und probiert worden waren. Jeder erfolgreiche Privatermittler hat eine Belohnung verdient.

Obwohl es genau dieses Detail war, über das Barbarotti nachdachte, während er in dem leise köchelnden Reis rührte. Wie stand es eigentlich um den Erfolg an diesem Tag? Sie hatten ein Haus gefunden, in dem wahrscheinlich ein Künstler namens Andreas Lauger wohnte. Dieser Künstler hatte möglicherweise einen Untermieter, der häufig auf einem roten Fahrrad unterwegs war. Dieser Radfahrer sah einem gewissen Albin Runge ähnlich, der seit fünfeinhalb Jahren tot war… nein, von dem man *annahm*, dass er so lange tot war, weil man ihn mutmaßlich von einer Finnlandfähre ins Meer geworfen hatte.

Dessen Leiche jedoch niemals gefunden worden war.

War diese ungenügend verbundene Kette tatsächlich etwas, worauf man stolz sein konnte?

Er trank einen Schluck Wein und dachte weiter nach. Linnea hatte behauptet, der Künstler Lauger sei homosexuell. Woher wusste ein siebzehnjähriges Mädchen so etwas? Nun, die Jugendlichen von heute verfügten über ein größeres Wissen als frühere Generationen, das war nichts Neues. Sie waren offener, wacher und hatten eine Simultankapazität, von der ihre Eltern nur träumen konnten. Auch das war nichts Neues, Barbarotti selbst hatte in der Villa Pickford schon seit Jahren kein Karten- oder Brettspiel mehr gewonnen.

Aber Albin Runge war doch nicht schwul gewesen? Er hatte zwei Frauen geheiratet, und nirgendwo waren Informationen aufgetaucht, die besagten, dass er im Bett Männer bevorzugte. Außer möglicherweise…

Außer möglicherweise. Er machte sich eine Notiz im Gedächtnis und goss den letzten Rest Brühe auf den Reis. Rührte um und rief Privatermittlerin zwei zu, dass das Essen an diesem Abend in kurzer, sehr kurzer Zeit verzehrt werden könne. Hatte sie den Tisch gedeckt?

Das hatte sie.

Salat.

Fertig.

Schön. Er rührte den Parmesan ein. Ließ ihn eine halbe Minute quellen. Anschließend kamen die gebratenen Pilze und Krabben auf den Reis. Noch eine halbe Minute und abschließend ein paar Prisen Petersilie; das Ganze sah so appetitlich aus, dass Rembrandt spontan ein Stillleben gemalt hätte, wenn er das Gericht zu Gesicht bekommen hätte.

Oder Lauger, der naive Realist.

»Was hast du als Letztes gelesen? Während ich im Schweiße meines Angesichts am Herd geschuftet habe.«

»Mmm, das schmeckt ja fantastisch! Von mir aus darfst du jeden Abend schuften, wenn das dabei herauskommt. Prost, mein Geliebter.«

»Prost und danke«, erwiderte Barbarotti bescheiden. »Aber was hast du denn jetzt gelesen?«

»*Kleckse und Späne*«, antwortete Eva Backman. »Aber ich bin noch nicht durch. Es sind mehr als vierzig Seiten.«

»Stimmt, ich erinnere mich, dass es ziemlich viel war«, sagte Barbarotti und nickte. »Aber diese Anspielung auf Fröding habe ich nie verstanden.«

»Ich auch nicht«, gestand Eva Backman. »Aber er kam ja aus Alster, vielleicht reicht das schon. Es ist ja nicht gerade Poesie, was unser Freund Runge schreibt.«

»Ja, aber was *ist* es, was er da schreibt?«

»Du denkst an den Sinn?«

»In erster Linie.«

»Genau das ist hier die Frage. Oder?«

»Des Pudels Kern, könnte man sagen«, erwiderte Barbarotti und seufzte. »Aber ich muss mir auch die Zeit nehmen, alles sorgfältig zu lesen. Mit der Analyse sollten wir besser warten, bis wir das beide getan haben.«

»Da hast du recht«, sagte Eva Backman. »Und dann haben wir noch das Problem, wie wir dem Maler in Ava zu Leibe rücken wollen. Ich finde, wir sollten uns zumindest ein oder zwei Tage zurückhalten.«

»Und warum?«

»Weil wir clever vorgehen müssen und weil ich bei der Sache kein gutes Gefühl habe. Es ist ja kein Polizeieinsatz, mit dem man uns beauftragt hat, es kann nicht schaden, wenn wir das im Kopf behalten.«

»So sieht der Alltag eines Privatermittlers aus«, erklärte Barbarotti. »Unsicherheit, Risiken. Keine Unterstützung, wenn es schiefgeht … im Grunde wie ein alter Spion hinter dem Eisernen Vorhang. Aber trink noch etwas Wein, wir dürfen in dieser misslichen Angelegenheit nicht den Mut verlieren.«

»Ha, ha«, sagte Eva Backman. »*Misslich*! Was es nicht alles für Wörter im Kopf eines Privatschnüfflers gibt. Aber okay, noch ein Glas, danach lese ich Runges Opus magnum aus. Was nimmst du dir als Nächstes vor?«

Barbarotti dachte nach. »Den Lehrer«, sagte er schließlich. »Es gibt ja nur Notizen nach einem Telefonat, aber seither ist er mir nicht mehr aus dem Kopf gegangen. Wenn er noch lebt und erreichbar ist, würde ich gerne noch einmal mit ihm sprechen.«

»Nichts ist unmöglich«, sagte Eva Backman.

»Die Hoffnung stirbt zuletzt«, präzisierte Gunnar Barbarotti.

Am nächsten Morgen war der Regen zurück und ganz Gotland ohne Strom. Ersteres ließ sich nicht ändern, Letzteres lag an irgendwelchen Arbeiten an den Stromkabeln vom Festland. Inspektor Lindhagen rief aus Kymlinge an, weil er per Mail eine Mitteilung dazu erhalten hatte, und erklärte, mit so etwas müsse man rechnen. Wasser lasse sich von Hand an der Pumpe neben dem Gartenschuppen holen – *aber schüttet unbedingt erst ein paar Eimer weg, am Anfang sieht es aus wie eine missglückte Urinprobe!* –, und Kaffee könne man auf dem Holzherd in der Küche kochen. Im Norden Gotlands zu wohnen sei nichts für Weicheier.

Sie befolgten seine Anweisungen, und als der Kaffee endlich fertig war, gab es auch wieder Strom.

»Irgendwer da oben mag uns«, sagte Eva Backman.

»Ich glaube, es ist Gustaf Fröding«, erwiderte Barbarotti.

»Er ist in den Himmel gekommen?«

»Auf jeden Fall. Dichter haben einen Freifahrtschein. Was sie auf Erden schreiben, interessiert niemanden, deshalb ist das nur gerecht.«

»Ich verstehe«, sagte Eva Backman. »Obwohl Fröding ja ziemlich bekannt geworden ist. Wie sieht es denn mit Polizisten aus?«

»Wenn sie in Ausübung ihrer Pflicht sterben, kommen sie in den Himmel, darüber hinaus du und ich. Aber ich bin mir nicht ganz sicher, wenn ich sie das nächste Mal in der Leitung habe, frage ich nach.«

»Tu das«, sagte Eva Backman. »Wäre gut zu wissen. Und was machen wir mit dem Tag?«

Barbarotti dachte drei Sekunden nach.

»Ich könnte zu Laugers Haus hochfahren und im Wald ein Zelt aufstellen«, schlug er vor. »Und anschließend darauf warten, dass sie nach Hause kommen, und sie zur Rede stellen … ganz einfach.«

»Ganz einfach?«

»Ja gut, halb einfach, wenn man unbedingt kleinlich sein will.«

»Ich dachte, wir hätten uns darauf geeinigt, uns ein wenig in Geduld zu üben. Wenn du diese Herren erwischst und der eine namens Lauger behauptet, dass er nicht die geringste Ahnung hat, wer Albin Runge ist … oder *war* … was willst du dann machen? Ihn bitten, sich auszuweisen?«

»Nun ja …«, sagte Barbarotti.

»Wir müssen schon etwas mehr in der Hand haben, bevor wir anklopfen.«

Barbarotti dachte einen Moment nach. »Okay, ich verstehe, was du meinst. Ich fange mit *Kleckse und Späne* an, und du liest durch, was der Lehrer zu sagen hatte. Ich wette, dass … nein, vergiss es, ich will nicht, dass du voreingenommen bist. Wenn du durch bist, rufe ich ihn an.«

»Den Lehrer?«

»Ja.«

»Glaubst du wirklich, du findest ihn?«

»Wenn er sich nicht finden lässt, rufe ich nicht an.«

»Clever.«

Und ungefähr so verlief daraufhin der Vormittag des siebenundzwanzigsten Oktober in dem kleinen, mit Eisenvitriol behandelten Haus in Valleviken im Kirchspiel Rute. Sowohl der Regen als auch die Elektrizität blieben. Laut Kalender war es ein Samstag, aber davon wussten die beiden falkenäugigen, aber etwas in sich gekehrten Privatermittler nichts. Wenn man sich auf etwas konzentrieren will, ist es manchmal notwendig, den Kontakt zu peripheren Dingen zu verlieren.

43

Die Handynummer von 2013 war noch in Gebrauch.

Warum sollte man sie auch wechseln, wenn man nichts zu verbergen hatte und fast fünfundachtzig war, dachte Barbarotti. Er selbst war sicher, dass er das letzte halbe Jahrhundert dieselbe Nummer gehabt hatte. Das Einzige, was diesen Gedanken Lügen strafte, war die Tatsache, dass es Handys noch gar nicht so lange gab.

»Ja, hallo. Hier spricht Valdemar Häger.«

»Entschuldigen Sie bitte, mein Name ist Gunnar Barbarotti. Ich weiß nicht, ob Sie sich an mich erinnern. Ich bin Kriminalkommissar in Kymlinge, vor ein paar Jahren haben wir in einer bestimmten Angelegenheit telefoniert. Es ging um einen Albin Runge.«

»Albin Runge?«

»Ja.«

»Warten Sie kurz, ich muss in ein anderes Zimmer umziehen … doch, doch, ich erinnere mich.«

Die Stimme war dünn, aber deutlich. Als hätte ihr Besitzer Probleme mit dem Atmen oder sich nach dem Mittagessen gerade für ein Nickerchen auf der Couch ausgestreckt. Nur um sich nun die Umstände zu machen, sich in … ja, in was? In einen Winkel zu begeben, in dem er in Ruhe reden konnte, ohne belauscht zu werden?

Ich bin paranoid, dachte Barbarotti, während er wartete.

Valdemar Häger meldete sich nach einer halben Minute wieder.

»Entschuldigen Sie. Ich bin bei meiner Schwester zu Besuch, und sie ist wahnsinnig neugierig.«

»Das kommt vor«, sagte Barbarotti. »Es tut mir leid, dass ich Sie störe, aber ich rufe an, um Sie zu fragen, ob Sie bereit wären zu kommentieren, was Sie bei unserem Gespräch vor fünf Jahren gesagt haben. Es ist eine gewisse Entwicklung in dieser traurigen Geschichte um Albin Runge eingetreten, und es wäre gut, wenn Sie die Möglichkeit hätten, ein paar Fragen zu beantworten … und mir vor allem etwas mehr über ihn zu erzählen. Wie Sie ihn wahrgenommen haben, als er Ihr Schüler war.«

»Das ist ein etwas seltsames Anliegen«, stellte Valdemar Häger nachdenklich fest. »Aber ich bin natürlich einverstanden. Was Albin Runge zugestoßen ist, hat mich selbst in gewisser Weise auch getroffen … trotz all der Jahre, die vergangen sind.«

»Ich verstehe, dass dies etwas überraschend kommt«, meinte Barbarotti. »Und es wäre natürlich das Beste, wenn wir uns sehen könnten, aber ich halte mich gegenwärtig auf Gotland auf und habe leider keine Möglichkeit, in den nächsten Wochen nach Karlstad zu kommen … Sie wohnen doch noch in Karlstad?«

»Noch seltsamer«, platzte Valdemar Häger heraus, nun aber mit plötzlicher Kraft in der Stimme. »Es stimmt, dass ich in Karlstad wohne. Seit dreißig Jahren an derselben Adresse, aber im Moment bin ich wie gesagt zu Besuch bei meiner Schwester Birgitta. Sie ist gestern neunundachtzig geworden, und es ist bei uns zu einer Tradition geworden, dass ich sie an ihrem Geburtstag besuche … hier in Visby.«

»In Visby?«, sagte Barbarotti.

»Ja, genau, auf der Insel der Gotländer. Natürlich wäre es besser, wenn sie im Sommer Geburtstag hätte, aber sie ist nun einmal, wie sie ist, die liebe Birgitta.«

»Wäre es möglich, dass wir uns treffen?«, fragte Barbarotti und kniff sich gleichzeitig in den Arm, um zu prüfen, ob er wach war. »Wenn Sie schon sozusagen um die Ecke wohnen.«

»Ich fahre übermorgen heim«, erklärte Häger. »Aber morgen steht nichts auf dem Programm. Wo auf der Insel sind Sie? Ich fürchte, ich muss Sie bitten, nach Visby zu kommen.«

»Kein Problem«, versicherte Barbarotti. »Wenn Sie eine Zeit und einen Ort vorschlagen, komme ich gern.«

Häger dachte einen Augenblick nach.

»Das Wirtshaus *Lindgården*«, sagte er. Wir könnten morgen Abend gemeinsam essen, während wir uns unterhalten. Was sagen Sie dazu, Herr Kommissar?«

»*Lindgården*? Habe ich das richtig verstanden?«

»Völlig richtig.«

»Ausgezeichnet«, sagte Barbarotti. »Ich rufe an und reserviere einen Tisch. Passt Ihnen sieben Uhr?«

»Ich freue mich«, antwortete Häger. »Ich habe gehört, dass sie seit den fünfziger Jahren dieselbe Speisekarte haben… oder zumindest manche Gerichte gleich geblieben sind. In meinem Alter weiß man das zu schätzen.«

»Interessant«, sagte Barbarotti. »Übrigens, hätten Sie etwas dagegen, wenn ich mit einer Kollegin komme? Wir sind gemeinsam auf der Insel… ja, um genau zu sein, ist sie auch meine Lebensgefährtin.«

»Sieh einer an«, sagte Valdemar Häger. »Ich habe nichts dagegen. Aber ich werde meine Schwester nicht mitnehmen, in gewisse Umgebungen passt sie nicht so gut hinein.«

»Ich verstehe«, sagte Barbarotti. »Dann sehen wir uns morgen Abend im *Lindgården*.«

»Vielen Dank. Wie gesagt, das kommt sehr überraschend, aber vielleicht war es … trotz allem … so gedacht.«

Hägers letzte Worte gingen Barbarotti nicht aus dem Kopf, als er das Gespräch beendet hatte.

Was war so gedacht gewesen?

Jedenfalls schien jemand, der alle Fäden in der Hand hielt, beschlossen zu haben, an ein paar Strippen zu ziehen. Wenn es eine Choreographie gibt, dann gibt es auch einen Choreographen, manchmal war das ganz deutlich zu spüren. Es war nicht das erste Mal, dass dies Gunnar Barbarotti durch den Kopf ging, gewiss nicht. Wenn die Körner weit auseinanderliegen, braucht auch ein blindes Huhn Verbündete.

»Wie ist es gelaufen?«, fragte Eva Backman, die mit einem Müllbeutel draußen gewesen war.

»Es ist verblüffend gut gelaufen«, erklärte Barbarotti. »Morgen Abend essen wir in Visby.«

»In Visby? Und warum?«

»Weil Schullehrer Häger sich dort aufhält. Es kommt einem wirklich so vor, als wären die Götter plötzlich auf unserer Seite.«

»Ich dachte eigentlich, dass du nur an einen Gott glaubst«, sagte Eva Backman.

»Natürlich«, erwiderte Barbarotti. »Ich habe bildlich gesprochen. Jedenfalls ist es ein merkwürdiger Zufall. Telefonieren ist eine gute Sache, aber wenn auf die Art fünfzig Prozent herauskommen, muss man schon zufrieden sein.«

»Du meinst, morgen schaffen wir hundert?«

»Zumindest achtzig, neunzig«, antwortete Barbarotti. »Er ist ziemlich alt, aber noch klar im Kopf. Außerdem …«

»Außerdem?«

»Außerdem schien ihm sehr daran gelegen zu sein, mit uns zu reden. Als wäre beim letzten Mal nicht alles gesagt worden… aber damals war es eben auch nur ein Telefonat. Es ist mir trotzdem in Erinnerung geblieben, das ist es wirklich. Was ist bei deiner Lektüre herausgekommen?«

Eva Backman zuckte mit den Schultern.

»Nicht viel. Es ist ja vor allem eine Charakterbeschreibung… und die Geschichte einer Freundschaft unter Jungen. Es fällt mir schwer zu sehen, welche Relevanz es für das haben soll, was Runge so viele Jahre später passiert ist. Andererseits schadet es natürlich nicht, sich mit ihm zu treffen. Außerdem sind wir seit unserer Ankunft auf der Insel nicht mehr in Visby gewesen, das ist eigentlich ein bisschen seltsam, oder?«

»Fast schon beschämend«, stimmte Barbarotti ihr zu. »Wir gönnen uns einen Nachmittag in der Stadt und treffen anschließend Studienrat Häger und gehen mit ihm essen.«

»Das klingt doch mal nach einem guten Plan«, sagte Eva Backman. »Und wie wollen wir den heutigen Tag über die Ziellinie bringen?«

»Wir fahren mit dem Rad einmal um die Insel Furilden«, schlug Barbarotti vor und sah auf die Uhr. »Es ist noch zwei Stunden hell. Wenn wir zurück sind, machen wir ein Feuer im Kamin und besprechen die Lage.«

»Wir lassen uns frischen Wind um die Ohren wehen«, sagte Eva Backman.

»Ja, das trifft es ganz gut«, meinte Barbarotti und sah aus dem Fenster. »Es ist nämlich ganz schön stürmisch.«

Die Radtour dauerte anderthalb Stunden, das Kaminfeuer war in anderthalb Minuten entfacht. Die Analyse kam allerdings nur schleppend voran. Sie hatten den größten Teil des Materials durchforstet, das Sorgsen ihnen geschickt hatte, aber in welchem Maße sie jetzt wirklich klüger waren, ließ sich schwer sagen. Vor fünf Jahren war es gelaufen, wie es gelaufen war; im Nachhinein konnte man natürlich das eine oder andere finden, was man besser anders gemacht hätte, dennoch stellte sich die Frage, ob das Ergebnis nicht so oder so das gleiche gewesen wäre.

»Hat überhaupt irgendjemand an ihrer Schuld gezweifelt?«, fragte Eva Backman, als sie den letzten Ordner für diesen Abend geschlossen hatte.

»Ich glaube nicht«, sagte Barbarotti. »Aber ich erinnere mich, dass Toivonen eine Meinung zu Alexander Rendell hatte. Dass er … ja, dass er überraschend glaubwürdig wirkte, als Sorgsen und er ihn vernommen haben.«

»Stimmt, das habe ich gerade gelesen«, erwiderte Eva Backman. »Aber hat er nicht einfach nur geahnt, worauf es hinauslief, und war so schlau, sich entsprechend zu verhalten?«

»Das kann sein«, sagte Barbarotti. »Jedenfalls war er ein cleverer Mistkerl. Weißt du, wenn es etwas gibt, was ich verabscheue, dann sind es clevere Mistkerle.«

»Genau. Dann lieber bescheuerte Mistkerle. Die richten längst nicht so viel Schaden an.«

»Höchstens einen Bruchteil«, sagte Barbarotti. »Aber wenn wir Runges *Kleckse und Späne* nicht in die Finger bekommen hätten, wo in aller Welt wären wir dann gelandet? Hätten wir uns überhaupt für dieses Pärchen interessiert? Die trauernde Witwe und den Mistkerl Alexander?«

Eva Backman dachte einen Moment nach.

»Wahrscheinlich nicht«, stellte sie fest. »Wir hätten den Mörder bei den Eltern gesucht, die ein Kind verloren hatten … nun, das wäre viel schlimmer gewesen. Und es wäre niemals Anklage erhoben worden.«

»Nein, wohl kaum«, sagte Barbarotti. »Ich muss sagen, mein Kopf ist allmählich ziemlich leer, soll ich uns eine Flasche Wein aufmachen?«

»Ja, tu das. Weißt du, was ich beinahe hoffe?«

»Nein, was hoffst du beinahe?«

»Ich hoffe beinahe, dass dieser Typ oben in Ava jemand ganz anderes ist als Albin Runge … und dass unser alter Lehrer morgen nicht viel zu erzählen hat. Dann können wir die ganze Sache endlich zu den Akten legen.«

Barbarotti versuchte, diese Ansicht zu verdauen, während er das Stanniol um den Hals der Weinflasche abknibbelte und sie entkorkte.

»Ich kann verstehen, dass du das so siehst«, erklärte er. »Und vielleicht wäre es gut, wenn es so käme. Das Problem ist nur …«

»Ja? Was ist das Problem?«

»Das Problem ist, dass ich das Gefühl habe, es wird genau umgekehrt kommen. Noch dazu in beiden Fällen.«

»Na danke, ich weiß, dass du das glaubst«, murrte Eva Backman leicht resigniert. »Und ich gebe es nur ungern zu, aber ich fürchte, du liegst richtig … nein, stopp, mir reicht ein halbes Glas!«

Gunnar Barbarotti lächelte schief und schenkte wie gewünscht ein.

44

Das Gasthaus *Lindgården* lag in der Strandgatan, nur einen Katzensprung von dem Park Almedalen entfernt. Valdemar Häger war bereits da, als Barbarotti und Backman kurz nach sieben eintrafen. Er saß aufrecht an einem der Tische in dem halbleeren Restaurant, das Barbarotti an Stadthotels in den fünfziger Jahren denken ließ. Zwar hatte er dieses Jahrzehnt nie selbst erlebt, aber das spielte keine Rolle. Man konnte Ansichten zu König Karl XII. vertreten, ohne 1709 in der Schlacht von Poltawa gekämpft zu haben.

Der ehemalige Studienrat Häger erinnerte ihn im Übrigen ein wenig an den alten Monarchen. Zumindest in der Version des Porträts, dem Barbarotti in seinem Geschichtsbuch auf dem Gymnasium einen Schnurrbart angemalt hatte. Die markante Nase, die hohe Stirn und das schüttere, weiße, zurückgekämmte Haar, Gesichtszüge, die dem Mann insgesamt einen sanft aristokratischen Anstrich verliehen.

Als er begriff, dass seine Essensgesellschaft das Restaurant betreten hatte, erhob er sich von seinem Platz. Ein wenig mühsam, aber ohne seine Würde zu verlieren.

»Valdemar Häger, nehme ich an«, sagte Barbarotti und stellte seine Kollegin und Lebensgefährtin vor.

»Angenehm«, sagte Häger und grüßte mit festem Händedruck. »Man sitzt nicht jeden Abend mit zwei Stützen der Gesellschaft am Tisch.«

Er lächelte, und die sanfte Ironie war nicht zu überhören.

»Darüber lässt sich trefflich streiten«, erwiderte Barbarotti. »Die Polizei ist in den letzten Jahren ein wenig in Verruf geraten, aber Eva und ich tun, was wir können, das verspreche ich Ihnen.«

»Mehr kann man nicht verlangen«, sagte Häger. »Von keinem Menschen.«

Sie setzten sich und bestellten bei der Kellnerin, die zu ihrem Tisch kam und sie willkommen hieß, Mineralwasser.

»Ich bin auf meine alten Tage enthaltsam geworden«, erklärte Valdemar Häger und rückte seine blauweiß gepunktete Fliege gerade. »Der Alkohol hat seine Rolle in meinem Leben ausgespielt.«

»Wir wollen heute Abend auch enthaltsam bleiben«, sagte Eva Backman. »Außerdem muss eine Hälfte von uns fahren.«

Häger lächelte wieder. Barbarotti dachte, dass er bestimmt ein brillanter Lehrer gewesen war, dieser große, distinguierte Herr, der ihnen jetzt gegenübersaß und eine dünne Brille herauszog, um die Speisekarte besser studieren zu können, die vor ihm auf der weißen Tischdecke lag.

Eine Autorität allein durch seine Art zu sprechen und aufzutreten. Ein Mensch, auf den Verlass war. Vielleicht waren es ja gerade diese Dinge gewesen, die ihm nach dem Telefonat vor fünfeinhalb Jahren im Gedächtnis geblieben waren. Eine diffuse, aber hartnäckige Ahnung, dass er mehr hätte sagen können. Und besser mehr gesagt hätte.

Und nun saß man hier. In einem Restaurant in Visby, das dafür bekannt war, aus der Zeit gefallen zu sein und nicht jeder Mode hinterherzurennen, die Wirbel machte und gleich darauf wieder verschwand.

»Wallenberger«, sagte Häger. »Sehr schön, ich habe schon lange keine Kalbsfrikadellen mehr gegessen. Für mich keine

Vorspeise bitte. Man isst nicht mehr so viel, wenn man auf die hundert zugeht.«

»Ich hätte Sie auf fünfundsechzig geschätzt«, sagte Eva Backman. »Keinen Tag älter.«

»Hat die Frau Kommissarin es vielleicht auf den Augen?«, erkundigte sich Valdemar Häger.

»Albin Runge«, sagte Barbarotti. »Wie ich schon sagte, wir würden gern etwas mehr über ihn erfahren.«

Drei Portionen Wallenberger waren zur allgemeinen Zufriedenheit verspeist worden, und bisher hatte ihr Gespräch hauptsächlich um Visby früher und heute gekreist. Geschichte war eins von Hägers Unterrichtsfächern gewesen, das merkte man.

Jetzt trank er einen Schluck Wasser und wischte die Mundwinkel mit der Serviette ab. »Nun, deshalb sitzen wir ja wohl hier«, bemerkte er. »Wie kommt es, dass er wieder auf der Tagesordnung steht? Ich habe gedacht, der Fall wäre längst abgeschlossen?«

»Es sind ein paar neue Fakten aufgetaucht«, antwortete Eva Backman routiniert. »Und auch wenn der Fall abgeschlossen ist, sind damals doch einige Fragen ungeklärt geblieben.«

»Ja, das habe ich auch so verstanden«, sagte Häger. »Eine traurige Geschichte, in jeder Hinsicht, und wenn ich dazu beitragen kann, Licht in sie zu bringen, will ich das natürlich tun. Ich habe in meinen vierzig Jahren als Pauker ein paar tausend Schüler gehabt, und Albin Runge gehört zu denen, an die ich mich am klarsten erinnere. Und mit einem kleinen Stich im Herzen, sollte ich wohl hinzufügen.«

»Ja, ich erinnere mich an unser Telefongespräch«, sagte Barbarotti. »Aber was war denn so besonders an Albin Runge?«

Hägers Blick schien in die Ferne zu gehen, aber es war wohl eher so, dass er in die Vergangenheit gerichtet war. Genauer gesagt auf das Ende der achtziger Jahre, als er noch als Mittelstufenlehrer in irgendeiner Gesamtschule in Karlstad unterrichtete. Barbarotti erkannte, dass er sich nie die Mühe gemacht hatte, den Namen der Schule zu ermitteln, aber jetzt war es zu spät, danach zu fragen.

»Er war so unglücklich«, sagte Häger schließlich. »Ich kann mich nicht erinnern, dass ich jemals einen Schüler hatte, in dem so viel Traurigkeit steckte. Oder vielleicht ist Schwermut das bessere Wort. Seine schulischen Leistungen waren gut, er war begabt und aufgeweckt, aber vor allem ein sehr einsamer und schwermütiger Junge. Er lächelte nie, er lachte nie. Gemobbt wurde er allerdings nicht, er ging in eine gute Klasse, man kümmerte sich umeinander, und Albin wurde respektiert, auch wenn er keine Freunde hatte. Er wählte die Einsamkeit, und ich ahnte, dass er unter einer Bürde litt, die mir nicht gänzlich unbekannt war. So war es, bis …«

Er verstummte, weil die Kellnerin kam und wissen wollte, ob sie ein Dessert wünschten.

Es wurde kein Dessert gewünscht, dafür aber drei Tassen Kaffee. Die Kellnerin verschwand.

»Bis?«, fragte Eva Backman.

»Bis zum Ende der achten Klasse. Im April jenes Jahres kam ein neuer Schüler in seine Klasse, und innerhalb weniger Wochen hatte sich alles verändert. Aber ich muss mir darüber klar werden, wie weit ich darauf eingehen möchte … ich werde mich kurz frischmachen, während ich darüber nachdenke.«

Er kontrollierte den Sitz seiner Fliege, stand mit einer gewissen Anstrengung auf und verließ den Tisch.

»Was denkst du?«, fragte Eva Backman.

»Ich weiß nicht«, sagte Barbarotti. »Aber ich habe so ein Gefühl, dass wir bald verstehen werden, wie die Dinge zusammenhängen. *Eine Bürde, die mir nicht gänzlich unbekannt war.* Was soll das heißen?«

Eva Backman schüttelte den Kopf. »Ich ahne es, aber lass uns abwarten.«

Der Kaffee und Valdemar Häger trafen gleichzeitig am Tisch ein. Sowie ein Teller mit kleinen Schokoladenbiskuits. Die Kellnerin fragte, ob zum Kaffee wirklich kein Getränk gewünscht wurde, woraufhin Lehrer Häger überraschend um ein kleines Glas Cognac bat. Barbarotti wechselte einen Blick mit Backman und leistete ihm Gesellschaft.

»Ich brauche etwas Stärkendes, bevor wir weitermachen«, erklärte Häger und gestattete sich ein Lächeln. »Es geht nicht anders.«

Barbarotti nickte. Backman nickte.

»Hm, um mich verständlich zu machen, muss ich Ihnen eröffnen, dass ich homosexuell bin. Das wird heute ja Gott sei Dank kaum noch als Makel betrachtet, aber vor dreißig, vierzig Jahren … und noch früher natürlich – sah das ganz anders aus. Ich bin mit Beginn des neuen Jahrtausends in Pension gegangen, nachdem ich vier Jahrzehnte Lehrer war, und in dieser ganzen Zeit habe ich meine Veranlagung geheim gehalten. Ich hatte Beziehungen, sah mich aber gezwungen, sie mit äußerster Diskretion zu behandeln. In den Schulferien und an anderen Orten. So wie ich es sah, wäre dieses … Handicap eine zu große Belastung für meine Lehrerrolle gewesen. Und ich glaube bis heute, dass dies eine vollkommen korrekte Einschätzung war.«

Er machte eine Pause und betrachtete seine Tischgesellschaft mit einem milden Augenzwinkern.

»Entschuldigen Sie die Abschweifung. Ich will auf Folgendes hinaus: Als Homosexueller entwickelt man einen speziellen Blick, eine spezielle Sensibilität, das liegt in der Natur der Sache, und was Albin Runge anging, so ahnte ich schon bald, dass er die gleiche Veranlagung hatte wie ich selbst. Oder zumindest dabei war, sich in diese Richtung zu entwickeln, denn als ich ihn kennenlernte, war er ja gerade erst in die Pubertät gekommen. Im Laufe der Zeit begriff ich außerdem, dass diese Frage ein wichtiger Faktor für seine Schwermut war, um nicht zu sagen der wichtigste. Bewusst oder unbewusst erkannte er, wie es um seine Sexualität stand, und diese Erkenntnis machte ihn unglücklich. Verwirrt und einsam, ein unterdrücktes Gefühl von Scham, davon, dass mit ihm etwas nicht stimmte … und so weiter. In den achtziger Jahren ein junger Schwuler zu sein, war nicht gerade ein Pluspunkt. Das ist inzwischen ja vielfach bezeugt, und das kleine Karlstad war leider keine Metropole für Toleranz und Gleichberechtigung. Falls jemand sich das eingebildet haben sollte.«

Er lächelte erneut und wartete, während zwei Cognacschwenker auf den Tisch gestellt wurden.

»Bedauerlich, dass Sie Auto fahren müssen, Eva.«

Eva Backman lachte kurz. »Kein Problem. Cognac gehört ohnehin nicht zu meinen Lieblingsgetränken.«

Barbarotti und Häger nippten.

»Man kriegt es hinunter«, meinte Häger mit einer Grimasse. »Aber das ist auch alles.«

»Bitte, fahren Sie fort«, forderte Barbarotti ihn auf.

Und Valdemar Häger fuhr fort.

»Wie gesagt, die Veränderung trat gegen Ende der achten Klasse ein, nachdem der neue Junge in die Klasse gekommen war. Es dauerte nur eine Woche, bis er und Albin Runge beste Freunde geworden waren. Sie verschmolzen gewissermaßen mit einer … wie soll ich es sagen? … mit einer Geschmeidigkeit und Natürlichkeit miteinander, als wäre es vorherbestimmt gewesen. Freundschaft zwischen Jungen kann etwas Einzigartiges sein, auch wenn Sexuelles keine Rolle spielt. Denken Sie nur an Rasmus und Gunnar bei Astrid Lindgren, denken Sie an Sidner und Splendid bei Göran Tunström … wenn Sie einem ehemaligen Schwedischlehrer diese Bemerkung erlauben?«

»Wir erlauben Sie nur zu gern«, versicherte Eva Backman. »Und sind ganz Ihrer Meinung. Ich habe selbst drei Söhne … die mittlerweile natürlich erwachsen sind.«

»Danke«, sagte Häger. »Nun, was diesen neuen Jungen und Albin Runge anging, nahm ich es schon früh so wahr, dass es auch eine Hinwendung zum Körperlichen gab. Ob sie sich tatsächlich intimeren Kontakten hingaben, darüber möchte ich nicht spekulieren, schließlich waren sie erst fünfzehn … vielleicht war es so, vielleicht auch nicht. Auf alle Fälle war ihre Freundschaft unübersehbar und unstrittig. Sie waren ständig zusammen, saßen in den Schulstunden nebeneinander, machten ihre Hausaufgaben gemeinsam, und den einen traf man so gut wie nie ohne den anderen. Es war eine Freude, sie zu sehen, für mich persönlich vielleicht mehr als für irgendeinen anderen meiner Kollegen … angesichts meiner eigenen Neigung. Ja, ich fühlte wirklich mit ihnen, vor allem mit Albin natürlich, der es in seinem ersten Jahr in der Mittelstufe mit sich selbst so schwer gehabt hatte. Entschuldigen Sie, werde ich etwas zu langatmig? Wenn ein alter Lehrer erst einmal redet, ist es manchmal schwierig, ihn wieder zum Schweigen zu bringen, darauf pflegt meine liebe Schwester immer hinzuweisen, sobald sich ihr die Gelegenheit dazu bietet.«

Er lächelte leicht wehmütig und trank einen Schluck Kaffee. Spielte mit seinem Cognacglas, ließ es aber stehen.

»Ältere Schwestern können durchaus lästig sein«, meinte Barbarotti, ohne sich auf irgendwelche Erfahrungen stützen zu können. »Ich versichere Ihnen, wir sind ganz Ohr. Wie ging es weiter? Ich ahne, dass wir kein glückliches Ende erwarten können.«

»Ihre Vorahnung ist vollkommen korrekt«, bestätigte Häger. »Das Glück kommt, das Glück geht, wie man so sagt. Ein wenig banal, vielleicht, aber so ist es. Die Freundschaft zwischen Albin und Anders währte ein gutes Jahr, dann war es vorbei. Ja, genau, er hieß Anders, dieser andere Junge, das habe ich vielleicht vergessen zu erwähnen.«

»Was ist passiert?«, fragte Eva Backman.

»Er ist weggezogen. Er lebte bei seinem Vater, die beiden waren nach Karlstad gekommen, weil der Vater dort ein altes Hotel gekauft hatte. Offenbar hatte er das Sorgerecht für Anders, ich meine mich zu erinnern, dass die Mutter aus Holland stammte und nach der Scheidung dorthin zurückgegangen war. Jedenfalls dürfte sein Vater geplant haben, das Hotel zu renovieren und wiederzueröffnen, es war ein paar Jahre geschlossen gewesen. Er war eine Art Geschäftsmann … oder Entrepreneur, wie es heute heißt. Er hieß Björn Lagerman. Wie auch immer, das Ganze ging schief. Ich kenne die Details nicht und bin ihm nie begegnet. Jedenfalls wurde es offensichtlich Zeit, ein neues Projekt zu finden, so funktioniert das anscheinend in der Geschäftswelt. Also nahm er seinen Jungen und ging nach Amsterdam … und mit der Zeit nach Südafrika, wie ich ein, zwei Jahre später gehört habe. Für Anders war es wahrscheinlich nicht der erste Umzug, er wurde zu einem dieser Menschen ohne Wurzeln … das muss an sich nichts Negatives sein, aber es prägt einen natürlich für immer.«

»Wie war es für Albin?«, fragte Barbarotti.

»Hart«, antwortete Häger. »Sehr hart. Es war ungefähr noch ein Monat bis zu den Ferien in der neunten Klasse, als Anders verschwand, und für Albin Runge … ja, für ihn war das eine persönliche Katastrophe. Ich finde kein anderes Wort … es war eine Katastrophe.«

Er verstummte. Eva Backman räusperte sich, um etwas zu sagen, überlegte es sich dann jedoch anders.

»Anders Lagerman?«, fragte Barbarotti. »Das war der Name des Jungen?«

Häger nickte. »Korrekt. Ich habe ihn nie mehr gesehen. Er kam und brachte eine Weile Licht in Albins Leben, ein gutes Jahr lang, aber dann verschwand er genauso schnell, wie er gekommen war. Ich fürchtete in diesen Frühlingswochen wirklich, Albin könnte sich das Leben nehmen. Er war noch verschlossener als zu der Zeit, bevor Anders auftauchte. Er sprach kaum, und ich weiß, dass unsere Schulpsychologin, eine sehr tüchtige und kompetente Frau, zu ihm durchzudringen versuchte … ohne Erfolg. Wir unterhielten uns oft über ihn, sie und ich, hatten das auch schon getan, als er in die siebte und achte Klasse ging. Aber nach dem Ende des Schuljahrs im Juni und seinem anschließenden Wechsel auf das Gymnasium verlor ich natürlich den Kontakt zu ihm, das ist einfach so. Auf einmal sind sie weg, diese jungen Menschen, die man im Laufe von drei Jahren immer besser kennengelernt hat. Diese Bedingungen stimmen einen wehmütig … nein, entschuldigen Sie, jetzt werde ich wirklich zu langatmig. Und im Grunde weiß ich auch gar nicht, was ich wirklich sagen will … oder was ich sagen wollte, als wir nach dem schrecklichen Vorfall auf der Fähre telefoniert haben. Vermutlich ging es mir eher darum, mich selbst zu entlasten, als mich nützlich zu machen, fürchte ich. Aber … aber er ist also nie gefunden worden?«

»Nein«, sagte Barbarotti. »Albin Runge ist niemals gefunden worden.«

»Wie ist es«, setzte Eva Backman an, »sind Sie Albin in den folgenden Jahren begegnet? Wenn ich richtig sehe, hat er Anfang der neunziger Jahre in Karlstad Abitur gemacht… und die Mittelstufe hat er wann beendet?«

»Achtundachtzig«, antwortete Häger. »Sicher, ich bin ihm manchmal begegnet, aber wir standen nicht in Kontakt. Ich bin zu seiner Abiturfeier gegangen, das habe ich bei meinen ehemaligen Schülern häufig gemacht, ein paarmal bin ich auch seinem Vater begegnet. Er war ja auch im Schulwesen beschäftigt, allerdings in einem anderen Schulbezirk. Albin wirkte immer düster, wenn ich ihn sah, sogar als er mit seiner weißen Abiturmütze gemeinsam mit den anderen Abiturienten aus dem Eingang des Gymnasiums ins Freie stürmte. Ja, ich glaube, von der Trennung damals hat er sich nie erholt…«

»Haben Sie ihn in späteren Jahren noch einmal getroffen?«

»Das letzte Mal habe ich ihn bei der Beerdigung seines Vaters gesehen«, sagte Häger. »Das war nur ein paar Monate nach dem Busunglück. Ich fand, er war wie ein… wie soll ich mich ausdrücken? Nun, er schien mir mehr tot als lebendig zu sein. Tragisch, möchte ich behaupten, ein Mensch, der jegliche Hoffnung fahrengelassen hat… sofern er bis dahin noch Hoffnung hatte.«

»Es gibt Grade in der Hölle«, sagte Barbarotti.

»Zumindest Kreise«, erwiderte Häger. »Ja, ich denke, es wird Zeit, dass wir uns diese Tropfen einverleiben. Danke, dass Sie mir so geduldig zugehört haben, und entschuldigen Sie nochmals die vielen Worte.«

»Ich bin auf Sie zugekommen«, erinnerte Barbarotti ihn. »Wir haben zu danken.«

Sie leerten ihre Gläser. Eva Backman ging auf die Toilette,

und Barbarotti winkte der Kellnerin, um sie um die Rechnung zu bitten.

»Eine letzte Frage nur«, sagte Valdemar Häger. »Es muss ja einen Grund dafür geben, dass Sie mich angerufen haben. Es kann doch nicht etwa sein, dass …?«

»Ich verspreche Ihnen, dass ich Sie auf jeden Fall noch einmal anrufe«, sagte Barbarotti, nachdem er einen Augenblick nachgedacht hatte. »Hoffentlich schon bald.«

»Danke«, sagte Valdemar Häger. »Und danke für einen angenehmen Abend, auch wenn wir über ernste Themen gesprochen haben.«

Während der Rückfahrt nach Norden auf der Landstraße 148 wurde erstaunlich wenig gesprochen. Aber vielleicht war das gar nicht so erstaunlich. Barbarotti dachte, dass es wahrscheinlich so funktionierte; Eva Backman und er kannten sich seit dreißig Jahren, und weil man wusste, welche Antworten einen erwarteten, musste man nicht viele Fragen stellen. Stattdessen versuchte er, sie still in seinem Kopf zu formulieren: Was war eigentlich während des Treffens mit dem alten Lehrer herausgekommen? Alles oder nichts? So kam es ihm vor; der alte Gentleman hatte ihnen entweder eine Lösung serviert, vermutlich, ohne sich dessen bewusst zu sein. Und ohne dass es den Empfängern bewusst gewesen wäre. Oder es hatte sich lediglich um einen interessanten Abend und ungewöhnlich köstlich schmeckende Kalbsfrikadellen gehandelt.

Er ging davon aus, dass Eva Backmans Gedanken in die gleiche Richtung gingen wie seine eigenen, und als der Mond hinter einer Wolke hervorschaute, um sich im See Tingstäde zu spiegeln, erhielt er die Bestätigung dafür.

»Diese Schule«, erklärte sie ein wenig ärgerlich. »Wir hätten herausfinden sollen, wie sie hieß.«

April 2013 – Januar 2015

45

Staatsanwältin Ebba Bengtsson-Ståhle betrachtete das Ermittlerquartett über den Rand ihrer rot eingefassten Brille hinweg. Barbarotti und Backman, Toivonen und Sorgsen. Kommissar Stigman befand sich an einem anderen Ort, in irgendeiner Konferenz. Zum Thema Zwangsmittel, glaubte Barbarotti, aber es konnte sich auch um etwas völlig anderes handeln und war auf jeden Fall ohne Relevanz für die Besprechung an diesem Tag.

»Ich habe Ihre Berichte gelesen«, begann die Staatsanwältin und trommelte mit den Fingern leicht auf der dicken Mappe, die vor ihr auf dem Tisch lag. »Es hat einen Tag, einen Abend und eine halbe Nacht gedauert, und ich habe nichts zu bemängeln, nicht das Geringste. Trotzdem ist die Lage kompliziert … ich nehme an, darin sind wir uns alle einig?«

Barbarotti dachte, wenn er eine Staatsanwältin als Leiterin des Ermittlungsverfahrens hätte wählen dürfen, hätte er sich immer für Bengtsson-Ståhle entschieden. Sie war jung (in Wahrheit Mitte vierzig, aber mittlerweile betrachtete er alle Menschen unter fünfzig als jung), klug und akribisch, und weil das Letzte, was sie gesagt hatte, offenbar eine Frage war, sah er sich veranlasst, ihr eine Antwort zu geben.

»Sehr kompliziert«, stimmte er ihr zu. »Solange Runge nicht irgendwo angetrieben wird, haben wir eine Beweislage, die keinen Pfifferling wert ist. Ich nehme an, darauf wollen Sie hinaus?«

»Ja, so ungefähr«, erwiderte die Staatsanwältin.

»Schwierig, einen Mörder zu finden, wenn man nicht einmal das Opfer hat«, ergänzte Sorgsen lakonisch. »Allerdings würde es in diesem Fall vielleicht nicht einmal helfen, wenn er oben treiben würde.«

Die Anklägerin nickte. »Nein, vermutlich nicht. Wenn er nicht mit Hautfragmenten unter den Fingernägeln oder einem Haarbüschel des Täters in der Hand auftaucht, stehen wir vermutlich trotzdem auf Los. Keine Spuren, keine Zeugen. Und Stand heute nicht einmal eine Leiche. Nur eine Ansammlung von Indizien, die jeder Rechtsanwalt im Schlaf pulverisieren könnte. Und leider sieht es nicht viel besser aus, was den Betrugsfall angeht … aber darüber können wir vielleicht dennoch sprechen, oder?«

»Wir haben Sylwander und Rendell zwanzig Stunden lang vernommen«, sagte Sorgsen.

»Es ist wirklich zum Kotzen«, meinte Toivonen. »Wir hätten sie von Anfang an als Verdächtige einbuchten sollen. Ihnen nie die Chance geben dürfen, sich untereinander abzusprechen.«

»Mag sein«, erwiderte die Staatsanwältin. »Aber juristisch kompliziert.«

»Jura«, seufzte Toivonen.

»Es sind fast drei Wochen vergangen«, bemerkte Eva Backman. »Seit der Fähre, meine ich. Uns läuft die Zeit davon.«

»Das tut sie«, gab die Staatsanwältin ihr recht und hob den Stapel der Berichte an, als wollte sie illustrieren, wie viel der Lauf der Zeit wog. »Aber wir wollen uns trotzdem anhören, wie es an der Betrugsfront aussieht.«

Sorgsen ergriff das Wort und referierte, was nach etlichen

Anstrengungen herausgekommen war in Sachen finanzielle Aktivitäten von Runge/Sylwander. Und bezüglich Rendells vermeintlicher Hilfsprojekte, die niemals existiert hatten. Oder die *noch nicht richtig umgesetzt worden sind,* um Rendells eigene Worte zu benutzen – ihm aber dennoch rund sieben Millionen eingebracht hatten, die direkt in seine Taschen geflossen waren. Oder hatte er eine gemeinsame Tasche mit seiner früheren Freundin? Oder *Untermieterin,* um ihn nochmals zu zitieren.

Während Sorgsen souffliert von Toivonen weiterredete, überlegte Barbarotti, dass es trotzdem seltsam war, wie Sylwander und Rendell an die Sache herangegangen waren. Wenn es ihnen gelungen war, Runge um eine Million nach der anderen zu betrügen, ohne auf nennenswerten Widerstand zu stoßen, warum brachten sie ihn dann am Ende auch noch um?

Oder sollte man sich die umgekehrte Frage stellen? Ja, wohl eher, korrigierte Barbarotti seine Überlegungen, während Sorgsen über Geld hierhin und Geld dorthin berichtete, über Firmen und Briefkastenfirmen und Gott weiß was noch alles. Nämlich zu folgendem Rätsel: Wenn sie ohnehin vorhatten, Albin Runge zu ermorden, warum dann mit diesen fiktiven Hilfsprojekten in aller Welt herumtricksen? Warum sich überhaupt die Mühe machen, ihm das Geld abzuluchsen? Karin Sylwander war schließlich die Alleinerbin; bei Runges Tod würde ohnehin alles, inklusive der stattlichen Lebensversicherung, an sie fallen. An die ihres Mannes beraubte Witwe. Und wenn genügend Zeit verstrichen war, konnten die beiden jungen Menschen wieder zusammenfinden und für den Rest ihres mühevoll erworbenen Lebens sorgenfrei leben. In der Strandgatan in Kymlinge oder wohin es sie zog… verdammt.

Und als Barbarotti sich eine Weile diesen widerwärtigen Aussichten hingegeben hatte, entfuhr der gleiche Gedanke Toivonens Mund. Jedenfalls in groben Zügen.

»Verdammt, wartet mal kurz«, sagte er und krempelte seine Hemdsärmel hoch. (Wie vor einem Armdrücken im Urlaub in Rovaniemi, dachte Barbarotti voller Vorurteile.) »Das passt irgendwie nicht richtig zusammen. Das eine mit dem anderen. Wir haben es mit zwei Riesenarschlöchern zu tun, aber es muss ja trotzdem eine gewisse Logik geben.«

»Das heißt ...«, forderte die Staatsanwältin ihn zum Weitersprechen auf.

»Also, es liegt auf der Hand, dass sie ihm eine Menge Geld aus der Tasche gezogen haben«, sagte Toivonen und krempelte fertig. »Und fast genauso offensichtlich ist, dass sie ihn auf der Fähre über Bord geworfen haben. Aber warum sich die Mühe machen, ihn erst zu betrügen, wenn sie ihn sowieso ...?«

»Ja, genau«, sagte Barbarotti

»Ja, genau«, stimmte Eva Backman ihnen zu. »Daran habe ich auch schon gedacht, und es ist genau so, wie du sagst. Ich glaube, sie haben erst später beschlossen, ihn zu ermorden. Als sie gemerkt haben, dass sie nicht warten wollen, bis Runge eines natürlichen Todes stirbt ... wenn sie ein Paar waren und es weiterhin sein wollen ... und davon gehen wir doch aus, oder?«

»Jedenfalls können wir diese Hypothese als Ausgangspunkt nehmen«, meinte die Staatsanwältin. »Aber zu welchen Schlussfolgerungen kommen Sie dann?«

Eva Backman dachte einen Augenblick nach. »Ich habe heute Morgen eine Liste aufgestellt ... ich war so frustriert von diesem Fall, dass ich zum Frühstück nichts hinunterbekommen habe.«

»Eine Liste?«, fragte Toivonen.

»Ja, mit Fragen, auf die wir in meinen Augen Antworten finden sollten … auf jede einzelne von ihnen. Um etwas Struktur in die Sache zu bringen, aber ich weiß nicht …«

»Haben Sie Ihre Liste zu Papier gebracht?«, erkundigte sich die Staatsanwältin.

»Es gibt ein handschriftliches Exemplar«, sagte Backman.

»Machen Sie Kopien davon, damit sie jedem vorliegt«, sagte die Staatsanwältin. »Wir trinken in der Zwischenzeit einen Kaffee.«

Eva Backmans Liste umfasste zwölf Fragen:

1. Wer steckt hinter Nemesis?
2. Wessen Idee waren die Reise nach Stockholm und die Schiffsreise nach Finnland?
3. Warum befand sich Alexander Rendell an Bord?
4. Zu welchem Zeitpunkt verschwand Albin Runge?
5. In welchen Punkten unterscheiden sich *Kleckse und Späne* und Sylwanders/Rendells Aussagen?
6. Warum schrieb Runge *Kleckse und Späne*?
7. Die Lebensversicherung. Wessen Idee war sie?
8. An welchen Stellen glauben wir, dass Sylwander/Rendell lügen?
9. Gibt es einen oder mehrere Stellen, an denen Runge in *Kleckse und Späne* die Unwahrheit sagt?
10. Für welche der obenstehenden Fragen können wir Beweise vorlegen? Falls es uns gelingen sollte, sie zu beantworten.
11. Wenn *Kleckse und Späne* nicht in unsere Hände gelangt wäre, wo stünden wir dann?
12. Wie ist Albin Runge gestorben?

Als Staatsanwältin Eva Bengtsson-Ståhle die Liste überflogen hatte, schlug sie mit einem schwer zu deutenden Lächeln vor, dass jeder sich vierundzwanzig Minuten Zeit nehmen solle, über sie nachzudenken, zwei Minuten pro Frage – um anschließend möglichst viele intuitive Antworten zu präsentieren. Eine höchst unorthodoxe und unwissenschaftliche Methode natürlich, aber vielleicht könne sie einen Hinweis darauf geben, wo man stehe. Und wie man in Zukunft weiterarbeiten müsse.

Das erwies sich jedoch als eine trügerische Hoffnung. Weil die Staatsanwältin selbst an dem Experiment teilnahm, waren fünf Personen beteiligt, und nachdem sie eine gute Stunde Standpunkte, Argumente und spekulative Vermutungen ausgetauscht hatten, konnte man festhalten, dass es in elf von zwölf Fällen unterschiedliche Ansichten gab.

Der einzige Punkt, in dem Einigkeit in dem Quintett herrschte, war Frage Nummer zehn.

Es würde verteufelt schwer werden, irgendetwas zu beweisen.

Gunnar Barbarotti verbrachte den Abend damit, seinen flachbodigen Holznachen zu teeren. Beim Kauf der Villa Pickford war er im Preis inbegriffen gewesen, und er teerte ihn stets Anfang oder Mitte April, um den Frühling zu begrüßen. Ziel war es, das Boot mit Hilfe dieser liebevollen Behandlung seetauglich zu machen, statt dass es löchrig war wie ein Sieb. Wenn der Teer zwei Wochen später halbwegs getrocknet war, schob er den Nachen am Bootssteg vertäut in den See, um am nächsten Tag festzustellen, dass er auch in diesem Jahr wieder auf Grund lag.

Aber das machte nichts. Ihm ging es um den Teerduft.

Wenn man an einem See wohnt und sogar einen Bootssteg

hat, sollte man verdammt nochmal ein Boot besitzen, kommentierte der eine oder andere Nachbar regelmäßig die Lage.

Ich bin noch auf der Suche nach einem passenden Seefahrzeug, lautete Barbarottis Standardantwort.

Mitten in der Arbeit, gegen Viertel vor sieben, als die Sonne langsam hinter dem Waldrand am anderen Ufer des Kymmen unterging, klingelte sein Handy.

Es war Eva Backman.

»Was machst du?«, wollte sie wissen.

»Ich arbeite am Boot«, antwortete Barbarotti.

»Am Boot?«, sagte Eva Backman erstaunt. »Ach so, das.«

Sie klang müde. Alles andere wäre auch seltsam gewesen. Wenn er die Wahl gehabt hätte, wäre er ein halbes Jahr am Seeufer geblieben und hätte Boote geteert, statt sich Tag für Tag ins Polizeipräsidium zu begeben. Es lagen viele Fälle auf seinem Schreibtisch, aber das kannte er gar nicht anders. Das eigentliche Problem war nicht die Arbeitsbelastung an sich, sondern dass Albin Runge in seinen Schädel eingedrungen war und sich nun weigerte, ihn wieder zu verlassen.

Und offensichtlich nicht nur in seinen Schädel.

»Ich bekomme diesen Mist einfach nicht aus dem Kopf«, sagte Eva Backman. »Dabei gibt es nichts, was ich lieber möchte … du kennst nicht zufällig einen guten Arzt, der Lobotomien durchführt?«

»Ich bin lobotomiert zur Welt gekommen«, entgegnete Barbarotti und roch am Pinsel. »Aber das kannst du getrost vergessen, es hilft nicht.«

»Das habe ich mir fast gedacht«, sagte Eva Backman.

»Jedenfalls gibt es nicht mehr viel, was wir noch tun können«, sagte Barbarotti. »Wir müssen abwarten, wofür sich die Staatsanwältin entscheidet. Ob sie Anklage erhebt oder nicht.«

»Ja, ich weiß«, sagte Eva Backman seufzend. »Aber sie sind es gewesen, oder?«

»Ich habe dafür gestimmt«, antwortete Barbarotti. »Aber vollkommen sicher ist es nicht. Wenn ich es recht bedenke, bin ich mir in meinem ganzen Leben allerdings noch nie bei irgendetwas wirklich sicher gewesen.«

»Wenn man nicht zweifelt, tickt man nicht richtig?«

»Genau. Möchtest du vorbeikommen?«

»Nein, ich glaube nicht. Ich möchte mich ins Bett legen und zwölf Stunden schlafen. Aber ich habe auf meiner Liste eine Frage vergessen, darf ich sie an dich weiterreichen, bevor ich wegdämmere?«

»Tu das«, sagte Barbarotti.

»Danke. Also, diese Konten. Unsere lieben Betrüger bestätigen, dass sie Runge um sieben Millionen betrogen haben. Aber es sind doch weitere vier Millionen abgeflossen, wohin sind die verschwunden? Laut Sorgsen auf ein Konto in Holland, das sich nicht zurückverfolgen lässt … welchen Sinn hat es, sieben Millionen zuzugeben und vier zu leugnen?«

»Ist das deine Frage?«, erkundigte sich Barbarotti.

»Japp«, sagte Eva Backman. »Es reicht, wenn du mir morgen Vormittag antwortest. Du musst auch nicht versuchen, deine Antwort zu beweisen.«

»Das ist gut«, sagte Barbarotti. »Ich habe gelesen, dass es Wahrheiten gibt, die sich nicht beweisen lassen. Schlaf gut, meine Liebe.«

»Du auch«, sagte Eva Backman.

»Ich werde vorher nur noch etwas Teer schnüffeln«, sagte Barbarotti.

46

Am vierundzwanzigsten Mai 2013, dreiundsechzig Tage, nachdem der frühere Busfahrer Albin Runge von einer Fähre zwischen Stockholm und Turku verschwunden war, beschloss Staatsanwältin Bengtsson-Ståhle, das Ermittlungsverfahren einzustellen, ohne Anklage zu erheben.

Als sie nach dem Hintergrund dieser Entscheidung gefragt wurde – einigermaßen unisono von ungefähr fünfundzwanzig Journalisten anlässlich einer Pressekonferenz im Polizeipräsidium von Kymlinge und mit klarer Konzentration auf den vermuteten Todesfall (bedeutend medienwirksamer als diverse unklare Geldtransaktionen) –, erklärte sie, dass es keine Verdächtigen gebe und die Beweislage so sei, dass es derzeit nicht möglich erscheine, bei den Ermittlungen Fortschritte zu erzielen. Allerdings arbeite die Polizei weiter an dem Fall, wenngleich wesentlich weniger umfassend als bisher.

Der Hauptgrund für ihren Entschluss sei gewesen, dass man keine Leiche gefunden habe, und die Umstände von Runges Verschwinden seien nicht so, dass sich sein Tod eindeutig feststellen lasse. In Übereinstimmung mit der geltenden Rechtslage könne frühestens ein Jahr nach dem angenommenen Todestag ein Antrag gestellt werden, die vermisste Person für tot zu erklären, genauer gesagt am dreiundzwanzigsten März 2014.

Das heißt, wenn seine sterblichen Überreste bis dahin nicht gefunden würden.

Danach obliege es der obersten Finanzbehörde, den geltenden Bestimmungen folgend, den möglicherweise Verstorbenen durch eine Bekanntmachung aufzufordern, sich zu melden, falls er doch noch leben sollte. Wenn diese Aufforderung innerhalb von sechs Monaten zu keinem Ergebnis führe, könne die Behörde Albin Runge für tot erklären.

Karin Sylwander reichte den Antrag am fünfundzwanzigsten April 2014 ein, und da Runge nicht wiederauferstand und dies verkündete, wurde er am einunddreißigsten Oktober für tot erklärt. Seine Witwe erbte das gesamte Vermögen. Eine Lebensversicherung, mit derselben Witwe als Begünstigter und einer Versicherungssumme von gut fünf Millionen Kronen, wurde von der Versicherung im Dezember ausbezahlt.

Im selben Monat, am Tag des Luciafests 2014, zog Eva Backman in die Villa Pickford am Ufer des Sees Kymmen ein, nachdem sie und Gunnar Barbarotti bei ihrem Anwalt einen sogenannten Lebenspartnerschaftsvertrag eingereicht hatten. Schließlich mussten sie auf acht Kinder Rücksicht nehmen, auch wenn eine Handvoll von ihnen mittlerweile volljährig war und eigene Wohnsitze hatte.

Sechs Wochen später, am vierundzwanzigsten Januar 2015, frühstückten die beiden Kriminalinspektoren – weil es Samstag und zu einer Gewohnheit geworden war – ausgedehnt im Bett und konnten der Immobilienbeilage ihrer Lokalzeitung entnehmen, dass eine gewisse Villa im Strandvägen 11 zum Verkauf stand.

»So, so«, sagte Eva Backman. »Der Grundpreis liegt bei fünf Millionen. Das bedeutet, dass sie auf jeden Fall sechs dafür bekommen werden. Die beide haben ihr Schäfchen wirklich im Trockenen, unser strebsames, altes Pärchen.«

»Ich weiß, wo sie eigentlich sitzen und Schäfchen zählen sollten«, erwiderte Barbarotti. »Und da sollten wir eher von Jahren als von Millionen sprechen.«

»Das sehe ich genauso«, sagte Eva Backman.

»Das denke ich mir.«

»Man kann nicht verlangen, dass wir immer Erfolg haben.«

»Nein, aber es hätte sich gut angefühlt, wenn wir in diesem Fall erfolgreich gewesen wären.«

»Das stimmt allerdings«, sagte Eva Backman und warf die Immobilienbeilage von sich. »Aber jetzt vergessen wir alles, was mit Albin Runge zu tun hat… zum letzten Mal. Sieh mal, es schneit!«

November 2018

47

»Wie ist das jetzt?«, sagte Gunnar Barbarotti. »Heute ist Freitag, der zweite November. Ist das nicht eine Art Heiligentag?«

»Ich glaube, der ist morgen, am ersten Samstag im November«, antwortete Eva Backman. »Aber wenn mich nicht alles täuscht, ist heute der Tag der Toten.«

»Nicht alle Toten sind Heilige?«

»Ein Bruchteil von ihnen, denke ich, aber da kenne ich mich nicht gut aus. Jedenfalls glaube ich allmählich, dass Albin Runge kein Heiliger war.«

»Vielleicht nicht einmal tot?«

»Ja, das versuchst du, mir doch einzureden?«

»Ich versuche, dir gar nichts einzureden. Ich bin lediglich auf der Suche nach der Wahrheit.«

»Ja, ich weiß. *Kommissar Barbarotti – im Dienst der Wahrheit*; da hast du einen schönen Titel für deine Memoiren … keine Sorge, ich verlange kein Geld dafür. Wann wollte dieser Silverberg anrufen?«

»Um zwölf, halb eins, hat er behauptet. Sollen wir uns auf den Heimweg machen?«

Sie hatten an der Kirche in Hellvi haltgemacht. Es war Vormittag, und sie waren nach Hide und zurück geradelt, einem der zahlreichen stillgelegten Steinbrüche im Norden Gotlands.

Sie hatten Kaffee aus der Thermoskanne getrunken, gut geschützt vor dem Westwind Eierbrote gegessen und einen kurzen Abstecher zu einer der vielen alten Kirchen gemacht. Barbarotti kam es so vor, als gehörte die ganze Landschaft, in der sie sich nun seit fast zwei Monate aufhielten, in eine andere Zeit. Eine Zeit, in der in den Steinbrüchen gearbeitet wurde und Sonntag für Sonntag in jeder kleinen Gemeindekirche Messen gefeiert wurden. In der ein natürliches Zusammenspiel zwischen dem Menschen und seiner Umgebung existiert hatte, und in der es an jeder vierten Straßenkreuzung einen Lebensmittelladen gegeben hatte. Weil man entweder zu Fuß oder mit dem Fahrrad unterwegs gewesen war.

Aber es waren auch harte Zeiten gewesen, die man nicht romantisieren, um die man nicht trauern sollte, relativierte er seine leichtfertigen Gedanken. Die Arbeiter in den Steinbrüchen führten ein hartes Leben, und das soziale Schutznetz, dass es zu jener Zeit gab, war so grobmaschig gewesen, dass die meisten hindurchfielen. Aber man blieb in seiner Gegend; viele Gotländer hatten die Insel ihr ganzes Leben nicht verlassen. Das war natürlich nichts Neues, aber es war sicher mit einer anderen Art einhergegangen, wie man zu den Dingen und zur Welt stand. Zu seinem Zuhause, zur Natur, zu allem, was einen in nächster Nähe umgab.

Er fragte sich, ob er so etwas wie Neid empfand.

Aber vielleicht gab es ja auch hundert Jahre später noch ein vergleichbares Zusammenspiel. Zwischen Ort und Mensch. Es hing nur vom Auge des Betrachters ab, von seiner Fähigkeit, Fäden und Zeichen in der Gegenwart zu erkennen und im Blick zu haben. Wie gesagt, das blinde Huhn.

»Woran denkst du?«, fragte Eva Backman.

»Daran, dass es leicht ist, taub und blind für seine Gegenwart zu sein«, sagte Barbarotti.

»Oje«, erwiderte Eva Backman. »Jetzt hat dein Gehirn wieder zu viel Sauerstoff abbekommen. Hat diese Taubblindheit mit Albin Runge zu tun?«

»Äh…«, sagte Barbarotti. »Daran hatte ich jetzt nicht gedacht, aber du hast natürlich recht. Lassen wir das, jetzt fahren wir nach Valleviken zurück. Ich bin lieber im Haus, wenn er anruft. Außerdem fängt es bestimmt bald an zu regnen.«

Sie entkamen dem Regen mit knapper Not, aber Benno Silverberg rief erst um Viertel nach zwei an. Deshalb hatten sie reichlich Zeit, sich einzureden, dass er gar nicht mehr anrufen würde.

Seinen Namen hatten sie durch einen glücklichen Zufall zwei Tage zuvor bei einem weiteren Besuch auf der Landzunge Ava bekommen. Während sie das Haus anstarrten, in dem allem Anschein nach der Künstler Andreas Lauger lebte und der frühere Busfahrer Albin Ruge *möglicherweise* wohnte, war ein älteres Paar vorbeigekommen. Eva Backman hatte die Gelegenheit ergriffen.

»Entschuldigen Sie bitte, Sie wissen nicht zufällig, wem dieses Haus gehört?«

Das Paar war stehen geblieben und hatte sie skeptisch gemustert. Vor allem die Frau und vor allem Barbarotti. Allerdings antwortete ihnen der Mann.

»Woher die Frage?«

Woher?, hatte Barbarotti gedacht, und eine wenig durchdachte Antwort über die Lippen gebracht.

»Wir haben gehört, dass es verkauft werden soll.«

»Wirklich?«, hatte der Mann ausgerufen und einen Blick mit der Frau gewechselt. Offenbar bekam er ein positives Zeichen, denn er räusperte sich und sprach weiter.

»Wenn mich nicht alles täuscht, heißt der Besitzer Benno

Silverberg. Aber es wundert mich, dass es verkauft werden soll.«

»Wir haben das nur von einem Bekannten gehört«, hatte Eva Backman abgewiegelt. »Vielleicht ist es auch nur ein Missverständnis. Silverberg, sagen Sie?«

»Richtig«, antwortete der Mann. »Und Missverständnisse liegen Herrn Silverberg, könnte man sagen.«

Sie hatten sich nicht die Mühe gemacht, seine letzte Bemerkung zu analysieren, aber als sie nun dasaßen und auf das Klingeln des Telefons warteten, hatten sie das Gefühl, dass seine Behauptung zutreffen könnte. Schließlich bestand ein gewisser Unterschied zwischen einem Silverberg und einem Lauger. War es wirklich das richtige Haus? Bei ihrem zweiten Besuch hatte es einigermaßen unbewohnt ausgesehen, aber das rote Fahrrad war noch dagewesen.

Schwer zu deutende Zeichen, hatte die eine Hälfte der Privatermittler gedacht. Die andere, männliche, hatte vorgeschlagen anzuklopfen, wenn sie schon einmal da waren, hatte sich aber überreden lassen, es nicht zu tun.

Es war ihm jedoch gelungen, den vermeintlichen Hausbesitzer und seine Telefonnummer im Internet zu ermitteln und Kontakt zu ihm aufzunehmen. So schnell gab man einfach nicht auf.

Aber das war eben nur mit einer SMS geschehen, und sechs oder sieben Stunden später war eine Antwort Silverbergs eingetroffen, der versprach, sich gegen zwölf, halb eins am nächsten Tag zu melden.

Dem heutigen Tag. Dem Tag der Toten.

»Ja, hallo. Hier ist Gunnar Barbarotti.«

»Benno Silverberg. Was wollen Sie? Ich stehe hier ziemlich unter Druck.«

»So ist das manchmal«, erwiderte Barbarotti weltgewandt. »Ich fasse mich kurz. Es geht um ein Haus, das Sie auf Fårö besitzen … es könnte sein, dass dort ein Bekannter von mir wohnt.«

»Welchen Kasten meinen Sie? Ich habe drei.«

»Aha, soso«, sagte Barbarotti. »Nun, ich meine das auf der Landzunge Ava. Ich weiß nicht, ob …?«

»Schönes Haus«, fiel Silverberg ihm ins Wort, und es klang fast, als leckte er sich die Lippen. »Es ist die letzten acht, neun Jahre vermietet gewesen … ungefähr. Ein Künstler, der … ja, wie zum Teufel heißt er denn jetzt? Richtig, Lauger … ist das Ihr Bekannter?«

»Ja, genau«, platzte Barbarotti heraus. »Andreas Lauger, stimmt genau. Ich habe ihn ein paar Jahre nicht mehr gesehen, also habe ich mir gedacht, dass ich ihn überrasche. Ich wollte nur sichergehen, dass ich nicht an der falschen Tür klingele … ha, ha.«

»Da müssen Sie sich aber ranhalten«, sagte Silverberg.

»Ranhalten? Wieso?«

»Ich bin mir nicht sicher, ob er noch da ist«, erklärte Silverberg. »Er hat sich bei mir gemeldet und gesagt, dass er den Mietvertrag nicht verlängern will. Der Vertrag läuft Ende des Jahres aus, und er hat bis Silvester bezahlt, aber wenn ich ihn richtig verstanden habe, will er das Haus ziemlich schnell verlassen …«

Barbarotti hörte, wie etwas in seinem Inneren schabte. Ein heiseres Lachen aus der Unterwelt oder etwas Ähnliches. Was hatte es zu bedeuten, dass …?

»Ich verstehe …«, brachte er heraus.

»Aber fahren Sie ruhig hin und sehen Sie nach«, fuhr Silverberg überraschend fort. »Ich wüsste eigentlich ganz gern, ob er schon abgehauen ist oder nicht.«

»Aber wie soll ich …?«

»Er hat mir bisher keine Schlüssel geschickt. Ich denke, sie hängen an einem Nagel im Holzschuppen … wenn Sie hinfahren wollen. Ich stehe hier gerade etwas unter Druck. Rufen Sie mich an, wenn Sie da waren. Die Nummer haben Sie ja.«

»Ja … ja, natürlich«, sagte Barbarotti.

»Viel Glück«, erwiderte Benno Silverberg abschließend und beendete das Gespräch.

»Gotländische Sitten und Gebräuche«, meinte Eva Backman, als er ihr das Telefonat referiert hatte. »Wenn man die Tür abschließt, nimmt man auf gar keinen Fall den Schlüssel mit. Man hängt ihn an einen Nagel.«

»Ja, so macht man das hier anscheinend«, sagte Barbarotti. »Jedenfalls ein merkwürdiger Typ, dieser Silverberg. Was sollen wir tun?«

Eva Backman lachte auf. »Das fragst du mich?«

Barbarotti blickte eine Weile in den Regen hinaus. »Nein, das war die falsche Frage. Die richtige lautet: Wann fahren wir wieder hin?«

»Zum letzten Mal?«

»Vermutlich.«

Eva Backman betrachtete denselben Regen und seufzte. »Was für ein Wetter. Es ist Viertel vor drei. Wenn wir uns jetzt auf den Weg machen, schaffen wir erst die Fähre um halb vier, und bis wir in Ava sind, ist es dunkel. Wir warten bis morgen.«

»So soll es sein«, sagte Barbarotti. »Haben wir noch Wein? Ich glaube, ich könnte einen heißen Punsch gebrauchen … mit Zucker, Zitrone und heißem Wasser.«

»Und Ingwer und Zimt«, ergänzte Eva Backman. »Wir haben noch zwei Flaschen … ja, lass uns den Tag der Toten in aller Ruhe vor dem Kaminfeuer begehen.«

48

Der Regisseur des Wetters machte keinen Unterschied zwischen normalen Sterblichen und Heiligen. Als die Elfuhrfähre am Samstag in Broa auf Fårö anlegen wollte, hatte der Befehlshaber, oder wie er tituliert werden mochte, unübersehbare Schwierigkeiten mit dem heftigen Seitenwind. Er musste zurücksetzen und es noch einmal versuchen und schaffte es erst beim dritten Mal, den richtigen Winkel zu treffen.

Hinzu kam ein peitschender Regen, nicht mehr als fünf Fahrzeuge fuhren an Land. Barbarotti war ein wenig missmutig und erkundigte sich, ob seine Kollegin unter den Privatermittlern sich genauso fühlte.

»Immerhin haben wir Proviant dabei«, antwortete sie. »Irgendwo werden wir schon Schutz finden können.«

»Sicher, ich kenne da ein Haus, das wahrscheinlich leersteht«, sagte Barbarotti. »Könnte das was sein?«

»Uns zum Essen in das Haus zu setzen?«, sagte Eva Backman. »Eine schlechtere Idee kann es kaum geben. Woher nimmst du die bloß?«

»Sie kommen mir einfach in den Sinn«, antwortete Barbarotti.

Die Straße nach Ava kam ihnen verschlungener und verlassener vor, je weiter sie nach Nordosten fuhren. Barbarotti hatte das Gefühl, dass die Natur sie als Feinde betrachtete und alles daransetzte, sie zur Umkehr zu bewegen. Sie hatten hier nichts zu suchen. Die Insel Fårö hatte das Recht, während des Winterhalbjahrs für alle neugierigen Betrachter zu schließen. Sich in ihre Schale zurückzuziehen und in den Winterschlaf zu gehen.

Er dachte daran, wie ungeschützt die Verbindung zwischen äußerer und innerer Landschaft manchmal war. Wie leicht die eigene Stimmung und das Lebensgefühl von der Umgebung beeinflusst wurden. Landschaft, Wetter und Wind. Licht und Dunkelheit. Gebäude und Menschenmengen. Wie die Handlungskraft manchmal sank wie ein Stein, wenn man auf diesen schwer definierbaren, aber zugleich deutlichen und vielleicht auch berechtigten Widerstand stieß.

Genauso empfand er es jetzt. *Wer Wind sät, wird Sturm ernten*. Er fragte sich, woher die Redensart kam. Jedenfalls steckten sie ihre Nasen in Dinge, die sie im Grunde nichts angingen, die man in Frieden ruhen, unter Verschluss halten sollte, und wussten nicht, was daraus entstehen würde.

Aber sollten Privatermittler nicht das Gegenteil davon tun, etwas unter den Teppich zu kehren? Übrigens genau wie die Polizei. Sie sollten den Verschluss öffnen und herumwühlen. Den Dreck entdecken, den jemand unter besagten Teppich zu kehren versucht hatte. Leichenteile, Mordwaffen, Diebesgut und so weiter. Darum ging es, und es lag *in der Natur der Sache* … noch so ein Ausdruck mit einer gewissen Zweideutigkeit. Manchmal war es, als … ja, als enthielten die Worte und Begriffe Kräfte, von denen die eigenen Gedanken und Handlungen in Richtungen und auf Wege geleitet wurden, die man gar nicht hatte betreten wollen. Und von denen man sich wahrscheinlich besser fernhielt.

Nein, Schluss damit, entschied er. Zurück zur Wirklichkeit.

»Was hältst du eigentlich von dem Ganzen?«, fragte er.

Sie hatten minutenlang geschwiegen, und bis Eva Backman antwortete, verging noch ein wenig mehr Zeit.

»Ich habe kein gutes Gefühl dabei«, sagte sie. »Aber ich versuche, das zu verdrängen. Es stimmt schon, was du gesagt hast… wir sind auf der Suche nach der Wahrheit.«

»Sprich weiter.«

»Die Wahrheit ist leider nicht immer der Hauptgewinn, den man sich so gerne vorstellt. Ich nehme an, dass deshalb irgendwann die Lüge erfunden wurde. Um alles ein bisschen zu beschönigen, meinst du nicht? Um alles irgendwie zu verbessern?«

»Kann sein«, sagte Barbarotti. »Beide, Wahrheit und Lüge, haben mehrere Gesichter. Und werden wie Kaffee und Milch gemischt… nach Belieben.«

»Manchmal bekommst du es richtig gut hin.«

»Danke. Aber wenn man zufällig eine Wahrheit kennt, muss man sie ja nicht unbedingt auch hinausposaunen. Oder ist das der politisch unkorrekteste Gedanke, der mir seit Langem in den Sinn gekommen ist?«

»Denkst du, wir sind jetzt in so einer Situation?«, fragte Eva Backman, als sie am Hof Ava mit der unsterblichen Eiche vorbeifuhren. »Dass wir eine Wahrheit entdecken und beschließen, sie für uns zu behalten? Ich fand, das lag fast in der Luft, als wir mit unserem alten Schullehrer geredet haben. Zumindest hinterher.«

»Schon möglich«, erwiderte Barbarotti. »Wenn es so weit kommt, werde ich das Thema mit unserem Herrgott besprechen. Und ihn bei der Gelegenheit auch nach dem Wetter fragen, ob er selbst oder irgendein Untergebener dafür zuständig ist.«

»Tu das«, sagte Eva Backman. »Der Regen steht quer in der Luft, gottloser kann es nicht mehr werden.«

Es gelang ihnen diesmal, mit dem Auto fast bis zu dem Haus zu fahren. Sie blieben sitzen und sammelten sich, ehe sie in den Regen hinaustraten. Im Laufschritt überquerten sie den morastigen Hof bis zu dem grauen Schuppen, in dem sich der Brennholzvorrat befinden musste.

Barbarotti hob den Haken aus der Öse und öffnete die Tür, suchte ein paar Sekunden, fand aber rasch eine Leiste mit Haken oben an der Wand, an der verschiedene Schlüssel hingen. An einem war ein kleines Plastikschildchen mit einer schlichten Information befestigt: *Haus.*

»Na also«, sagte Eva Backman. »Dann wollen wir mal einbrechen.«

»Ich finde nicht, dass man das so nennen muss«, widersprach Barbarotti. »Immerhin haben wir die Erlaubnis des Besitzers.«

»Schön, dass du es so siehst«, sagte Eva Backman.

Eine Minute später standen sie im Haus und zogen in dem kleinen Eingangsflur hinter der Tür ihre Stiefel aus, denn der erste Eindruck war, dass alles sehr gepflegt und sauber wirkte.

Sehr gepflegt und leergeräumt. Barbarotti dachte, dass es aussah wie in einem Haus, das man für einen zwei- oder vierwöchigen Urlaub gemietet hatte. Funktionale Möbel an den richtigen Stellen, Flickenteppiche auf dem Fußboden, Ordnung in den Bücherregalen und auf den Kommoden.

Schweigend und auf Wollsocken schlichen sie ein paar Runden umher, warfen einen Blick die Treppe hinauf und in die Küche. Alles war untadelig, aber ohne persönliche Note. Leere Kleiderschränke und Kommodenschubladen. Der Kühlschrank geleert und ausgeschaltet. Kein Zweifel, wer hier gewohnt hatte, ob nun einer oder mehrere, war für immer ausgezogen.

Aber er war doch Künstler gewesen. *Der naive Realist Andreas Lauger.* Das müsste doch eigentlich Spuren hinterlassen haben, dachte Barbarotti. Vielleicht hatte er die größere Scheune als Atelier benutzte, vielleicht waren dort noch Farbflecken und Terpentingeruch zu finden. Aber das mussten sie nicht näher untersuchen und sich bestätigen lassen. Was hatte Benno Silverberg gesagt? Wie lange hatte Lauger das Haus gemietet? Acht Jahre? Zehn?

Es gab nur ein oder besser gesagt zwei Details, die ihre Aufmerksamkeit erregten. Auf dem flachen, braun gebeizten Couchtisch lagen zwei weiße Umschläge in A4-Größe, beide sorgfältig zugeklebt. Der eine dünn, der andere bedeutend dicker.

Auf dem dünnen Umschlag stand in deutlichen Großbuchstaben in Druckschrift:

ZU HÄNDEN BENNO SILVERBERG, SJÄLSÖ, GOTLAND

Auf dem dickeren:

ZU HÄNDEN E. BACKMAN ODER G. BARBAROTTI, KYMLINGE

Barbarotti sah Backman an und erhielt als Antwort ein Schulterzucken. Vorsichtig hob er den dickeren Umschlag an. Wog ihn in der Hand.

»Zehn, fünfzehn Seiten, würde ich schätzen. Was sollen wir tun?«

»Was wir tun sollen? Wir nehmen ihn mit und fahren. Du hast ja wohl nicht vor, dich hier auf die Couch zu setzen und das jetzt zu lesen? Ich bleibe hier keine Minute länger als nötig.«

»Okay«, sagte Barbarotti. »Wir lesen das lieber zu Hause. Wenn wir uns bis dahin gedulden können.«

»Das können wir«, entschied Eva Backman. »Wir öffnen ihn vor dem Kaminfeuer und lesen es gemeinsam. Ich nehme an, dass wir alles erfahren werden, was wir wissen müssen.«

»Alles, was wir wissen müssen?«, sagte Barbarotti. »Was meinst du damit?«

»Die Wahrheit, über die wir geredet haben«, antwortete Eva Backman. »Komm jetzt!«

Wind und Regen hatten auf der Rückfahrt von Ava eventuell ein wenig abgenommen, aber nur sehr wenig, und als sie an Sudersand vorbeigekommen waren, fiel ihnen ein, dass ihr Proviant noch unangerührt in der Tasche auf dem Rücksitz lag.

»Einen Kaffee und ein Brot, was hältst du davon?«, sagte Backman.

»Dann aber im Auto«, antwortete Barbarotti. »Das scheint mir nicht der richtige Tag für eine Picknickdecke auf einer Waldlichtung zu sein.«

»Du bist ein Weichei«, sagte Eva Backman. »Aber ehrlich gesagt glaube ich auch nicht, dass wir eine Decke eingepackt haben ... schau mal da! Auf dem Schild steht tatsächlich *Geöffnet*! Das kann doch nicht wahr sein, oder?«

Es war nicht das erste Mal, dass sie an *Kutens Tankstelle* und der *Crêperie Tati* vorbeifuhren, dem legendären Lokal zwischen Stora Gåsemora und der Kirche von Fårö, aber bisher war es immer geschlossen gewesen. Doch nun war Allerheiligensamstag und *Elsies Café*, das offenbar zur gleichen Gaststätte gehörte, war eindeutig geöffnet.

»Das ist ein Zeichen«, sagte Barbarotti. »Wenn nicht einmal wir zwei hier haltmachen und einen Kaffee trinken, wer soll es dann tun?«

»Lass nur nicht den Umschlag im Auto liegen«, sagte Eva Backman. »Aber ich gebe dir recht, es wäre eine Schande vorbeizufahren.«

Sie bogen ein und parkten.

Außer ihnen gab es in *Elsies Café* zwei weitere Gäste, ein junges Paar, das schon Kaffee getrunken hatte und ein paar Minuten nach dem Eintreffen der Privatermittler aufbrach. Sie bestellten Kaffee und Teilchen bei einer Frau mit französischem Akzent und stellten fest, dass es nicht das alltäglichste Café der Welt war.

Vor allem schien darin schon recht lange die Zeit stehengeblieben zu sein. Unklar in welchem Jahr, aber als sie eine Weile bei ausgezeichnetem Kaffee, einem Himbeerteilchen und einer Madeleine gesessen hatten, tauchte eine Gestalt auf und wollte wissen, ob alles zu ihrer Zufriedenheit sei. Der Mann schien Mitte sechzig zu sein und erinnerte an einen Zugräuber aus einem alten Western: ergrauter Pferdeschwanz, rot gepunktete Bandana und Lederweste. Sie versicherten, dass alles bestens sei, und Barbarotti erkundigte sich, ob eventuell Kuten persönlich vor ihnen stehe.

»Im Führerschein steht Tomas. Aber Kuten ist auch in Ordnung. Wie gefällt Ihnen der Zeitgeist hier?«

Als hätte er ihre Gedanken gelesen.

»Die Zeit?«, sagte Eva Backman. »Die scheint hier stehengeblieben zu sein. Aber ich finde das ganz schön.«

»Sie ist ein paarmal stehengeblieben«, bestätigte Tomas/Kuten. »Zum Beispiel am dritten Februar 1959. *The Day the Music died …*«

»Buddy Holly«, riet Barbarotti.

»Genau. Flugzeugabsturz in Iowa. Aber zum ersten Mal blieb die Zeit 1955 stehen. Am dreißigsten September, als James Dean uns verließ.« Er führte die Hände zusammen und richtete den Blick nach oben. »Und zum letzten Mal natürlich am sechzehnten August 1977.«

»Elvis«, sagte Eva Backman. »Ja, ja …«

»Wer ist Elsie?«, fragte Barbarotti.

»Elsie ist meine Mutter«, sagte Tomas/Kuten und lächelte. »Sie ist mit Elvis und den anderen im Himmel. Und das hier ist Valeriane, noch auf der Erde … Gott sei Dank.«

Die Frau, die ihnen Kaffee und Gebäck gebracht hatte, gab ihnen die Hand und grüßte, und auf einmal, aber für einen eigentümlich langgedehnten Augenblick, fühlte Barbarotti, dass er nicht nur in eine andere Zeit, sondern in eine andere Welt eingetreten war. In eine andere Art … *zu existieren*? Die Worte tasteten umher und rutschten von den Gedanken ab, aber die Wahrnehmung war so intensiv wie unerwartet. Dass es tatsächlich … ja, was? Dass es tatsächlich möglich war zu leben, wie man wollte, und seine eigenen Regeln zu schreiben? In den fünfziger Jahren zu bleiben, wenn man Lust dazu hatte, ohne dass es etwas anderes oder jemand anderen beeinträchtigte. Wen interessierte das schon? Ein Detektivbüro in Fårösund? Warum nicht?

Es war ein bizarres und eigenartiges Gefühl; sie hatten gerade einmal zwanzig Minuten in dem Café verbracht, einen Bruchteil von Allerheiligen bei Wind und Wetter, und schon kam es ihm vor, als hätte sich ein Fenster einen Spaltbreit geöffnet.

Man kann seine Lebensbedingungen selbst bestimmen. Man ist nicht gefesselt. Man ist frei.

Aber ob dieses originelle Paar in *Elsies* oder ein ganz anderes Paar diese Idee verkörperte … tja, das konnte man sich natürlich fragen.

Ein ganz anderes Paar?, dachte Gunnar Barbarotti. Ja, wahrhaftig.

Er fragte sich, ob Eva Backman ähnliche Gedanken durch den Kopf schossen, vielleicht war es ja so. Jedenfalls blieben sie noch eine ganze Weile sitzen und lauschten Tomas'/Kutens Geschichten über dieses und jenes. Während sie zuhörten, ließen sie den Blick durch das Lokal schweifen und versuchten, erfolglos, abgesehen von Ess- und Trinkbarem, einen einzigen Gegenstand zu entdecken, der nach 1960 das Licht der Welt erblickt hatte.

Allein für diesen Cafébesuch hat sich die Mühe heute gelohnt, dachte Barbarotti, als sie sich bedankten und aufbrachen. Manche Orte blieben einem im Gedächtnis, so war es einfach. Genauso wie Momente und Dinge, die sich ereigneten; noch während man sich in ihnen befand, wusste man, dass man sich später an sie erinnern würde. Dass man sie miteinander *verknüpfen* würde, ob man es wollte oder nicht; die Herbstmonate im Norden Gotlands 2018, die Geschichte von Albin Runge, das Haus in Valleviken, das Haus oben auf Ava, der Regen, der Wind, die Schafe auf dem Englischen Friedhof, die Unterhaltung im Gasthaus *Lindgården*, *Kuten* und *Elsies Café*.

Eva Backmans tödlicher Schuss in den Kopf dieses Jungen.

Der dicke, noch ungeöffnete Umschlag.

Es gibt so vieles, was zusammenhängt, dachte Gunnar Barbarotti. Im Grunde alles, wenn man genau sein will.

Aber auf dem Weg nach Broa und zur Fähre – während Barbarotti fuhr und Eva Backman mit den Fingerspitzen unsichtbare Muster auf den Umschlag in ihrem Schoß malte, als wollte sie dessen Inhalt beschwören – wechselten sie nur zwei Sätze.

»Das ist ein denkwürdiger Tag gewesen.«

»Äußerst denkwürdig. Und er ist noch nicht vorbei.«

49

Zwölf schlichte, linierte Blätter. Allem Anschein nach aus einem Block gerissen. Auf der einen Seite beschrieben. Mit schwarzer Tinte. Sie drängten sich auf der Couch zusammen und lasen gleichzeitig.

Schweigend. Ein zunehmendes Schweigen, wie es schien. Dunkelheit vor dem Fenster, ein Kaminfeuer aus Birkenholz, genauso lautlos. Es hatte aufgehört zu regnen, der Wind hatte sich gelegt.

Kleckse und Späne, sechsundzwanzigster Oktober 2018

Tempus loquendi, tempus tacendi.

Diese Worte stehen in einem alten italienischen Grabgewölbe, ich habe sie auf einer meiner Busreisen gesehen und mir gemerkt. Sie müssten in etwa bedeuten: eine Zeit zu sprechen, eine Zeit zu schweigen.

Ich kehre nun nach vielen Jahren zu Ersterem zurück. Dabei werde ich mich wesentlich enger an die Wahrheit halten als beim letzten Mal, und diese Seiten werden die letzten aus meiner Feder sein. Ich mag es, wenn es für die Dinge eine Erklärung gibt, aber vor allem möchte ich eine Aufforderung an Sie richten, warte damit aber bis zum Schluss.

Außerdem plane ich gern.

Vielleicht ist das schon immer so gewesen, aber da bin ich mir nicht sicher. Dagegen weiß ich genau, dass es nach dem Busunglück 2007 meine Rettungsleine war. Wenn alles ohne jeden Sinn, jeder Tag nichts als Dunkelheit ist, die es durchzustehen gilt, sind das Schmieden eines Plans und seine Durchführung manchmal der einzige Weg, um vor Wahnsinn oder Selbstmord zu fliehen. So war es für mich. Ich beschloss, den Zug von Uppsala nach Stockholm zu nehmen, dort langsam durch die Altstadt und über Slussen zur Söderbuchhandlung in der Götgatan im Stadtteil Södermalm zu spazieren, ein Buch zu kaufen, eine Stunde in einem Café oder Restaurant zu sitzen, darin zu lesen und anschließend den Zug zurück zu nehmen. Auf diese Weise gelang es mir, einen großen Teil des Tages verschwinden zu lassen.

Planen und anschließend wie geplant handeln, vielleicht macht das jeder, mehr oder weniger bewusst. Um durchzuhalten. Um weiterzuleben. Aber darüber will ich hier nicht spekulieren, andere Menschen sind nicht meine Stärke.

Ich wende mich also direkt an Sie beide, Barbarotti und Backman. Ich habe Sie an dem Abend in Valleviken natürlich sofort erkannt, aber es dauerte eine Weile, bis mir klar wurde, dass Sie auch mich identifiziert hatten. Ich werde darauf zurückkommen und hätte wirklich nicht gedacht, dass ich jemals gezwungen sein würde, zu diesen Aufzeichnungen zurückzukehren, zu diesen Spritzern und Zipfeln, die ich mir anmaßend von dem großen Poeten meiner Heimatregion ausgeliehen habe. Aber das Leben täuscht uns. Oder überrascht uns zumindest. Es wirft unsere Pläne über den Haufen und zwingt uns, neue zu schmieden.

Was Vor- und Nachteile hat. Uns einzubilden, dass wir immer Herr über unser Schicksal sind, ist zweifellos ein wenig hochmütig. Trotzdem ab und zu das Kommando übernehmen zu dürfen, ist meiner Meinung nach eine Art Gerechtigkeit, die man sich selbst nicht verwehren sollte.

So viel dazu. Als eine kleine Erklärung für mein Handeln ab dem Frühjahr 2012. Für meinen Plan und wie ich ihn durchgeführt habe. Lassen Sie mich mit den beiden springenden Punkten beginnen. Und wie diese sozusagen zusammenfielen. Das erste Ereignis – oder vielmehr die erste *Erkenntnis* – ereilte mich im Mai. Es ging um meine Frau und unsere Beziehung. Im Nachhinein fällt es mir schwer zu begreifen, wie blind ich bis dahin gewesen bin, ich bin doch kein Idiot. Aber mein psychischer Zustand zu der Zeit, als wir uns kennenlernten, lässt sich am ehesten als eine klassische Depression beschreiben, und unter solchen Umständen ist man eine leichte Beute. In meine erste Frau war ich nie verliebt, das Fundament unserer Ehe waren Respekt und Einvernehmen. Das mag langweilig klingen, aber so war es eben. Bevor ich Karin Sylwander begegnete, hatte mich die Urkraft der Liebe nur ein einziges Mal getroffen, ich werde etwas später auf diese Geschichte eingehen.

In Karin habe ich mich dagegen tatsächlich vom Fleck weg verliebt, haargenau so, wie ich es im ersten Teil von *Kleckse und Späne* beschrieben habe. Und ich habe lange in dem Irrglauben gelebt, dass sie genauso verliebt in mich ist wie ich in sie.

Naiv? Sicher. Bis zu diesem ersten Ereignis Ende April 2012 war ich tatsächlich so blauäugig gewesen, wie ich es später in dem Jahr Ihnen gegenüber in Wort und Schrift darstellen sollte. Es war meine Absicht, ein ganz zentraler Teil meines Plans, diese Zeugenaussage über meine Lebensumstände, und ich glaube, Sie werden mir zustimmen, dass mir die Umsetzung meines Vorhabens ziemlich gut gelungen ist.

Das Bild, das Sie von dem armen Tropf Albin Runge bekamen, war nicht besonders schmeichelhaft. Ein blasser, naiver und willenloser Pechvogel, dem alle Formen mitmenschlicher Kompetenz und Verankerung abgingen.

Nicht wahr? So haben Sie mich doch wahrgenommen? Ich muss allerdings zugeben, dass die Rolle mir recht gut lag. Ich musste nicht sonderlich viel verändern, weder Karin noch Ihnen gegenüber. Aber in mir gab es also einen Plan, und dieser unsichtbare Unterschied bedeutete alles, buchstäblich alles.

Bevor ich den Stift für heute Abend fortlege, möchte ich jedoch erklären, was ich mit diesem ersten Ereignis meine. *Der Erkenntnis.*

Es geht um meine Frau und Alexander, den ich damals für ihren Bruder und einen guten und rechtschaffenen Menschen hielt. Ich erwischte die beiden, so einfach war es. Ich möchte nicht explizit beschreiben, wie es dazu kam. Es soll hier reichen festzuhalten, dass ich sie im selben Bett gesehen habe. Ich sah sie, sie sahen mich, Gott sei Dank, nicht, aber durch diese Entdeckung fiel es mir wie Schuppen von den Augen. Es ist seltsam, wie schnell die eigenen Vorstellungen manchmal auf den Kopf gestellt werden, wie schnell ein Mensch akzeptieren kann, dass das Dasein und die Lebensumstände vollkommen anders aussehen, als man sich das lange Zeit vorgestellt hat. In meinem Fall weiß ich beispielsweise, dass ich bereits am Vormittag des nächsten Tages dabei war, die ersten Schritte meines Plans auszuarbeiten.

Da waren es keine zwei Wochen mehr bis zu dem, was ich *das zweite Ereignis* nenne.

Doch nun ist es nach Mitternacht. Der Wind über dem Meer ist stärker geworden, in den frühen Morgenstunden wird es sicher regnen. Ich lege den Stift weg, Fortsetzung folgt.

Ich befand mich in Göteborg. Aus welchem Grund ist uninteressant und spielt keine Rolle, also lasse ich ihn aus. Jedenfalls war es ein sonniger Tag Mitte Mai, ich ging die Avenue in Richtung Götaplatsen hinauf. Irgendwo in der Nähe des *Park Hotel*s rief jemand meinen Namen. Ich blieb stehen und sah mich um. Rasch entdeckte ich einen Mann in meinem Alter, der an einem Tisch auf der Veranda eines Restaurants saß. Nicht mehr als zehn Meter von mir entfernt, er hatte sich halb von seinem Platz erhoben und winkte mir eifrig zu.

Ich weiß bis heute nicht, in welchem Augenblick ich erkannte, wer er war. Dass er es war.

Er.

Jedenfalls stand offenkundig fest, dass er mich erkannt hatte.

Nach vierundzwanzig Jahren. Wie ist so etwas möglich?

Als wir getrennt wurden, waren wir fünfzehn beziehungsweise sechzehn Jahre alt gewesen. Jetzt, an diesem sonnigen Frühlingstag auf der Avenue in Göteborg, waren wir um die vierzig.

»Anders«, sagte er und streckte die Hand aus. »Anders Lagerman. Du bist Albin, stimmt's?«

Mir war schwindlig. Oder mir wurde schwarz vor Augen, ich weiß es nicht. Doch es gelang mir, auf dem leeren Stuhl an seinem Tisch Platz zu nehmen. Er faltete die Hände vor sich und sah mich ernst an.

Diese Hände, dieser Ernst.

Mir ist nicht bekannt, ob Sie den Hintergrund kennen. Vielleicht tun Sie das, vielleicht auch nicht. Vielleicht haben Sie mit einem Lehrer meiner Schule in Karlstad gesprochen, zum Beispiel mit Studienrat Häger, und wenn es so ist, manches erfahren. Ich werde mich deshalb kurzfassen und mich von jeglichem Gefühlsüberschwang fernhalten.

Anders Lagerman und ich begegneten uns zum ersten Mal im Frühjahr 1987. Er kam Ende des achten Schuljahrs in unsere Klasse, und er veränderte mein Leben. Vielleicht veränderte ich auch seins, ich glaube es … nun, mittlerweile bin ich natürlich sicher, dass ich das tat. Ich war bis zu diesem Zeitpunkt ein unglücklicher Junge gewesen, einsam und unglücklich. Dafür gab es verschiedene Gründe, aber in erster Linie sexuelle. Mit Einsetzen der Pubertät, dieses blindwütigen Hormonsturms, hatte ich gemerkt, dass mein Interesse eher auf das eigene Geschlecht gerichtet war. Das machte mir große Angst, ich war von Natur aus schüchtern und zurückhaltend, und homosexuell zu sein, war damals nichts, was man an die große Glocke hängte. Ich empfand tiefe Scham und war, wie gesagt, sehr unglücklich.

Dann kam Anders in meine Klasse. Er war mein erster richtiger Freund, wir waren täglich und stündlich zusammen, und, um es kurz zu machen: Wir liebten einander. Und wir *liebten uns*.

Natürlich hielten wir unsere körperliche Liebe geheim, alles andere wäre undenkbar gewesen, aber ich vermute, dass der eine oder andere dennoch ahnte, wie es um uns stand. Sein Vater vielleicht, der allerdings so liberal (und desinteressiert) war, dass er sich nicht einmischte, meine Eltern dagegen mit Sicherheit nicht, die leider die gleiche überkommene Meinung zu Homosexualität hatten wie die meisten anderen Menschen. Jedenfalls waren Anders und mir zwölf gemeinsame Monate vergönnt, und es waren die glücklichsten und überwältigendsten Monate meines Lebens.

Dann, im Mai 1988, war alles vorbei. Drei Wochen vor Ende des Schuljahrs zog Anders mit seinem Vater nach

Kopenhagen (und später nach Amsterdam). Dass die beiden nach Karlstad gekommen waren, lag daran, dass sein Vater ein Hotel hatte übernehmen und renovieren wollen. Anders hatte seit der Scheidung einige Jahre zuvor bei ihm gelebt, und sie hatten in verschiedenen Städten in Schweden und im Ausland gewohnt. Das Hotelprojekt scheiterte, was anscheinend nicht zum ersten Mal passierte. Der Abschied war für mich ein sehr schwerer Schlag, und später habe ich verstanden, dass es Anders im Grunde genauso ging. Auch wenn er hastige Aufbrüche und Umschwünge gewohnt war. Nach der Trennung schrieben wir uns jeweils einen Brief; Anders meinte, dass es uns nur quälen würde, eine Art Kontakt auf Distanz zu halten, und ich stimmte ihm zu. Es war besser, die Zähne zusammenzubeißen und alles möglichst zu vergessen.

Aber genug davon, ich überlebte, machte Abitur und zog nach Uppsala. Darüber haben Sie in den früheren Spritzern und Zipfeln lesen können.

An diesem Maitag 2012 stellte sich heraus, dass Anders für ein paar Tage in Göteborg war, es war einfach ein wunderbarer Zufall, und wir verbrachten diese Tage gemeinsam. Ich ließ mir für Karin eine Geschichte über einen kranken Verwandten einfallen und hatte dabei nicht den Hauch eines schlechten Gewissens, und während dieser Frühlingstage nahm mein Leben eine neue Wendung. Zum einen fanden Anders und ich uns wieder, zum anderen begannen wir zu planen. Ich habe diese Epistel mit dem Bekenntnis begonnen, dass ich gerne plane, aber in dieser Hinsicht ist Anders mir haushoch überlegen. Ich glaube, es liegt daran, dass er Schriftsteller ist. Er heißt ja inzwischen Andreas Lauger und ist vor allem als Künstler bekannt, kann aber auch auf ein recht umfangreiches literarisches Werk zurückblicken.

Sieben erfolgreiche Romane und eine Reihe von Erzählungen sind in Schweden und mehreren anderen Ländern erschienen, alle unter einem Pseudonym, aber ich sehe keinen Grund, es zu verraten. Es muss an dieser Stelle reichen zu sagen, dass Anders den Taktstock hielt, als es darum ging, die großen Linien dafür zu ziehen, wie wir die Dinge anpacken sollten.

Meine verlogene Ehefrau. Ihren fiktiven Bruder und Betrüger. Unsere Zukunft.

»Es ist wie das Schreiben eines Romans«, sagte Anders. »Eigentlich nichts Besonderes, aber gleichzeitig etwas ganz Besonderes. Und jetzt geht es ums Ganze, wir müssen aufmerksam sein und auf jedes Detail achten.«

Das Ergebnis kennen Sie ja. Jedenfalls zum Teil und in groben Zügen.

Wir waren nur bis zu einem bestimmten Punkt erfolgreich. Das machte uns nichts aus. Mehr dazu in den nächsten Tagen. Ich habe noch etwas Zeit zur Verfügung, es besteht kein Grund zur Eile.

Kleckse und Späne, neunundzwanzigster Oktober

Vielleicht sollten wir uns doch beeilen. Gestern Abend haben wir darüber gesprochen und beschlossen, nicht unnötig Zeit zu vergeuden. Noch zwei Tage, dann brechen wir auf. Letzten Endes finde ich es ziemlich spannend, wir haben mehrfach davon gesprochen fortzugehen; Fårö zugunsten wärmerer Gefilde zu verlassen, ist schließlich keine dumme Idee. Im Gegenteil, die Erneuerung ist verlockend.

Aber zurück zu den Informationen, die ich Ihnen zukommen lassen möchte. In unserem Plan spielte *Kleckse und Späne* schon früh eine zentrale Rolle. Es kam darauf an, Ihnen ein Bild zu vermitteln, das gleichzeitig deutlich und undeutlich war. Das Sie vor dem Hintergrund dessen, was Ihrer Wahrnehmung nach auf der Finnlandfähre geschehen war, veranlassen würde zu *interpretieren*. Wenn man schreibt, darf man den Leuten nicht alles unter die Nase reiben, erklärte Anders. Man soll sie in dem Glauben wiegen, dass sie intelligent sind und selbst die Schlussfolgerungen ziehen, und auf die Art erarbeiteten wir die Aufzeichnungen, die dazu führen sollten, dass Sie mit der Zeit meine Frau und ihren falschen Bruder ins Visier nehmen würden.

Was auch geschah. Sie sahen die Dinge exakt so, wie Anders und ich es uns gewünscht hatten, Sie kamen zu dem Schluss, dass Karin Sylwander und Alexander Rendell mich gemeinsam um eine Menge Geld betrogen und umgebracht hatten, indem sie mich von einer Finnlandfähre ins Meer warfen. Dass die beiden hinter den Drohungen von Nemesis steckten und das Ganze ihr ausgeklügelter Plan war – während in Wahrheit Anders und ich die Anstifter waren.

Mein Verschwinden von der Fähre war ein Kinderspiel. Zwei Stunden vor der Ankunft in Stockholm teilte ich Karin mit, dass ich beabsichtigte, in den Tax-free-Shop zu gehen, um eine Flasche Whisky zu kaufen. Ich verließ unsere Kabine, aber statt einzukaufen, ging ich in eine Toilette und zog mich um. Ich verwandelte mich in eine Frau; ein Kleid, eine Perücke, ein Schal, eine getönte Brille, das war alles. Anders befand sich ebenfalls auf dem Schiff, sicherheitshalber mit einem Ticket auf einen anderen Namen; er gab mir die Frauenkleider in einer Plastiktüte, nahm meine Männerkleider in einer anderen entgegen.

Anschließend saß ich in der Nähe des Ausgangs und las

in einem Buch, bis es Zeit wurde, an Land zu gehen. Ich sah sowohl Karin als auch Alexander und konnte mich darüber freuen, dass sie weit davon entfernt waren, mich zu erkennen. Als ich an Land gekommen war, nahmen Anders und ich ein Taxi zu einem Hotel auf Södermalm, wo er schon eingecheckt hatte, schliefen dort eine Nacht und nahmen am folgenden Vormittag die Fähre von Nynäshamn nach Gotland. Diesmal war ich blinder Passagier, denn als wir die Ticketkontrolle passierten, lag ich unter einer Decke auf dem Boden vor der Rückbank seines Autos versteckt. Anders lebte schon seit zwei Jahren in dem Haus in Ava, und als ich einzog, erschien mir das wie die natürlichste Sache der Welt. Als würde ich heimkehren. Endlich, nach jahrelangen Irrfahrten.

So viel dazu. Damit sie nicht unwissend bleiben.

Mir ist bewusst, dass ich vor zwei Jahren für tot erklärt worden bin, und mir ist ebenso bewusst, dass Karin und Alexander in gewisser Weise trotz allem gewonnen haben. Sie haben mich um den größeren Teil meines Vermögens betrogen, aber das grämt weder Anders noch mich. Finanziell geht es uns gut, zum einen verdient Anders viel mit seinen Büchern, zum anderen gelang es mir vor meinem Verschwinden, einige Millionen Kronen an mich zu nehmen. Dass mir dieses Kunststück geglückt ist, haben wir Anders' Mutter zu verdanken. Sie arbeitet seit Jahren – seit sie sich von seinem Vater scheiden ließ und aus Stockholm fortging, als er zehn war – für den Nachrichtendienst eines europäischen Landes, und dank ihrer Stellung und ihres Kontaktnetzes war es möglich, auf elegante Art Geld aus Schweden auszuführen. Das sind Dinge, von denen ich beim besten Willen nichts verstehe, aber ich habe mir auch keine Gedanken über sie machen müssen.

Albin Runge existiert nicht mehr, aber ich bin trotzdem nicht ohne Identität. Seit zwei Jahren habe ich einen Pass und einen neuen Namen und bin Staatsbürger eines anderen Landes als Schweden. Anders' Mutter hat auch dieses Problem gelöst. Vielleicht ahnten Anders und ich während unserer ruhigen und zurückgezogenen Zeit auf Fårö ja, dass wir eines Tages zu anderen Breitengraden würden aufbrechen müssen.

Und jetzt sind wir an diesem Punkt.

Adelante, das motorisierte Segelboot, das Anders gehört und seit ein paar Jahren im Jachthafen von Fårösund vor Anker liegt und mit dem wir einige Segeltörns unternommen haben, wird uns fort von hier und in die Welt hinaus bringen. Wir haben einen Plan, wir lieben uns und blicken voller Hoffnung in die Zukunft.

Außerdem hoffen wir, dass Sie klug genug sein werden, nicht weiter nach uns zu suchen. Soweit ich das beurteilen kann, hat keiner von uns sich eines Verbrechens schuldig gemacht, weder juristisch noch moralisch. Natürlich haben wir ein wenig unnötig Ihre Zeit und Ihren Apparat in Anspruch genommen, aber das war angesichts der herrschenden Umstände unerlässlich, und ich hoffe, Sie werden mir das verzeihen.

Mit dieser Aufforderung und Hoffnung beende ich hiermit den zweiten und letzten Teil meiner *Kleckse und Späne* und wünsche Ihnen alles Gute für die Zukunft.

Wie gesagt, *over and out. Tempus tacendi.*

50

Die Fähre M/S *Gotland* legte fahrplanmäßig um 16.45 Uhr im Hafen von Visby ab. Es war der siebte November, es wehte ein frischer Südwestwind, und es befanden sich 532 Passagiere an Bord.

Eva Backman und Gunnar Barbarotti saßen wie sieben Wochen zuvor im vorderen Salon. Sie hatten Aussicht auf ein graues Meer mit bis zu drei Meter hohen Wellenkämmen. In Backmans Schoß ruhte *Kleckse und Späne, zweiter Teil*, in Barbarottis eine Bibel.

»Ich muss dir etwas gestehen«, sagte Eva Backman. »Ich will nicht wegfahren. Nicht wirklich.«

»Wir werden es so einrichten, dass wir zurückkommen«, sagte Barbarotti. »Es ist eine gute Zeit gewesen … eventuell mit Ausnahme davon.«

Er machte eine Geste zu dem Umschlag im Schoß seiner Privatermittlerkollegin hin. »Aber wenigstens haben wir Antworten auf gewisse Fragen bekommen.«

»Das haben wir«, erwiderte Eva Backman. »Und nach welchen Antworten suchst du in der Bibel?«

»Der Prediger«, sagte Barbarotti. »Über Sprechen und Schweigen. Ich erinnere mich nicht mehr an die genaue Formulierung. Runge hat auf Latein von einem italienischen Grab zitiert, er scheint nicht sonderlich bibelfest zu sein, es ist eigentlich eine recht bekannte Textstelle.«

Eva Backman lachte. »Dabei hat er über Martin Luther geforscht. Oder hat er das auch erfunden?«

»Ich glaube nicht, dass er das erfunden hat«, meinte Barbarotti blätternd. »Hier ist es! Willst du mal hören?«

»Lies vor«, sagte Eva Backman.

Und Barbarotti las.

»*Ein jegliches hat seine Zeit, und alles Vorhaben unter dem Himmel hat seine Stunde: geboren werden hat seine Zeit, sterben hat seine Zeit; pflanzen hat seine Zeit, ausreißen, was gepflanzt ist, hat seine Zeit; töten hat seine Zeit, heilen hat seine Zeit …* es ist ein langer Absatz, aber am Ende kommt es dann … *schweigen hat seine Zeit, reden hat seine Zeit; lieben hat seine Zeit, hassen hat seine Zeit …*«

»Hassen hat seine Zeit?«, sagte Eva Backman und schnitt eine Grimasse. »Muss das wirklich sein?«

»Was uns betrifft nicht«, sagte Barbarotti und strich ihr mit dem Handrücken über die Wange.

»Gut«, sagte Eva Backman. »Gut, dass für uns eine Ausnahme gemacht wird.«

»Natürlich«, sagte Barbarotti. »Übrigens wird die vielleicht auch für Albin Runge und Andreas Lauger gemacht. Die beiden haben ja einiges durchmachen müssen, bis sie sich wiedergefunden haben. Ein Vierteljahrhundert Wartezeit, war es nicht so?«

»Doch, so war es«, sagte Eva Backman. »Zumindest Runge, oder wie er heute heißen mag, musste wirklich viel ertragen. Der Busfahrer, der achtzehn Leben auf dem Gewissen hat … auch wenn es ein Unfall war. Das Ganze ist schon ziemlich zufallsgesteuert.«

»Zufallsgesteuert?«

»Ja. Wenn Lauger nicht ausgerechnet in dem Restaurant in Göteborg genau zu dieser Uhrzeit am exakt richtigen Tag im

Mai gesessen hätte, wäre alles anders gekommen. Ich kann mir nicht vorstellen, dass Runge in der Lage gewesen wäre, einen so raffinierten Plan auf eigene Faust auszuführen. Vielleicht hätte er versucht, sich auf andere Art zu rächen, aber nicht durch Nemesis und dadurch, sich selbst ermorden und für tot erklären zu lassen.«

»Nein, wohl kaum«, sagte Barbarotti. »Aber wie es um den Zufall steht, darüber haben wir ja ganze Bände diskutiert. Am einfachsten wäre es, wenn wir akzeptieren würden, dass da oben jemand sitzt und an den Strippen zieht.«

»Glaubst du das wirklich?«

»Ich habe nicht gesagt, dass es die Wahrheit ist … ich habe nur gesagt, dass es die einfachste Lösung wäre.«

»Ist dein Gott auch eine einfache Lösung?«

»Im Gegenteil. Gott ist so ziemlich das Komplizierteste und Gescheiteste, was es gibt. Wenn er nicht schon einen Job hätte, wäre er der perfekte Privatdetektiv.«

»In Fårösund?«

»Zum Beispiel.«

»Siehst du so unsere Zukunft? Zwei hässliche Vögel, die im Detektivbüro Fårösund brüten?«

»Entlaufene Katzen und gestohlene Fahrräder«, sagte Barbarotti und gähnte. »Das wäre schon eine Gnade, für die es sich zu beten lohnen würde. Dieses ruhige Schaukeln macht mich ganz schläfrig. Geht dir das nicht so?«

Eva Backman lachte. »Du bist, wie du bist, aber ein großes Bullengehirn hast du nicht gerade.«

»An manchen Tagen habe ich das Gefühl, gar kein Gehirn zu haben«, erklärte Barbarotti. »Wollen wir nicht lieber essen gehen, bevor ich hier einschlafe? Ich bekomme Hunger.«

»Die Fleischbällchen sollen gut sein«, sagte Eva Backman und steckte *Kleckse und Späne* in die Aktentasche.

Während der nächtlichen Autofahrt von Oskarshamn nach Kymlinge war die Zeit für Sprechen und Schweigen gekommen. Und zumindest eine Frage wurde geklärt.

»Und?«, sagte Eva Backman irgendwo in der Nähe von Nässjö. »Was machen wir jetzt? Wir müssen uns entscheiden, ob wir der Sache weiter nachgehen oder ob wir tun wollen, wozu er uns auffordert.«

»Stimmt«, sagte Barbarotti. »Das müssen wir.«

»Wir haben drei Tage darüber geredet. Man sollte eigentlich meinen, dass wir zu einer Antwort gekommen sein müssten.«

»Ja«, sagte Barbarotti. »Das sollte man wirklich meinen.«

»Es stimmt schon, was er sagt, dass er eigentlich nichts verbrochen hat.«

»Wenn ich Lust habe, Frauenkleider anzuziehen, ehe ich von einer Fähre an Land gehe, ist das mein gutes Recht.«

»Genau. Und wenn man tot ist, dann ist man eben tot.«

»Absolut. Jedenfalls in neun von zehn Fällen.«

»Mehr«, sagte Eva Backman. »In hunderttausend Fällen von hunderttausend und einem.«

Es verstrichen einige Sekunden.

»Ja gut, in Ordnung«, sagte Barbarotti. »Jetzt fängt es an zu regnen.«

»Was meinst du?«

Barbarotti schaltete die Scheibenwischer ein.

»Schweigen hat seine Zeit. Das ist jedenfalls mein Vorschlag.«

Eva Backman starrte eine Weile in die Dunkelheit hinaus.

»Wie hieß das noch auf Latein?«

»*Tempus tacendi.*«

»Okay«, sagte sie. »Einverstanden.«

Epilog

Kommetjie, Kapprovinz,
Südafrika. Dezember 2018

»Andreas, du bist wirklich zurück.«

Sie nahm seine Hände und sah ihn mit Tränen in den Augen lächelnd an. Das gleiche Lächeln wie bei seiner Abreise, er spürte, wie die Zeitspanne auf fast nichts zusammenschrumpfte.

»Acht Jahre«, sagte sie. »Es ist viel Zeit vergangen, Tausende Tage.«

»Auf die Zeit haben wir keinen Einfluss.«

»Vollkommen richtig. Aber du hast dich überhaupt nicht verändert, ich selbst bin alt geworden.«

»Achteinhalb sogar«, stellte er fest. »Wenn ich richtig gerechnet habe. Aber du bist doch nicht alt geworden. Du siehst noch genauso aus, wie ich dich in Erinnerung habe.«

»Unsinn. Und das hier ist dein Lebensgefährte? Ich freue mich so für dich … für *euch*.«

Sie ließ seine Hände los und nahm stattdessen Albins.

Schenkte ihm das gleiche Lächeln.

»Du bist natürlich genauso herzlich willkommen wie Andreas. Und ich hoffe wirklich, dass ihr so lange bleibt, wie ihr es versprochen habt. Wenigstens ein paar Jahre. Es ist so schön, immer dieselben Mieter zu haben, Menschen, denen man vertraut und die man mag. Bist du auch Künstler und Schriftsteller?«

Albin Runge schüttelte den Kopf. »Vielleicht ein Dichter. Aber ich habe lange nichts mehr geschrieben.«

Sie nahm seinen Pass entgegen und betrachtete ihn.

»Du bist also auch Holländer?«

»Ja, aber ursprünglich komme ich aus Schweden.«

»Ha, ha. Ich verstehe, Weltbürger.«

»Das könnte man sagen.«

Sie setzte eine dünne Brille auf und lugte in den Pass.

»Gus-tav? Spricht man deinen Namen so aus?«

»Ja, genau.«

»Gustav Froding?«

»Ja, das ist richtig.«

Sie reichte ihm den Pass.

»Schön, ich will euch nicht länger aufhalten. *The Cottage* erwartet euch, und im Kühlschrank steht eine Flasche Sauvignon blanc von Buitenverwachting. Das war doch dein Lieblingswein, Andreas?«

Andreas Lauger nickte. »Einen besseren gibt es nicht.«

»Also gut, meine Herren. Die Möbel auf der Terrasse sind ganz neu, und die Bougainvilleen müssen beschnitten werden. Aber ich erinnere mich, dass du sie gern selbst schneidest, deshalb habe ich es gelassen. Und denkt daran, dass ihr von mir aus zehn Jahre bleiben dürft, wenn ihr wollt. Wäre es möglich, dass ihr mich beide mal umarmt, bevor ich mich zurückziehe?«

Sie lachte.

»Das sollte möglich sein«, antwortete Gustav Froding und lachte auch.

HÅKAN NESSER bei btb

Die Kommissar-Van-Veeteren-Serie

Das grobmaschige Netz. Roman
Das vierte Opfer. Roman
Das falsche Urteil. Roman
Die Frau mit dem Muttermal. Roman
Der Kommissar und das Schweigen. Roman
Münsters Fall. Roman
Der unglückliche Mörder. Roman
Der Tote vom Strand. Roman
Die Schwalbe, die Katze, die Rose und der Tod. Roman
Sein letzter Fall. Roman

Weitere Kriminalromane

Barins Dreieck. Roman
Kim Novak badete nie im See Genezareth. Roman
Und Piccadilly Circus liegt nicht in Kumla. Roman
Die Schatten und der Regen. Roman
In Liebe, Agnes. Roman
Die Fliege und die Ewigkeit. Roman
Aus Doktor Klimkes Perspektive. Erzählungen
Die Perspektive des Gärtners. Roman
Die Wahrheit über Kim Novak. Roman
Himmel über London. Roman
Die Lebenden und Toten von Winsford. Roman
Der Fall Kallmann. Roman
Der Choreograph. Roman

Die Inspektor-Barbarotti-Serie

Mensch ohne Hund. Roman
Eine ganz andere Geschichte. Roman
Das zweite Leben des Herrn Roos. Roman
Die Einsamen. Roman
Am Abend des Mordes. Roman
Der Verein der Linkshänder. Roman
Barbarotti und der schwermütige Busfahrer. Roman